I0817923

El sol brillará mañana

Ana Hernández Sarriá

El sol brillará mañana

Papel certificado por el Forest Stewardship Council®

Primera edición: septiembre de 2024
Primera reimpresión: octubre de 2024

Printed in Spain – Impreso en España

ISBN: 978-84-19835-26-0
Depósito legal: B-11.287-2024

Compuesto en Punktokomo, S. L.

Impreso en Liberdúplex
Sant Llorenç d'Hortons (Barcelona)

SL 35260

A mi madre,
por haberme enseñado lo que es la libertad.
Por hacerme apreciar cada día lo bonita que es la vida.
Por meterme en la cabeza que nunca hay
que perder las ganas de vivir.
Por estar en cada una de las páginas de mi vida.
A ti siempre.

Sé como las olas del mar,
que aun rompiendo fuerte contra las rocas,
siempre encuentran fuerzas para volver a empezar.

Sergio Bambarén Roggero

Prólogo

Los últimos once días de hospital tuve la suerte de estar en esa sala contigo. Cogiéndote la mano. Cantando nuestra canción favorita: «El sol brillará mañana». Prometiéndote que nos cuidaríamos los unos a los otros mientras tú dejabas poco a poco de respirar.

Tres semanas de coma profundo me prepararon para ese domingo. Y mirándote a los ojos entre tubos y lágrimas, te dije: «Vete en paz, mamá. Ya es la hora. Vete en paz». Y unas horas después de mis palabras, eso hiciste. ¿Y sabes qué, mamá? Durante un tiempo en Madrid, pensé que me hubiera gustado morir contigo, en esa misma camilla, en ese mismo instante, y no a la mañana siguiente, cuando vi tu ataúd enorme y marrón en el tanatorio. Cuando fui consciente de que nunca más te volvería a ver, ni siquiera de esa forma tan rara en el hospital. Durante días sentí que paseaba por el terreno de los vivos, más o menos ida, más o menos sola, pero siempre con un pie pisando muy fuerte donde tú estabas. Hasta que un día llegué aquí, mamá. A la Baja.

Ese día el mar era cristalino y el cielo estaba lleno de nubes con miles de formas. Todas muy blancas. Y, de repente, saltaste con gracia por encima de las olas. Una ballena jorobada con su cría me deleitaron durante horas con el espectáculo más sensacional que la naturaleza me ha regalado jamás. Buceé contigo. Nos miramos. Un ojo profundo y gigantesco que me cambió para siempre. Que me dio fuerzas. Reviví. Me sanaste. Me sané. A veces hasta creo que me sanó el mar. Nuestro mar, mamá.

Así que, pase lo que pase y vea los océanos que vea, el mar de Cortés tendrá un lugar muy especial en mi corazón siempre. Aquí vine a curarme y aquí comprendí eso que siempre me decías: que la vida es muy bonita y que no debemos perder nunca las ganas de vivir.

Ni de soñar.

Introducción
La Baja California

Cuando pienso en la Baja California, no solamente me vienen a la cabeza orcas, mobulas y ballenas. Cuando pienso en esa costa, lo primero que me viene a la mente es Clara. Mi @ClaraMarinne y todos sus proyectos de conservación. Para mí la Baja es ella. Cierro los ojos y la veo en las pangas hablando con pasión de los tiburones, de todo lo que sabe sobre las ballenas y las mobulas. Recuerdo el brillo de sus ojos, que ha logrado gracias a dedicarse a lo que más ama. Gracias a haber dado su vida por los océanos. Por sus criaturas. Clara ha sido mi máxima inspiración y se lo digo siempre: Que nunca he conocido a nadie que sepa tanto sobre el mar. Esta novela no hubiera sido posible sin su sabiduría. Sin su sentido del humor hasta en los momentos más difíciles. Sin su gran corazón hablando siempre de su hermana Laura. Para mí la Baja es Clara, y Clara es la Baja. Y, si vienes a esta costa y haces cualquier actividad de mar, no te olvides nunca de preguntar por ella. Todo el mundo la conoce y todo el mundo tiene palabras buenas sobre mi amiga. Qué orgullo poder decir que eres una de mis grandes aliadas. Gracias, Clara.

Si sigo con los ojos cerrados, también pienso en David Serradell y su cámara enorme el día que lo conocí enfrente de un cachalote varado en una orilla de La Paz. Pienso también en los ojos grandes, relucientes y verdes de Nina Moysi fotografiando a sus ballenas jorobadas. O en Alex Sharks redirigiendo a tiburones gigantescos con respeto y gran devoción.

La Baja California no sería lo mismo sin todos ellos. Es un lugar mágico en el mundo que se ha consolidado gracias a grandes personajes que han admirado con verdadera pasión sus océanos. Ellos hacen de los mares algo aún si cabe más especial. Jamás había visto tantos ojos enamorados del mar como en la Baja.

Para conocer los encantos de este peculiar destino tienes que conocerlos a ellos. Tienes que ver a Jacob Brunetti y a Miguelito, los pioneros tiburoneros en su Róbalo. Tienes que escuchar a Melecio Zarabia hablar sobre las ballenas grises en su pequeña panga Rocío del mar. Tienes que ver a Dan Taylor editando sus fotografías. Y el vídeo de Luis Orozco danzando entre un grupo de orcas gigantescas con las que seguro sigue bailando en lo más alto del cielo. Para entender la Baja California tienes que haber escuchado las historias de Fernanda Nieto, Katy Aires o Marta Palace, las mujeres fuertes y valientes que se abrieron negocios en este mundo tan difícil que es el mar.

El mar de Cortés es especial gracias a ellos. Y su magia no pasa desapercibida. Es uno de esos lugares en el mundo que los viajeros reconocemos al instante. Y cuando llegas allí cargado de emociones, de pronto sus playas salvajes te reciben, cautivándote. Verás el arco a lo lejos y en Magdalena, los famosos manglares. Y vayas donde vayas, un mar profundo y azul de espumas como encajes, que te llama y te atrae. Los cactus verdes desbordan las arenas y las pangas azules y blancas te invitan a comenzar una nueva aventura. Las ballenas jorobadas saltando por todas partes, las congregaciones de mobulas te dejan sin aliento y un montón de cotilleos absurdos que traspasan las barreras de todas estas personas que un día renunciaron a sus vidas por un amor en común: el mar.

La Baja California será siempre ellos. Las fotografías de Rafael Fernández, Luis Bringas gritando «carnalito» entre un montón de delfines y mi Sylvia Falomir, con su belleza perfecta, ofreciéndome esa sensación de hogar que ahora siempre tendré en su casa, en ese pequeño Cabo de San Lucas.

Qué suerte haber tenido la oportunidad de conoceros a todos. Grandes personalidades que han inspirado parte de este manuscrito y que me han enseñado demasiadas cosas de lo que ahora sé sobre el mar.

Gracias por inspirar a tantísimas personas a diario.

Esta novela está inspirada en todos vosotros.

Mis personajes.

1

Nunca había ido a un tanatorio. Siempre había tenido buenas excusas para no ir. Tú sabías que estos sitios no me gustaban y me ayudabas a inventar disculpas. Pero, claro, a tu tanatorio, mamá, ¡pues no me ha quedado otra que venir! Reconozco que estoy un poco enfadada contigo. No puedo evitarlo. Pero es que no lo entiendo, ¿por qué has tenido que morirte ahora? ¡Justo ahora! ¡En pleno invierno! Con los árboles desnudos y el frío de febrero. ¿No ves que no es un buen momento para morirse? ¿Cómo voy a prepararme ahora los exámenes de marzo? ¡A la mierda otro año de Periodismo! Y encima no vamos a Praga. Era nuestro viaje, joder. Teníamos planes, mamá. Teníamos planes...

Me siento enfrente de esa vitrina de cristal redonda que da a la salita donde han puesto tu ataúd. Estoy mareada, huele demasiado a limpio y tengo ganas de vomitar. Un señor alto con un traje que le queda grande entra en la habitación y va colocando centros de flores a tu alrededor. Me parece tan horrible que haya flores específicas para los muertos. Nadie ha traído un ramo de margaritas. O un ramo de rosas amarillas. No hay violetas que tanto te gustaban. Ni jazmines. Ninguna de estas flores es bonita. ¡Qué tétrico es todo esto! En cuanto se vaya todo el mundo, cogeré todos los centros y los tiraré a la basura. Le diré a papá que compremos margaritas y que las pongamos en el cementerio junto a ti. Joder. No me puedo creer que estés ahí, mamá. Pero si estabas perfecta. Hace unos días estabas perfecta. Yo...

Miro hacia la puerta y veo a Amparo, mi hermana mayor, tan guapa como siempre, saludando a los invitados. Va vestida muy elegante, con una falda gris larga de lana y unas botas negras. Llueve muchísimo. Hace frío dentro y fuera del tanatorio. Ella siempre se pinta los labios de burdeos cuando llueve. Pero hoy no. Hoy no los lleva pintados. Lleva el pelo negro recogido en una trenza y muy poco maquillaje en los ojos. Los tiene muy hinchados. Le da besos a una familia que no he visto en mi vida. No reconozco a casi ninguna de las personas que hay en la entrada. Van todos vestidos de colores oscuros. Yo también voy vestida de negro, pero no voy elegante, ni llevo el pelo en una trenza. Voy con unas zapatillas de colores y me he puesto una de tus camisas, que también tiraré a la basura en cuanto lleguemos a casa. No quiero tener nada que me recuerde a este día. Tiraría todo a la basura. Incluso a los invitados. ¡Ah! Y también tendremos que tirar toda tu ropa. Qué gran mierda, joder, mamá. Qué gran mierda.

El señor del traje sigue colocando los centros de flores al lado de tu ataúd. «Jamás te olvidaremos», pone en la banda de tela del último que han colocado, adornado por unos lirios bastante feos y unas rosas mustias. Claro que te olvidarán. ¿Sabes quién no te va a olvidar nunca, mamá? Yo. Que no sé cómo narices voy a vivir sin ti. Vuelvo a mirar hacia fuera. Han llegado todas tus amigas del cole. «Tus chicas de oro». Lloran desconsoladamente. Te querían muchísimo. Se abrazan entre ellas, y Amparo las consuela entre abrazos y más lágrimas. Qué escena tan exageradamente triste. No sé cómo la gente puede sobrevivir a cosas así.

Sigo observando a Ampi. Tan distinguida y manteniendo la compostura. Pasen los años que pasen nunca dejará de sorprenderme su fuerza. Su entereza. Menos mal que por lo menos me has dejado que se quede ella. Aunque ahora todas las broncas irán para mí. Sonrío y me acuerdo de cuando compramos los billetes a Praga. «Tu hermana nos va a matar», dijiste. Y es que siempre ha sido la figura responsable de la familia. Si la vieras, mamá, saludando a todos esos desconocidos que han venido a hacer su papel. Hacía años que no hablaban contigo y aquí están, con caras de pena y mirándonos con lástima. No me los creo. Si no fuera por Ampi, te aseguro que no estarían aquí. Ya me habría encargado yo de mandarlos a la mierda. Menuda pandilla de falsos. De pronto, me enfado. Me levanto y cierro la puerta de golpe. Pongo el pestillo. No quiero que entren. No quiero que nadie esté aquí hoy. El tanatorio debería ser solamente para ti y para mí, mamá. Puede que sea la última vez que vayamos a estar juntas en una sala. Bueno, puede no. Lo es. Es la última vez que voy a estar sentada enfrente de ti. Y ni siquiera puedo verte ni escuchar tu voz. No puedo ver tu sonrisa y enfadarme cuando pides más comida de la que necesito. Qué injusto, ¿no crees? Tengo tantas cosas que decirte. No sé cómo voy a sobrevivir sin ti. ¿Qué voy a hacer sin ti, mamá? ¿Me lo explicas?

Cierro los ojos por un momento e intento pensar que no estoy aquí. Intento pensar que no ha pasado. Que las últimas semanas de hospital han sido un mal sueño. Que en realidad no has estado en coma por el covid, y que yo no he estado viendo cómo te apagabas lentamente mientras las enfermeras me colaban en esa UCI asquerosa que no olvidaré jamás. Respiro costosamente y me doy cuenta de que somos una de esas familias que saldrán en las noticias durante las próximas semanas. Ya me lo imagino: «Febrero 2021: La segunda oleada de covid que arrasa con miles de personas en la capital. Jóvenes desesperados saltándose las medidas de seguridad para estar en las últimas horas de sus padres». Soy yo. Soy yo estos días rogando compasión a los médicos y ayudantes. No me lo creo. Qué horror. El virus ha arrasado con nosotros. Ha podido con nosotros.

Cierro los ojos con todas mis fuerzas. Aun así, no consigo tranquilizarme; el corazón me late fuerte. Tengo el pecho encogido y siento que me cuesta respirar. El sonido del iPhone me saca del mal viaje. Es mi hermana.

—¿Qué quieres, Ampi?

—No puedes cerrar la puerta del tanatorio, Clara. Hay muchos invitados que quieren entrar. Abre, por favor. Tu hermano acaba de llegar.

Cuelgo sin responderle y entonces por fin lloro. Lloro de rabia. Me acerco a la vitrina y le doy un golpe. Después, le doy una patada. El cristal retumba y suena. Me apoyo en la cristalera y miro el ataúd de madera clara. ¿Por qué has tenido que irte, mamá? ¿Por qué? No era el momento, joder. No te tocaba. No nos tocaba.

Justo cuando voy a derrumbarme, escucho que una llave entra despacito en la cerradura. Me retiro las lágrimas con la camisa y finjo que me recompongo. Asoma la cabeza mi hermano Miguel. Veo sus ojos azules y brillantes. Entra sigilosamente y cierra otra vez con pestillo. Se acerca y me pasa el brazo por el hombro. Lo miro y me sonríe. Tiene la sonrisa más poderosa del mundo. Blanca, muy amplia. De las que no pasan desapercibidas. Vuelve a sonar la puerta.

—No te preocupes, enana, no tenemos que abrir todavía.

Me abraza. Me derrumbo. Lloro. Lloro sin consuelo, porque de verdad que no sé qué voy a hacer sin mamá. Lloro y le digo a Miguel que es injusto. Que solo tengo veinte años. Que con veinte años no se te mueren las madres. Se te mueren con sesenta o con setenta. Se te mueren cuando tienes hijos. Cuando ya eres madre. Pero ahora no. Ahora no me toca. Tengo miedo. Me da miedo la vida sin ella. Yo nunca había tenido miedo. Miguel no dice nada. Me abraza fuerte y, entonces, extraño sus palabras. ¿Por qué no dice nada? Él siempre tiene palabras para todo. Me separo de sus brazos y lo miro. Está llorando también. Me sorprendo. Nunca había visto llorar a mi hermano mayor.

Nos abrazamos de nuevo y lloramos juntos. Por un momento pierdo el sentido del tiempo. Creo que es el cansancio. Llevo días sin dormir. Mamá, has estado once días en coma y nosotros hemos estado once días sin dormir. Nunca pensé que once días tuviesen tantas horas. Echando cálculos he contado doscientas sesenta y cuatro horas. Pero es mentira. Yo te juro, mamá, que he estado esperando a que te murieras trescientas setenta y seis mil quinientas horas y un millón y medio de minutos. Y aun así, he perdido la cuenta de algunas. Había veces que las pastillas esas que me daban para relajarme me dejaban dormida. Pero era momentáneo, porque a los pocos minutos estaba despierta en la puerta del hospital de nuevo, intentando que me dieran algo más de información de la que nos daban en una mísera llamada diaria al teléfono.

—Ven, vamos a sentarnos, pequeña.

Mi hermano me lleva a las sillas y sonríe. La puerta sigue sonando. Quizá deberíamos abrirla. Quizá sea papá, que quiere entrar también. Pero Miguel ni se inmuta. Mira a la vitrina y de repente se ríe.

—Joder, macho, qué fea que es la tumba. Y ¿cómo han conseguido meter a mamá ahí? —Suelta una carcajada y me contagia la risa. Nuestra madre estaba gordita y el ataúd es muy fino. Nos miramos y nos reímos juntos entre lágrimas.

—Deberías estar orgullosa, mamá. Por fin has perdido los kilos que tanto te habías propuesto.

—Esa es mamá, joder.

La presencia de mi hermano me calma. Él no lo sabe, pero me ha calmado siempre. Mis dos hermanos mayores son todo lo que tengo. Y para mí, han sido casi igual de importantes que mis padres. Ampi tiene treinta y cinco años y siempre ha cuidado de todos. Se llama Amparo, pero odia que la llamemos así. Es la más lista y comprometida de la familia. Abogada del Estado, no recuerdo un mal comportamiento suyo. Desde que soy una niña la recuerdo como alguien ejemplar. Tenía las mejores notas del colegio. Y, por supuesto, de la universidad. Se sacó la oposición en tres años. Se casó y tuvo dos hijos. Siempre viste impecable. Su armario es más grande que cualquier centro comercial. Mamá siempre decía que se había llevado toda la elegancia y el buen porte de la familia. Miguel es el mediano, tiene treinta años y trabaja en México, en Los Cabos, Baja California, de fotógrafo submarino. Creo que es la persona más guapa que conozco. Y no lo digo yo, lo dicen todas mis amigas, que llevan enamoradas de él desde la adolescencia. Tiene los ojos azules y el pelo castaño. En los brazos lleva tatuados todos los animales marinos a los que ha fotografiado. Sus rasgos no son perfectos, pero tiene ese brillo en los ojos que solamente tienen las personas libres, las que viven cumpliendo sus sueños. Las que se han agarrado siempre fuerte a la vida y han huido de la rutina. Mike, así le llamamos también, representa la palabra libertad. Su moreno deslumbrante y su cuerpo fibrado hacen que no pase inadvertido. Mamá decía que el exponente de su belleza era su carisma, su risa y el don tan grande que tiene para sacar siempre el lado positivo de las cosas.

—Te voy a decir una cosa, Clara. Se habrá ido pronto, pero lo ha llenado todo tanto... Ha sido una madre tan maravillosa que deberíamos estar agradecidos.

—Hombre, tanto como agradecidos... No te pases, Mike.

—Lo digo en serio. ¿Tú sabes cuánta gente no tiene madre? O cuánta gente tiene padres con los que casi ni se habla... Hay familias que pierden hijos. Y hay familias que abandonan a sus hijos. Y míranos a nosotros, Clara, somos una jodida familia ejemplar. Tenemos a Ampi, que ha sido una segunda madre para todos, y a papá, que tiene el corazón más grande que habita en la tierra. Mamá nos ha dejado pronto, pero nos ha regalado los mejores valores que se pueden inculcar a los hijos. Y nos queremos, Clara. Todos nos queremos muchísimo. Y eso es solo y únicamente por mamá. —No puedo evitar soltar alguna lágrima mientras me habla. Y él sigue. Ya no para—. Vamos a estar bien, pequeña. Mírame a los ojos y confía en lo que te voy a decir. Vamos a estar bien. La vida es muy bonita. Mamá nos lo enseñó a todos. Ella era alegría pura. Alegría eterna. Y la veremos ahí. En la alegría. En los momentos bonitos. En nuestras risas. En la de los hijos de Ampi. Sus nietos. Mamá nos ha dejado de alguna manera, pero, que te quede claro, no se ha ido del todo. Estará en ti y en mí. En todos. En las carcajadas que soltemos cada vez que nos acordemos de la gran madre que hemos tenido. Estará en papá y en Ampi. Y en las decisiones que ahora tomes, porque ya eres toda una mujer. Una mujer pequeña, pero mira lo fuerte que has sido estos días.

—No he sido fuerte, Mike. Yo solo quiero que vuelva... No puedo... Yo... —Me tiembla la voz.

Y aunque quiero ser fuerte de verdad, no puedo. Lo intento de verdad, pero no puedo.

—Sí que puedes, Clara. Y yo voy a estar aquí contigo acompañándote en este camino. Te voy a demostrar que la vida es bonita y que no podemos perder nunca las ganas de vivir. Se lo prometimos a ella, ¿recuerdas?

Sí. Antes de que durmieran a mamá en el hospital, nos dejaron hablar por teléfono con ella. Jamás olvidaré esa llamada. Y su tono de voz sereno y tranquilo. «Sobre todo y pase lo que pase, nunca perdáis las ganas de vivir. La vida es bonita, Clara. Así que prometedme que nunca perderéis las ganas de vivir». Colgamos y nunca más volvimos a escuchar su voz. A partir de ahí, gracias a la cooperación de mis ángeles de la guarda, las enfermeras, solamente pudimos verla dormida.

—Te prometo que no voy a perder las ganas de vivir. Que voy a esforzarme cada día en valorar lo bonita que es la vida.

Después de esa promesa, Mike hurga en su bolsillo y me regala una caracola blanca. Muy blanca. La guardo sin darle mucha más importancia y, entonces, abrimos las puertas del tanatorio. Saludamos a todo el mundo. Descubro que no solo he tenido a la mejor madre del mundo, sino que ha sido la mejor amiga, hermana y un millón de cosas más.

Cuando todos los invitados se van, nos quedamos los tres solos con papá en esa sala fría que no voy a olvidar jamás. Ampi recoge el cáterin que nadie ha probado y apaga las luces. Volvemos a la vitrina redonda todos juntos.

—Adiós —dice papá en tono solemne.

Y el comentario nos parece tan tétrico que nos reímos.

—No digas adiós, papá —le pide Ampi—. Di hasta siempre.

Miguel suelta una carcajada y dice:

—Menuda tarde que nos has hecho pasar, guapa.

Y, entonces, nos reímos todos. Y, por un momento, me siento a salvo. Estamos los cuatro juntos y, por un instante, creo que ya nada más podrá pasarme. Porque, si lo piensas, ¿qué más podría pasarme?

2

Nunca me fui del todo. Hay vida después de la muerte. Y hay gozo en esta segunda existencia. En esta vida del más allá a la que me trajo el virus y por la que me convertí en narradora de la historia de mi familia. Yo nunca había creído en la supervivencia del alma. La humanidad siempre ha tenido la esperanza de que haya vida después de la muerte. Pero yo no pensaba en nada así. Ahora creo y confirmo que mi existencia continúa en un ámbito espiritual porque necesito guiar a mi familia. Llevo haciéndolo ya seis meses. Desde febrero que me marché y nos pasó la segunda desgracia de golpe. Necesito que se recuperen, que Clara resuelva el enigma del accidente de Miguel. Solo así podré volver a nacer en este mundo y comenzar el ciclo de vida nuevamente. Probablemente en forma de ballena, en forma de libertad, de pez o de mar.

Vuelo alto un día más y caigo en picado desde las nubes. Observo cómo sale el sol y sopla el viento en el mes de septiembre en el cementerio de la Almudena. El 2021 está siendo un año de temperaturas altas y cambios en la humanidad. Observo a mi niña, a mi Clara, camina nerviosa entre los columbarios. Va vestida con una camisa blanca muy amplia, unos vaqueros y unas Converse desgastadas. Lleva el pelo liso y castaño recogido en un moño desordenado. El color moreno de la piel resalta una preciosa mirada verde. Su belleza no pasa desapercibida. Es la niña de mis ojos. La pequeña de la casa. La inocencia bonita de mi familia. En las manos, de uñas color azul mar, un ramo de margaritas blancas y una carta de colores vivos en la que se lee perfectamente la palabra «mamá». Camina como si tuviera mucha prisa, lo hace siempre que está nerviosa. Sin embargo, todo a su alrededor se encuentra en pausa. La arboleda se mueve despacito, y el sol va asomando tímidamente entre las nubes y los edificios altos del fondo de la capital. De repente, se para. Frena en seco, mira hacia los lados y se asegura de que nadie la está mirando. Aprecio su inquietud y recuerdo cuando hacía perrerías en el colegio y tenía exactamente esa misma mirada. Traviesa, juguetona y sin ninguna maldad. Se aproxima a una de las tumbas más cercanas y levanta dos piedras grandes al lado de mi huequito del columbario que ha ido a visitar, un lugar mágico. Coloca las piedras en el suelo y así llega para dejar las flores encima de esas letras en dorado: «Marieta, alegría eterna».

Se baja de las piedras y las deja en el mismo sitio donde las ha encontrado. Se sienta en la acera de enfrente y apoya la barbilla en las rodillas. Está triste. Mi niña. Tiene las uñas mordidas y mira hacia arriba, con sus ojos esperanza claros, hacia las nubes, hacia mi nuevo hogar, el reino espiritual, el otro mundo. Poco a poco los nervios se apoderan de ella. Se muerde el labio de abajo y mueve frenéticamente los pies. Apoya la frente en las rodillas y llora por un momento. Parece asustada. Llora y escribe esas cartas en las que me redacta todos los secretos que ha estado guardando durante los últimos meses. Los sentimientos que nadie sabe, los errores que ha tenido que cometer en un intento suicida de descifrar la verdad sobre su hermano Miguel. «Mamá, todo esto lo he hecho por ti. Y, bueno, por él. Por nosotros». Se le quiebra la voz. Intenta dar explicaciones mirando al cielo y se pregunta si todo lo que ha estado haciendo es lo correcto. Si tiene sentido. Quizá se ha metido en demasiados líos. Pero ahora ya es demasiado tarde. «¿Tú crees que es demasiado tarde, mamá? Estoy haciendo bien, ¿verdad? Dime algo. Dame una señal. O vuelve. Mejor vuelve y tráenos de nuevo esa paz que te llevaste. La calma que se fue contigo y que ya no hemos vuelto a recuperar».

Sus nervios iniciales dan paso a una tormenta de miedos y rompe a llorar desconsoladamente en ese espacio lleno de flores de colores. Apoya la cara en las rodillas y los pies le dejan de temblar. Se queda bloqueada durante un instante hasta que, de repente, escucha un ruido y se seca las lágrimas. Disimula. ¿Qué ha sido eso? Mi pequeña jamás ha dejado que nadie la vea llorar. No le gusta sentirse débil. Siempre ha querido ser «la chica fuerte». Es y será siempre una mujer muy valiente. Mira hacia los lados y no ve nada. Sigue hablándome al cielo mientras su padre intenta no volver a hacer ruido escondido entre la arboleda. Ella no lo sabe, pero la ha seguido sigiloso hasta el cementerio. No es la primera vez que lo hace. Hoy ha seguido en su coche a ese autobús, el número 106. Ha aparcado sin que Clara lo viera y la observa a lo lejos pendiente de cada movimiento.

Está preocupado por nuestra pequeña. Desde que volvieron de México ya no es la misma. Algo en ella está cambiado, como distorsionado. Y se pregunta cómo va a hacer para ayudarla. Desde que no tuvo otra opción que tomar las riendas de la familia, se siente cansado. Débil y abrumado. Siente que su familia está desestructurada. Y que no va a conseguir sobrevivir. «¿Cómo lo voy a conseguir sin ti? Te echo tanto de menos». El cielo escucha y recuerdo esos primeros besos de cuando unos padres jóvenes se enamoraron. La ilusión de nuestro matrimonio sencillo. Mi primer embarazo y el olor a bebé. El rozar de sus manos en mi tripa. El cariño de mi gran amor. Los paseos por Segovia y por Madrid. La felicidad que fue nuestra, que fue eterna y a la vez efímera. La felicidad que ya nunca más volveremos a sentir. «Ojalá me pudiera haber ido contigo». Y cierra los ojos escondidos ahora detrás de un nuevo columbario. Yo también te echo de menos, amor mío.

Al cabo de veinte minutos Clara se levanta de la acera y camina hacia el otro lado de la puerta principal. El cielo está aún más azul que al principio, y el sol brillante ha comenzado a asomar entre las nubes. Nuestra niña se aleja caminando en ese oasis frondoso y mágico que aúna historia, naturaleza y arte. Cuando por fin sale del plano, él se acerca al columbario, camina mucho más despacio. No utiliza ninguna piedra para alzarse y coloca con dulzura las margaritas que acaba de dejar su pequeña. Las huele y mira de nuevo arriba, al azul del cielo. Respira profundamente disfrutando de ese remanso de sosiego en plena capital. «Te echo de menos. Qué hago para ayudar a nuestra pequeña... La estamos perdiendo y yo..., no sé... Sin ti, no sé». Se le cae una lágrima y me pide fuerzas. Se queda toda la mañana allí, tranquilo. Recuperando momentáneamente la paz y disfrutando de la calma que genera ese espacio donde el sonido de los pájaros lo llena todo. Un asueto sosegado y libre de soniquetes telefónicos y otras estridencias urbanas.

«Dime qué hago con ella. Dímelo tú», repite. Y se sienta en la misma acera en la que ha estado su hija hace escasos minutos. Intenta relajarse. Esa sensación de paz, de redención anticipada, es lo que lleva simbolizando desde hace meses para él el cementerio de la Almudena.

Después de varios minutos pensativo, mira de nuevo al columbario. Lleva mucho tiempo pensando si hacerlo o no hacerlo. Él siempre ha respetado la intimidad de Clara. Pero esta vez, no puede. No sabe. O no quiere. Se acerca al ramo de margaritas y justo debajo coge la carta que acaba de dejar nuestra pequeña. Mira muy bien a los lados antes de encontrarla. Sus ojos grises brillan. Sus manos arrugadas tiemblan. Se quita las gafas, se pasa la mano por el pelo negro, abundante y canoso que me volvió loca de amor durante años. Con las gafas puestas de nuevo corrobora que no hay nadie. El sosiego se convierte en conmoción. Se mete el manuscrito en el bolsillo del pantalón en un movimiento rápido y sale caminando nervioso del cementerio. La abrirá esa noche en casa. Sin que nadie lo vea. Descubrirá los secretos de Clara y en qué líos anda otra vez metida. La abrirá o no la abrirá. No lo tiene claro. Si Clara se entera, podría perderla para siempre. Bastantes pérdidas ha tenido ya. La abrirá o no la abrirá.

Intimidades ocultas que se empiezan a desvelar y que formarán parte de la aventura de su vida. De la de nuestra niña. La de nuestra familia.

3

Mi hermano mayor estudió medicina veterinaria en la Universidad de Zaragoza. Pero desde que tengo uso de razón, le recuerdo en el agua. Se pasaba el día viajando a sitios con mar. Pasaba más tiempo sumergido que fuera. Mamá siempre decía que cualquier día le iban a salir escamas.

Cuando entró en la universidad aprovechó para sacarse todos los títulos necesarios de buceo y de apnea. Recuerdo los veranos en Galicia, y cómo Miguel bajaba con las aletas largas a varios metros de profundidad y subía con la cámara después para enseñarme fotos de pulpos, sepias e incluso caballitos de mar. Le fascinaba la fotografía desde niño. Muchas veces pasaba más de cuatro horas en el agua. Volvía tiritando, contándome que había visto unos tiburones pequeñitos que se llamaban pintarroja. Mi padre le regañaba porque no sabían si esos tiburones podían atacarle. En las fotos estaba demasiado cerca de ellos. Pero a él nada le asustaba. Se sentía más seguro allí dentro que fuera. «¡Eres un inconsciente!», decía mamá, y él se moría de la risa. Ella fingía que quería darle un azote y le perseguía por la playa con una zapatilla. Renunciaría a todos los recuerdos de mi vida por quedarme con los de esos veranos en las Rías Baixas.

Fue por esos primeros encuentros con los tiburones pintarroja por los que Miguel decidió dejarlo todo e irse a vivir cerca del mar. Era bien joven cuando se fue. Tenía solamente diecinueve años. Un año menos que yo ahora. Les explicó a mis padres que su mente siempre estaba divagando en los océanos. Y que quería terminar veterinaria a distancia para poder dedicarse a lo que realmente le apasionaba: el mar. Mis padres le apoyaron por completo, respetaron su decisión y le animaron a perseguir sus sueños. Así que un día, justo después de que yo acabara de cumplir los nueve años, mi gran héroe se marchó a vivir a México, a la Baja California, donde me explicaba que el mar de Cortés era el acuario del mundo.

A partir de entonces, no ha habido ni un solo animal del que mi hermano no me haya contado historias. Ha fotografiado literalmente a todos los bichos que salen en sus libros de biología marina. Ballenas azules, peces espada, mantas gigantescas, delfines y tortugas. Siempre he presumido de su Instagram. Tiene fotos de orcas que están comiéndose a ballenas jorobadas, tiburones martillo que nadan entre miles de peces de colores, ballenas grises o peces diminutos de tonalidades rosas brillantes, amarillos hipnóticos y naranjas flúor. Gracias a sus trabajos de fotógrafo ha estado en todos los paraísos del mundo que uno se pueda imaginar: Bahamas, Maldivas, el mar Rojo, Raja Ampat, Australia. Es el espíritu más libre que conozco. Y cada vez que volvía a casa después de cada uno de sus viajes y me contaba sus aventuras, parecía que el tiempo se paraba, que el ruido de las calles de Madrid se convertía en un decorado que adornaba sus palabras. Me quedaba como embobada, incapaz de hacer otra cosa que no fuese escuchar y emocionarme.

Abro nuestro WhatsApp y veo la última conversación que tuve con él. Habían pasado dos semanas desde el fallecimiento de mamá, y se tuvo que marchar a la Baja para terminar un documental que estaba grabando. O al menos eso es lo que nos había contado, porque cuando se metía en barcos de esos de expediciones solo Dios sabía lo que estaba haciendo. Eso decía siempre mi madre: «Yo solo espero que tu hermano no se meta en líos. El mar es peligroso y en los océanos es en el único sitio donde no hay leyes, ni reglas. No quiero que se meta en problemas con tanto proteger a las especies de los pescadores furtivos». Y qué razón tenías, mamá. Vuelvo a desbloquear mi iPhone y observo el vídeo del accidente que ha tenido en el agua. Por Dios, solo han pasado dos semanas desde que te fuiste, mamá. ¿Por qué a mí? ¿Por qué a nosotros? ¿Por qué?

En el vídeo, el azul es cristalino y un banco de mobulas gigantesco nada de manera intermitente. Las mobulas son una especie de mantarrayas que nadan en grupos de cienes para protegerse de los depredadores. Es un espectáculo de la naturaleza que muy poca gente tiene la suerte de visualizar. El Instagram de Miguel está lleno de vídeos de estos animales. Los había visto muchas veces. Miles de mantas forman una bola mientras nadan, así parecen un animal gigante en medio del océano. Se mueven en armonía, acompasadas, creando ese gran círculo perfecto y vertiginoso. Poco a poco, en movimientos lentos pero eficaces, lo disuelven y vuelven a nadar juntas, coordinadas pero de otra manera. Como si fueran una bandada de aves migrando. Despacito, con un vuelo intermitente. Cambiando de forma como si fuera un baile de suntuosas sombras en armonía. Qué bonita la naturaleza y cuántas veces había observado imágenes así. Pero no he contemplado ninguna grabación tan en bucle como esta.

Después de diez segundos filmando las mantas, el cuerpo fuerte y robusto de Miguel entra en escena. Lleva las aletas largas y alguien le filma nadando en fraternidad entre ellas. Se ven los tatuajes de tiburones y sus brazos fuertes moviendo el agua con eficiencia. Se desplaza con tal soltura en el mar que parece que las mantas han empezado a bailar con él. Suben, bajan, le rodean saltarinas cambiando sus formas. Por un momento parece de verdad que el azul del mar es el cielo y que todos están volando en el infinito como acompasados. Es realmente hipnótico. Precioso. Justo cuando mi hermano comienza a subir hacia la superficie, se escucha un ruido fulminante. Rápido, solemne. Las mantas desaparecen de la escena en un segundo, en un solo movimiento. Y un arpón de pesca submarino entra de manera drástica, galopante, y se clava directamente en la espalda de mi hermano. La cámara se mueve. Y alguien grita entre burbujas. Quien sea que está grabando a Miguel desenfoca la imagen. Y lo último que se ve en el vídeo es el cuerpo de mi hermano flotando y un mar manchado de sangre entre la espuma.

Ampi entra en mi cuarto. Está más pálida que nunca. El cansancio le está pasando factura. Se ha quedado más delgada que de costumbre. Desde que se fue mamá, no solo cuida de sus hijos, sino que, además, le ha tocado cuidarnos a nosotros. Y ahora, esto. Entra con mi ropa limpia y doblada. Se da cuenta de que estoy viendo el vídeo otra vez.

—Clara, ¿qué haces otra vez viendo el vídeo? Te vas a volver loca. Tienes que dejarlo ya. Dame el móvil. Lo digo en serio.

—Toma. Tienes razón. —Se lo entrego sin rechistar.

Tengo hasta la vista cansada de verlo.

—Bueno, acabo de hablar con el seguro. Han traslado a Miguel al Hospital General Dr. A. Carrillo, en San José del Cabo. Todavía no saben lo grave que es su situación. Ha perdido muchísima sangre. El shock hemorrágico ha podido causar algún daño cerebral. Papá cogerá el primer vuelo a México mañana. Yo me tengo que quedar aquí cuidando a los niños.

Ampi sigue hablando, pero yo no me muevo de la cama. Estoy paralizada. Ni siquiera estoy segura de que esté escuchándola bien. He tomado tantos antidepresivos que soy incapaz de sentir. Ella me mira preocupada.

—Vamos a salir de esta, Clara. Miguel se va a poner bien. Ya nada más nos puede pasar.

Lo dice seria, pero no suena muy convincente. Eso mismo me dijo cuando ingresaron a mamá. Me levanto de la cama. Solo me sale lanzarme hacia ella y darle un abrazo.

—Claro que sí, ya nada nos puede pasar.

Miento. Pero ¿qué le voy a decir?

—¿Me ayudas con la lavadora?

—Claro.

Nos arrastramos las dos al baño en modo zombi y doblamos las cosas. Ampi ha lavado un montón de ropa de mamá. Aunque le queda gigante, dice que prefiere guardarla. Lleva viviendo en casa ya varias semanas. Se vino aquí para ayudar a papá con toda la hospitalización. Se instaló para asegurarse de que estuviéramos bien. Ampi es así, con ese instinto maternal tan característico. Siempre con el deseo innato de cuidarnos a todos. Menos mal que está. No hubiéramos sabido gestionar nada de esto sin ella.

Sus hijos, los pequeños de la familia, tienen ocho y seis años. Se llaman Daniela y Álex. Cuando su abuela entró en coma, los mandamos a Galicia, a casa de su padre. Los echo mucho de menos. Fueron la única alegría de la casa durante los primeros días. Pero, bueno, allí están bien. Con este último acontecimiento están mejor allí. Adolfo es un hombre maravilloso que adora y quiere muchísimo a mi hermana. Se divorciaron hace unos años cuando vieron que la vida en pareja no les funcionaba, pero se han llevado siempre de maravilla. Para mi gusto, se siguen queriendo. Pero esto no se lo digo a Ampi, porque siempre se enfada. Él es marino mercante, uno de los oficiales que van en los barcos de empresas privadas. Se conocieron en uno de nuestros veranos en Galicia. Mi hermano Miguel se lleva fenomenal con él. Comparten la pasión por el mar y hablan durante horas al teléfono de animales, expediciones y chaladuras de esas que solo la gente del océano comparte: que si la buena energía atrae a las ballenas, que si a las buenas personas se les acercan más delfines. Mi hermana siempre se burla de ellos. Adolfo ha pasado temporadas eternas en el océano y asegura que ha visto hasta sirenas. Ampi, como buena abogada del Estado, no cree en energías, reikis ni ninguna de esas «gilipolleces». Me hace gracia lo distintos que somos todos. Desde el color de los ojos hasta la personalidad.

—La verdad es que si mamá te viera recogiendo una lavadora le daría un infarto. No sabes ni doblar los calcetines, Clara. —Se ríe.

—Los calcetines no se doblan, guapa. Y no te quejes, que ayer hice hasta la cena —respondo riéndome también.

—Hiciste sándwiches de jamón y queso.

—¿Y qué pasa? ¿Eso no es una cena? —Sonreímos.

—¿Qué te apetece cenar hoy?

—Me da igual. No tengo mucha hambre.

—Yo tampoco, pero algo habrá que hacer a papá.

—Sí.

Seguimos doblando en silencio. Intentamos mantenernos a flote los unos a los otros. Ella termina su montaña de ropa y la sujeta con una mano encima y otra debajo. Las camisetas forman un cuadrado perfecto. Mi montaña es un absoluto desastre. Me mira y me insiste antes de salir del baño:

—Clara, Miguel se va a poner bien. ¿Lo sabes, no? Esto no es la típica estupidez que te digo para consolarte. Esto te lo digo porque lo sé. Lo sé con certeza. ¿Me estás escuchando?

—Sí.

La miro fijamente porque, la verdad, suena más convincente que la vez anterior. Y cuando mi hermana suena convincente es porque lo que dice es convincente.

—Los médicos ya nos lo han dicho. Ya es un milagro que el shock hemorrágico no le haya provocado un infarto cerebral. Han conseguido estabilizarle aun con toda la pérdida de sangre que ha tenido. Estoy segura de que vamos a salir de esta. Parece que no conoces a Miguel. Es la persona que más se agarra a la vida que conozco. Y no la va a soltar así a la primera. Le quedan mil aventuras por vivir. Va a volver. Estoy cien por cien segura de que el gilipollas de tu hermano va a volver. Y cuando regrese, le voy a coger de los pelos y le voy a sacar de todas esas cosas ilegales que hace. De lo de los barcos de Sea Shepherd y todos los líos en los que anda metido. ¡Vale ya de darnos sustos, hombre, que ya hemos tenido suficiente!

—¿Tú también piensas que no ha sido un accidente de pesca submarina?

Suspira. Recoge su montaña de ropa perfecta y antes de girar por el pasillo me mira. Me fijo en lo bella que es, en el pelo negro recogido en un moño y en la manicura roja perfecta. Y aún más tajante que en su *speech* anterior, me dice:

—Claro que no ha sido un accidente de pesca submarina, Clara. Pero ni tú ni yo vamos a meternos en ese embolado hasta que se despierte. Y una vez lo haga, ya me encargaré yo. Tú de eso no te preocupes.

4

Amparo se mete en la cama y cierra los ojos por un momento. Está agotada. Ha perdido la cuenta de los días que lleva sin dormir. Repasa en su cabeza la cantidad de cosas que tiene que hacer mañana por la mañana. Ayudará a papá a hacer la maleta para el viaje a México. Terminará de poner lavadoras. Hará la compra. Comidas. Clarita no está comiendo nada. Tiene que volver a llamar al seguro para que le asignen un apartamento a papá durante los días que dure allí la hospitalización de Miguel. Álex, su hijo pequeño, tiene que vacunarse; hay que recordarle a Adolfo dónde tiene la cartilla de vacunación. Y Daniela, su pequeñita, lleva días sin hablar con ella. Siente que la tiene abandonada. También tiene que llamar al marmolista de la funeraria, alguien tiene que darle los detalles de las letras que irán finalmente en el columbario. Lleva días sin contestarle al teléfono.

A Amparo se le acelera el corazón y la ansiedad se apodera de ella por un momento. Es una mujer fuerte y siempre ha podido con todo. Pero esto ha sobrepasado sus límites. Sus fronteras. Su hermano pequeño no. Es lo que más quiere en el mundo. No se puede creer el incidente. Está segura de que no ha sido un accidente de pesca submarina; ella conoce a

Miguel mejor que nadie de la familia, se han criado juntos. Sabe todas las cosas ilegales en las que ha andado siempre metido y tenía conocimiento de que estaba realizando acciones suicidas en esos barcos protectores de los océanos. Incluso habían colisionado con balleneros y otras locuras en altamar.

Se incorpora en la cama y saca del bolso dos pastillas: una dormidina y un lexatin. Necesita desconectar, dormir y descansar. Se las mete en la boca y las traga sin necesidad de agua. Y mientras se relaja, pasan por su cabeza, en una sucesión vertiginosa, los recuerdos de los últimos días. La enfermedad de su madre, las mil llamadas desde el hospital, el coma, la esperanza, la desesperación de Clara colándose en la UCI y la soledad de papá.

Ella ha pensado como siempre en todos. Ha dejado mientras tanto a sus pequeños en Galicia, cancelando clases y colegios. Se siente mala madre por haber tomado esa decisión que no tiene claro si ha sido precipitada. Quizá podría haberlos dejado aquí. «También puedo cuidar de ellos». Pero, entonces, recuerda las palabras de Adolfo, su exmarido: «Me los traes a Galicia y yo cuido de ellos mientras la situación se calma. Así puedes prestar atención a tu padre y a tus hermanos. Te necesitan, Ampi, mi amor. Te necesitan y yo estoy aquí para ayudarte». Aunque están divorciados la sigue llamando amor. Y solamente con pensar en la voz de ese hombre, ella se contagia de una paz que recorre todos los recovecos de su alma. Con los ojos cerrados siente que respira por un momento. Le echa de menos. Pero no como marido ni en el terreno sexual, sino como amigo, como confidente. La única persona en el mundo que la ha visto como una mujer normal, con sus miedos e inseguridades. No como una *superwoman*. Nadie conoce tan bien como él las debilidades de Amparo. Y aunque le echa de menos, no se atreve a dar el paso y decirle que cree que quiere volver a intentar algo con él. Pero ¿quiere o no quiere? Quizá la nostalgia por mi muerte es la que debilita sus emociones. Pero es que es todo tan trágico, tan brutal. Y ella está tan cansada.

«No sé si podré ser buena madre sin mi madre». Es lo último que pasa por su cabeza antes de quedarse dormida. Y ya en trance, los ruidos de las calles entran distorsionados por la ventana. Ambulancias y un Madrid acelerado por el toque de queda de la pandemia. Amparo se da una tregua esa noche y sueña con su adolescencia. Con las oposiciones para abogada. Con ese verano en Galicia cuando una familia unida celebraba que había llamado el preparador para informarles de que ¡había aprobado la oposición en un tiempo récord de tres años! Todo el mundo estaba tan orgulloso de ella... El ojito derecho de su padre que, en secreto, le dio cinco mil euros como regalo por la opo. Le dijo que ninguno de los tres hijos se los merecía tanto como ella. Y que podría utilizarlos para lo que quisiera, que no se lo contara a nadie, «ni siquiera a mamá». Además, llevaba ahorrando mucho tiempo para dárselos. Y acordándose de ese verano gallego con olor a mar y eucalipto, se queda profundamente dormida. En un vaivén de emociones y responsabilidad.

Ni el sonido de la puerta de su cuarto logra sacarla de ese trance. Es su hermana pequeña. Clara. No puede dormir, una vez más la necesita. Espera encontrar en Amparo el cobijo de siempre. La había cuidado más que su propia madre, desde que era una niña.

—Ampi, ¿estás dormida?

Pero por primera vez en la vida Ampi no responde. Está sumida en un sueño profundo. Lo necesita. A ella la necesitan todos, pero esa noche se ha necesitado ella. A sí misma.

5

No tenía ni idea de que mi hermano formase parte de Sea Shepherd. Es más, me doy cuenta de que no sabía mil cosas de mi hermano y ahora que no está o, bueno, que todavía está, pero que no puedo hablar con él, estoy descubriendo muchas de ellas. Si buscas en internet qué es The Sea Shepherd Conservation Society, encuentras que se trata de una organización ecologista internacional sin ánimo de lucro que lucha por la conservación de la fauna marina y cuya misión principal es acabar con la destrucción del hábitat y la matanza de las especies en los océanos del mundo. Si, por el contrario, se lo preguntas a mi hermana, te lo cuenta de otra forma, como me lo está explicando ahora mismo:

—Sea Shepherd son los culpables de que tu hermano esté donde está ahora mismo. Son una panda de pirados que se dedican a meterse en líos en los mares con intención de salvar a los animales. Ellos dicen que son una ONG, pero literalmente los llaman los piratas del océano. Tienen una flota de barcos y hacen barbaridades con ellos. Por ejemplo, recuerdo que hace unos años colisionaron contra un ballenero japonés. Lo hundieron y murieron miles de pescadores.

—Bueno miles..., no seamos exageradas, Ampi... ¿Y un ballenero? ¿Los balleneros son legales? Me refiero, ¿hay sitios en el mundo donde se pescan ballenas? ¿Para qué? —No me contesta. Me dice que con ese tipo de preguntas estúpidas comenzó Miguel a meterse en líos. Y, ahora, mira cómo estábamos... esperando a que le trasladaran de hospital.

—Clara, hay veces en la vida que no hay mejor batalla que la paz que te da no luchar. ¿Entiendes lo que te quiero decir? Injusticias hay en todas partes, pero no es nuestra guerra. Y desde luego, no era la guerra de tu hermano.

Me da vergüenza preguntar más cosas. Ampi tiene mucho carácter, así que decido fingir que no me interesa. Aunque en realidad, estoy decidida a meterme en internet y rebuscar mil cosas sobre esos «tarados» en cuanto tenga un momento. ¿De verdad hay pescadores cazando ballenas hoy en día? Pero ¿no son especies protegidas? Y ¿para qué las cazan? ¿Será como en los documentales esos que acorralan a los delfines con redes y luego los acuchillan dejando la bahía llena de sangre? Pensar en esto me hace olvidar por unos instantes lo que estoy viviendo. Me alivia.

A mi hermano Miguel un arpón le ha atravesado el hombro derecho. Le ha lacerado la arteria subclavia. Al parecer es una arteria enorme que provocó que prácticamente se desangrara. Tardaron unos doce minutos en llevarlo en la lancha a la playa. Cuando llegaron los servicios de emergencia, ya estaba inconsciente. Sus compañeros de apnea llamaron a una ambulancia desde el barco. Llegó en menos de cinco minutos. Le dijeron a mi hermana que si hubiesen tardado cinco minutos más, hubiera sido demasiado tarde. Así me lo cuenta.

—Al parecer el capitán del barco, Éric, tenía contactos y tuvieron suerte con el servicio médico. Tu hermano había perdido demasiada sangre... Estuvo a punto de..., bueno, le salvaron. Y ya está. Eso es lo que tienes que saber, Clara. Que le salvaron.

Me quedo con el nombre del capitán. Éric, como en *La sirenita*. Ampi me explica al detalle todo el procedimiento médico. Que, en la ambulancia, le intubaron (igual que a mamá) y que cuando le monitorizaron las constantes vitales se dieron cuenta de que estaba sufriendo una hipotensión severa debido a la gran pérdida de sangre.

Con la hospitalización de mi madre he aprendido varias cosas. Una de ellas es que hay mucha gente imbécil en el mundo que te da consejos ridículos sobre cómo llevar una muerte. Otra de ellas es que los seres humanos tenemos cinco litros de sangre en el cuerpo. El oxígeno que corre con ella por nuestras venas es lo más importante para que nuestro organismo funcione. Ese oxígeno es el que se encarga de que todo marche correctamente. Si el oxígeno no llega a cualquier órgano del cuerpo, es cuando ocurren los infartos. Mi hermano había perdido más de tres litros de sangre y por eso intentaron administrarle gran cantidad de sueros en la ambulancia. Querían evitar que le diera un infarto, en el peor de los casos, cerebral. Y bueno, en un principio, lo consiguieron. Desde la ambulancia llamaron al Hospital General Dr. A. Carrillo. Les avisaron que tuvieran sangre preparada para empezar las transfusiones en cuanto llegara. En cuanto pisó el suelo del hospital le trasladaron rápidamente a quirófano, donde los cirujanos vasculares repararon la arteria subclavia dañada por el arpón.

En este momento mi hermana hace un parón al contarme la historia. Me estoy poniendo muy pálida y parece que voy a desmayarme. Y la verdad es que estoy a punto de perder el conocimiento. Me sudan las manos y siento escalofríos en la espalda. Mamá acaba de irse. No estoy preparada para otra muerte. Y mucho menos la de mi hermano. Así que Ampi zanja la conversación de la manera más positiva posible. Me explica que gracias a la intervención tan rápida de los médicos Miguel está estable. Le han trasladado a la UCI (que en México se llama «terapias intensivas»).

—Ahora mismo le tienen que mantener sedado hasta que pasen un par de días. Necesitan simplemente estabilizarlo. Está hipotenso y necesita fármacos para mantener la tensión; le están dando una cosa que se llama noradrenalina.

Esa palabra se me queda grabada también, porque es como mi amiga Nora, pero con adrenalina. Y también le están dando antibióticos para la infección. Con este pronóstico el seguro de viaje de la familia ha facilitado una casa en Cabo San Lucas a papá. La idea es trasladarlo en cuanto sea posible a un hospital en Madrid, pero es imposible hacerlo en un momento tan agudo... Tienen que verificar que la hipotensión mantenida no haya producido daños en otros órganos, en el hígado, en el riñón...

Después de esta conversación, me tumbo en la cama y me tomo otro lexatin. Es lo único que me ayuda a relajarme y a que se me vaya un poco la ansiedad. En el iPhone tengo unas treinta llamadas perdidas de todas mis amigas. No tengo ganas de contestar a nadie. Lo único que me tranquiliza es ver los vídeos de mi hermano en el mar. Las palabras de mi hermana y lo de «los piratas del mar» retumban en mi cabeza.

Sea Shepherd fue fundada en 1977 por Paul Watson, uno de los miembros originales de Greenpeace. Leo sin descanso durante un buen rato y descubro que no son una panda de pirados como me ha dicho Ampi. Se trata de una organización enorme que opera en más de veinte países y que lucha para defender, conservar y proteger nuestros océanos. En cada frase que leo parece que estoy escuchando la voz de Miguel. «Desde los majestuosos gigantes del mar hasta las criaturas más pequeñas, la misión de Sea Shepherd es proteger todas las especies de vida marina que habitan en nuestros océanos. Nuestras campañas han defendido a ballenas, delfines, focas, tiburones, pingüinos, tortugas, peces y aves acuáticas de la caza furtiva, la pesca insostenible, la destrucción del hábitat y la explotación de la cautividad».

Los vídeos de la web son totalmente desoladores. Masacres de delfines y cazas sangrientas de grupos enormes de ballenas jorobadas. Las imágenes dan miedo y consiguen ponerme la piel de gallina. Entiendo por qué mi hermana me ha hablado de ellos como unos «salvajes». Y es que, en alguna ocasión sí que han colisionado contra barcos balleneros ilegales que estaban a punto de protagonizar una masacre. Por eso ellos llaman a estas acciones de «protección directa». Y la verdad es que me alegro al ver en los vídeos que estos barcos de pescadores se hundían mientras quedaban en libertad los delfines, las ballenas e incluso las orcas.

No me puedo creer que hoy en día exista todo esto. Estoy segura de que es la punta del iceberg. Tengo la sensación de que el coma de mi hermano me va a descubrir un mundo que nunca hubiese imaginado.

6

Miguel yace en una camilla blanca del Hospital General Dr. A. Carrillo de San José del Cabo. Su padre ha llegado hace unas horas y no quiere moverse de la cama. Las restricciones por el protocolo covid son estrictas. No se permite el paso a visitantes de los pacientes. Pero a él, las normas le han dado igual. Ha entrado y se ha derrumbado a llorar a los pies de la camilla. Los médicos no han sido capaces de desalojarlo. Ha gritado que le da igual el santo virus. Que prefiere contagiarse antes de separarse en esos momentos de su hijo. Mi marido se derrumba. Las enfermeras han tenido que llamar al director del hospital. El hombre ha llegado rápido por el pasillo y, en un tono muy amable, le ha explicado que van a hacer una excepción y le van a dejar quedarse. Le notan desolado y el equipo médico no sabe muy bien qué decirle. La situación es muy crítica y hay muy pocas posibilidades de que las cosas salgan bien. Nuestro pequeño está en coma. Puede morirse. Solo de pensar que puede perderlo le tiemblan hasta las entrañas. Su mirada indica dolor. Un doctor le acerca un sofá y lo coloca a su lado. Agarra la mano a Miguel y lo mira con el amor que solo puede sentir un padre hacia su hijo.

—Hijo mío. Vuelve, hijo mío.

Cierra los ojos y piensa en todos los recuerdos con él. En cómo le enseñó a montar en bicicleta, a patear una pelota en la playa. Las palas, los deberes. En cómo veía el fútbol con su hijo adolescente y gritaban a los cuatro vientos que «viva el Real Madrid» cuando ganábamos la liga. Después recuerda la cantidad de veces que le llevó al aeropuerto y cómo temió por su vida cuando supo que empezaba a meterse en líos. Tanto defender el mar, tanto luchar por aquellas causas... Le agarra el brazo y siente que todavía está muy fuerte. Una musculatura perfecta y la tez muy morena. Es consciente de que nuestro pequeño tiene uno de los rostros masculinos más bonitos que ha visto jamás. Las enfermeras pasan cada poquito tiempo y le ofrecen agua y algunos alimentos. Todo el mundo es muy amable con «el español», y él descubre un país acogedor y bondadoso. Solo es el inicio de una gran aventura en Cabo de San Lucas de la que no sabe el final.

Esa noche se queda dormido en el sofá. Ni siquiera ha pasado por el apartamento a dejar la maleta. Una enfermera entra en el cuarto con ternura y le trae una almohada y una manta. La deja a los pies de la cama de Miguel. Ella es joven y se asoma silenciosa para ver el rostro de esa aparición divina. Parece que las facciones de nuestro hijo están tejidas por los ángeles, y los brazos tatuados muestran entre tantos tubos un cuerpo robusto y muy atractivo. La joven se pregunta cuánto tiempo tardará en adelgazar y degradarse por la enfermedad. Le da pena el estado tan lamentable en el que se encontrará ese chico dentro de muy poco.

Miguel, sin embargo, está sumido en un sueño mucho más profundo. Navega en sus barcos, esquivando las olas por los mares más profundos en los que ha estado jamás. No quiere irse. Todavía no desea marcharse. Está dispuesto a agarrarse a la vida y a no dejarla ir hasta el final. En sus fantasías criaturas extraordinarias saltan por encima de las olas y él bucea con sus aletas. Libre, a toda prisa, como si al final del mar, en el horizonte, estuviera la salida. Pero resulta que, aunque nada y nada sin descanso, la salida no está.

Navega, navega, mi tripulante, agárrate siempre a las olas. Agárrate a la vida que nos queda. Y no vengas a este lado brillante y amarillo jamás.

7

Una cosa que he descubierto con la muerte de mamá es que, en tu entorno más cercano, aunque tú nunca lo has sabido, resulta que hay millones de médicos, psiquiatras y psicólogas. A la gente le encanta dar el parte de lo que te pasa y, sobre todo, elucubrar sobre cómo estás llevando el duelo. «Lo que te pasa es que estás en shock, ya te vendrá el bajón en un par de meses». «Pobrecillos, no lo habéis asumido. Es parte del proceso». «Clara, este dolor ya es para siempre, eh. Tú aún no lo has digerido. Y lo irás transformando, pero este dolor ya no se te va a quitar nunca. La angustia se te irá; el dolor no».

Pero ¿y tú qué sabrás? ¿Tú qué sabes lo que estoy sintiendo? ¿Por qué se atreven a opinar en vez de escucharte? Me pregunto si yo habré sido tan torpe dando pésames a gente que ha perdido familiares. Sea como sea, prometo no decir tonterías si alguna vez muere alguien. Lo prometo.

Me tumbo en la cama y reviso otra vez el vídeo de Miguel. Las mobulas. El arpón. La sangre. ¿Me levantaré de esta? Seguro que sí. Tengo que confiar en mí misma, porque está claro que nadie más confía en mí. Todo el mundo piensa que no voy a superarlo. El teléfono suena. ¿Lo superaré? Vuelve a sonar. Es Angie, mi mejor amiga. Me ha llamado quince veces desde la hora de comer. No tengo ganas de cogerlo. Suena el telefonillo. Ni me inmuto. Se abre la puerta y escucho su voz. «Hola, qué tal. Está en su cuarto, ¿verdad? Gracias». Entra. Cierro los ojos y sonrío, porque sé que va a soltar alguna burrada.

—¿Crees que te vas a escapar de mí? ¡Estás flipando! No sabes lo que me ha pasado. He mandado a tomar por saco a Rorro. Ya no puedo más. La última novedad es que le ha dado por los zumos orgánicos. Ahora, no solo tengo que aguantar que sea vegano y que se alimente de lechuga, sino que encima, dos días a la semana, quiere que nos alimentemos de zumos. De zumos de esos de colores que saben a césped mojado. ¡Por ahí sí que no paso! Ya le he dicho que se puede meter los zumos por donde le quepan. ¿Y sabes qué me ha contestado? Que estoy nerviosa porque la carne no me sienta bien. Que consumo demasiados antibióticos que van en los animales y que, claro, así estoy de este humor... ¡Manda narices! Te juro que me sale humo por las orejas. Ahí le he dejado. ¡Con el zumo verde! Le he dicho que se lo puede meter por donde le quepa, que yo me voy con mis sándwiches de antibióticos con pollo a otra casa. A tu casa para ser exactos. Y me he largado. Ya te vale, eh... Y tú sin cogerme el teléfono. ¿Se puede saber qué te pasa? ¿No te habrán pasado algunas cosillas dramáticas estos días, no? ¿Algo trágico? Anda que... —Angie mira al techo y se pone los brazos en la cintura como si hablara con alguien de allí arriba—. «Ya te vale, Mariajo, bonita, mira qué marrón que me has dejado. Con tu hija aquí deprimida y Miguelito de hospital en hospital». —Vuelve a dirigirse a mí—. Al final, te digo una cosa, tía, tu madre, la más lista. Ahí está, en el cielo con los míos. Seguro que están mirándonos muertos de la risa con unos coñacs y unos pitillos. Estarán pensando: «Mira toda esta panda de gilipollas. A ver cómo resuelven este jaleo». Deberíamos irnos con ellos. Al fin y al cabo, no sé por qué le tenemos tanto miedo al cielo. Si nadie sabe muy bien qué pasa allí. A lo mejor realmente la vida es mejor. Hay una fiesta con barra libre de todos los placeres de la vida y sin resacas. ¿O no? ¡No lo sabemos!

—Pues ojalá que sí, la verdad...

—Vístete, venga, que te quiero llevar a merendar. Te estás quedando tísica y yo no pienso ser la gorda del grupo de este verano. Así que o comes o comes. ¿Me explico?

Angie es mi mejor amiga del cole. Perdió a sus padres en un accidente de coche cuando teníamos catorce años. Desde entonces parece que la vida le importa una mierda. Es la persona más irónica que conozco. Y siempre, siempre, me mete en líos por decir lo que piensa sin ningún filtro. Mi madre la adoraba. Decía que era de las pocas amigas auténticas que tenía. Que estaría a mi lado siempre. Me levanto sin ganas de la cama y me arrastro hasta la silla donde tengo las Converse que me pongo encima del chándal.

—Ah, no, no, no. Yo a merendar no voy con una sin hogar. No pienso llevarte con ese pelo. ¿Hace cuántos días que no te lo lavas? Venga, métete en la ducha.

Angie ha sido la única que ha conseguido sacarme de la cama durante estos días. Mientras me cae el agua por la cara y me aplico un suavizante con sabor a coco en mi pelo liso y castaño, pienso en sus rizos. Angie tiene una melena de esas de anuncio con rizos perfectos y rubios que le dan un estilo africano espectacular. Ella siempre se queja de su pelo imposible, pero lo cierto es que, en el fondo, yo creo que le gusta. Lo lleva siempre perfecto y le da un rollazo total a su look. Se parece un poco a la actriz de *La casa de papel*, Esther Acebo. Pero eso no se lo digo, porque siempre se enfada y dice que ella es mucho más guapa. También es verdad. Tiene unas facciones más perfectas. Unos ojos marrones limón claro que en verano relucen muchísimo con el sol. No es delgada, pero tiene unas curvas estupendas que la hacen mucho más atractiva que cualquier cuerpo pequeño y debilitado. A mí me parece la chica perfecta. Guapa, divertida, sensual pero no muy explosiva. Siempre, siempre con una sonrisa grande en la cara. ¿Qué más puedo decir de ella? Tengo suerte de que sea mi mejor amiga.

Sin darme cuenta estoy duchada, bien vestida y sentada en la cafetería Manolo Bakes de la calle Princesa, a escasas manzanas de mi casa. Angie ha pedido una caja de dieciséis manolitos.

—Pero si solo somos dos —he rechistado yo en la caja.

—Sí. Dos que acarrean con los problemas de dieciséis. Nos lo merecemos. Es por la balanza.

Nos sentamos a la mesa y le cuento todo lo que he aprendido de Sea Shepherd. Que hay barcos de pesca furtiva que hoy en día saquean impunemente los santuarios marinos. Áreas protegidas llenas de especies en extinción. Le cuento que he visto vídeos de cómo esos barcos sacan tiburones martillo, ballenas beluga y miles de tortugas. Las tratan fatal. Las tiran al mar medio muertas. Le cuento que la pesca ilegal, no declarada y no reglamentada, no se controla en alta mar, lejos de los ojos de las autoridades internacionales y del escrutinio público.

—Hija, hablas igual que tu hermano. Y ¿cómo puede ser que no veamos nada de eso en las noticias? Ni en las redes.

—Pues no es casualidad que no sepamos nada de esto, te explico.

Había leído que existían leyes y acuerdos internacionales para proteger la vida silvestre y los hábitats marinos, pero que era difícil hacerlos cumplir debido a la falta de voluntad política, la insuficiencia de recursos económicos y las fronteras transnacionales que desdibujaban la jurisdicción. Y, al parecer, ahí es cuando entran las acciones directas de Shepherd, cuando existe un vacío legal, actúan para llenarlo. Como con esas ballenas que nadie protegía, que hicieron que Sea Shepherd arrollase al barco ballenero y salvase a todos los animales.

Angie ha hecho bromas sobre mi obsesión con este tema toda la tarde. La verdad es que llevo varios días sin parar de leer noticias sobre el asunto. Es lo único que me hace descansar la mente de la tragedia que está viviendo mi familia. Además, me parece fascinante que en el siglo XXI no haya leyes ni reglamentos que protejan todas estas especies tan importantes para nuestros ecosistemas. Es un tema de intereses políticos, claro. Me llama la atención casi más la falta de información que hay sobre todo esto. Ninguna de mis amigas del colegio se hubiera planteado jamás que hay barcos ahí fuera matando a manadas de miles de delfines. Me parece todo tan absurdo. Tan irreal. Desde que tengo uso de razón, mi hermano me había enseñado lo importantísimo que era para nosotros el mar y sus especies. Siempre me decía que si los océanos mueren, nosotros moriremos. Pero nunca me había dado cuenta de la magnitud de todo esto.

—No te estarás obsesionando un poco más de la cuenta por todo lo que tienes encima, ¿verdad?

—Angie, por favor, no te unas al equipo de analizar si lo que hago tiene que ver con la muerte de mi madre. Tú no, por favor. Para empezar, no creo que me esté obsesionando con el tema. Simplemente me estoy informando de algo real. De un problema existente que está a la orden del día. Y que, además, puede que tenga que ver con la situación de mi hermano. Y segundo, si me obsesionara, tampoco pasaría nada, ¿no? Me refiero, ¿qué es mejor? Que esté llorando todo el día sola y en la cama o que haya estudiado el proyecto de los pirados estos, no haya dejado de mirar los vídeos de matanzas de delfines y me esté decidiendo a mirar billetes de avión para irme a explorar la Baja.

—Espera, ¿qué? ¿Estás pensando en irte ahora a la Baja?

La verdad, solo llevo un par de días informándome del asunto. Pero sí. Se me ha pasado la idea por la cabeza. Más que nada porque necesito huir. Huir y escaparme de toda la nube de sentimientos grises que tengo en casa, en Madrid. Huir de las responsabilidades. Ahora sin mamá, hay que ayudar a Ampi. Pronto volverán mis sobrinos. Tendré que hacerme cargo también. No quiero. No quiero convertirme en una adulta con tan solo veinte años. No me toca. Además, así estaré con papá en aquel hospital. ¿Cuánto tiempo va a estar Miguel ingresado? ¿Sobrevivirá? ¿Qué secuelas le quedarán? Mi cabeza da vueltas. Y por más que intento centrarme, por más que quiero quedarme y ayudar a mi hermana, algo me impulsa a irme a ese paraíso, como una fuerza superior que tirase de mí contra todo pronóstico, que me empujase a largarme.

—Sí, sí. Si el *speech* está muy bien, Clara, pero ¿cómo se lo vamos a decir a Ampi?

8

El aeropuerto de San José del Cabo recibe a Clara con una ola de calor que hace que se le ericen los pelos de los brazos. «Bienvenida a Los Cabos, señorita», le dice un señor con rostro amable y tez morena mientras recoge sus maletas. Clara está nerviosa y, como prueba de su inquietud, le sudan las manos. Recuerda una y otra vez las palabras de su hermana. «Yo te dejo que te vayas a Cabo, pero solo y exclusivamente si me prometes que vas para cuidar de papá. No me gusta que esté solo por allí. Por lo menos hasta que puedan trasladar a Miguel a un hospital de España. No quiero que hagas ninguna tontería por allí, Clara. ¿Me oyes? Ninguna tontería».

Al salir del aeropuerto mira el sol, que sale despacito entre las palmeras. Las siete y veinte de la mañana. No puede evitar cerrar los ojos por un momento y sentir ese calor agradable en la cara. «Dios mío, mamá, ojalá estuvieras aquí con nosotros. No sé cómo vamos a llevar esto sin ti». Y el viento zarandea las palmeras con fuerza, como corroborando lo que Clara ya sabe, que la vida no será lo mismo sin mí.

El conductor del seguro la espera en la otra puerta. Clara camina con prisa hasta llegar a él.

—Bienvenida a Cabo. Señora Clara, ¿verdad?

Le ayuda a subir las maletas. Y cae derrengada en el asiento. El viaje ha sido largo. Demasiadas incertidumbres y cambios para una chica tan jovencita. Pero ella puede con todo. Es fuerte. Está llena de sueños y esperanza. Tiene más fe que nadie de la familia en que su hermano va a recuperarse. Desde pequeña ha sido la más risueña de casa. Un corazón grande y puro que contagia a cualquiera de bondad. Traviesa pero sensata. Piensa que todo esto pasará, incluso con el pronóstico tan negativo que le han dado los médicos. Han dejado sedado a Miguel hasta que se estabilice. Ha perdido demasiada sangre y necesita recuperar la tensión y las constantes vitales. Una vez se estabilice, procederán a valorar si ha sufrido daño cerebral. A mi niña, solamente el hecho de recordar los términos médicos logra marearla. Esa hipotensión puede haber causado que no haya suficiente riego en el cerebro durante demasiado tiempo. Si a las neuronas les falta demasiado oxígeno se llega a una hipoxia cerebral. Suena tenebroso. Todo el palabrerío le causa escalofríos.

Miguel tiene una salud de hierro. Nadaba todos los días más de cuatro horas en los mares. Clarita confía en que su cuerpo esté fuerte y lo suficientemente sano para superar todo aquello, pero no hay manera de saberlo hasta que no se le pueda despertar.

Veinticinco minutos de taxi y carreteras de palmeras sitúan a Clara en los edificios SunRock de Misiones, entre Cabo San Lucas y San José del Cabo. Allí la espera su padre. En un apartamentito pequeño que el seguro de vida ha puesto a disposición de la familia. A solo media hora del hospital. El taxista la ayuda con las maletas y nada más bajarse, ella ve caminando al hombre de su vida. Le parece que está más flaco que la última vez que estuvieron juntos en Madrid. Unas ojeras negras y profundas cubren su mirada. Está más triste que nunca, y a ella se le rompe un poco el corazón al ver ese rostro de desolación en la cara de papá.

—Papuchi.

Mi niña se lanza a sus brazos y el cúmulo de emociones la desbordan y hacen que llore.

—No llores, hija mía, que ya estamos juntos y todo va a salir bien.

Clara se maldice a sí misma por haber venido a Cabo a cuidar de su padre y estar llorando en vez de ayudar, pero está tan necesitada de consuelo. Ha sido un viaje muy largo y lo ha hecho completamente sola. Pronto recuerda su verdadera misión en aquella costa y se recompone acelerada.

—Mira, papá. Ampi me ha metido en la maleta un poco de fuet, que sabemos que te encanta. Y he traído también unos libros y un montón de películas del Oeste en el ordenador. Para que las veamos por las noches.

Un hombre de corazón inmenso abraza a su hija. Y suben los dos juntos al apartamento. Mi confidente se siente de nuevo un poco vivo, aunque lleva la pena más profunda de todos por dentro. Se nota torpe, le pesa no tenerme a su lado. Han sido muchos años juntos. Una vida de compañeros, de ser cómplices, de querernos por encima de todo y ante cualquier circunstancia. Se cuestiona hasta si está siendo un buen padre. Y la carga emocional de estar a punto de perder a un hijo lo deja tan cansado que no tiene fuerzas para levantarse. Clarita le ha traído un soplo de aire fresco a aquel país que él odia con todas sus fuerzas, aunque está siendo amable con él desde el principio. Ahora tendrá de nuevo una razón por la que existir, por la que levantarse y ducharse por las mañanas. Hoy ha usado la bañera por primera vez.

Clara deshace las maletas con prisa y le cuenta historias que ha leído sobre el mar de Cortés. Le fascina lo soñadora que es su pequeña, aunque la vida le haya puesto en una situación tan difícil. Es risueña y no sabe de quién ha heredado esa imaginación que traspasa cualquier frontera. La deja hablar, encantado solamente de escucharla:

—Y en este mar, papá, se ven ballenas y miles de tiburones. Todos los vídeos que tenía Miguel con las ballenas jorobadas eran aquí. En ese arco que se ve desde las ventanas. Además, ahora en marzo sigue siendo época. Tenemos que ir en barco a buscarlas. Tenemos que recuperar un poco la alegría. Las ganas de vivir. Hay que esforzarse.

La niña habla rápido, nerviosa. Y él disfruta solo y únicamente de su presencia. En lo último que ha pensado estos días es en lanzarse al mar a buscar ballenas. Pero si es junto a ella, el plan no suena tan mal. Se preparan para ir al hospital y piden un Uber.

—Si quieres alquilamos un coche para estos días, papá.

Y vuelve a sentirse torpe por necesitar que su hija pequeña tome las riendas de ese viaje. Se mete la mano en el bolsillo y saca a escondidas de la chiquilla otra pastilla tranquilizante. La sitúa disimuladamente debajo de la lengua y se promete que esa será la última.

El taxi para en la puerta del hospital y el calor de fuera entra de pronto por las ventanillas. Clara baja nerviosa y recorre la recepción con los puños apretados y las manos sudorosas. Como hace siempre cuando alguna situación la atormenta.

—Es por aquí —le indica su padre.

Y suben dos pisos por las escaleras hasta la habitación 202. «Otra vez el olor a hospital», piensa Clara en cuanto entra al corredor. Pero antes de que su padre abra la puerta del habitáculo donde se encuentra su hermano, ella nota una presencia que no pasa desapercibida. Un chico alto, fuerte y lleno de tatuajes está sentado en la sala. La mira fijamente y, por un momento, su rostro le parece familiar. Lleva una camiseta negra de manga corta y un tatuaje de una cola de ballena destaca tintado en su mano derecha. Es un joven guapísimo que en cuanto se da cuenta de que Clara ha sido consciente de su presencia, se da la vuelta y camina en otra dirección. Ella no puede resistirse y le pregunta a su padre.

—Papá, ¿has visto a ese chico? El de los tatuajes en los brazos. Se parecía muchísimo a...

—Mi vida. No le he visto, pero escúchame: lo que vas a ver ahora no es agradable. Y tienes que saber que tu hermano ha perdido mucha sangre. Y que este Miguel no es tu Miguel. ¿Entiendes lo que te quiero decir?

Clara asiente todavía mareada por el olor a hospital, el cansancio y la presencia de esa figura divina. Y entonces abren la puerta de la habitación. Y su mundo entero se derrumba al instante. Siente de nuevo esa sensación tan horrible que la ha estado asfixiando los últimos días: la de tener un pie pisando despacito el lugar a donde yo acabo de marcharme.

9

Estoy viendo *Moby Dick* con mi padre. Sé que la película está basada en la novela del escritor Herman Melville y que la publicó en 1851. Sé que la historia va de la obsesiva y autodestructiva persecución de un ballenero a un gran cachalote blanco. Lo que me sorprende es que la caza de ballenas se lleve dando desde hace siglos. Me hace pensar en cómo puede ser que llevemos matando y atacando animales durante miles y miles de generaciones y todavía tengan la fuerza y la valentía de confiar en nosotros. Me meto en el Instagram de mi hermano y veo sus vídeos nadando con orcas, los delfines saltando al lado de los barcos o las ballenas ofreciendo ese espectáculo de saltos tan brutal a miles de espectadores. No me hago a la idea del daño que les hemos hecho y no hago más que pensar en todo lo que luchaba Miguel para frenar esto.

Mi padre lee en el móvil con sus pequeñas gafas puestas información sobre la película. Contemplo sus manos arrugadas, sus ojos color gris y su anillo de casado que lleva todavía en la mano izquierda. Me pregunto si se lo quitará algún día. Me pregunto cuánto echa de menos a mamá. Todos la echamos de menos, pero él había sido su compañero de viaje toda la vida. Cuarenta y cinco años para ser exactos. Mamá se ha ido con sesenta y tres años solamente. Se conocieron cuando ella tenía dieciocho. Una vida juntos, sin rupturas ni parones. Cuando pasas tanto tiempo con alguien tienes que volverte un poco parte de la otra persona. Tiene que ser terrible todo lo que debe de estar sintiendo él. Lo miro durante un rato sin que me vea. Me encanta hacerlo cuando no se da cuenta.

—¿Qué lees, papá?

—Pues mira, estoy leyendo cosas sobre la película. Tonterías. Aquí dicen que está inspirada en algunos hechos reales. Como el caso de un cachalote albino que merodeaba la isla Mocha en Chile hace unos doscientos años. Era conocido a nivel global como Mocha Dick. Como siempre, han sido los neoyorquinos los primeros que se documentaron sobre este caso. ¡Malditos americanos! Van siempre por delante, ¿eh? —Me mira sonriendo.

—Siempre, papuchi. —Sonreímos y lee en voz alta.

—El relato fue publicado en 1839 por la revista neoyorquina *Knickerbocker*. Lo escribió un oficial de la armada estadounidense y narra el enfrentamiento real de balleneros con un cetáceo albino conocido como Mocha Dick cerca de la isla Mocha, en Tirúa (Chile). Como el pobre animal albino escapó incontables veces de sus cazadores durante más de cuarenta años, llevaba varios arpones incrustados en la espalda. Los balleneros contaban que atacaba furiosamente dando unos resoplidos que formaban una nube a su alrededor; embestía los barcos perforándolos y volcándolos, matando a los marineros que se atrevían a enfrentarse a él. Según el narrador del artículo publicado en la revista, para matar a Mocha Dick se unieron más de veinte barcos balleneros de distintas nacionalidades.

—Pues que se fastidien. Dime tú para qué querían matar a la pobre ballena.

Sigo leyendo un rato con mi padre sobre curiosidades de *Moby Dick*. Una anécdota que me gusta muchísimo es que, en Chile, en la cultura indígena mapuche, existe el mito de los *trempulcahue*, que son cuatro criaturas sobrenaturales que se encargan de llevar el alma de los muertos hacia su lugar de descanso. Estas criaturas son precisamente cuatro ballenas que transportan las almas de los muertos hasta el lugar del *ngill chenmaywe* (el sitio para la reunión de la gente) y que se relaciona mayoritariamente con la isla Mocha, al frente de la provincia de Arauco, en Chile.

Cuando le leo este relato a papá, recordamos juntos lo bonito que había sido el momento en el que le contamos a mis sobrinos que la abuela había fallecido. Siempre he pensado que los niños son la esperanza del mundo y que te llevan a caminos insospechados de felicidad. Cuando les anunciamos la triste noticia, Álex, que acababa de cumplir los seis años, preguntó: «¿Entonces? ¿La abuela ya es una ballena?». Ampi recordó que hacía un par de veranos les habíamos contado que no había que tener miedo a la muerte. Que era un proceso de la vida, igual que el nacimiento. Y que, además, cuando te morías, en el cielo te preguntaban en qué animal querías convertirte. Te dejaban escoger tu favorito. ¡Podías escoger el que quisieras! Daniela se moría por convertirse en un delfín y vivir en el mar con las sirenas. Álex, sin embargo, escogió un halcón peregrino. Es el ave más veloz de los cielos, y soñaba con sobrevolar el mundo entero. Y mamá les dijo que a ella le encantaría convertirse en ballena. «¡La abuela ya es una ballena! ¡Seguro que ya está libre nadando a sus anchas por altamar como le gustaba! ¡Qué guay!», gritaron entusiasmados mientras a mi hermana se le caían las lágrimas. Entonces planeamos hacer excursiones juntos a Canarias para ver a la abuela en el mar. Nos parecía precioso que pensaran así. Quizá tenían razón y en el cielo no pasaba nada. Quizá era un mejor sitio para estar. Quizá mamá estaba bien y era realmente una ballena que estaba nadando por fin libre en su océano, sin dolores, ni preocupaciones.

En el mito de los *trempulcahue*, esas cuatro ballenas son cuatro mujeres ancianas convertidas en cetáceos para realizar esta tarea a la caída del sol de cada día. Son las encargadas de llevar las almas a lugares en paz. A estas criaturas nadie vivo puede verlas. Pero son guías, guías de alma.

El *jet lag* y el cansancio me hacen desvariar. Le pregunto a papá a qué hora iremos mañana al hospital. Con el protocolo covid no nos dejan quedarnos a dormir. Me dice que no me preocupe y que descanse. Que él me despierta. Se me cierran los ojos mientras me imagino a esas criaturas sobrenaturales nadando en el azul infinito, saltando preciosas entre las aguas. Independientes, libres y guiando por fin en paz.

10

Cuando Clara se despierta, encuentra a su padre ya vestido. Ha cortado fruta y ha preparado café. La pequeña se sorprende. Papá nunca se ocupó del desayuno. Es más, recuerda cómo yo le regañaba siempre porque no ayudaba todo lo que me gustaría en esta tarea de la casa. La fruta está cortada en trozos gigantescos y a ella le parece tierna esa nueva convivencia en la que nota cómo intenta coger las riendas de la casa. Una nueva vida en la que ahora tiene que ir acostumbrándose a él.

—Siéntate, Clarita. Tengo una sorpresa para ti.

Una vez está incorporada la niña, posa un panfleto de colores en la mesa y se lo acerca a ella diciendo:

—Hoy, antes de ir al hospital, tú y yo nos vamos a ir a dar una vuelta a ver ballenas.

Ya es hora de tomar las riendas de la familia. Es su turno de animar a los demás. Seguidamente le explica los detalles que vienen en el folleto. Por veinticinco dólares por persona te aseguran dos horas de avistamiento de cetáceos. En las imágenes del panfleto aparecen unas ballenas jorobadas enormes dando saltos con la panza fuera del agua. Clara no da crédito de la emoción. Por primera vez, en muchísimos días, ha recuperado su mirada risueña. Siempre era yo quien la sorprendía con estos regalos. Está emocionada con el gesto de papá y llama a su hermana mayor. A su gran apoyo desde niña.

—Ampi, Ampi, que papá me lleva a ver ballenas. Vamos a ir ahora, antes de acercarnos al hospital.

—Me alegro. Qué bonito. Qué buena idea de papá. Seguro que veis muchas saltando por todas partes.

Los médicos les dan el parte todos los días a las dos de la tarde. Hasta ese momento no hay nada más que hacer que esperar. Ya les han explicado las enfermeras varias veces que no es necesario que vayan al hospital. El parte se lo pueden dar telemáticamente y, por protocolo covid, es conveniente que se queden lejos de las instalaciones. A mi familia les importan muy poco las restricciones. Están pasados de rosca y todo el mundo los conoce en el hospital. Pedro el Español ya es famoso y muy respetado en las instalaciones. Una enfermera muy joven cuando lo vio llegar pensó: «Ojalá consigamos salvarle. Ese hombre se lo merece». Y es que, durante los primeros días, papá no salió del hospital. Se sentaba en la sala de espera y se dormía en las sillas. Los médicos le recomendaron que se fuese a un hotel cercano, pero él no hizo caso. Además tenía el apartamento del seguro. Se sentía incapaz de hacer otra cosa que no fuese esperar y emocionarse. Todos los trabajadores estaban conmovidos con el historial de mi marido, y yo solamente puedo observarlo desde aquí arriba y pensar en cuánto me gustaría estar viviendo ese duelo junto a él.

Llegan al puerto temprano por la mañana. La marina de Cabo San Lucas desprende aires de fiesta y diversión. Todo está decorado con carteles de colores. El desmadre mexicano está latente en cada esquina. Las tiendas de suvenires, los gorros de paja y algunos mercaderes que llevan iguanas con sombreros verdes para que los turistas saquen fotografías. Clara lo mira todo emocionada. No quiere perderse nada de aquello. Sobre todo, porque en cada panga, en cada buceador, en cada fotógrafo submarino que pasa con su cámara ve reflejado a su hermano. Tiene la sensación de estar con él. De estar viviendo todas esas aventuras junto a él. «Te echo de menos, Miguel. Pero estoy segura de que vas a volver. Estoy segura de que vas a volver».

Un mexicano muy simpático de unos cuarenta años les invita a un tour de ballenas. «Yo le llevo, caballero, con esa hija tan preciosa que usted tiene». Y los dos sonríen entusiasmados, aunque con un cansancio acumulado presente en cuerpo y alma. Unos «netas» y unos «qué pedo» más tarde, Clara y Pedro están sentados en una panga de color verde coral con unos chalecos salvavidas puestos camino al avistamiento. En la embarcación hay una madre colombiana con sus dos hijas de siete y nueve años. Tras las introducciones banales que siempre se hacen durante estos eventos, llegan a El Arco, una formación rocosa típica de la zona. El guía les explica con gracia que tiene el aspecto de un dinosaurio tricerátops bebiendo agua. Hace bromas tontas con ruidos de estos reptiles extinguidos y las niñas colombianas carcajean. Clara y papá están callados, se nota que disfrutan sin más de aquel momento. El aire fresco y las olas los separan de repente de unos meses desoladores de hospitales. Y el mar, que todo lo mueve y lo atrae, les está dando una tregua entre tanto dolor.

—El arco separa el golfo de California del océano Pacífico y también guarda un gran parecido con el arco de Hvítserkur en Islandia. Y ahora, señoras y señores, agárrense fuerte, porque nos vamos a por las ballenas.

El capitán arranca el motor divertido y las dos pequeñas se ríen, pues el agua les salpica. Es imposible no contagiarse de esas risas inocentes. Mientras navegan, cada uno va sumido en sus propias reflexiones. Disfrutan del olor a mar y la brisa en la cara. Un soplido rompe con sus pensamientos y el silencio se apodera de todo.

—Shhh —les advierte el capitán—. Es una cría jorobada con su mamá.

Y para el motor de la lancha de golpe mientras ven claramente las chimeneas de agua a escasos metros de la lancha. A los cinco segundos sacan la cola.

—Uooo —gritan asombrados todos los tripulantes de la embarcación.

El capitán habla de nuevo.

—Ahora van a sumergirse unos dos minutos en las profundidades. Tenemos que esperar a que salgan de nuevo a respirar. Mientras tanto les platico que las ballenas jorobadas son la especie de cetáceo más popular. Se caracterizan por esas enormes abolladuras que parecen verrugas en su parte delantera. Si se fijan, tienen una joroba en la aleta dorsal. De ella viene su nombre: la ballena jorobada. Pueden llegar a medir más de quince metros de largo.

—¿Son más grandes que esta panga? —pregunta la más mayor de las chiquillas.

—Pues claro, m'hijita, son cuatro veces esta pequeña panga. De hecho, su tamaño depende de su ubicación. ¿Sabíais que las jorobadas que habitan en regiones más frías pueden pesar cincuenta toneladas? Pesan más porque necesitan más grasa para mantenerse en calor. En cambio, las de las zonas tropicales pesan alrededor de treinta. Su cola puede medir casi cuatro metros de ancho.

—Guau. Y ¿por qué saltan?

—Hay muchas teorías, m'hijita. La primera es que las mamás saltan con las crías por puro divertimento. Para jugar con ellas, para pasarlo en grande. También se dice que lo hacen para desparasitarse, para quitarse los pequeños crustáceos que se les han adherido en sus migraciones. Por supuesto, los machos también saltan por el cortejo. Intentan demostrarles a las hembras que son muy fuertes e intentan impresionarlas con las acrobacias. ¡Como en la vida misma!, ¿verdad, señor? —Suelta una carcajada contagiosa y añade—: Híjole, anda que no anduve yo cortejando a mi María Isabela durante años. Al final, fíjese que cayó.

Se ríen todos de la broma del señor y observan el azul infinito mientras él les cuenta otras curiosidades del animal: que tienen un gran corazón, y no en sentido figurado, que el órgano llega a pesar más de ciento cincuenta kilos.

—¡Un corazón de casi doscientos kilos!, ¿se imaginan oír el latido, amigos? Y, ahora, silencio. Ya han pasado dos minutos y estoy seguro de que van a salir a respirar.

Se quedan todos en silencio. De repente, el bebé ballena aparece a unos metros de la barca, brincando con todo el cuerpo fuera del agua, saltando de la manera más pura y bonita que Clara haya visto jamás. Las niñas gritan del susto. Y su padre se levanta emocionado, apoyando las palmas de las manos contra la cabeza.

—Ooooooh —grita Clara sobreexcitada—. ¿Lo habéis visto?

El capitán les indica:

—No quiten sus ojos del agua. Va a volver a saltar.

La adrenalina y la emoción se apoderan de todo. Y, efectivamente, a los pocos segundos, el bebé curioso salta de nuevo. Esta vez mucho más alto, juguetón, salpicando a toda la embarcación. Les está regalando todo un espectáculo. No se han recuperado de la emoción cuando, de repente, la mamá ballena sale del agua impulsada por una fuerza superior. Les deja a todos sin palabras. Salta de golpe al lado de donde ha saltado la cría. Están jugando juntas. Clara, entre lágrimas, jura que ese animal enorme y poderoso le ha clavado la mirada.

Cuando cae al agua, el estruendo retumba en lo más profundo del corazón de mi niña. Y, emocionada, no puede contener las lágrimas. Su padre la abraza por la espalda mientras el capitán les avisa que no dejen de mirar, porque van a volver a saltar. Las barcas se agolpan cerca de esa pequeña panga verde y durante más de cuarenta minutos presencian el espectáculo más maravilloso que la naturaleza les ha regalado jamás. Un padre orgulloso y satisfecho de lo que ha conseguido mira de reojo a su pequeña y disfruta por un momento de su alegría. Clara mete la mano en el agua, haciendo movimientos que salpican. Le habla a la ballena:

—Vamos, vuelve, vuelve, salta, salta, por favor, salta.

Sí, como si ese movimiento personificase el soplo de vida que necesita. Como si ese salto le fuese a salvar de todo lo que está viviendo. Parece que las ballenas la oyen, porque cada vez que mi niña lo pide, las dos saltan. Lo llenan todo de luz y de esperanza.

—¡Qué bonito!

—¡Qué suerte!

—¡Qué espectacular!

Regresan a la marina emocionados. Se bajan de la panga y le dan una propina al capitán de la embarcación.

—¡Muchísimas gracias! —dice Clara.

—La neta, han sido bien suertudos —les responde el hombre—. Otro día salimos de nuevo —dice mientras se aleja en la barca.

Caminan por el pantalán de la marina. El muelle de madera se mueve torpemente. Y cuando están a punto de salir al puerto, Clara no puede evitar que se le escapen unas palabras:

—Que no se nos olvide nunca, papá, que la vida es muy bonita.

Y el comentario no pasa desapercibido.

—Sí, nunca debemos de perder las ganas de vivir. Ni de soñar —responde su padre en voz bajita.

Sé que no me olvidan.
Nunca me olvidarán.

11

Llegamos al puerto de Cabo San Lucas emocionados. Por primera vez en muchos días me siento viva. Tengo muchas ganas de llamar a Ampi y contarle lo que papá y yo acabamos de vivir. Las ballenas me dan una sensación de paz que me resulta familiar. Como si ese animal inmenso, ahora feliz y libre, formase parte de mi pasado. Por el camino al coche pasamos por un delfinario que hay en la marina. Han puesto unos altavoces con sonidos de delfines y pienso por un momento que esos animales están encerrados en esas diminutas jaulas a menos de diez metros de su hogar. A menos de diez metros del mar.

—Papá, mira qué pena esos delfines. Encima escuchando esos ruidos que podrían ser como de su manada. ¿No te parece muy cruel?

Me contesta unas palabras ininteligibles y sigue caminando sin perder el rumbo por la marina. Él ya ha vuelto a la vida real, a nuestra dura y cruda nueva vida real. Yo todavía no. Me siento extasiada, como si ese bloqueo marino intentase protegerme. Me invade una sensación de tregua. Escucho de nuevo a los delfines y me entran unas ganas inmensas de saber más sobre la vida de esos mamíferos. Quiero entender el dolor que les tiene que causar estar en esas jaulas. Sobre todo, ahora que acabo de presenciar un espectáculo de mamíferos en libertad. ¿Su angustia será equivalente a la mía? Me gustaría saber si serán verdad todas esas frases que he leído en internet sobre el estrés mental, emocional y físico que los delfines sufren en cautiverio. También he investigado que mueren mucho antes de lo que lo harían si estuviesen en libertad. Y que las depresiones debilitan su sistema inmune, lo que hace que puedan contraer miles de enfermedades.

Camino pensativa recordando muchos de los artículos que me han mantenido entretenida en los últimos días, cuando de repente, diviso a lo lejos aquella sombra perfecta y familiar. Los brazos tatuados, el moreno dorado en la piel. Lleva una cámara submarina gigantesca en el brazo izquierdo y mira el móvil, distraído, con una camiseta vieja sin mangas que deja ver la mitad de la espalda, que también está totalmente tatuada. Se gira distraído y me doy cuenta de que el blanco de su sonrisa se ve a kilómetros. Mi padre se dirige a la izquierda, camino al aparcamiento donde hemos dejado el coche que hemos alquilado. Yo no sigo a mi progenitor, sino que camino dispuesta a hablar con ese chico, como impulsada por una fuerza que me indica que tengo que conseguir hacerlo. Avanzo por ese puerto de colores como hipnotizada, persiguiéndolo. Retengo en mi cabeza los tatuajes, que se van haciendo más grandes y visibles según me voy acercando. Los de los brazos son muy parecidos a los de mi hermano: ballenas y mantas. En la espalda, sin embargo, asoma una gran serpiente negra enredada a una especie de espada. Cuando estoy a escasos metros suyos, le agarro del hombro y se gira de golpe. Sus ojos marrón miel se clavan en mi alma. Se sorprende y se da la vuelta rápidamente, como disimulando, evitándome. Se pone a caminar, pero en la otra dirección. Freno en seco y me pregunto si tiene algún sentido lo que estoy haciendo. Mi padre ha entrado ya en el aparcamiento, pero se ha dado cuenta de que ya no le sigo y me mira. Seguro que se está preguntando qué diablos estoy haciendo. Lo miro y con un gesto rápido le indico que no tardo nada. Y entonces corro hasta ese chico guapísimo de nuevo hasta que me sitúo delante de él, recuperando un poco el aliento. Le hablo rápido, inquieta, nerviosa y sobrexcitada.

—Perdona, estabas el otro día en el hospital, viendo a mi hermano. Eras tú, ¿verdad? —Está totalmente bloqueado, sin decir nada. Y entonces continúo—: Disculpa que te pare así, pero el otro día estabas en el hospital de San José. En el no sé qué Carrillo, ¿verdad? ¿Eras tú? No sé, me preguntaba si estabas allí visitando a mi hermano. Se llama Miguel.

Noto por un momento que no solamente está paralizado y sorprendido, sino también inquieto y nervioso.

—No, lo siento. Yo...

Le interrumpo otra vez.

—Sí. Sí. Estoy segura de que eras tú.

Los nervios me han invadido de golpe. Tengo clarísimo que es él. Pero, por otro lado, me da vergüenza ponerle en evidencia. Soy consciente de que no tiene mucho sentido todo esto. Ni siquiera sé muy bien qué es lo que estoy buscando. A lo mejor me estoy equivocando, pero ¿y si es él? ¿Y si conocía a Miguel?

—De verdad que lo siento. No sé de qué me hablas. No he estado en ningún hospital.

Mi padre se ha acercado hasta nosotros e interrumpe la conversación.

—Clarita, hija, qué pasa.

Insisto por última vez. Total. Ya no tengo nada más que perder...

—Perdona, de verdad, pero es que estoy segura de que eras tú. Y que estabas en su habitación. La 202. Miguel Hernández... ¿Te suena? Yo...

Ahora me interrumpe él.

—No. De verdad que no. No sé a quién estás buscando, pero no soy yo. Lo siento..., tengo que irme. Llego tarde a trabajar.

Me aparta. Se encoge de hombros y mira, suspirando, a un par de camareros del Captain Tony's, el restaurante que está enfrente de nosotros. Ellos nos miran sorprendidos. Han visto toda la escena y no parecen entender nada.

—Vámonos, Clarita, tampoco quiero llegar más tarde al hospital —dice papá sin darle importancia a lo que acaba de pasar.

Camino con él hacia el parking de nuevo, pero no puedo dejar de mirar hacia atrás. Estoy cien por cien segura de que ese chico estaba el otro día en el hospital. Eran sus brazos, sus manos, sus tatuajes, su belleza. Me resulta todo tan familiar... Se me ha encogido el corazón un poco y tengo un gran pálpito. Me alejo poco a poco de esos ojos miel que han hecho que se me revuelvan las tripas. Es como si pudiese ver a través de ellos el interior de su cuerpo, la relación con mi hermano, los secretos que esconde. No estoy loca, no he perdido la cabeza como todo el mundo cree. No es la primera vez que me dejo guiar por la intuición y funciona. Ese chico oculta algo. Algo que tiene que ver con el accidente de mi hermano. Lo sé. El viento sopla y miro al cielo. Las nubes se mueven rápido. Una tiene forma de ballena. Me acuerdo de mi madre. No estoy loca. Es un sentimiento muy fuerte que me dice que ese chico tiene algo que ver con él.

Llegamos al hospital media hora más tarde, y un escalofrío me recorre el cuerpo entero al volver a sentir ese olor que solo tienen los hospitales. Los recuerdos me pegan de golpe y tengo que cerrar los ojos y concentrarme en no marearme. No soporto, y no soportaré nunca, el olor a hospital. Mi padre entra primero en la habitación, y yo observo desde fuera, desde el cristal, el rostro perfecto de mi hermano. Está tan guapo como siempre. Parece un ángel dormido. Deseo con todas mis fuerzas que se recupere, que puedan retirarle la sedación pronto y escuchar otra vez su voz. El sonido del iPhone me saca de golpe del mal sueño. Es Ampi. Siempre oportuna hasta en las situaciones más imprevisibles.

—Bueno, cuéntame. ¿Cómo han ido esas ballenas con papá?

Le cuento entusiasmada los brincos que habían dado. Y, después, hablamos de papá. Le explico que está bien, cansado pero con fuerzas. Y que no tenemos muchas novedades del parte médico.

—Se va a poner bien, ya verás —me dice ella antes de colgar.

Quiero creerla con todas mis fuerzas. Ampi es la persona más lista de la familia. Me hace bien pensar que no se está equivocando y que mi hermano se va a curar. Me sorprende todo lo que sabe de términos médicos. Ella es así, una enciclopedia con patas. A día de hoy, sigo alucinando con los buenos juicios de valores que hace sin importar el tema que estemos tratando. Hoy le he comentado lo del chico de los tatuajes. Se ha reído de mí diciendo que menuda forma tan absurda de ligar que tengo, que, si el joven me parecía guapo, podía haber encontrado otra manera de tirarle los tejos. He protestado y le he dicho que es idiota. Me ha dado vergüenza explicarle que creo en serio que conoce a Miguel. Mi teoría no tiene mucho sentido, y Ampi es tan racional que no va a entender nunca nada de mis pálpitos espirituales.

Amparo estudió Derecho para una oposición jurídica. En aquella época tenías que ser licenciado. Recuerdo que la becaron para estudiar Derecho y ADE en ICADE. Al terminar la carrera quería irse seis meses a hacer algunas prácticas al extranjero. Pero, al final, su responsabilidad la llevó a estudiar una oposición. Eligió ser abogada del Estado sin estar muy segura. En nuestra familia no hay ningún abogado del Estado. Pero tampoco hay nadie tan listo, organizado e inteligente como ella. Y todo lo que tiene de lista también lo tiene de buena y de generosa. Se pasa el día cuidando de los demás. Con mi hermana me di cuenta de que yo jamás haría unas oposiciones de ese tipo. Y menos de abogada del Estado. Siempre se quejaba diciendo que la complejidad de su oposición era que había que estudiar cuatrocientos sesenta temas, cuando normalmente otras oposiciones tenían unos trescientos veinte. Tengo un vago recuerdo del periodo en que mi hermana se preparó la oposición en casa. Pero desde luego, si algo recuerdo, es verla encerrada en su cuarto estudiando. Aprobó en tres años y medio, que no es lo normal. La mayoría de su promoción aprobó en cinco o seis años. Pero ella era así, todo un cerebrito de la abogacía.

Menos mal que no se volvió loca estudiando. Tenemos un vecino que literalmente perdió los papeles a raíz de la oposición. Es la historia más triste del mundo. Pero, como no la aprobaba y suspendía año tras año, se obsesionó con los estudios y perdió la chota. Su madre tuvo que ingresarlo en un centro psiquiátrico, porque iba por la calle gritando y recitando los códigos penales.

Yo siempre bromeaba con Ampi que también estaba medio loca. Pero la verdad es que, gracias a Dios, no perdió la cabeza. Aunque sí que la recuerdo llorando muchísimo unas Navidades antes de los exámenes. Estaba nerviosísima. No quería ver a nadie. Ni siquiera a nuestros padres. Solamente lloraba y ordenaba temas. Además, en esos días, unas semanas antes de su tercer examen, que era de idiomas y que supuestamente todo el mundo aprobaba, Ampi enfermó. Fue una cosa rarísima. Pero se encontraba fatal y no podía moverse de la cama. Sin embargo, se presentó. El examen duraba diez horas y casi se desmayó de la fiebre. Se tuvo que tomar unas medicinas en medio de la prueba para ponerse mejor y poder continuar.

Ya no me acuerdo cuántos exámenes hizo exactamente. Pero sí recuerdo el día que la llamó un preparador para decirle que había aprobado. Era verano y celebramos esa buena noticia en Galicia con papá y mamá. Me viene a la cabeza el sabor de los mejillones frescos y el olor del pulpo a la gallega. Recuerdo que por primera vez probé el albariño. Me dejaron brindar por mi hermana, aunque todavía era menor de edad. Me acuerdo tanto de esos veranos. Si tuviera que elegir un recuerdo al que volver con toda mi familia, serían esos atardeceres en cualquier bar de pueblo de Galicia.

12

Ampi termina los quehaceres madrileños y se derrumba en el sofá con los ojos cerrados. No puede parar de pensar en su familia. En Clara, recién llegada a México, y conociéndola, capaz de hacer cualquiera de sus locuras. Su padre, desolado y solo. En esas salas frías y lejanas de un nuevo hospital. Piensa en sus hijos y en su trabajo. En todos los juicios atrasados y las tareas pendientes. En Adolfo y en los vídeos que le ha mandado jugando con los pequeños en la playa. Se siente a salvo. Adolfo es la única persona que le ofrece calma en estos días de ansiedad. Piensa en su relación, en cómo poco a poco se fue apagando esa llama que durante muchos años estuvo viva. Se maldice a sí misma por haberse desenamorado del único hombre que la había tratado bien. Se acuerda de las idas y venidas con otros seres. Del buen sexo con aquel abogado del despacho. Y de cómo poco a poco su vida amorosa se había convertido en un vaivén de sentimientos fuertes pero vacíos. «Nunca nadie me hará sentir como me hizo sentir él».

El calor de la manta de lana logra sumergirla en más y más recuerdos de los últimos años. Ampi es una persona muy emocional, aunque lleva siempre esa máscara de empresaria fría y despiadada. Lo hace para protegerse. Para no mostrar su vulnerabilidad. Huele y aspira el olor de la manta, el suavizante tan familiar, y se traslada a los veranos en la playa de la Lanzada, los paseos por ese arenal eterno con el subir y bajar de las mareas y de las olas. El pelo al viento y el olor a eucalipto. La cantidad de veces que se llevó allí a algún hombre intentando replicar las experiencias que tuvo solo con él. Con su Adolfo. Qué traicionero es el amor. Y su inteligencia. Tan práctica para unas cosas, tan inexperta para otras. «A veces me gustaría no pensar». Tarea imposible para una mujer como ella.

Cierra los ojos y reflexiona sobre todo lo que solo ella sabe sobre su hermano. Su participación en los barcos de Sea Shepherd, la de veces que se había ido con aquella organización ecologista a luchar por lo que, para ella, eran causas perdidas y sin esperanza. Cuántas veces le había dicho que dejara de meterse en líos y que había otras formas más legales, o más bien, menos peligrosas, de intentar hacer las cosas bien. El sentimiento de culpabilidad aumenta por momentos. Especialmente cuando se acuerda de su último viaje a la Baja California. Estaba teniendo una aventura con Jorge, un compañero del despacho más joven. Decidieron ir a Los Cabos a desconectar, con la excusa de visitar a su hermano pequeño. Allí pasaron unos días inolvidables. Visitaron Todos Santos y se alojaron en el hotel Nobu de Cabo San Lucas. Uno de los resorts más caros de la zona. A Amparo las cosas en el trabajo le iban muy bien, así que no tuvo reparo en gastarse una cantidad de dinero alarmante. Se justificaba diciendo que para eso trabajaba tanto. Y el chico, más jovencito pero con aires de grandiosidad, se unió al plan, haciendo el esfuerzo disimulado de pagar hasta más facturas que ella.

Amparo entra en trance recordando esas vacaciones de sol, margaritas y buen sexo en todas las playas. Pero sobre todo, recuerda la primera vez que vio a Miguel, varios días después de su llegada. Ella estaba radiante, morena y delgada. La sensación de paz y libertad que le daban siempre las vacaciones. La compañía de Jorge la hacía sentirse más joven, más guapa. Estaba en plena forma. Miguel, sin embargo, venía cansado y ojeroso. Aunque eso no le quitaba la belleza tan impresionante de su rostro. Sus ojos azules cristalino y ese pelo mal cortado y alborotado por el mar. Le contó que había estado varios días en San Felipe, trabajando junto con Sea Shepherd en la defensa de la vaquita, el mamífero marino más amenazado del mundo.

Va sumergiéndose en el sueño, lentamente, recordando los vídeos de ese animal. Su hermano le explicó que la vaquita marina era uno de los cetáceos más pequeños del mundo, el único mamífero marino mexicano con el que la pesca ilegal estaba a punto de terminar. Lo notó muy cansado mientras le comentaba cómo la ONG activista había mantenido lejos de la costa a esos pescadores furtivos. Incluso se habían peleado con muchos locales. La vaquita marina era una especie endémica de México que habitaba precisamente por esa costa, la del norte del golfo de California. Y de ninguna de las maneras iban a dejar que desapareciera tan fácilmente. «Miguel, ¿no lo estás llevando un poco al límite?», le había dicho ella. Pero él era un hombre de pocas palabras y muchos actos, así que cambió el tema de la conversación y comenzaron a hablar de otras cosas.

Los días pasaron lentamente, sin muchas emociones. Ampi estaba de vacaciones y quería descansar, así que tampoco salió mucho al mar. Pero sí realizó una única expedición en barco. La había organizado Miguel con sus amigos. Todos parecían cortados por el mismo patrón. Tatuajes en los brazos, casi todos de criaturas marinas. Ojos claros y piel morena, gorras negras que tapaban los cabellos quemados y desteñidos por el sol. La verdad es que todos esos jóvenes eran guapísimos, y ella sintió por un momento que la vida le había pasado por delante. Un sentimiento muy común en la familia. El no querer crecer. El no querer que el tiempo pase o que los buenos momentos se acaben. Amparo quiso volver a tener veinte años, no tener conciencia, ni responsabilidad. Le apetecía pensar sencillamente que la vida cumpliría todas sus promesas y que estar en el mar significaba todo. Como para aquellos jóvenes surferos. En esa panga despegó por unas horas los pies de la tierra. Nadaron con delfines e incluso vieron tortugas desde la proa. Se sintió libre, incluso cuando volvieron a pisar ese pequeño y colorido puerto, el de San José del Cabo.

Ampi recuerda a esas criaturas, el verde perfecto de las tortugas, el saltar coordinado de esos mamíferos que representan la libertad, la adrenalina. La buena relación que tenía su hermano Miguel con el capitán, Éric. Con todos. Especialmente con un joven, guapo y alto, de ojos marrones claros, como amarillos cristalinos. Dan Taylor se llamaba. Ampi se fijó en la belleza de ese chico porque no pasaba desapercibida. Pensó en cómo hubiera sido, años atrás, un reencuentro con esa piel. Demasiadas emociones para una madre independiente que hacía años que no sabía muy bien qué hacer. Se encontraba perdida. Solo los reencuentros con esos jóvenes la sacaban de la rutina y le daban la vida que ella sentía que acababa de perder.

13

Salgo del hospital con papá y caminamos hacia el aparcamiento sin hablar ni mirarnos. Llevo un vestido cortito de flores azules. Es de las cosas más veraniegas que tengo, porque hoy el calor aprieta y hace que todas las extremidades me suden. Aunque me he puesto la prenda más ligera de mi armario, parece que llevo una mochila enorme y muy pesada. Me cuesta caminar. El peso me cae sobre los hombros y arrastro las piernas, lo que impide que marche a paso rápido. Miguel ha comenzado a desarrollar lo que los médicos nos han descrito como fracaso renal. Sigue intubado y de momento no pueden retirarle la sedación ni trasladarlo. Es posible que en las próximas horas haya que ponerle una máquina de diálisis. Es un pronóstico muy crítico, y los médicos nos han advertido que en los primeros dos o tres días de este nuevo tratamiento, tenemos que estar preparados para lo peor. «Sí. Se puede morir», nos ha informado un doctor argentino, con acento y cara de pena. «Necesita demasiados fármacos para la hipotensión. Y no podemos ajustarle las constantes vitales», ha añadido otro médico más jovencito que acompañaba al primero.

Llegamos al coche en silencio, y papá se sienta en el asiento del conductor. Más bien se derrumba en el asiento del conductor. Y yo hago lo mismo en el del copiloto. La mochila me pesa muchísimo y apoyo la cabeza en el asiento, agotada. Cierro los ojos. Papá abre las ventanillas. Conducimos en silencio a ese apartamento en la zona de Misiones, justo antes del colorido Cabo San Lucas. Por el camino, fijo la mirada en la carretera. Veo las palmeras y las buganvillas de colores que adornan gran parte del recorrido desde San José. Siento que quiero morirme. Si mi hermano mayor se muere, me querré morir con él. Ya no puedo soportar más este dolor. Miro a papá, conduce concentrado o al menos eso parece. El coche que hemos alquilado es automático, pero, aun así, lleva la mano derecha situada en la caja de cambios. No puedo evitar poner mi mano encima de la suya. No quiero decirle lo que estoy pensando, porque lo mataría a él también. Tengo que ser fuerte. Por él. Por nosotros. Le hago una caricia y me mira. Triste, me sonríe.

—Te quiero mucho, hija mía.

—Yo más, papá.

Llegamos a casa y aparcamos justo en la puerta.

—Me voy a echar un rato. Estoy agotado y, además, el calor es insoportable.

Le digo a papá que no se preocupe, que me apetece ir a la playa a pasear y tomar el sol.

—¿Quieres que vaya contigo? —me pregunta.

—No hace falta.

Camino calle abajo con el mar de fondo. El sol pega fuerte. Mi mochila tiene cada vez más carga.

Al llegar a la bahía diviso una sombra detrás de unos matorrales. Me acerco, necesito sombra para sobrevivir aquí. Quiero sentarme en la arena, mirar al cielo y llorar sola. Necesito estar sola para desahogarme. Para estar a gusto con mi duelo. No me gusta que la gente me vea llorar, pero necesito hacerlo. Camino hacia las plantas y me doy cuenta de que hay una señora mayor sentada allí. Me acerco. Tendrá unos sesenta o setenta años. Tiene el pelo pelirrojo alborotado. Unas arrugas perfectas. Unos ojos azules casi grises que me embaucan. Está arrodillada, tejiendo un collar de colores.

—Ay, lo siento —le digo—. Pensé que estaría aquí sola.

Me alejo.

—No se preocupe, m'hijita, aquí hay hueco para las dos. Ándale, ándale, siéntese aquí.

Y se mueve un poco hacia el lado izquierdo de la sombra. Me hace hueco justo a su lado. Me siento. En realidad, me muero por estar sola. Pero el calor es insoportable, estoy mareada y si no me tumbo, creo que voy a desmayarme. Así que extiendo un pareo, sonrío tímidamente y me derrumbo en la arena.

No sé exactamente cuánto tiempo pasa desde que me tumbo hasta que vuelvo a abrir los ojos. Creo que me he quedado medio dormida. O por lo menos, en una especie de trance en el que el cerebro ha dejado de funcionarme. Me incorporo un poco desubicada y miro el mar. La señora, de tez morena y vestimenta azteca, sigue tejiendo ese collar de hilos de colores a mi vera. Tiene una mirada bondadosa, irradia sabiduría acumulada. Una figura de esas con olor a pasado y un poco a olvido. Me sonríe y sigue tejiendo sin hablarme. Miro fijamente al mar y creo distinguir como unos soplidos en el horizonte. Me encantaría que fuesen ballenas y comenzasen a saltar como el otro día. Estoy tan triste, tan vacía, que no sé ni cómo explicarlo. Corre la brisa. Las palmeras se mueven levemente. Tengo ganas de llorar, pero la presencia de esta anciana indígena me cohíbe. Además, me da vergüenza llorar en público. Nunca he logrado desahogarme rodeada. Apoyo la cabeza en las rodillas. Respiro profundamente. Lloro. Lloro disimuladamente pidiéndole a Dios, al universo o a quien sea que esté ahí arriba, que, por favor, no se lleven a mi hermano. Que es todo lo que tengo y lo que soy. Que no podré vivir sin él. Que mamá ya se ha ido. Que ya basta. Ya basta.

Pasa un tiempo y levanto la mirada de nuevo. La señora sigue sin inmutarse. Me fijo en que lleva un vestido blanco y un montón de collares mexicanos en colores rojos, verdes y morados. En la oreja lleva varias dilataciones. Me sorprende ese estilo para su edad, pero mola. Tiene rollo. Lleva las uñas largas y pintadas de colores. Las ballenas siguen resoplando en el horizonte. Tengo ganas de decirle algo, pero no sé muy bien el qué. ¿Me habrá visto llorar?

—Mire, mire, hay ballenas —le digo.

Sin mirar al horizonte y sin apartar la vista de lo que está tejiendo, sonríe. Pero no me contesta. Esta señora actúa raro, pero me transmite una sensación de paz, como de redención anticipada, que nunca me había transmitido nadie. ¿Quién será? Qué paradójico es todo en este país nuevo de colores.

—Bueno, me llamo Clara. ¿Y usted?

Me mira. Tarda unos segundos en contestarme, que me sirven para darme cuenta de que lleva miles de trenzas. Tiene muchos lunares en el lado derecho de la cara, junto a los ojos. Parece que son estrellas que rodean su mirada. Es un semblante místico. Una belleza exótica que ensalza sus arrugas. Espectacular.

—Soy Julieta. —Y se incorpora acercándome la pieza que ha estado tejiendo—. Mira, m'hijita, te hago esta ofrenda. Es un collar para endulzar tus sueños. Para acercarte a la Pachamama. Tienes que ponerlo todas las noches a los pies de tu cama. Te ayudará a descansar.

—Oh, no, no. De verdad. No hace falta.

—Las ofrendas no se rechazan —me contesta tajante.

Me quedo un poco cortada y entonces solo se me ocurre darle las gracias. La mujer se sienta de nuevo en la arena y esta vez mira al horizonte sonriente. Parece que ya quiere disfrutar del espectáculo de las ballenas. Estoy segura de que pronto van a saltar. Nos quedamos las dos en silencio mirando al mar, sus colores.

—Mira, m'hijita. ¿Ves ese arco de piedra? Allí al fondo. El arco de Cabo San Lucas. Parece esculpido por los ángeles, ¿verdad? Antiguamente, en las primeras tribus nativas de la Baja California, se creía que ese gran arco era un enorme templo rodeado de abismos muy profundos de donde venían los dioses del mar a hacer ceremonias cada año. Los nativos ancianos contaban a los jóvenes la historia del niño mágico. Un niño que llegaba cada año a salvar del dolor a los desamparados. Y se acercaba a la costa en un enorme pez dragón. Durante días, se quedaba en las playas a jugar con los animales mientras su mascota, el pez dragón, bajaba a los abismos donde permanecía vigilante. Eran los guardianes del arco. El niño mágico era, en realidad, el guardián de todas las personas que habían venido a este cabo a sanarse. —Observo el arco mientras esa señora sigue hablando—. Cada año, todas las tribus nativas esperaban con ilusión la llegada del niño. Lo veían jugando en la arena durante días, aunque muchas veces era difícil distinguirlo entre tanto animal. Andaba siempre rodeado de lobos marinos, incluso las orcas y las ballenas se acercaban a la orilla. A los ancianos les daba miedo aproximarse a los márgenes de la playa. Quién sabe la conexión tan mística que tenía ese bebé con los animales. Lo que sí hacían era acercarse a las pisadas del pequeño, una vez que él ya se iba. Pensaban que tocándolas podían curarse de las enfermedades más peligrosas: las mentales. En verdad, pensaban que si se acercaban a ese niño, a ese arco, podrían sanar.

—Qué historia tan interesante. Me parece bonita.

—Tú también has venido a sanar. Y créeme que el mar de Cortés te sanará.

Nos quedamos las dos en silencio. El sol cae por detrás de las montañas, y poco a poco Julieta me cuenta más mitos sobre las tribus. Historias sobre los guardianes del arco. Sobre la cultura azteca que reinaba en esos paraísos. Las montañas. Me habla como si fuese su hija. Repite «m'hijita» innumerables veces antes de narrar sus historias. Realmente parece que nos conocemos de toda la vida, como si formásemos parte de una historia pasada. El tiempo vuela y disfruto escuchándola. Incluso lloro con ella sin vergüenza en algún momento. Mi padre me envía un mensaje preguntándome si me apetece dar una vuelta. El sol ya está cerca del agua y los colores del cielo están cambiando. De azulados a amarillos. Y ahora, casi rosas. Me genera dulzura ver el esfuerzo que está haciendo mi padre por mantenerme a flote. Ojalá lo pudiera ver mamá. Me despido de Julieta amablemente. Siento una paz muy rara y me voy de la playa pensando que no voy a verla más.

Aunque, cuando comienzo a subir la carretera hacia nuestra nueva casa, me giro. Me coloco el pelo, que se me mueve de manera vertiginosa con el viento. Siento uno de esos pálpitos extraños. Fuerte. Me aprieto la mano en el pecho intentando descifrar qué es en concreto lo que siento. No entiendo qué me está pasando últimamente. Algo en mi interior me dice que sí que volveré a ver a esta señora. Muchas veces, en diversas ocasiones. El viento golpea de nuevo y muevo las manos, ahora, hasta la tripa. Siento que esa anciana indígena será importante. Quizá una figura imprescindible en la búsqueda sobre la verdad de mi hermano.

14

Dan Taylor y Miguel se conocieron un mes de noviembre. Para quien no lo sepa, es uno de los meses más agradables en la costa de la Baja California. Las ballenas jorobadas han empezado a llegar. El clima es caliente, pero no demasiado caluroso. Los atardeceres son rojizos e impresionantes. Y se pueden disfrutan en un mar cristalino lleno de criaturas. Miguel estaba con una chica mexicana que le volvía loco desde hacía semanas. Era estudiante de Biología Marina. Se habían conocido en una expedición en busca de mobulas en La Ventana. La jovencita se llamaba Lisandra. Tenía una sonrisa blanca, franca y muy amplia, una luz especial en su mirada y, sobre todo, una risa contagiosa que lo volvía loco. Cuando reía a carcajadas no la podía dejar de mirar. Ella vivía en La Paz. Las demás amiguitas de Miguel vivían en San José del Cabo. Pero Lisandra era su favorita y siempre que podía se escapaba a verla a esa zona del mar.

Aquella mañana se habían ido a caminar a las dunas del Mogote. Era uno de los sitios favoritos de la joven. Un ecosistema de dunas costeras muy cerca de la ciudad. Solamente a treinta minutos de su casa empezaban a aparecer esas grandes montañas suaves, cambiantes y cantantes. Un camino de terracería con el mar de fondo. Cactus de formas extravagantes, árboles y una variedad de plantas del desierto los guiaron aquel 16 de noviembre a la playa. Y al llegar, ella le comentó que no habían visto por la carretera ni correcaminos, ni lagartijas, ni liebres, ni cardenales rojos, amarillos o mascarados. Le dijo con voz risueña:

—Normalmente se ven hasta águilas pescadoras descansando sobre los cardones.

Se sentaron con un par de cervezas en la arena y se besaron apasionadamente después del primer trago. De repente, Miguel vio pasar a un grupo de jóvenes con sus cámaras de agua. Estos corrían hacia la playa, con prisa, como si acabara de pasar algo en la bahía. Se levantó de golpe y quiso ver adónde se dirigían.

—¿Qué pasa? —preguntó Lisa.

—Van a filmar algo. Mira cómo corren con las cámaras. Vamos, vamos.

—¿En serio?

Lisa estaba enamorada de Miguel, pero no podía dejar de pensar que siempre estaba en un segundo plano. Para su chico lo más importante era el mar, y siempre que estaban juntos, a punto de vivir una aventura, algo pasaba en el agua. Miguel entonces se dispersaba y ella volvía a ser el segundo plato. Él era un alma libre que no comprendía otro amor puro y limpio que no fuera el del mar. Bajaron por las dunas apresurados y siguieron a los chicos por la playa, hasta que, de pronto, una mancha negra enorme se divisó en la bahía.

—¡Dios mío, es una ballena! —gritó Miguel—. Y yo sin mi cámara.

Y, efectivamente, un cachalote enorme se divisaba varado en la bahía. Lisa tuvo que subirse la camisa y taparse la boca para respirar. Toda la playa olía a putrefacción, y el agua estaba teñida de sangre. La imagen era desoladora y, a la vez, espectacular.

Miguel se acercó al grupo de chicos, y Dan le dijo que les habían dado el aviso por radio, que llevaba varado unas cinco horas. La sangre que salía de su enorme cuerpo era porque ya había algunos tiburones merodeando y devorando las partes más sabrosas de la ballena.

—¿No tienes una cámara submarina? —preguntó Miguel.

—Güey, le están devorando los tiburones. ¿En serio piensas meterte ahí? —contestó Dan con acento mexicano, simpático y asombrado.

—Pues si me dejas la cámara, sí.

—Te presto la GoPro. La cámara nueva ni de pedo.

Miguel se quitó la camiseta y, sin dudarlo, se metió en el agua con unas gafas de buceo prestadas.

—Tu güey está bien loco. No mames —le dijo Dan a Lisa.

A la hora y media salió del agua entusiasmado, riendo y diciendo que no había conseguido grabar nada por culpa de la mala visibilidad del agua, pero que bueno, que había sacado algunas tomas de los ojos del cachalote y de la dentadura. A partir de ahí, los dos jóvenes se convirtieron en amigos y, con el paso del tiempo, inseparables. Dan también vivía en San José del Cabo, nacido en Ciudad de México, había estudiado hostelería, pero su pasión por el mar le había llevado a dejarlo todo para dedicarse a la fotografía submarina. Ambos jóvenes compartían aficiones. Les encantaba el surf, el *kite*, la apnea y, bueno, para qué engañarnos, las chicas guapas y jovencitas. Los dos tenían esa belleza exótica y atractiva que solo tiene la gente que vive en libertad. Salían de fiesta y arrasaban con mujeres de todas las tallas, edades y colores. Se partían de risa comentando al día siguiente las aventuras que tenían. Especialmente desde que se mudaron juntos, no hacía tanto, a un apartamento muy cerca de la bahía de San José del Cabo.

—Jamás pensé que querría tanto a un chilango —le había soltado Miguel no hace mucho cuando salvaron juntos a una tortuga boba que se había quedado enredada en las redes.

Y a Dan, ahora, le retumban esas palabras de Miguel en la cabeza, sentado en la silla de la sala del hospital. «Jamás pensé que querría tanto a un chilango. Nos vamos a comer el mundo, hermano». El corazón le late cada vez más fuerte y se acuerda de su amigo. De las risas. De las aventuras. De las conversaciones a medianoche con un par de cervezas Pacífico y con la brisa del mar de fondo. Cierra los ojos y siente el sudor que le corre por la espalda. Y pasan por su cabeza, en una sucesión vertiginosa, todas las locuras que han cometido: las madrugadas en la panga, y los pescadores ayudándolos en esa misión peligrosa y absurda. Dan se acuerda del primer día. Estaban en la bahía, muy cerca de Todos Santos. Salían del agua de practicar apnea. Una panga pequeña descargaba mercancía en la playa.

—Vamos a ver qué llevan, tío.

—No quiero meterme en apuros, carnal.

Pero Miguel era así. Y se acercó a la panga de pescadores para descubrir que además de algunas mobulas había aletas de tiburones azules. E incluso una le pareció que era de tiburón blanco. Dan recuerda cómo su amigo se volvió loco de ira. Gritó a los pescadores y les dijo que iba a llamar a la policía. Y uno de los muchachos de tez oscura se levantó de forma muy agresiva y le dijo:

—Güey, es mejor si te calmas…

Se acercó con algo sospechoso en el bolsillo. Dan pasó miedo mientras intentaba calmar a su amigo alejándolo de la muchedumbre.

—Güey, vámonos, Mike. No merece la pena. Hay un chingo de pesca ilegal. No mames. Una panga no va a cambiar nada.

Pero Miguel sacó el móvil y grabó la pesca, tomó fotografías de las aletas y grabó también los rostros de los tripulantes. Les gritó que tomaría medidas. El ambiente olía a peligro. Y a Dan le invadió una sensación de miedo que conocía muy bien debido a su pasado. Un tío suyo había tenido problemas en la ciudad con unos narcos que le amenazaron con cerrar su negocio, y la cosa había acabado realmente mal. Tiroteos, muertos y un sinfín de barbaridades por no cooperar con los malos. En su país, no eran ninguna tontería los carteles de narcos. Eran una maría severa y era mucho mejor mantenerse fuera de líos.

—Güey, estamos en México. Nos pueden dar un tiro en cualquier momento. ¡Ya, cálmate!

Y afortunadamente logró agarrar a su amigo de la mano y salir corriendo antes de que llegaran otras sombras que se habían acercado por los gritos con palos a la playa. Una vez en el coche, sentados, trataron de calmarse. Pasados unos segundos, Dan, agitado y muy nervioso, se dirigió muy serio a Miguel, mi niño imprudente.

—Es la última vez que haces esto. Eres un verdadero inconsciente y poca broma, porque podríamos haber muerto en esa pinche playa. Güey, aquí las cosas no funcionan como en España.

—¡Tenían mobulas y tiburones! ¿Estás loco tú? ¡No podíamos no hacer nada!

—Qué importa lo que tengan, Miguel. No quiero morir por una de tus pendejadas.

—¡Son especies protegidas! No me jodas. ¿Me estás diciendo que vamos a dejar que hagan lo que les dé la gana?

—Te estoy diciendo que esto es más peligroso de lo que te piensas. Eres un pendejo. Yo tengo familia. Y quiero volver a verlos. Y una cosa es rescatar a una tortuga si está en nuestra mano y otra es meternos contra toda esta red de tráfico. Por si no lo sabes también son los narcos los que se encargan de todo este tráfico de aleta de tiburón.

—Muy bien. Pues tú no hagas nada, pero yo pienso hacer una denuncia pública por lo menos.

—Pinche idiota, no sabes en el lío en el que te acabas de meter.

«No sabes en el lío en el que te acabas de meter», repite entre lágrimas acordándose de cuántas veces intentó frenar a su amigo. Cuántas veces le dijo que no se podía hacer esto. Ni lo otro. Hasta con las tortugas le indicaba que había que esperar a que llegase el equipo de rescate para desenmallarlas. Y Miguel..., su Miguel, haciendo y deshaciendo lo que le venía en gana. Y ahora ya es demasiado tarde. Lo observa intubado, cada vez más delgado en esa camilla blanca. Sí, para Dan, ya es demasiado tarde.

15

Recuerdo la primera vez que Miguel me habló de la pesca ilegal de tiburón. Fue en Galicia, durante una comida de mi cumpleaños. Cumplía dieciséis años y mi hermano me regaló un diente de tiburón bañado en plata con el que había hecho un colgante. El collar me pareció horroroso, pero tuve que disimular porque Miguel lo había hecho a mano con mucha ilusión. Había recubierto el molar con unos alambres y lo había atado cuidadosamente a una cuerda marrón. Le expliqué que los tiburones me daban miedo y que toda la vida había visto cómo devoraban a las personas en las películas. En casa, desde que tengo uso de razón, él mismo me ponía películas de estos grandes depredadores en las pantallas. La que más me impactó fue *Deep Blue Sea*, en la que unos científicos administraban inteligencia humana a los escualos, los convertían en máquinas de matar y los acababan devorando a todos.

Miguel se acercó a mi silla con una revista de *National Geographic* y me enseñó imágenes de miles de especies de tiburones. Yo no tenía ni idea de que había tantísimas. Existían unas mil doscientas especies diferentes de condrictios, que son tiburones, rayas y quimeras. Me explicó, con muchísimo cariño, lo que significaba la frase esa que tantas veces había escuchado de «los tiburones son los responsables de la salud de nuestros océanos».

—Mira, Clara, los tiburones son los encargados de que nuestros mares estén limpios. Y es muy fácil entender el porqué. Son «depredadores oportunistas». ¿Eso qué significa? Que en la mayoría de las ocasiones se comen a presas que ya están muertas o heridas. Y es que estas presas están contaminando los mares con sus bacterias y sus estados de putrefacción. Imagina una ballena enorme que se ha muerto y está varada en cualquier parte del mar, pues los tiburones van ahí y la devoran. Una foca herida, pues lo mismo. Tatachán. Gracias a los tiburones, en menos de veinticuatro horas el océano vuelve a estar limpio. Son animales que no tienen un instinto asesino como quizá tengan las orcas. Cazan y comen para sobrevivir. Y te diría, solamente para que lo entiendas bien, que son unos cazadores bastante vagos y que prefieren un lobo marino que ya esté herido, que no tengan que hacer mucho esfuerzo para cazarlo, que un animal vivo que suponga un esfuerzo extra.

—Ah, pues mira, vagos y comilones como mamá. —Miramos a mamá, que estaba terminando de comer el segundo plato en el restaurante y nos reímos.

—Qué idiotas sois —dijo ella—. Traedme el menú para ver si pido postre. —Y sonrió mientras Miguel seguía hablando.

—Te quiero contar una anécdota, enana, que me pasó hace poco. Yo estaba en la Baja. Ese día me habían contratado de *freelancer* para una empresa de turismo de tiburones que se dedica a llevar a gente a nadar con escualos en libertad. Básicamente los atraemos con sangre para que se acerquen al barco y cuando lo conseguimos, tiramos a los turistas para que puedan verlos en el agua y se les quite el miedo.

—Ole tus narices. ¿Y si se comen a alguien?

—Pues es que precisamente jamás hemos tenido un accidente. Los tiburones NO COMEN HUMANOS, Clara. No estamos en su menú.

—Pero sí les atrae nuestra sangre, ¿no?

—Eso es un mito que se han montado en las películas. A los tiburones no les atrae nuestra sangre. Tú te puedes cortar las venas entre miles de tiburones que te aseguro que ellos no van a ir a por ti. Les gusta la sangre aceitosa del atún. La sangre de los peces. Sangre que huele a pescado. La nuestra no les causa ningún interés. Además, somos muy huesudos. Poca carne y mucho hueso para que ellos se sientan atraídos por nuestro organismo. No les gustamos.

—Vaya daño han hecho las películas entonces, ¿no?

—Pues sí, y eso es lo que tienes que ayudarme a divulgar cuando crezcas y te hagas una gran periodista. Tendrás que explicarle al mundo que los tiburones están en la pirámide de la cadena trófica. Es decir, que son parte de los máximos depredadores que van regulando el nivel de población de las otras especies. Si no existen estos agentes reguladores, otras especies pueden disparar su población, convertirse en plaga y terminar destruyendo vastas zonas ecosistémicas.

—Me he perdido.

—Los tiburones son importantísimos. Y tienen un papel crucial en la cadena trófica. La cadena nos indica quién come a quién en el ecosistema. Cada animal tiene un papel en la alimentación. ¡Nosotros somos parte también de la cadena! Te pongo un ejemplo fácil para que entiendas lo de los tibus. Imagínate que el tiburón se come a las rayas, las rayas se comen a los peces pequeños, los peces pequeños se comen el krill y el zooplancton y el zooplancton a las algas. Todo esto un día te lo explicaré mejor, pero si quitas a los tiburones de esta cadena perfecta, habrá sobrepoblación de rayas. Se comerán a todos los peces pequeños y eso incidirá en que haya mucho zooplancton que se encarga de destrozar las algas.

—Ya..., y ¿qué pasa si no hay algas en el mar? Pues las playas estarán más limpias, ¿no?

—Clara, por favor, ante todo, no seas una de esas chicas ignorantes... Más del setenta por ciento del oxígeno que respiramos existe gracias a los océanos. ¿Eso lo sabías?

—Pues no. Pensaba que venía del Amazonas y de los árboles, la verdad.

—Bendita adolescencia. ¿Quieres que te lo cuente? ¿O te preocupa más lo que está pasando en esa serie horrible de televisión que ves?

—¿Cuál serie?

—Qué más da. Cualquiera de esas que ves.

—Pues me interesan las dos cosas por igual. No te voy a engañar. —Y nos reímos.

Aquel día mi hermano mayor me explicó que nuestro planeta, la Tierra, se llama planeta azul, porque tiene un porcentaje muchísimo más alto de mar que de tierra. Me contó también que las algas y el fitoplancton, que contiene clorofila como las plantas, eran los encargados de hacer la fotosíntesis; es decir, convertir el dióxido de carbono que andaba suelto por la atmósfera en oxígeno. Miguel era tan guapo y te explicaba todo de una manera tan pasional que su discurso te calaba realmente.

—La mayoría de la gente habla del cambio climático, pero nadie tiene ni idea de lo que eso significa. Simplemente estamos generando más basura de la que nuestros recursos naturales pueden desprenderse. Toda esa contaminación que generamos sube a la atmósfera en forma de dióxido de carbono, y son los océanos con sus algas y sus corales los que se encargan de transformarlo en el oxígeno que respiramos. Imagínate, Clara, que nos cargáramos el océano. No podríamos tener oxígeno, literalmente MORIRÍAMOS. Y los tiburones tienen un papel muy importante en lograr que esto no ocurra. No hay que temerlos; hay que cuidarlos y respetarlos.

No me quedó otra que ponerme el collar del diente de tiburón y aprender una vez más sobre el mar gracias a mi hermano. Ese día me contó también que mientras desarrollaba esa actividad turística vieron pasar un barco ilegal de pesca de aleta de tiburón.

—Estábamos esperando a ver si aparecía algún tiburón azul y, de repente, vimos a lo lejos un barco sospechoso. No pudimos evitar sacar la cámara con *zoom* e hicimos fotografías. Tenían más de cien aletas de tiburón secando en la parte de arriba del barco. No era una embarcación lo suficiente grande como para tener los cuerpos de tiburones también. ¿Y eso qué significa? Pues que pescaban a los tiburones, les cortaban la aleta y los tiraban al agua a morir desangrados. ¿Te imaginas qué horror?

—Pobres animales…

—Efectivamente. Pobres animales. Gracias a Dios, hicimos un montón de fotos de la embarcación. Y al llegar a casa lo subimos todo a Facebook. Etiquetamos a todos los guardacostas y a los responsables de la marina.

Recuerdo esa sobremesa en la que tomamos limoncello mientras Miguel hablaba y hablaba de lo que veía en el mar. Nos contó que esas fotos de Facebook un día desaparecieron y que incluso recibió alguna amenaza por publicarlas. Mamá se enfadó mucho y le dijo que no sabía por qué se tenía que meter en tantos líos. Y papá acabó la conversación diciendo que si volvía a meterse en alguna de esas cosas de la Baja, lo traería a España de vuelta por los pelos.

Aquel día no le di nada de importancia, pero ahora me doy cuenta de que igual toda esa lucha para salvar los tiburones comenzó precisamente con aquello que nos contó aquel día. Que quizá casi lo matan por algo que empezó como una tontería: con las fotografías que sacó mi hermano de aquella panga.

16

No cabe la menor duda: para todos los nativos de la Baja California Sur, el arco, sus playas y sus alrededores son lugares sagrados que están poseídos de un encanto divino. Y el mito del niño que había relatado Julieta representa el espíritu de un dios del mar con una misión que cumplir. Según su historia, siempre que aparecía le acompañaban miles de animales de mar y estos se ponían a cantar. Nuestra Clara, desde hace varias noches, sueña con ballenas, lobos marinos y delfines que entonan cánticos. Se levanta en mitad de la madrugada, desubicada por la intensidad de sus fantasías. Desea cada noche que sea verdad todo lo que está viendo. Piensa en quitar ese collar de colores a los pies de su cama. Quizá está viviendo un hechizo mágico, algo que se resiste a sus intentos de pasar una noche en calma. Cordial. Una noche en la que recupera otra vez el sueño profundo y descansa con normalidad.

Han pasado tres días desde que Miguel ha comenzado con la diálisis y los médicos están optimistas. Parece que la situación mejora un poco, aunque le queda mucho tiempo de recuperación. Esa mañana Pedro lleva a desayunar a nuestra hija a una cafetería, Casa Sola, muy cerca de la marina de Cabo San

Lucas que le han recomendado. Se sientan y pide, sin preguntar, dos zumos de naranja. A Clarita no se le escapa ese matiz. Qué risueña es. Su bebida favorita del mundo, que le recuerda a nosotras. A todos los desayunos que siempre tomábamos juntas. Brindan por las nuevas noticias. Si todo sigue así de bien, al día siguiente intentarán quitarle la sedación. Puede tardar varios días en despertar. Pero con el pronóstico más positivo, despertará. No pueden estar más felices. Almuerzan huevos benedictinos y después se van a dar un paseo por la marina. Están animados y hasta se plantean comprar helados y volver a hacer la excursión de las ballenas.

—La haremos mañana, hija mía, para celebrar que todo está bien.

Pasean durante horas, y Clara le cuenta a su padre la historia de los nativos. Y del mito del niño, mitad humano, mitad pez. Le explica que los indígenas tienen la creencia de que ese bebé tiene varios dones. Algunos dicen que si lo miras a los ojos, ya no envejeces. Otros dicen que cuando pasa eso, el niño los convierte en buenos pescadores. Aunque a ella, el mito que más le gusta es el de la sanación. Lleva días soñando con esa presencia y piensa realmente que ese Cabo los sanará de mi tristeza y también a Miguel. Le curará y volverán todos tranquilos a casa. Pensar así, por un momento, les alivia.

Esa misma tarde, mientras papá descansa, Clara baja a la playa a ver el atardecer con Julieta. La señora le dijo la primera vez que podría encontrarla allí. Y a partir de ese día, la ha buscado siempre. Y eso que Clara se fue pensando que no iba a encontrarse nunca más con la anciana. Pero tenía curiosidad por sus historias. Quería que le hablara de misterios y de espíritus místicos que jamás había escuchado en su vida acomodada en Madrid. Mi niña siempre ha sido muy curiosa. Desde que era una cría, le interesaba lo distinto. Lo peculiar. Lo extraño. Incluso en el colegio se sentía siempre atraída por los libros más raros de la biblioteca o por las películas que nadie escogía. Julieta le está dando una visión nueva de la muerte. Y quiere saber más y más.

—Todo esto, niña, lo que te está pasando, es solamente un aprendizaje que te ha dado la vida. Y si eres lista y sabes apreciar lo bueno, saldrás de aquí como una mujer mucho más fuerte, más valiente. Simplemente tienes que dejarte llevar. Sentir. Apreciar la muerte.

Clara al principio no entiende nada. Se siente ridícula pensando que tiene que apreciar la muerte. ¿Por qué iba a querer perder a su madre? ¿Quién querría algo así? ¿De veras se podía apreciar algo así?

—En cualquier duelo, m'hijita, uno tiene que tomar la elección. Te puedes agarrar a la luz o a la oscuridad. A la vida o a la muerte. Y solo los más inteligentes se agarran a la luz, a la vida. Pues retener la oscuridad es lo fácil. La pena es lo fácil. Ser fuerte es lo más complicado. Pero te diré una cosa, agarrarse a la luz te generará los sentimientos más gratificantes que experimentarás en la vida. Quizá, niña, deberías hacer conmigo una ceremonia de ayahuasca —le dice Julieta sin darle importancia a lo que acaba de proponerle.

Clara ha escuchado infinidad de historias de esa planta. Sus amigos le habían contado que la ayahuasca era una de las drogas más fuertes que existían. Ella jamás había probado las drogas. No como Miguel, que desde muy joven había sentido interés por probarlas todas. «No me quiero morir sin saber qué se siente», le había dicho a su hermana pequeña alguna vez. Es más, le había hablado en más de una ocasión de sus viajes con setas alucinógenas u otras sustancias. Y cómo le llevaban a mundos irreales y también terapéuticos en cierto sentido.

—La ayahuasca es una medicina tradicional utilizada por los chamanes del Amazonas desde tiempos ancestrales.

Julieta le explica a Clara con cariño que muchas tribus indígenas utilizan esta planta para sanarse, para curar grandes enfermedades, tanto físicas como mentales.

—Todo es natural y viene de una planta m'hijita, sin ningún tipo de químicos. Se elabora a través de la decocción de una liana que crece en la selva (la ayahuasca, de la que el brebaje toma su nombre), junto a las hojas de otra planta, la chacruna. El resultado es una poción con un fuerte poder alucinógeno que es completamente sanador.

Clara entiende, después de una larga conversación, que la sustancia de la planta produce, entre otros efectos, alteraciones en la percepción y la cognición que permiten abrir determinadas puertas que el cerebro tiene cerradas, en la mayoría de los casos como mecanismo de autodefensa.

Julieta le pone el ejemplo de una joven de su edad que ha tratado no hace mucho. La chiquita había sufrido malos tratos y violaciones por parte de su padrastro durante la niñez. El cerebro, que es muy inteligente, le había bloqueado todos esos recuerdos y la muchachita era incapaz de tener relaciones sexuales con su pareja.

—La ayahuasca, m'hijita, la ha ayudado a sanarse. Ha desbloqueado todos esos traumas de su infancia y ahorita estamos en el proceso de superarlos para poder avanzar.

Mi niña curiosa entiende así que los humanos, a lo largo de nuestras vidas, vamos acumulando traumas y experiencias conflictivas, muchas de las cuales nuestra parte consciente esconde debajo de la alfombra, como si nunca hubiesen existido, de forma que no tengamos que vivir con ese dolor. Lo que ocurre es que siguen ahí, condicionando sin saberlo muchos aspectos de nuestra existencia, de nuestra relación con los demás y con nosotros mismos.

—Quizá una ceremonia de ayahuasca te ayude a poner en perspectiva este nuevo camino. Quizá te reconecte con tu hermano. O quizá no te ofrezca ninguna respuesta, m'hijita. Porque ¿sabes una cosa? Algunas personas no consiguen nunca conectar con la Pachamama. Hay personas para las que la planta no tiene respuestas.

Clara vuelve a casa pensando en todo lo que acaba de escuchar ese día. Fanática de Disney desde niña, piensa en la película de *Pocahontas*. Ahí la princesa de las montañas acude a un árbol que llama abuelita y le hace preguntas para encontrar respuestas de la vida. Es la simbología de la ayahuasca. Otra enseñanza más para los adultos en películas de niños. También se acuerda de cuando su hermano le contaba que esa planta debería haberse quedado en la jungla con la gente apropiada. Porque la ayahuasca salió de la selva para ponerse de moda en EE. UU. y Europa, especialmente en España, y había personas que habían hecho un mal uso de la planta y habían provocado accidentes e incluso intentos de suicidio.

Retumbaron en la cabeza de Clara las palabras de su hermana Amparo: «No hagas tonterías, Clara. Ninguna tontería». Pero y si la planta la ayuda a encontrarse mejor. Y si la planta la lleva a la verdad sobre su hermano Miguel. Y si, y si... «En realidad, mejor no meterme en líos. Aunque si lo hago, si por lo que sea lo hago, jamás se lo contaré a Amparo».

17

Hace un par de días los médicos optimistas le retiraron la sedación a Mike. No despierta. Nos han dicho que, si en tres días más no abre los ojos, le harán un escáner cerebral. Un tac. Otra vez a esperar. Papá está desesperado, y siento que en cualquier momento se va a derrumbar. Les ha pedido a los médicos si puede dormir estos días con su hijo en el hospital. Me pide opinión al respecto. Yo le he dicho que se quede sin problema, que me quedo sola encantada. Que aprovecharé para llamar a Amparo y a mis amigas. Que estoy bien, de verdad.

Al principio no parecía muy convencido, pero al final he logrado que no sienta remordimiento dejándome sola estos días. Me retiro un momento al dormitorio. Hoy no estoy ni triste ni desesperada, me siento enfadada. Estoy harta de todo lo que nos está pasando y quiero que las cosas salgan bien de una vez. ¿Por qué todo de golpe? ¿Por qué a nosotros? Hay familias con abuelos que han cogido el covid y no se han muerto. ¿Por qué se ha tenido que ir mi madre? ¿Por qué esto ahora? Quiero hacer la ceremonia de la ayahuasca. Quizá obtenga las santas respuestas de esta gran mierda. Estoy decidida a beberme esa planta y ver qué narices tiene que decirme. Quizá me haga bien. Quizá pueda sentirme agradecida como dice Julieta. ¡No me siento agradecida! No me siento nada más que enfadada. Necesitada de respuestas. ¿Dónde está mi madre? ¿Adónde se van los santos muertos? ¿Las almas? Los últimos días que he visto a esa señora de pelo rojo y mirada misteriosa y penetrante me ha dicho que la llamara siempre que la necesitara. Saco el móvil y busco en la agenda su teléfono. Llamo.

—Hola, Julieta —tarda en contestar.

—Hola, niña. ¿Cómo te encuentras?

—Bueno, bien. —Escucho silencio al otro lado del teléfono. Nadie contesta. Insisto—. ¿Julieta? Soy yo, Clara. He estado pensando que...

—Sí. Dime.

—Me gustaría hacer la ceremonia de la ayahuasca. La puedo hacer incluso hoy mismo. Mi padre está en el hospital y yo...

—M'hijita... —Silencio otra vez—. Esto no se puede hacer así.

—Yo. Simplemente estoy perdida y no sé... He pensado que...

—Acércate a la playa de Santa María y hablamos. Estoy aquí.

Me despido de papá; le digo que he quedado con Julieta. Sabe que es una señora con la que me estoy viendo estos días, pero no se imagina que es una vieja zumbada con la que me planteo drogarme y tener alucinaciones con una planta. Cojo el coche de alquiler malhumorada y conduzco hasta el aparcamiento más cercano al lugar donde me ha citado Julieta. Sigo las indicaciones hacia playa Santa María. Una vez más, me encuentro en la típica playa del golfo de California. Montañas beis rocosas que acaban en un mar azul cristalino e infinito. Es una cala pequeña que tiene varios barcos de lujo atracados cerca de la orilla. Me sorprende la inmensidad de esos yates y los americanos horteras con bañadores de lentejuelas que tienen la música a todo volumen en las proas. La playa sería muchísimo más bonita sin todos ellos.

Suena «Oops!... I Did It Again» de Britney Spears. La tarareo mientras bajo unas escaleritas de arena y diviso a Julieta al fondo. Está sentada en una de las hamacas. Hoy no está tejiendo nada. Lee un libro gordo y viejo. Las páginas están arrugadas y amarillentas. Camino despacito por la arena. Hay brisa y no se nota tanto el calor del sol. El viento es agradable. Al fondo, se divisan las pangas que se dedican al avistamiento de ballenas. Deben de estar persiguiendo alguna. Se apilan en grupo cerca de un catamarán enorme lleno de turistas. Me encantaría estar allí.

Alcanzo a Julieta, me quito las sandalias y me siento a su lado en la arena. No le digo nada y no me dice nada. Apoyo la barbilla en las rodillas y sigo observando las pequeñas pangas. ¡Ahí están! Dos soplos salen del océano y reconozco que son jorobadas. ¡Qué bonitas! Julieta sonríe mirando al horizonte. Ha cerrado el libro y observa el mar infinito, también con la barbilla apoyada en las rodillas. Después de observar un rato a los animales de lejos, me habla:

—M'hijita, te explico un poco cómo se trabaja la ayahuasca. Lo primero es una ceremonia que tienes que hacer desde la conciencia. Desde tu alma. Y tiene un proceso de preparación.

—Ah, ¿no lo podemos hacer esta noche? Mi padre está en el hospital y yo...

—Clarita, querida —me interrumpe—. No es una cosa que se haga sin pensar, como si nada. Y tú tienes que prepararte y realmente ver si estás preparada. La ayahuasca es una medicina que reconecta al ser humano con la naturaleza. Con la Pachamama. Te reconecta con tu verdadero ser. Ase cuenta que cuando llegaste al mundo eras un alma pura. Un ser humano puro como todos los que llegan a la tierra. Pero, ahora, debido a las circunstancias de tu vida, de tu cultura, te has ensuciado.

Tengo ganas de contestarle, enfadada, que no me siento sucia, que soy una persona limpia, que a lo mejor la que está sucia es ella. Estoy cansada de escuchar estupideces y además tengo ganas de enfadarme con alguien. Amparo está demasiado lejos. Angie, también. No me apetece escuchar a nadie. Quiero huir. Huir de ese escenario y volver a mi vida de hace cuatro meses. Julieta sigue explicándome con pausa y dulzura que todos los seres humanos nos dejamos influenciar por las culturas donde vivimos. Dependiendo de donde creces, acabas incorporando a tu vida, unas rutinas y unas creencias que te alejan de tu verdadero yo.

—Todo influye en tu crecimiento, Clarita. Piensa que si hubieras crecido en las montañas en vez de en una ciudad desarrollada, jamás hubieras consumido productos químicos. Azúcares malos. Grasas saturadas. En mi tribu, por ejemplo, donde yo crecí, nos alimentábamos única y exclusivamente de lo que nos proporcionaba la tierra. Arroz, verduras y plantas.

—¿Eso significa que no puedo hacer la ceremonia?

—No. Eso significa que para que la ayahuasca te purifique el alma, primero tienes que purificar tu cuerpo. ¿Entiendes? Tienes que desintoxicarte.

—Vale. ¿Y cómo lo hago?

—Yo te puedo invitar a una ceremonia de ayahuasca que tengo este mismo viernes. En tres días. Normalmente la gente que preparo para este evento se desintoxica de todo durante siete días. Es decir, tienes que hacer una dieta estricta y unos ejercicios de meditación que voy a indicarte.

—Vale. Estoy dispuesta a todo. Y muchas gracias, Julieta. Yo... No sé. Creo que no estoy bien.

—Pequeña niña, nunca haría esto contigo si no pensara que lo necesitas. Creo de veras que la Pachamama tiene algo muy importante que mostrarte, pero tienes que estar preparada. También puede traerte a monstruos de tu pasado. Por eso es bueno hacer meditaciones antes de la toma.

Julieta me explica que durante estos tres días de preparación no puedo alimentarme de nada que no venga directo de la naturaleza. Verduras y frutas únicamente, y si tengo mucha hambre quizá pueda comer arroz. Nada de azúcares procesados y nada de animales. Mi alma tiene que ser pura, y la viejita piensa que comer vacas, pollos o cualquier ganado significa alimentarte de su alma. La de los animales.

—Tienes que ser tú misma, al cien por cien, en la medida de lo posible.

También me envió para leer unas hojas de teoría. Durante esos tres días, he leído con atención esas páginas. La primera habla del cuerpo humano, de cómo funciona todo nuestro organismo. El cuerpo es una estructura compleja y organizada, donde las células trabajan juntas para realizar funciones específicas y necesarias para mantenernos con vida.

Tengo mucho miedo, pero estoy decidida a hacerlo. He leído en internet que la ayahuasca, para enfrentarte a tus traumas, te lleva una y otra vez a las situaciones trágicas de tu vida a través de las alucinaciones. Era la única manera de afrontarlas. Lo cierto es que yo no he vivido ninguna tragedia. Nadie me ha maltratado ni pegado durante mi niñez. No he sufrido acoso escolar en el colegio. Mis padres y hermanos me han querido. Mi vida ha sido normal. Pertenezco a una familia de clase media que ha vivido tranquilamente sin lujos en la Comunidad de Madrid. ¿A qué me enfrentará la ayahuasca? He leído también que en la ceremonia la gente vomita sin control y también se caga encima. Eso forma parte de la purificación del organismo, para luego poder purificarte el alma. Al parecer tu cuerpo está fuera de sí y te cuidan los chamanes. Me pregunto si voy a dejar mi vida en manos de una tarada que he conocido en la playa. Estoy en México, en un país lejano que desconozco. ¿Me pasará algo? ¿Podrán hacerme algo?

Las preguntas y el miedo se apoderan de mi cabeza por momentos. Pero algo en mí me dice que tengo que hacerlo. Una fuerza superior me impulsa últimamente a tomar decisiones.

Es el mismo pálpito que me ha dado fuerzas para hacer la dieta, para leerme todas las meditaciones y plantarme en esta gasolinera. Tres días más tarde a las siete de la noche en la Pemex Gas Station de la salida de Cabo San Lucas. Un coche me va a recoger y me llevará con el resto de los invitados. «No te pasará nada, m'hijita. Yo te veo en la playa», me dijo Julieta cuando me dio las últimas instrucciones por el móvil. Y tuve que creerla. Llevo una almohada en una mano y una botella de agua en la otra. Y he mangado también un pañal de ancianos en una de las visitas al hospital. Paso de cagarme encima. Valga la redundancia. Me sudan las manos y tengo abierta en el móvil la aplicación de Uber. En el caso de que no me atreva con la ceremonia, pido un coche de vuelta a casa.

El móvil me despierta de la pesadilla. Es papá. Leo el wasap que me ha enviado: «Clara, ¿todo bien? Los médicos me han dado los resultados del escáner cerebral. Dicen que no se ve nada. Han decidido hacerle un electroencefalograma para ver la actividad cerebral. Mañana se lo realizarán. Todavía no se ha despertado».

A la mierda, me quiero ir de este mundo. Y qué bueno que me pueda ir ahora mismo a lo de la ayahuasca. Le escribo una respuesta corta y concisa: «Bueno, papá, seguimos a la espera, pero no son malas noticias. Voy a intentar dormir, que estoy muerta de cansancio. Mañana hablamos. Intenta descansar tú también».

Se abre la puerta del coche que me había dicho Julieta que vendría a buscarme. Me subo sin pensarlo ni un segundo. «Que sea lo que quien sea que esté ahí arriba quiera». Y cierro la puerta.

18

Clara llega nerviosa a una playa perdida cerca del pueblo de Todos Santos. Durante el trayecto ha analizado a cada uno de los componentes del viaje. Conduce Felipe, un mexicano de aspecto amable de unos cuarenta años. Se ha presentado nada más llegar al aparcamiento. De copiloto va un chico bastante más joven. No ha pronunciado una palabra en todo el viaje. Es delgado y lleva un montón de anillos de piedras de colores. En la parte de atrás, hay otras dos mujeres. Una está gordita y debe tener entre treinta y treinta y cinco años. Ha sido la única que ha intentado entablar una conversación durante el camino. Le ha preguntado a Clara que de dónde era y le ha indicado que ella viajó a Barcelona una vez, hace años. En la parte de atrás, en el medio, hay una chica mucho más joven. Parece una adolescente. Clara intuye que tendrá unos dieciocho años. No cree que sea una menor, pues no cree que puedan tener acceso a esto. La joven ha ido llorando todo el camino. Y eso ha mantenido muy inquieta y nerviosa a mi niña.

Al llegar a la playa se bajan del coche. Han tardado treinta y cinco minutos desde Cabo. La noche es oscura. No hay luna. Se ven muchísimas estrellas. Aparcan en un acantilado donde hay aparcados otros cinco coches. Uno al lado del otro y todos mirando al mar. Abajo se escucha una música tranquila. Clara se asoma al acantilado y descubre una playa chiquitita de forma ovalada. Hay un grupo de personas tocando instrumentos alrededor de una hoguera. Se escuchan bongos y una especie de arpa. También suena un ukelele. Hay gente extendiendo sacos de dormir alrededor del fuego. Julieta está colocando un ramo de flores en una especie de altar que tiene preparado con frutas y otros elementos. Clara lo observa todo, respira profundo y se acerca al maletero a recoger la almohada. La chica joven carga varias mantas.

—¿Quieres una? —le ofrece.

Clara acepta encantada. La verdad, no ha traído tantas cosas. Lo cierto es que no ha caído en que si permanecen toda la noche en el mar, puede pasar mucho frío. Bastante tiene como para pensar en esos asuntos prácticos.

—Gracias —responde Clara.

—No hay de qué. Y no estés asustada. Es tu primera vez, ¿verdad? —Traga saliva y asiente—. Pues no te preocupes. No va a pasarte nada. Yo es la quinta vez que vengo. Tengo una mochila muy grande de problemas y soy consciente de a qué me voy a enfrentar ahora mismo. Pero esto es sanador, te lo aseguro. Sea lo que sea lo que te pasa. Seguro que mañana te encuentras mejor.

A Clara le llama la atención que nadie esté interesado en la vida de nadie. Todo el mundo sonríe amablemente cuando se cruzan las miradas, pero nadie pregunta nada. Nadie se presenta. Cada uno ha venido a sanar su duelo y no parece que deseen hacer amigos. Baja por un camino de arena hasta la playa y cuenta que son un grupo de veinte personas. Hay hombres y mujeres de todas las edades. El mayor debe de tener la edad de papá. La más joven parece la chiquilla del coche. Cada persona es diferente, pero todos van colocando sus sacos de dormir y mantas alrededor de la hoguera y todos tienen un objetivo común: sanar. El ambiente agradable, la música ligera y el sonido de las olas proporcionan un refugio de paz. Nadie está alterado; nadie pregunta nada.

Clara coloca la manta y la almohada en el suelo y se tumba, observando las estrellas. De fondo rompen las olas. «¿Qué hago aquí?», piensa. Pero pronto se le acerca Julieta y le susurra:

—Me alegro de que hayas venido, niña. Relájate y disfruta. Ahora estoy contigo. Voy a ir hablando uno por uno con los participantes. Disfruta de la música.

Julieta se aleja, y Clara se queda en la misma posición. Siente mucha hambre. Lleva tres días alimentándose de verduras y para este último día, «el día de la toma», Julieta le explicó que no podía comer nada desde las doce de la mañana. Mira el reloj. Son casi las nueve de la noche. Le suenan las tripas y tiene sed.

El grupo de personas que tocan los instrumentos lleva indumentaria tradicional indígena. Muchos colores, un montón de collares e incluso algunos se han puesto plumas en unos chalecos tejidos a mano. A Clara, una vez más, le viene a la cabeza una película de Disney, *Peter Pan* y la tribu de los indios con los que juegan los niños perdidos.

Además de los veinte participantes, hay unos doce indígenas. Todos tocan música y entonan cánticos. Justo enfrente de ellos y muy cerca de la fogata han situado un altar. Clara mira al mar y hace un recuento mental de todas las meditaciones que ha estado practicando esos últimos tres días. Ha aprendido muchísimo sobre su propio cuerpo. Recuerda todo lo que ha leído sobre el aparato digestivo. Y cómo sus órganos son capaces de transformar una manzana en alimento y energía para el organismo. En realidad, «es un milagro todo lo que pasa aquí dentro». Y se pone una mano en la tripa y otra en el pecho, sintiendo todo lo aprendido.

Julieta se ha ido sentando al lado de todos los participantes para hablar con ellos. Pronto Clara nota su presencia en el saco de dormir de al lado. Es el de la chica jovencita con la que ha compartido el trayecto. Escucha cómo la viejita la anima a ser fuerte en esta ceremonia.

—Ya sabes a lo que te vas a enfrentar, m'hijita, así que no huyas. Enfréntate a él. Si viene a por ti, no corras. Te quedas y le enfrentas. Solo así superarás ese bloqueo.

Clara no entiende mucho o, más bien, no quiere entender mucho. Julieta se acerca y ahora sí le pregunta qué tal esta. Clara responde que bien, que algo nerviosa, pero decidida a hacer esto.

—Clarita, mi niña, no te preocupes que aquí nada va a pasarte. Es importante que tengas muy clara la pregunta que le quieres hacer a la madre naturaleza. Y solo así obtendrás la respuesta. ¿Has pensado estos días lo que quieres saber?

—Sí.

—Pues bien, ¿qué le quieres preguntar a la planta, a nuestra Pachamama?

—Quiero saber dos cosas.

—¿Y bien?

—Quiero saber qué le ha pasado a mi hermano y si mi madre, esté donde esté, está bien.

19

Aquí estoy en esta ceremonia donde todo es desconocido para mí. Viviéndola con intensidad. Julieta termina de hablarnos a todos uno por uno y se posiciona en el centro del fuego. Coloca más y más flores en ese altar pequeñito y nos pide que nos incorporemos.

—Buenas noches a todos. En primer lugar, gracias por confiar en nosotros esta noche. Como sabéis, ha venido parte de mi familia a ayudarme con la ceremonia. Vamos a estar aquí pendientes de vosotros todo el tiempo. No os preocupéis porque no estáis solos. Es importante que os centréis cada uno solo y únicamente en vuestro viaje. Lo que esté viviendo el de al lado, no os incumbe. Cada uno habéis venido con una intención. La intención de sanar. Y eso es lo que tenéis que hacer: sanar. Para eso, es importante que dejéis que os entre bien la ayahuasca al cuerpo y que os centréis en vuestro viaje. Sin distracciones. Tenéis que abriros a la naturaleza. Solamente ella tiene las respuestas.

Levanta la mano y veo que lleva una botella de cristal transparente con un líquido marrón muy oscuro. Parece un café denso. Cierra los ojos y eleva con las dos manos la botella, exactamente igual que cuando Mufasa presenta a Simba al pueblo en *El rey león*. Me parece un poco paradójico todo esto. Mientras alza la bebida a las estrellas, la tribu entona una canción indígena. No entiendo nada de lo que dicen. Pero es bonito. Parece una ofrenda.

—Ahora uno a uno vendréis aquí, cogeréis uno de estos vasitos y os serviremos la toma. Si queréis hacerle una ofrenda a la naturaleza, aquí tenéis el altar. Para los que estéis intentando reconectar con familiares, recordad que la ayahuasca no os va a traer a las personas en las alucinaciones. No funciona así. Es un viaje de sensaciones. Y a través del sentir encontraréis todas las respuestas que buscáis. Dejaros llevar y si en algún momento os encontráis mal, por favor, llamadme. Comenzamos contigo, hermanito.

Señala al chico de los anillos. Este mismo se levanta. Se acerca al fuego, deja un collar que lleva puesto en el altar y se bebe el chupito sin reflejar ni una mueca en el rostro. Me pregunto a qué sabrá la bebida. Se vuelve a su sitio y se tumba en su saco de dormir sin decir nada. Cierra los ojos. Se levanta el siguiente. Vamos por orden. La joven que está a mi lado es la número once. Yo soy la doce. Me gustaría haber sido la once porque el día 11 es mi cumpleaños. Estoy nerviosa. Quiero que sea ya mañana por la mañana. Algunas personas han traído ramos pequeños de flores que dejan en el altar. Yo no he traído ninguna ofrenda. ¡No lo sabía! Quizá Julieta me lo dijo y ni me enteré con esta tristeza que arrastro. ¿Cómo estará Miguel? ¿Y si ahora yo me quedo dormida para siempre? Pobre papá. Bueno, eso no va a pasar. Julieta ha dicho que esto es sano. Y que ella está aquí, con su tribu, para cuidarnos. Me toca.

Me levanto y me quito un par de pulseras que me regaló Angie por mi cumpleaños. Las dejo en el altar y me acerco a Julieta. Me sirve la ayahuasca en un vaso de chupito enorme. Parece Jägermeister. Ojalá sepa parecido. La miro.

—Todo va a salir bien —trata de tranquilizarme.

Y me bebo el chupito de golpe y sin pensarlo. Cierro los ojos. Está asqueroso. Es una mezcla de jarabe, Jäger y Espidifen. ¡Qué horror!

—Bebe un poco de agua —me aconseja Julieta.

Camino hacia mi saco de dormir muriéndome de asco, bebo agua con ansia y me tumbo. Cierro los ojos e intento calmarme. Todo está bien. Ya está. Todo va a salir bien. No me va a pasar nada. Me pongo la mano en el pecho e intento controlar los latidos de mi corazón. Van muy rápido. Voy dándome consejos para no ponerme más nerviosa. «Respira». Abro los ojos y veo las estrellas. La noche está preciosa. Hay muchísimas y se ven perfectamente. «Respira. Mira a las estrellas y tranquilízate». Las miro. Respiro. Son tan grandes que parece que parpadean. Crean un reflejo precioso en el mar. Es increíble cómo iluminan la noche. «Respira». Cierro los ojos y los abro de nuevo. Creo que estoy consiguiendo calmarme. Me doy cuenta cómo poco a poco empiezo a sentir que las estrellas son mucho más bonitas de lo que son. Muevo la mano hacia el cielo, como si estuviese bailando sevillanas, girando mis muñecas lentamente. Siento calor en mi cuerpo. En mi corazón. Me incorporo y me hago un moño en el pelo. Siento sudores por la nuca. Una ola enorme rompe en la orilla, y oigo el agua muy cerca. Me doy cuenta de que mis sentidos están alterados. Oigo y siento de manera muy potente. Me incorporo de nuevo y miro al mar. Me atrae, escucho las olas y me siento parte de ellas. Huelo el mar. Cierro los ojos y suspiro. Me tumbo sintiéndome plena. Agradezco estar viva, que mi cuerpo funcione perfectamente y que pueda oír. Suenan las olas y el vaivén del viento en las montañas. Parece que puedo oír incluso el zarandeo de las palmeras lejanas. Soy parte de todo. Respiro hondo y agradezco que mi olfato me deleite con ese espectáculo marino. Huele profundamente a océano. A mar. Me toco los ojos con las manos y siento las pestañas. Me hacen cosquillas en las yemas del dedo índice. Agradezco mi tacto. Me toco la cara. Me acaricio los pómulos y siento la piel muy suave. Abro los ojos y observo las millones de estrellas que han comenzado a encenderse y apagarse. Me encuentro bien. Me siento feliz. Soy consciente de que mis sentidos están alterados, pero no me importa. Me gusta. Me siento estimulada. Activa.

Repaso el milagro del funcionamiento de mi sistema nervioso y pienso, mientras acaricio la arena de la playa, en cómo mis manos mandan esas señales instantáneas a mi cerebro. Me parece increíble que este aparato perfecto funcione así. Amo mi cuerpo. Creo que nunca antes lo había amado así. Es mi templo. Lo que me lleva a todas partes y nunca le había prestado la suficiente atención. ¿Cómo puede ser?

Disfruto del tacto de la arena en los dedos de los pies. Hay una energía muy fuerte en el ambiente. Observo los planetas de nuevo. La arboleda de las montañas. Parece que formo parte de todo esto. De una naturaleza perfecta y en armonía. No sé cuántos minutos llevo sintiéndome así. He perdido la noción del tiempo y, cuando me acuerdo, miro a mi alrededor un momento para corroborar que sigo aquí, en esta sesión de ayahuasca en México. Observo lo que me rodea. Me tranquiliza pensar que no he perdido el conocimiento por completo. Sé muy bien dónde estoy y que he tomado una planta alucinógena, pero no me importa, no me da miedo. Me gusta cómo me estoy sintiendo. De repente miro a mi izquierda y algo altera mi precioso viaje. Es la chica joven del coche. No para de vomitar. Escucho sus arcadas. La sensación es muy rara, porque, aunque la tengo cerca y veo lo que está haciendo, la siento muy lejana, como si su viaje no fuera conmigo. Hay otras personas del grupo que también están vomitando. Me giro y veo que la tribu de chamanes ya no está tocando música. Cada uno está con alguno de los invitados. Cuidándolos. Solamente uno de ellos sigue en el altar y toca el arpa. Me fijo en el arpa. Y el sonido de ese instrumento lo llena todo. Me embauca alejando todos esos ruidos que no van conmigo. Que no son de mi viaje. Me abrazo y pienso que mi cuerpo es precioso.

Me abrazo las piernas y agradezco que me den la oportunidad de salir corriendo siempre que quiero. También doy las gracias a mis pies, que me dejan caminar por todas partes. Siempre me han llevado a todos los sitios. Muevo los dedos y observo de nuevo las estrellas. Escucho los cánticos de Julieta. Canta una canción de la naturaleza. Es en otro idioma, pero siento que puedo entenderlo. Agradece a la vida que seamos vida. Tararea palabras de agradecimiento. Su voz es dulce y la noche se convierte en un decorado que adorna esas preciosas palabras. Quiero quedarme siempre aquí. Siento una paz desconocida que me seduce. Cierro los ojos y escucho mi corazón. Por un momento parece que viajo al interior de mi cuerpo, por los intestinos, el hígado. Noto los latidos y viajo con el oxígeno de mi sangre. Agradezco que todo funcione bien. Tengo sueño. Me estoy durmiendo, pero entonces... ¿La ayahuasca no tenía nada que enseñarme? ¿Esto ha sido todo? Intento fluir. Deseo sentir más cosas. ¿Y mi hermano? ¿Y mi madre? No quiero dejarme ir. No quiero dormirme, pero se me cierran los ojos. Cuando estoy a punto de desvanecerme, noto que alguien me agarra la mano. Abro los ojos con delicadeza. Es Julieta.

—M'hijita, te voy a dar otra toma de la planta. Parece que no te está haciendo un buen efecto. Ven. Incorpórate.

Le hago caso. Me siento incapaz de decir que no. Me bebo el chupito y el asco se apodera de nuevo de mi cuerpo. Me siento demasiado borracha para decir nada.

—Julieta —susurro—, creo que voy a dormirme. Los ojos se me cierran solos.

—No pasa nada m'hijita. Será que ella misma quiere que los cierres. Déjate de llevar...

Me tumbo. En un último esfuerzo abro los ojos y veo las estrellas. Son enormes. Muy brillantes. Cada vez están más cerca. Se me cierran los ojos. Escucho gritos y, de fondo, oigo vomitar a otra persona. Pero lejos de sentir asco o miedo, me encuentro bien. Estoy en paz. Cierro los ojos y sonrío. Tengo el cuerpo más bonito del mundo. Agradezco que funcione bien. Siento la brisa del mar en mi pelo. Me desvanezco.

20

Clara se sumerge en un sueño profundo lleno de mariposas. De golpe el viaje la lleva a su niñez. A nuestros mejores momentos juntas. Está tumbada en un campo de amapolas sujetando la mano de su padre. La abraza y ríen. Escucha mis carcajadas y persigue a Miguel torpemente, casi no sabe caminar. Miguel la coge en volandas y le da vueltas. Se carcajean los dos y solamente siente amor. De golpe está en un coche dormida encima de Amparo. Siente las caricias de su hermana en el pelo. Las imágenes pasan rápido por sus sueños, pero puede oler el intenso aroma a eucalipto. A bosque. A pinar de Guadarrama. Un viaje a través del olfato por todos los veranos de su infancia. Cae a la piscina, mueve las manos torpemente y siente la fuerza del agua. Está nadando con sus piernas pequeñitas. El fresquito en las plantas de los pies. La rescato y la tiro en volandas al agua de nuevo. Ve el cielo azul lleno de nubes al caer. Amparo canta canciones y se escuchan los sonidos del patio de su cole. Miles de niños canturrean, y Clara se encuentra saltando en un castillo hinchable con sus amigas. Las de la infancia. Está Angie brincando con ella y una explosión de sabor a golosinas la hipnotiza. Ahora todo son sabores. En el paladar nota la fresa intensa de los chicles Bubbaloo. Azúcar, batidos y helados. Siente el césped en las plantas de los pies. Caricias de sus seres queridos. Todo son sentimientos puros y alegres.

Clara se descubre en un recorrido de sensaciones por lo más bonito de su vida. Hay amor en todas partes. Su abuela mece una hamaca en una terraza con el atardecer enfrente de las montañas. Lee un libro y vuelve a oler a mar. Disfruta y sonríe totalmente obnubilada por esa planta. A su alrededor, en la playa mexicana, el resto de los participantes viven su propio viaje. Pero ninguno es tan agradable como el de ella. Hay gritos y vómitos, pero mi niña no escucha nada. Siente solamente el calor de mis abrazos. Es el amor más puro que la vida le ha dado jamás. La toma de ayahuasca es grande y su cuerpo delgadito no aguanta más. Se queda profundamente dormida. En calma. Julieta se acerca a la niña y la tapa con la manta. Se queda sentada cerca de ella y entona unas oraciones. Clara suda y se destapa. Julieta desea que la ayahuasca le muestre más. No quiere que el viaje de la niña se acabe... Julieta canta unos versos que todo lo llenan:

Madre tierra, Pachamama, te venimos a cantar,
madre tierra, Pachamama,
a dar gracias al señor.
Para comenzar el día nos llenamos de tu luz
y al final de la jornada no nos dejas de alumbrar,
no se apague, madre, el fuego que tenemos por amar,
por cuidarte y respetarte por vivir y construir.
Madre tierra, Pachamama, te venimos a cantar,
madre tierra, Pachamama,
a alabar a mi señor.
Pachamama, madre buena, destruida, sin amor,
con tu suelo maltratado y ríos turbios,
ya no hay bosques, hay ciudades con cemento y soledad,
perdón, madre, por mi olvido, madre tierra, he de volver.

Madre tierra, Pachamama, te venimos a cantar,
madre tierra, Pachamama,
a encontrar a nuestro dios.
Nos ofreces, de tu vientre, los regalos de mi Dios,
nuestras siembras y trabajos que tú cuidas con amor,
hoy no llegan para todos y no alcanzan pa' vivir,
danos, madre, incienso nuevo que haga santo el compartir.
Madre tierra, Pachamama, te venimos a cantar,
madre tierra, Pachamama,
a alabar a mi señor.

21

Estoy durmiendo profundamente y siento la brisa del mar en la cara. Me embauca una sensación conocida. Mi madre me arropa. Como cuando era pequeña, venía a mi cuarto y me tapaba con el edredón. Siento cómo me coloca una gran manta; pesa. ¿Es ella? Me despierto de golpe, sobresaltada. Todas las estrellas blancas del cielo se han convertido de golpe en una gran ballena jorobada. Grito exaltada. ¡Qué locura! Me tapo la boca con las manos y abro los ojos todo lo que puedo. Estoy alucinando, todas las estrellas se han concentrado en medio del cielo y han creado una forma de ballena jorobada que nada en el alto infinito. ¡Esto es increíble! Vuelvo a gritar de nuevo totalmente exaltada en un viaje de alucinaciones del que soy del todo consciente. Julieta se acerca y me toca el hombro.

—Disfruta, Clara —me susurra.

Y en ese momento, la ballena salta y, al caer entre nubes blancas, miles de estrellas fugaces salen disparadas representando el movimiento de las olas. Me caigo al suelo ante tal espectáculo de la naturaleza. Pero ¡qué locura!

—¡Julieta, mira, es una ballena! Tú no la ves, ¿verdad?

Julieta niega con la cabeza, y yo me doy cuenta de que estoy literalmente alucinando en colores. ¡Alucinando en estrellas!

La ayahuasca me está haciendo ver una ballena de brillos en el cielo que estalla en una explosión de estrellas fugaces en todo momento. ¡Qué increíble este viaje!

Camino por la playa. Noto la arena fresquita que pasa entre los dedos de los pies. Me siento borracha y me tambaleo un poco, pero lo que veo es tan nítido, tan real. Siento el agua del mar en los tobillos. Desde la orilla, la ballena de estrellas está aún más cerca. Nada por el inmenso cielo, y yo giro la cabeza de izquierda a derecha, siguiendo sus perfectos movimientos. Alzo los brazos al cielo. ¡Quiero tocarla! Cada vez que salta y veo el espectáculo de estrellas fugaces, me estremezco. Me pongo las manos en la cabeza. ¡Esto es brutal! Me río a carcajadas, porque es precioso. Camino y salto de un lado a otro. Es lo más sensacional que he visto jamás. Sin darme cuenta, mientras alucino con las estrellas, Julieta me ha cogido del brazo, me ha sacado del agua y me ha llevado despacito cerca de la hoguera. De nuevo estoy cerca de mi manta. Las sombras del resto de participantes de la ceremonia son cada vez más nítidas según me voy aproximando. Pero yo solo disfruto de las estrellas. Grandes, brillantes, hipnóticas. De pronto, siento un gran pinchazo en el pecho que hace que el dolor se apodere de todo mi cuerpo.

—¡Aaah! —grito alto. Julieta me tiene agarrada del hombro y no deja que me desvanezca del todo—. ¡Qué dolor! ¿Qué es esto? —El pinchazo es tan fuerte que me corta la respiración—. ¡Me duele! —Siento que me han dado una puñalada en el lado izquierdo del pecho. Me tiro al suelo y me retuerzo—. ¡Aaah! —grito de nuevo. Me hago una bolita. Pongo las manos en el cuello; me arqueo de dolor. Cierro los ojos con todas mis fuerzas y rezo para que se me pase—. Por favor, para. Para. ¿Qué es esto? —Intento respirar, pero me duele tanto que me falta el aire—. ¡Qué horror! ¡Para!

—Tranquila, mi niña. Respira. —Oigo la voz de Julieta entre sueños.

Pero solamente puedo concentrarme en este gran dolor. Qué me pasa. Todo mi cuerpo está dolorido y me vienen más y más puñaladas. Trato de respirar. Cojo aire. Lo expulso. Cojo aire y cierro los ojos. Aparezco de golpe en el hospital postrada enfrente de mi madre. Sujeto su mano y oigo las máquinas que controlan la respiración. El pecho está a punto de estallarme. Inspiro, espiro. Trato de calmarme.

—¡Basta, por favor, basta! —grito y lloro desconsoladamente—. ¡Sácame de aquí, basta!

Mi madre respira pausado y cada vez más lento. «Tu madre se está muriendo», oigo la voz de un enfermero de la sala. Las mismas palabras que oí en el hospital unos días antes de que se fuera.

—¡No se muere! —grito—. ¡Basta!

Y el pecho me pega otro pinchazo que me hace revolverme de dolor. Abro los ojos muy asustada y veo a Julieta muy tranquila. Detrás de ella está la ballena gigante de estrellas. Está tan cerca que creo que si levanto la mano ahora mismo puedo tocarla. Pero no tengo fuerzas. Me muero de dolor.

Miro a Julieta y, sin decir nada, lloro. Lloro incontroladamente, porque se me cierran los ojos y sé que voy a ir directa al hospital. Donde vi morir a mi madre. Donde vi cómo dejaba de respirar. Donde tuve la suerte, o la desgracia, de conseguir que las enfermeras se apiadaran de mí y me colaran en la UCI covid. Allí no solamente vi cómo se apagaba mamá, también vi cómo lo hacían otras personas. Se iban. Se ahogaban. Durante esos once días, las camillas se fueron vaciando. Los oigo a todos ahogándose. Intento taparme los oídos para no oír las asfixias que escuché.

—Ayúdame, Julieta —susurro.

—Tú puedes, m'hijita. Enfrenta tus miedos. Digiere lo que te ha pasado. No salgas corriendo. Afróntalo.

Cierro los ojos y me encuentro de nuevo sujetando su mano. La tiene muy hinchada. Ni siquiera parecen sus dedos.

Está morada y amarilla, y un montón de cables atraviesan sus articulaciones. Me alejo y me veo a mí. Me veo a mí postrada en la cama pidiéndole que no se vaya. Me aprieta el pecho y aunque quiero salir corriendo de allí, me quedo. Me quedo y veo cómo su respiración pausada cada vez es más lenta. Más y más lenta. La abrazo fuerte. Me tiro encima de ella. No me importa que me pegue el virus. Se ahoga y deja de respirar. El pinchazo es tan fuerte que tengo que abrir los ojos, porque siento que vomito. Y entonces, lo hago. Vomito sin control todo el dolor acumulado que tenía dentro.

Vomito sujetando la mano de Julieta y con una ballena enorme y gigantesca de estrellas que me cuida y me protege. Cuando siento que ya no puedo más, cierro los ojos y me traslado de nuevo al hospital. Siento otra vez el sonido de las máquinas, su mano hinchada y amarilla, cómo su respiración se para por completo… y el pinchazo vuelve de nuevo y vomito otra vez. Vomito el dolor más grande que he sentido nunca. Y noto cómo se va yendo. Una arcada más; un cuchillo menos en el pecho.

Pierdo la noción del tiempo. No sé cuánto llevo en este trance tan doloroso y desagradable. Cuando ya no puedo más, me derrumbo en la arena de la playa bocarriba y miro al cielo. No cierro los ojos, porque tengo miedo. Pero estoy tan cansada que no resisto. Los cierro y veo cómo la visión nítida del hospital se aleja. «Hasta pronto, mamá». Me alejo. Lloro de nuevo y, en mi viaje, voy al mar azul, profundo e infinito. Lo recorro desde arriba, como si fuera un pájaro veloz que se acercara a las olas. Sube, baja. Siento la brisa fuerte en la cara. Soy libre. Lloro sin parar, porque estoy cansada. Y vuelo. Vuelo por una bahía llena de delfines que saltan. Hay miles. Respiro hondo. Siento la libertad. Ya no percibo esos cuchillazos de dolor. No tengo ya el nudo en el pecho. Ese nudo que me pesa desde hace meses, desde que me llamó la primera enfermera que atendió a mamá y me dijo: «Familiares de

María José Sarriá, su madre tiene covid, está en estado crítico, podría morirse». Ese día algo me estrujó los pulmones y, debido al avance de los acontecimientos, no había sido consciente de que me tenía, ahí, atada, presa, sin poder respirar. Una gran ansiedad de la que no me había curado hasta ahora. Me siento liberada, cansada y emocionada. Abro los ojos y veo a la ballena de luz muy cerca. Tan cerca que extiendo el brazo y siento que puedo tocarla. Sonrío. Lloro y vuelvo a sonreír. Siento paz. Siento exactamente la misma sensación que tenía cuando mamá me acurrucaba en su regazo. Plenitud. Amor. Compasión.

Julieta me levanta del suelo y noto que estoy empapada de mi propio sudor.

—M'hijita, déjame que te acompañe a tu cama. Tienes que taparte. Vas a coger frío y te queda la última parte del viaje.

Necesito que Julieta me ayude para caminar y caigo redonda en mi manta. Abro los ojos todo el tiempo para contemplar la ballena. Ha comenzado a saltar de nuevo y el espectáculo de luces me embauca.

—¡Qué bonito! —me sale del alma. Y sigo viajando.

Un viaje de sensaciones. Oigo risas y escucho la voz de mamá. «La vida es muy bonita. Y no debemos perder nunca las ganas de vivir». Sonrío. Abro los ojos y la ballena salta. Siento armonía. Estoy liberada. Descubro que llevaba mucho tiempo prisionera de ese dolor de pecho. Soy libre. Me siento libre.

Respiro profundo y veo cómo la luz del sol empieza a asomar por el horizonte, iluminando las montañas. Mis sentidos van volviendo a la normalidad y lloro. Lloro pensando todo lo que acabo de sentir. Todo lo que acabo de vivir. Los recuerdos de esos últimos días de hospital de covid. La tragedia de la pandemia que vivió mi familia. La humanidad con la que me trataron todas las enfermeras que me colaron cada día para poder verla. Para poder despedirme de ella. La ballena de estrellas se está alejando poquito a poquito. Y aunque no quiero que se vaya, aunque quiero que se quede para siempre, la dejo ir, porque entiendo que ya es la hora. Que ha sido una explosión de vida tan increíble que ahora tiene que marcharse. Entiendo que cuando tienes mucha suerte, tienes que saber dejar ir. Y que dejar ir es dejar llegar. Me aseguro a mí misma que la vida tiene más sorpresas preparadas para mí. Le digo adiós y lloro emocionada. «Te voy a echar de menos, mamá».

Salta por última vez y las estrellas fugaces brillan encima de un cielo naranja y rosado. Es el espectáculo más bonito que mis ojos verán jamás. Los cierro, agotada. Y antes de quedarme dormida, escucho una voz familiar que se acerca y me dice en voz bajita.

—Tu hermano Miguel se va a recuperar. Veo una serpiente y está relacionada con su accidente. Percibo un temor ancestral. Veo ese animal como el origen de todos los males, la encarnación del demonio. El día de su accidente esta serpiente estaba presente.

No sé si lo que escucho es real. Me desvanezco.

22

Clara está postrada en la playa y poco a poco las nubes cambian de color. Abre los ojos cansada. Observa el mar. El fondo ahora es rosa. Los pájaros cantan e interrumpen el sonido de las olas. Cierra los ojos de nuevo y se abraza. Asimila todo lo que ha vivido esa noche. Mira a su alrededor. Casi todos los participantes de la ceremonia están dormidos. Y los chamanes, la tribu de Julieta, siguen sentados. Ahora solamente toca música otro señor que lleva una especie de flauta. Es uno de los mayores del grupo.

Se incorpora. Se abraza las rodillas y suspira. Nota cómo su cuerpo, poco a poco, vuelve a la realidad. Aún se siente algo borracha, pero no sabe si es por el sueño, por el viaje o por la resaca emocional de todo lo vivido. Una locura, aquella ballena de estrellas. Y su cuerpo tiene hambre. Julieta se acerca y le susurra:

—Buenos días, Clarita. Hoy es un nuevo día. Y una nueva oportunidad para ser feliz.

Clara la mira, pero no dice nada. Asiente sonriendo. Julieta le ofrece una banana pequeñita.

—Cómela ahora y vas a ver cómo saboreas este primer alimento después de la desintoxicación de la Pachamama.

Clara pela con delicadeza el fruto, mira al horizonte y disfruta al ver cómo cambian los colores del mar. Rosas y amarillos claros aparecen entre el azul de detrás de las montañas. Cuando pega el primer bocado, siente una explosión de sabores en la boca que le hacen relamerse del gusto. No entiende cómo un sabor tan conocido puede hacerla volar así. «Qué rico. Parece un sabor desconocido», piensa. Y en un último atisbo del viaje, se percata de cómo su sistema sensorial se ha incrementado. Todo es absolutamente brutal, excitante, en este viaje de sensaciones.

Clara deja la cáscara del plátano en la arena y se acerca sigilosa a la orilla del mar. Mueve los pies en el agua y nota el fresquito cada vez que rompe una ola. Todavía no puede creer lo que ha vivido. Mira atrás y recuerda cómo fueron los pinchazos en el pecho. Piensa en el hospital. Y cómo la ayahuasca la llevó hasta allí una y otra vez, a ese escenario doloroso que su mente había bloqueado. Ahora ya no lo ve lejano, sino con claridad. Lo ha afrontado de golpe y, por un momento, sabe que ha madurado unos diez años de pronto en este viaje. Parece que la vida ahora tiene otro sentido. Una parte de su adolescencia se ha quedado en la arena. Con todo ese dolor que salió por la boca de su cuerpo. «Es muy raro todo esto. Tengo que llamar a Ampi. O quizá mejor a Angie».

Los invitados van despertando, y Julieta les va ofreciendo plátanos y manzanas. Les habla con cariño, uno a uno. Clara se da cuenta de que nadie quiere compartir su experiencia. Ha sido un viaje único e individual. Todas las personas son amables, pero nadie intima ni hace preguntas. ¡Mejor! A ella tampoco le apetece compartir nada. Poco a poco todos ayudan a Julieta y a la tribu a recoger el altar y limpian la playa hasta que queda perfecta e impoluta. Como si nunca hubieran estado allí. «Qué mínimo respetar a la Pachamama».

De vuelta a Cabo San Lucas, Clara mira por la ventana del coche. Piensa en cómo estará su padre. Y siente unas ganas enormes de decirle que Miguel se va a poner bien, que ha tenido un viaje y se lo ha dicho mamá. Pero no se atreve. No quiere preocupar a su padre. Él no entendería este viaje. Todo el mundo pensaría que está totalmente loca. Bastante la han juzgado ya, mi pobre niña intuitiva.

En el coche, pasan por varios terrenos de cactus, y Clara lo observa todo con dulzura. Está cansada, pero es una sensación distinta que jamás había tenido antes. Como una visión madura de todos los acontecimientos que están rodeando su vida. «Tengo que ayudar a Amparo. Debo poner de mi parte ahora que sé que todo va a salir bien». Y pasan por su cabeza, en una sucesión vertiginosa, todos los recuerdos de la noche eterna. Sus alucinaciones de niña, la ballena, la serpiente como representación del miedo y del poder, la sensación de seguridad que le dieron esas estrellas blancas para entrar, una y otra vez, al hospital. Siente que esa seguridad se ha quedado dentro de ella. Sé que inconscientemente siente que voy a acompañarla a partir de ahora en el camino. «Lo más bonito de todo es que ahora, sea donde sea que esté, sé que está bien».

Mientras tanto, ahí temprano, en la marina, Dan Taylor, revisa el Instagram de Clara. Se pregunta si escribirle o no. Y se odia a sí mismo por haberle mentido aquel día en el puerto. Revisa el perfil de esa chica tan guapa que le transmite miles de sentimientos y después suspira. Vuelve la presión en el pecho. Nadie queda libre de este sentimiento. El joven se siente culpable de todo lo que ha pasado. ¿Por qué a él? ¿Por qué a su familia? ¿Por qué su amigo ha sido tan inconsciente?

Con los ojos cerrados y un nudo en el pecho, recuerda otro de los conflictos en la isla de Guadalupe. Cada día era una remembranza nueva, un conflicto distinto. Su amigo, siempre en líos. Su amigo que defendía lo indefendible. Su amigo, enamorado del mar. Mi pequeño y travieso Miguel...

Hola, Clara, no sé muy bien cómo comenzar este mensaje. En primer lugar, lo siento. Lo siento por todo. Te pido disculpas por mi reacción el otro día en el puerto. Sí que conozco a tu hermano. Si te late, quedamos estos días a tomar una chela y te explico todo bien.

Saludos,

Dan Taylor

Borrar mensaje.
Comenzar de nuevo.
Borrar mensaje.
Enviar.

23

Llego a casa y me encuentro con papá. Está recién duchado, preparando café. Su olor es muy familiar. Cuando me ve, sonríe.

—Clarita, cariño. ¿Dónde has estado?

Su voz, me calma. Lo abrazo. Permanezco un rato abrazada a él. Me doy cuenta de que llevo semanas abrazada a él. Años quizá. Toda la vida.

Le cuento que he estado en la playa viendo el amanecer. Me cree. Me enternece que me crea. Lo quiero mucho. Hoy más que nunca. Lo quiero muchísimo. Me ofrece tostadas y me pide que corte alguna fruta mientras prepara el tomate triturado con aceite y sal. Desde la ventana se ve el arco de Cabo San Lucas. Recuerdo todas las historias místicas que he escuchado sobre esa roca y cómo ha ido cambiando mi visión hacia el lugar. Me gusta estar aquí con papá. Mientras preparamos juntos la comida, me habla del parte médico de siempre. La verdad, ya no presto atención a los conceptos. Al parecer no se vio nada en el último tac y han decidido hacerle no sé qué otra prueba con respecto al electroencefalograma y algo de la actividad cerebral. Blablablá. En resumen, vuelta a esperar.

Ampi nos llama, en una videollamada grupal. Ella en Madrid, y mis sobrinos en Galicia. Las risas de los niños lo llenan todo de golpe. Han visto un documental del mar y nos cuentan miles de cosas de los animales. Su inocencia es como un soplo de aire fresco. Son felices. Eso me encanta. Álex está obsesionado con Spiderman y le pide al abuelo unos guantes que echen tela de araña por los dedos. Le promete que se ha portado muy bien y que los necesita. Veo luz en la mirada de papá mientras habla con el pequeño y eso me alegra. Papá les dice a sus dos nietos que los va a llenar de regalos en cuanto volvamos. Es bonita mi familia y la unión que se ha creado con todo este dolor. Ampi le recalca a mi compañero de viaje en Baja que tiene que esforzarse en salir más de casa y del hospital, que es por su salud. No puede quedarse anclado allí. No sirve de nada. Está preocupada por él. Me enternece que, nada más colgar, me ofrezca volver a salir al mar, como si la idea hubiera salido de él.

—¿Te apetece?

—¡Pues claro! —le digo—. En realidad, no he dormido nada.

Julieta me había recomendado que tuviese un día tranquilo, que descansara para poder asentar así el viaje, pero no puedo decirle que no a papá. Me ducho y recuerdo una cuenta en Instagram que me ha estado saliendo en el buscador durante estos días. Un tal Luis Bringas. Tiene vídeos increíbles con orcas y ballenas. Ofrece excursiones en Cabo San Lucas para ir a verlas. La verdad, parece un poco menos turístico que lo del otro día. Antes de ir al puerto voy a escribirle para ver si nos puede sacar. En sus viajes los clientes no llevan chaleco salvavidas. Además, hoy hace muchísimo calor. Seguro que el mar nos ayuda a refrescar ideas. Me pongo una toalla en el pelo y me miro al espejo. Tengo las pupilas bastante dilatadas. Probablemente estoy un poco afectada por el viaje. Me noto distinta. Tengo unas ojeras enormes. Me acerco al espejo y me acaricio los pómulos. Paso los dedos por las cejas. Algo ha cambiado en mí. Estoy dispuesta a descubrir qué ha pasado con mi hermano y pienso llegar hasta el final.

Agarro mi iPhone y me meto en la red social. Descubro que tengo nueve mensajes en la bandeja de entrada. Ya los miraré luego. Busco al tal Bringas. Encuentro su cuenta: @bringasdive. Tiene miles de vídeos increíbles de lobos marinos, tortugas y tiburones, y una frase de introducción que dice: «Los animales salvajes enseñan amor a los humanos». Sin pensarlo dos veces, le mando un directo:

> Hola, buenos días. Me presento, me llamo Clara, estoy en Cabo San Lucas y me gustaría apuntarme con mi padre a uno de sus *tours*. El otro día ya salimos al avistamiento de ballenas y fue increíble. Esta vez nos gustaría algo más movido. Menos turístico. Nos gustaría un *tour* de esnórquel quizá. ¿Tienes algo hoy?

En realidad, seguro que no me contesta. Ya son casi las diez de la mañana. Mi hermano siempre me decía que los *tours* de mar comenzaban muy temprano. Me cepillo el pelo. Mientras lo hago, recuerdo escenas del viaje de esta noche. Me vienen imágenes aleatorias a la cabeza, como si hubiera sido un sueño. Me acuerdo de esa sensación de volar por encima del mar. Animales atrapados en redes, pidiendo auxilio, entremezcladas con las de mamá en el hospital. Recuerdo peces ahogándose, moviéndose incómodamente en tierra, intentando respirar. La mano de mamá y sus caricias. Todo es bastante agónico, pero ya no me dan miedo esos recuerdos. Los he integrado dentro de mí. Todo es confuso y libero mi cerebro de más y más recuerdos. ¿Serán verdad? ¿Será lo que vi? Me aplico crema hidratante en la cara. Le he robado un bote de esos caros a Ampi. Siempre le robo cosas de cosmética. La echo mucho de menos. Es mejor que no sepa lo de la ayahuasca por ahora. Cojo el móvil, Bringas me ha contestado:

Hola, carnalita. Un gusto saludarla. ¿Quieres venir a la marina ahorita? Justo se me liberaron dos plazas para un *tour* que tengo a las once. Confírmame cuanto antes.

Hola, Luis, qué ilusión. Estamos pidiendo un Uber. Sobre las once menos cuarto calculo que estamos allí. ¿Dónde nos vemos en la marina?

Hermanita, nos vemos justo enfrentito del delfinario. ¿Gustas equipo?

¿Cómo?

Oh, mil disculpas. ¿Necesitáis equipo de buceo? Española, ¿verdad?

Sí. Sí, necesito.

La patria queridaaaaaa. ¿Qué tallas?

Me cruzo algunos mensajes con él. Me sorprende alguna de las respuestas que me da. Siento que me está vacilando. Le indico nuestras tallas y pido el Uber. Al final, nos sale más barato pedir un coche que pagar el parking del nuestro de alquiler. A papá le parece buena idea que vayamos con este señor. Sé que, en realidad, lo hace por mí. No por él. Nos preparamos rápido y llegamos enseguida a la marina de Cabo. Una vez más, los colores llaman mi atención. Hay música alegre por todas partes. Y mexicanos amables, riendo y haciendo bromas a los turistas. Sigo las directrices de Google Maps hasta el delfinario. Cuando llego, busco a un chico joven, mexicano. Guapo. ¡Ya que estamos! Pero no veo a nadie de esas características. Cuando estoy a punto de llamar al tal Bringas con el iPhone, distingo a un señor bajito. Muy moreno de piel, ojos achinados, cierta barriguita... Vamos, el prototipo mexicano que los españoles clasistas tendrían en la cabeza...

—¿Clara? —me dice sonriente. Asiento con la cabeza y entonces chilla—: Carnalitaaaaaa, carnalitaaaaaa. Cómo está la madre patria. —Me parece un poco molesta la manera en la que se dirige a mí, demasiado intensa.

—Bien. Bien —contesto.

—Sí. La madre paaatria querida. Amigaaa —canta, luego ríe a carcajadas y dice—: Ay, güey, yo siempre ando en estas mamadas. Y bien, ¿cómo están?

Papá y yo nos miramos cómplices ante este personaje tan extraño y escandaloso.

—Bien, estamos bien.

Nos entretiene un poco más cantando y diciendo tonterías y al final nos habla de una manera más calmada. Utiliza un tono como más triste.

—Carnalita, ¿qué crees? Te voy a tener que quedar mal. Me acaban de cancelar la embarcasión. —Papá y yo nos miramos. No decimos nada, y él continúa hablando con su fuerte acento mexicano—. Resulta que el capitán Melecio, Mele para los amigos, tuvo un problema con la panga. Ase cuenta que no le prendía el motor. Esta mañana no me lo dijo y ahora sí. Pero resulta que ustedes ya están aquí.

—No estoy entendiendo esto. Entonces ¿no hay panga? ¿No hay excursión?

Papá se mantiene detrás de nosotros sin decir nada. El señor está un poco avergonzado. Lo noto en su rostro rosado y en cómo mueve las manos de manera nerviosa mientras me habla.

—No, bueno. Fíjese que sí. Que mañanita temprano yo me comprometo a sacarlos en la panga. Sin costo, carnalita. No se enojen conmigo pues. Fue el capitán Melecio. Y, bueno, yo traté de mandarle mensaje, pero no tenía señal. Pero mañana les saco sin costo. Lo prometo. De manera gratuita.

Papá y yo estamos tan cansados que decidimos no entrar al trapo ni pelearnos. Suspiramos, le decimos que OK educadamente y nos vamos caminando por la marina hablando de lo que ha pasado. En realidad, mejor. Estoy agotada y me ha venido un cansancio emocional repentino.

—Me ha sorprendido que no le hayas armado uno de tus pollos, Clarita —me dice papá—. Te estás haciendo mayor.

Y sonreímos. Caminamos por la marina y nos acercamos a una plaza de colores que nos recomendaron en el casco antiguo de Cabo. Nos compramos un helado. Yo de chocolate y papá de limón. Hablamos de Miguel y de cómo deseamos por encima de todo que mejore y que esté bien. Al rato, comentamos lo turístico que es el pueblo y el contraste de la zona de bares guiris con el área más colonial. Charlamos de aspectos cotidianos de la vida. Algo que jamás hacíamos cuando estaba mamá. Compramos comida en un supermercado cerca de casa y volvemos tranquilamente al apartamento.

—Mañana iremos con el loco este. Al final, mejor. Así nos sale gratis la excursión.

Una vez en mi dormitorio, me tumbo en la cama. Encuentro una sorpresa inesperada en el móvil. Un mensaje del tipo del hospital, el que luego en el puerto hizo como que no me conocía de nada. Me dice que lo siente y que conoce mucho a mi hermano y que si quiero podemos quedar. Se llama Dan Taylor.

Le escribo enseguida. Y quedamos. No me lo puedo creer. Necesito compartir esto y lo hago con mi hermana. Le envío rápido un mensaje.

Ampi, no te vas a creer quién me acaba de escribir.
El chico guapo de los tatuajes. Se llama Dan Taylor.
Mañana voy a quedar con él.

24

Amparo recuerda perfectamente la amistad de su hermano Miguel con Dan. Vuelve a ese viaje especial en el que le visitó en la costa del Pacífico. Los invitaron un par de noches a cenar, a ella y a Jorge, a casa de otro amigo del mar que tenía un jardín. Ampi rememora a los dos amigos preparando la barbacoa. Vestidos de noche de verano. Vaqueros limpios, camisetas perfectamente descoloridas y viejas. Estaban morenos. El surf y la apnea hacían que tuviesen los brazos muy fuertes.

Miguel bromeaba con su amigo del look impecable que llevaba siempre como buen chilango. Él le contestaba ruborizado. Amparo recuerda su voz profunda. Era alto y delgado, sensible, discreto y muy divertido. Se notaba que eran amigos desde hacía tiempo. Contaban las anécdotas del mar a medias, se tomaban el pelo mutuamente, se referían el uno al otro como «mi amigo». No había fisuras, no había dudas, se reunían cada semana para salir al mar y para tomar cervezas. Era una amistad de esas masculinas que ella no había logrado tener con ninguna amiga. Mucho más sencilla y leal. Estos chicos parecía que habían recorrido un camino mucho más llano y simple que el de una amistad entre mujeres. Amparo siente la amistad con sus amigas como un noviazgo eterno, montañoso, acelerado y pasional. La de los hombres es más bien como un matrimonio bien avenido, sin grandes emociones tal vez, pero también sin grandes altibajos. Rutinario, constante y seguro. Contesta el mensaje que ha recibido de su hermana.

Clara, yo también conozco a Dan. Era uno de los
mejores amigos de Miguel. Es un buen chico. Me alegra
que hagas amistades por ahí. Pero no hagas tonterías.
Y no te obsesiones ahora con las mismas chaladuras
que Miguel. Dan es uno de esos locos del mar también.
Piensa en nuestra familia. Ya hemos tenido suficiente.

Se enciende un cigarro y se acerca a fumárselo a la ventana. Ampi había dejado de fumar hace años, pero con toda esta situación ha decidido darse una tregua. Cansada de ser la mujer perfecta, ha comido lo que le ha dado la gana, ha bebido más vino que de costumbre y, ahora, suelta el aire de nicotina por esa ventana conocida y suspira. Observa los coches que pasan por debajo de casa. En ese ruidoso y luminoso paseo de San Francisco de Sales. Se mira las manos. Su manicura perfecta ya no es lo que era. Lleva el color burdeos descascarillado y tiene muchas heridas alrededor de las cutículas. Está muy preocupada por Clara. Se huele lo peor. Conoce a su hermana perfectamente y sabe que va a meterse en los mismos líos que Miguel. Se siente culpable de nuevo por no haber sabido frenarlo. Recuerda las conversaciones en las que él le contaba cómo liberaba tiburones, cómo se había metido en líos con muchos pescadores. Se le acelera la respiración pensando en cómo no supo aconsejarle. Cómo no supo advertirle que esas cosas eran peligrosas. Se cuestiona quién narices lo habrá matado. Quién ha intentado hacerle algo. Y entonces los nervios la invaden de nuevo y llora. En silencio. Sola. Apaga el cigarro, apoya la frente en la cristalera y se rompe en pedazos. Mira al cielo. Buscándome. Sé que está intentando decirme algo. Que me echa de menos. Que no puede ser madre de todos sin su madre. Me gustaría bajar corriendo para decirle que está bien. Que va a estar bien. Que está cuidando de todos porque es la mejor cuidadora que cualquier familia desearía tener. Que deje de culpabilizarse porque es maravillosa. Siempre ha sido sencillamente maravillosa.

Ampi se recompone y se quita las lágrimas con delicadeza. Mira de nuevo a las nubes y se queda paralizada. Suspira y de verdad que creo que por un momento me escucha, que la magia te puede llevar lejos y que ha entendido mis palabras. Se aleja despacito al sofá y vuelve a escribir otro mensaje a Clara.

Aparte de ser un poco pesada con los consejos de mamá que te doy, quiero que sepas que te quiero. Y que todo esto lo digo porque estoy preocupada por ti. Porque te quiero y me moriría si te pasase algo. Así que, porfa, cuídate.

Yo sí que te quiero, Ampi. No sé qué haría sin ti. Y no te preocupes que no voy a hacer ninguna locura. Solamente quiero quedar con él.

Clara vive en la luna. Y por eso, muchas veces, no se entera de lo que sucede. Aquella noche con el intercambio de mensajes ya no puede pegar ojo. «Lo sabía. Sabía que Dan conocía a Mike». Y pasan por su cabeza, en una sucesión vertiginosa, todos los recuerdos de la ayahuasca. Tiburones enredados en redes. Peces espada agonizando. Una catástrofe natural. La voz que le susurró al oído que Miguel se pondría bien. El tatuaje de la espalda de la serpiente. ¿Cómo ha podido estar tan ciega? Está cada vez más claro que su hermano andaba metido en líos protegiendo el mar antes del accidente. Todo va cobrando sentido y al mismo tiempo no entiende nada. «Mejor voy a intentar dormir». Todavía está afectada por el viaje de la Pachamama. Cae rendida en un sueño profundo. Y ya en trance, con el zarandeo de las palmeras de fondo, pasean por su mente de forma drástica las miles de imágenes de Mike en el mar. Sus ojos azules brillantes danzando con las ballenas, las mantas, los delfines son la más pura interpretación de la palabra libertad.

Clara se despierta a la mañana siguiente y confirma nerviosa la cita con el chico. «A las 11 en El Pez Gallo». Una cafetería del pueblo de al lado, San José del Cabo. Se viste nerviosa con un vaquero corto gris y una camiseta blanca de cuello cerrado. No quiere ir arreglada, pero tampoco parecer sucia y descuidada. Durante algún momento del duelo, ha estado días sin lavarse el pelo, pero hoy no. Se lo lava, se perfuma y sale del apartamento con olor a crema hidratante.

Por el camino, ya en el coche, escucha en la radio la canción de «Watermelon sugar», de Harry Styles. No puede evitar trasladarse a ese último verano en la costa norteña de España cuando recorrimos las Rías Baixas. Toda la familia unida. Cantábamos al unísono y reíamos al desentonar en las canciones. Miguel conducía y ella iba de copiloto. Nos habían convencido a papá y a mí para que nos sentáramos atrás. Y ahí estábamos, unos padres orgullosos de nuestros hijos. Ella reía con las regañinas que hacíamos de broma y realmente creía que estábamos a salvo, que nada malo podría pasarnos. Pensaba que esos momentos tan bonitos podrían guardarse bajo llave, como las joyas valiosas que se guardan para siempre en cajitas de cristal.

Aparca el coche de alquiler a las afueras del centro de San José. Se retoca el pelo en el retrovisor y se hace un moño despeinado. Con las gafas de sol puestas y los nervios a flor de piel, camina hacia su destino. Pasea por esas calles rebosantes de colores. Banderas de todas las tonalidades cruzan por el cielo las aceras y las tiendas, que rebosan de suvenires alegres. Un México jubiloso con aires de fiesta por todas partes. Cuando está a punto de llegar, le vibra el móvil y lo saca del bolsillo. Descuelga la llamada.

—Te veo —dice una voz masculina, ni muy ronca, ni muy aguda—. Estoy justo detrás de ti.

Clara se gira y se encuentra con esos brazos tatuados que tan bien conoce. Los ojos canela miel y limón son aún más profundos cuando la miran fijamente tan cerca. Observa su pelo castaño y casi rubio en las puntas quemadas por el sol, corto por atrás y largo por delante. No tiene muy claro qué decir.

—Encantada —balbucea.

Y entonces él la conduce al restaurante. Pide una mesa y sin muchas elucubraciones se sienta enfrente de ella.

—¿Tomas café?

—Sí.

—Pues nos pones dos.

A ella le sorprende que parezca tan directo y decidido. Y se ruboriza cuando le dice que es aún más guapa que su hermano, que menudo bellezón de familia. Los nervios iniciales dan paso a una leve sensación de serenidad cuando Dan le habla de cómo conoció a Miguel. Primero, le pide disculpas por la escena del puerto de San Lucas. Después, le cuenta el momento del cachalote varado en la playa cuando sus destinos se unieron. Se disculpa de nuevo por lo ocurrido en el puerto. Le describe el trabajo de fotografía submarina que los unió totalmente.

—A partir del día del cachalote ya no nos volvimos a separar. Miguel se había hecho amigo de todos los pescadores de La Ventana. Le trataban fenomenal y lo querían muchísimo. Así que me invitó a un par de expediciones en busca de orcas, mobulas y lo que sea que nos encontráramos por el camino.

Y guau... Todos mis mejores momentos en el mar han sido junto a él. Yo siempre había admirado los océanos. De hecho, lo dejé todo por los mares. Pero la suerte que tenía él con los animales no era normal. Sería atracción por su pasión, por su buena vibra. Dicen que a mucha gente le pasa eso. Pero, bueno, la verdad es que ¡me enseñó casi todo! Junto a él experimenté mi primera vez con orcas en el agua, la primera vez que escuché cantar a las jorobadas. ¡Nos temblaba todo el cuerpo con el sonido! Tu hermano era magia. Y gracias a él he tenido la suerte de conocer de verdad el mar.

Clara está atónita al ver con el cariño y la nostalgia que habla Dan de su amor verdadero, su héroe de niña. Nunca antes se ha sentido así, torpe, lánguida, como distraída. Está concentrada solo en escuchar la verdad sobre su hermano, pero al mismo tiempo desubicada ante la belleza de esa nueva presencia. Dan, conmocionado, no puede evitar soltar alguna lágrima mientras habla de sus recuerdos.

—Perdóname, es que no me puedo creer que esté en coma... Y yo... no sé qué voy a hacer sin él.

A Clara ya no le quedan lágrimas y, por algún motivo sobrenatural, consigue mantenerse entera. No más lamentaciones; ella quiere encontrar la verdad. Escucha atenta cada palabra que suelta Dan. Pero no le termina de cuadrar la historia. Si tan amigos eran, por qué ha esperado tanto para contactar con ella. Por qué huyó del hospital aquel día. Y por qué la esquivó en el puerto. Ninguna de sus reacciones tiene mucho sentido. Por otro lado, ¿qué sentido tenía últimamente la vida en general? Lo escucha durante un rato más: que si también trabajaron juntos en Nautilus, una compañía de barcos de vida a bordo para bucear, que si juntos hicieron cursos de fotografía... Que si, que si... La música del lugar es suave y el ambiente, tranquilo. Zumos de colores y desayunos explosivos llenos de frutas. Clara se siente extraña, como si ya hubiera estado allí. Observa todo con atención. Y después, mira a Dan. Se ha puesto unas zapatillas viejas pero totalmente conjuntadas con su look desenfadado. Mueve las manos con nervio y se fija en que sus dedos son cortos, musculosos y no muy finos. Ella no ha dicho ni una palabra, hasta que ya no puede más.

—Toda la historia está muy bien y es muy bonita. Y sí, ya sé que mi hermano es buena persona. Y también sé que es un loco del mar. Pero no me cuadra que salieras corriendo aquel día del hospital. Y tampoco entiendo lo del puerto. ¿Escondes algo? Dímelo ya, porque la verdad no estoy para dar vueltas a las cosas y últimamente siento que todo el mundo me toma el pelo, bien porque os doy pena, porque soy joven o porque debo de tener pinta de gilipollas. Pero estoy harta, la verdad.

Ni siquiera ella misma sabe por qué reacciona así. Dan abre los ojos sorprendido y tarda unos segundos en hablar. Y a partir de ahí le cuenta lo que, en realidad, ella ya intuía. Que su hermano llevaba meses metido en grandes líos con los traficantes de aleta de tiburón. Que Miguel se había inmiscuido en el cargamento de varios barcos de pescadores. Que con las tropas de Sea Shepherd habían atacado a varias pangas tirando por la borda toda la pesca de esas especies protegidas.

—Para que entiendas el final, tienes que entender el principio. Y todo el pedo comenzó cuando liberamos una línea.

—¿Qué es una línea?

—Te lo cuento, Clara. Te lo cuento todo si quieres, pero has de saber una cosa, ya no podemos hacer nada. Y si no quieres que intenten matarte a ti también, tienes que quedarte quietecita.

Mi niña no sabe estar quietecita. Es casi más curiosa que Miguel y no va a parar hasta llegar al fondo de la cuestión. Lo sabe Ampi, lo sabe su padre y os lo digo yo. Que no voy a parar de ayudarla, que quiero guiarla en este camino. La intuición es la inteligencia del corazón. El susurro del alma.

—Antes de qué empieces, Dan, quiero hacerte una pregunta.

—Dime.

—¿Estabas con mi hermano el día que tuvo el accidente?

—No, Clara. Me lo contaron nuestros colegas al llegar a la costa.

—¿Y sabes quién estaba con él? Es fundamental saber lo que vieron las personas que lo acompañaban en la panga.

—No tengo ni idea.

Miente, Clara. Escucha la vocecita que llevas dentro. Te está mintiendo, Clara.

25

Voy en el coche digiriendo todo lo que me acaba de contar Dan. Hay partes de su historia que no me cuadran y sospecho que miente. O quizá no, pero me oculta información. La primera vez que Miguel se metió en líos fue por liberar una línea de pesca. En España no lo llamamos línea. Lo llamamos palangre. Es una técnica de pesca que consiste en lanzar una línea de nailon muy larga al mar con anzuelos con cebo enganchados a ella. Se sujeta con diferentes boyas. Se trata de una pesca muy peligrosa, ya que provoca capturas de otras especies que quedan atrapadas ahí abajo hasta que mueren. Especialmente si dejas ahí la línea más horas de las establecidas por ley. Las flotas industriales pueden llegar a tener hasta dos mil anzuelos con palangres de hasta cien kilómetros de largo. Este método de captura destroza muchísima vida y está totalmente prohibido y perseguido en muchos países. En México, desgraciadamente, no lo está. Lo llaman cimbra, no palangre. La NOM-029 (norma oficial mexicana) permite realizar esta actividad siempre que el barco esté a la deriva. En movimiento. Sin embargo, lo que hacen muchos pescadores furtivos es dejar la línea toda la noche. Es entonces cuando se enganchan especies protegidas y vienen los problemas.

Dan me ha relatado que estaban en el mar con dos chicas intentando avistar una especie de delfín superrara que se llama delfín de Risso. Es una especie de cetáceo odontoceto de la familia *Delphinidae*. Su nombre científico significa en latín «pez grande y gris». Es un animal muy esquivo y difícil de ver. Se estima que hay más de treinta especies de delfines en el planeta. Se separan en delfines de mar y de río. Los de río tienen un color más rosado y solamente se han registrado siete especies. Dan me ha contado que Miguel estaba obsesionado pensando que había muchas más especies de las que estaban registradas en los libros de biología. La verdad, me impacta muchísimo que hayamos subido a la luna varias veces y que aún haya especies en el mar que no tengamos estudiadas. ¿Cómo puede ser?

Miro por la ventanilla y veo el mar azul infinito detrás de las palmeras. La carretera desde San José del Cabo a Cabo San Lucas me parece espectacular. Tienes el mar a un lado y al otro lado sobresalen los desiertos de cactus. Pasas por diferentes hoteles de lujo que han decorado todas las aceras con buganvillas. Hay flores de miles de colores, rojas, rosas y amarillas. Es un viaje agradable. Si tienes suerte, en época de ballenas, puedes avistar los soplos desde el coche. Hoy no he visto ninguno. Me pregunto si alguna vez podré ver orcas. Me encantaría. No sabía que era de la familia de los delfines. Dan me ha explicado un montón de cosas con la misma emoción que mi hermano. Me gusta que un hombre se emocione así con el mar. Saco el móvil y me meto en mi chat con Angie de WhatsApp. Le he contado que tenía una cita con Dan antes de ir adonde habíamos quedado y, por supuesto, ya me ha escrito. «Dime que has ligado con el guapazo de los tatuajes. ¡Llámame ya!».

Me gusta charlar con Angie, porque es la única persona que no habla conmigo desde la pena. Ella sabe por lo que estoy pasando. Ella pasó por algo muy parecido cuando perdió a sus dos padres de golpe y tiene claro que lo mejor es actuar con normalidad. «Cuanto antes normalices esto, antes lo superarás. Siempre respetando tu duelo». Y qué razón tiene. Hablar con ella sobre cosas cotidianas me calma. Luego me pregunta siempre por Miguel y su estado, pero después de hablar de otras cosas, menos cuando yo necesito hablar de ello enseguida. Sonrío pensando en su mensaje y, no nos vamos a engañar, sonrío pensando en Dan. Hace tiempo que no me fijo en nadie. Me acuerdo de su voz. Pausada, medio ronca, y de cómo me ha relatado las mil aventuras con mi hermano. En las piernas también tiene muchos tatuajes. Le he pedido que mañana me lleve al pueblo pesquero de Todos Santos, donde Miguel y él liberaron esa primera línea que encontraron. Al principio se ha resistido un poco a mis intentos de esa quedada extraña, pero ha terminado cediendo. «Te lo debo, por haberte mentido el otro día en el puerto». Me ha guiñado el ojo y se me han revuelto un poco las tripas. Hay algo en él que me atrae. No sé muy bien qué es. Siento cosas incongruentes, como uno de esos amores tóxicos de los que hablan muchas mujeres. Es como que me atrae, pero sintiendo que me miente. Muy raro.

Llego al delfinario de la marina de Cabo, y papá ya está hablando con el tal Bringas. ¿Le cuento lo que ha pasado hoy? ¿Le cuento que Miguel, al encontrar esa línea que medía más de dos kilómetros y ver que había más de cuarenta o cincuenta tiburones enredados, cogió un cuchillo y los liberó a todos? Uno a uno. Dan iba recogiendo la línea de nailon dentro de la barca mientras él tiraba para encontrar más y más animales. Sacaron tiburones mako, tiburones martillo, azules, incluso una cría de tiburón blanco. Muchos ya estaban muertos y sus cuerpos también los tiraron al mar. Clara recuerda sus palabras: «Neta, era tristísimo. Muchos de los tiburones que seguían vivos estaban agonizando, agotados de estar horas y horas tratando de escapar de la línea. Liberamos a más de sesenta cuerpos. Y, güey, lo hicimos muy asustados pensando que en cualquier momento podría venir un barco y cacharnos. Gracias a Dios, ¡lo hicimos! ¡Y salimos ilesos! Nadie nos vio ese día… Y gracias a tu hermano salvamos a más de cincuenta tiburones que estaban a punto de perder la vida. ¿Sabes cuál fue el problema, niña? Que para tu hermano no fue suficiente. Y aprendió dónde colocaban las líneas estos pescadores que estaban extorsionados por los narcos y comenzó a ir a liberarlos cada semana, sin descanso».

Llego a la puerta del paseo marítimo de Cabo. Allí están situadas las embarcaciones pequeñas de colores. Bringas bromea con nosotros y nos dice:

—Güey, les cancelo de nuevo. —Luego suelta una carcajada y agarra a mi padre por el brazo—. Carnal, carnalito, que es broma.

Su tono de voz es molesto. Entramos a la panga y nos recibe Mele. Es un pescador mayor que Bringas. Debe de tener unos cincuenta años. Se nota que tiene experiencia en el mar. Lleva unas botas de agua y tiene la tez morena. Nos saluda cariñoso y nos ofrece un chaleco salvavidas.

—No se angustie, muchachita. El chaleco es solo para salir de la marina. Una vez fuera, se lo puede quitar.

Bringas nos dice que falta otro cliente, que le ha dicho que va con cinco minutos de retraso. Nos ofrece unos refrescos y, en ese momento, me suena el móvil. Es Amparo. ¡Perfecto! Me salgo al paseo de madera y contesto emocionada.

—¡Hola, Ampi! Vas a flipar lo que tengo que contarte. ¡He pasado la mañana con Dan!

26

Amparo ha terminado el papeleo del tanatorio y ha cogido un tren a Galicia para visitar a los pequeños. Durante el trayecto, ha reclinado el asiento hacia atrás y no ha hecho otra cosa que dormir y mirar por la ventanilla. Está exhausta y un poco confusa con sus sentimientos. Desde que me fui, echa mucho de menos a Adolfo, como si necesitara ese suplente de compañero de vida, como si ese vacío hubiera generado en ella ganas de volver a sentir. «¿Por qué dejé que se fuera? ¿Estoy sintiendo de verdad? ¿O todo lo que pienso lo hago afectada por la pena? Mejor no tomar decisiones ahora. Pero quiero verlo. Deseo verlo y estar con él». Siempre ha sido una mujer con dudas, aunque todo el mundo piensa que es la más segura de la familia. Necesita el apego emocional para sentirse firme. Miguel y Clara son mucho más independientes emocionalmente que ella. No lo parece, sus hermanos nunca lo han pensado. La coraza de Amparo es impoluta; no es fácil leerla, a no ser que la conozcas como si la hubieras parido, como si la hubieras criado y hubieras visto la necesidad de cariño. De amor. No lo pide, pero es indispensable para seguir adelante.

Llega a la estación de tren de Vigo Guixar y nada más bajarse siente que ya puede saborear ese olor a mar. Su exsuegra ha venido a buscarla y la recibe con un gran abrazo y palabras bonitas:

—Siento mucho lo que os ha pasado, mi niña. Pero no te preocupes, aquí vamos a cuidarte. Todo va a salir bien.

A Ampi le gusta el carácter gallego. La bondad y fe que desprenden la mayoría de sus habitantes. No puede resistirse y soltar alguna lágrima con esa parte de su familia olvidada. Llegan a Bayona en pocos minutos y se van directas a la Taberna do Abrente. Un bar de amigos de la familia donde hacen las mejores zamburiñas de Galicia. O al menos eso ha dicho su padre siempre. Cuando Ampi entra, los niños se le echan encima. Los abraza. Le cuentan cosas muy cariñosos, y saluda a Adolfo con una caricia en la cabeza. Les ha echado mucho de menos y, por fin, la naturalidad de esa escena la hace sentir en casa. «¡Qué alegría que todos estén aquí y así de bien!».

Se acerca a pedir una Coca-Cola a la barra mientras los observa en la mesa. Es un ambiente agradable. Las risas de los niños lo llenan todo. Aquí parece que nada ha pasado. Adolfo devora el centollo con las mismas ansias de mar que siempre. También bebe el vino blanco helado como si fuese agua. Suspira el olor a marisco gallego. Y entona orgulloso:

—Buf, estar aquí es como estar en la mar.

Ampi no puede dejar de mirarlo. Algo en la mirada pura de ese hombre sigue removiendo sus adentros. Y aunque intenta disimularlo, la pena de todo lo ocurrido le ha desbloqueado un nuevo sentimiento hacia él. «¿Lo quiero?».

La velada pasa rápida y es agradable. Comen todos juntos y se van a casa dando un paseo por el pueblo. A Ampi le está dando la vida respirar esa brisa a mar. Este viaje le está viniendo muy bien. Seguro que le ayuda a mantener la esperanza. Una parte de ella todavía piensa que Miguel se va a poner bien. Quiere darse un paseo. Inventa una excusa con su familia y les dice que tiene que hacer una llamada al despacho, que en cuanto lo acabe irá al apartamento. Adolfo le da un beso en la frente y se aleja por unas escaleras con los niños. Ampi se enciende otro pitillo y decide llamar a Clara. Tiene ganas de hablar con su hermana. Y desea que no se esté metiendo en líos como su hermano. Al llamarla, ella balbucea una historia inconexa de ballenas y delfines. Le cuenta que ha conocido a Dan Taylor, que van a ir juntos a una playa donde Miguel había liberado un palangre.

—Pero, Clara, ¿para qué quieres ir allí ahora con él?

—Ampi, resulta que Miguel y él se dedicaron durante meses a rescatar líneas de pesca. ¿Sabes lo que es?

—Eso qué tiene que ver ahora, Clara.

—Pues que obviamente no fue un accidente, sino que intentaron matarlo. A eso me refiero. Recuerda que ya lo hablamos.

—Clara, ¿qué te dije de meterte en esto? ¿Qué te crees que eres ahora? ¿Una agente del FBI?

Se produce un silencio en la llamada. Clara no entiende esa reacción tan impulsiva de Ampi. No es propio de ella. Ni siquiera ella sabe por qué ha reaccionado así.

—Pero, Ampi..., yo solamente trato de ayudar. Quizá... si descubrimos quién le hizo esto. Si...

—¿Quieres ayudar? Entonces déjate de estupideces y estate con papá, que para eso has ido allí.

—Ya, pero quizá si averiguamos quién ha sido...

—¡Basta! ¿Crees que eso va a curarlo? ¡¿Crees que sirve de algo?! ¿Crees que le va a devolver a la vida?

—Ampi..., yo...

Amparo interrumpe a Clara, nerviosa, y le recrimina de nuevo que en vez de estar metiéndose en líos debería estar ayudando a papá. Grita histérica al teléfono, como nunca lo ha hecho antes. Tiene rabia y miedo. Miedo por si pierde también a la más pequeña. La niña escucha atónita al otro lado del móvil. Le resulta extraño oír la voz de su hermana así. No es propio de ella. No viene al caso ese enfado. Ella tiene buenas intenciones, no necesita una regañina ahora. Y menos un ataque. Amparo ha entrado en pánico.

—Parece que te importa todo una mierda, Clara. Menos Miguel y esta obsesión tuya nueva con el mar. ¿Y sabes qué? Estoy harta de psicoanalizarte. Mamá ha muerto. ¡Ya lo siento! Es lo que tienen las pandemias. Matan a la gente. Y nos ha tocado a nosotros. Lo siento. Siento en el alma que nos haya tocado. A ti, que verdaderamente eres muy joven todavía. Pero no voy a permitir que tires tu vida por la borda. Ni que hagas estupideces que solo sirven para entristecer más a papá. Mamá tuvo una vida maravillosa, amó y fue amada. Tuvo éxito del de verdad. Estuvo siempre rodeada de amigos, de gente que la quería muchísimo. Se divirtió, hizo siempre lo que le dio la gana. Fue feliz. Y fue feliz por nosotros. Sé que la querías muchísimo y que el covid nos la ha arrebatado de la noche a la mañana, pero eso no te da derecho a poner patas arriba la vida de toda la familia.

—Yo nunca he querido poner patas arriba la vida de nadie.

—Pues entonces deja de ser tan egoísta y piensa un poquito en los demás.

Clara cuelga el teléfono en un arrebato, y Amparo tira el iPhone con todas sus fuerzas hacia una pared de piedra de la calle. Rebota y cae en el asfalto. Seguidamente corre hacia él y comprueba que no está roto del todo. Solo se ha quebrado un poco la pantalla. Y entonces también se quiebra de nuevo ella. Llora. Se rompe en pedacitos como los cristales chiquititos que hay ahora en la carretera. Llora sola con todas sus fuerzas enfrente de ese puerto pesquero con olor a mar.

Llora porque se siente sola, porque no sabe si ha hecho bien en perder a Adolfo. Pero sobre todo porque teme los líos en los que puede meterse su hermana. Amparo ya ha vivido lo mismo con su hermano. Y cada día se culpa por no haber sabido frenarlo. «Si hubiera conseguido calmarte, ahora mismo estarías aquí conmigo. Vivo».

No te preocupes, mi Ampi. Yo voy a ayudarte a protegerlos. Yo voy a ayudarte a que salgáis todos de esto.

27

Cuelgo el teléfono a Amparo totalmente desconcertada. ¿Qué mosca le ha picado? ¿Es necesario esto? ¿Se ha vuelto loca? Jamás me había gritado así. En realidad, si lo pienso bien, por primera vez en mi vida creo que es ella la que nos necesita a nosotros. Su voz era distinta. Estaba triste, como sacada de quicio. La hemos dejado sola en España con un buen marrón de por medio. Es normal que tenga días malos también. La pérdida de mamá ha roto todos sus planes de contar con una abuela para la crianza de sus hijos. Menuda gran mierda lo que nos ha tocado vivir. Pero saldremos de esta. Estoy segura de que saldremos de esta.

Me subo a la panga todavía un poco abrumada. Como estos días papá y yo estamos medio idos, el pobre no se da cuenta de que estoy en shock por la conversación. Nadie me presta atención y lo agradezco. Al barco se han subido dos chicas algo mayores que yo. Son muy guapas y tienen equipos de buceo profesional. Aletas largas como las que tenía Miguel y unos bañadores preciosos de manga larga y espalda al aire. Papá está entretenido hablando con Mele. Él es oriundo de México, nacido en Bahía Asunción, una localidad del municipio de Mulegé, aquí en la Baja, pegadito a la frontera con Tijuana. Nos ponemos los chalecos mientras siguen hablando. Mele es un hombre entrañable y, al tiempo que salimos despacito hacia el mar azul, le explica a papá que la historia de México está llena de antiguas tradiciones, de piratas, exploradores y religión. Todo forma parte de las leyendas de este pequeño Cabo, el de San Lucas.

—Pues fíjese, caballero, que aunque ahora el pueblito está repleto de lujos del mundo moderno, su rica historia aún se atesora hoy. Mi mujer de vez en cuando viene a visitarme y siempre aprendemos más cosas de los hechos históricos que han ido pasando y de las formaciones naturales que han ido evolucionando durante millones de años. Las rocas irregulares que conforman el paisaje natural se remontan a treinta millones de años. Ve esa roca puntiaguda de allí al fondo...

—Sí. La veo. La grande del final.

—En efecto, caballero. El Fin de la Tierra es el nombre de esa famosa formación rocosa de granito que se yergue en la punta de la península de la Baja. ¿Y sabe cuál es el dato importante? Que marca donde literalmente la tierra termina y se encuentra con el mar.

—Ah, entiendo.

—Este lugar se ha convertido en uno de los más famosos de Cabo San Lucas, desde donde puedes contemplar el mar e imaginar el asombro que ha inspirado durante miles de años.

Bringas va delante de la panga. Agarrado a una cuerda y con los ojos bien atentos al océano. Le indica a Mele que vayamos cerca de la costa. «En busca de mobulas». Nos asegura que veremos alguna y que ya después, al ratito, nos alejaremos a alta mar para hallar cosas más grandes. Me sorprende este señor. Nos ha contado que fue agente federal K-9 en Ciudad de México hace muchos años. Pero que ahora ya eso no le interesa, que prefiere mil veces disfrutar del mar. Su tono de voz a veces me molesta, pero tiene ojos honestos, como de persona buena y leal. Además, me ha parecido un detalle que haya decidido sacarnos gratis. Mele nos ha confesado que se le rompió el motor de la panga ayer. No tenía por qué hacer esto con nosotros. Los accidentes pasan. A otro la cancelación le hubiera importado un pimiento.

A los pocos minutos de navegar cerca de la costa, el capi señala una mancha muy negra en el agua. Desde arriba parece una roca o unas algas; me recuerda a las sombras que crea la posidonia en las Baleares. Me sorprende lo rápido que las ha visto desde la panga. Sus ojos están muy acostumbrados a los avistamientos.

—Es un grupo de rayas nariz de vaca. ¡Prepararos para saltar!

Nos quitamos los chalecos salvavidas de golpe. Estamos muy nerviosos y los movimientos que hacemos papá y yo son muy torpes. Me desvisto lo más rápido posible y me coloco unas aletas cortas y rosas que me ha dado Mele al entrar a la panga. Una vez lista, Bringas me indica que espere, que me va a soltar en un punto exacto donde mi *splash* no asuste a las manta rayas ni las moleste. Me gusta que se preocupe por los animales. Las dos chicas del barco, que parecían muy profesionales, están todavía a medio desvestir. Yo me he preparado en menos de un minuto y papá también está listo.

—¿Puedo saltar ya?

—Tranquila, m'hijita. Paciencia. Hay que esperar al grupo para que las disfrutemos todos.

—Pero ¿y si se van?

—No se van a ir. En el mar has de tener paciencia. Déjame que te platique algunos datos. Mira se les llama nariz de vaca porque tienen dos lóbulos frontales algo pronunciados encima de la cabeza y eso les da una apariencia como de una vaca. ¡Lo entenderás cuando las veas debajo del agua!

—Mira, están aquí mismo. Debajo del barco. ¿Puedo saltar?

—No. Si saltas ahora las vas a asustar. Disfrútalas desde aquí. ¿Ves la forma que te digo del pico? Aquí en la Baja contamos fundamentalmente con dos especies que vemos muchísimo. Una son las mobulas y las otras son estas, las *cownose rays*. Mis favoritas son estas.

—Hay muchísimas. Son como pájaros enormes volando debajo del barco. ¡Qué bonitas!

—Preciosas, mis carnalitas. Las aletas las utilizan para conseguir alimentos: golpean el fondo del mar y de esta forma recogen cangrejos, almejas y ostras, que «muelen» antes de ingerirlos con la boca. Van en grupos para hacerse más fuertes y confundir a los depredadores. Por ejemplo, los tiburones se piensan que son un animal grande cuando están todas juntas y se van. Es como si se disfrazaran en conjunto de una sombra enorme. ¡Qué inteligentes! ¿Verdad?

—Porfa, ¿podemos saltar? Ellas ya están listas también.

—Mele, acércanos por ese lado. ¡Que nos vamooosss!

Mele gira la panga y nos posiciona de manera perfecta para saltar a unos ocho o nueve metros de ellas. Las dos apneistas llevan cámaras de fotos GoPro. Y siguen haciéndole preguntas de manera pausada a Bringas, pero yo tengo el corazón a punto de explotar. Necesito saltar.

—¿Creéis que hoy veremos también mobulas? —pregunta una de ellas.

—Bueno, m'hijita, estás a punto de saltar con un grupo de otra especie que se ven bien bonitas. Qué más da cuál sea. ¡Disfrútalas!

—Las mobulas fueron las del accidente ese, ¿no? El que hubo hace unas semanas, ese en el que murió un chico.

—Sí, güey —le explica Bringas apenado—. Las malas lenguas dicen que lo intentaron matar los narcos, pero que no lo consiguieron, que sigue vivo.

—¿De veras?

—Sí, güey. Fue el cartel de La Mano con Ojos.

Mi cerebro da vueltas. Mil vueltas. ¿Están hablando de mi hermano? ¿Los narcos? ¿La Mano con Ojos? Miro a papá buscando complicidad sobre lo que acabo de escuchar. Tiene la mirada perdida en el agua, y entonces Mele nos grita:

—Ahora, saltamos.

Caigo al agua algo mareada y veo la arena en el fondo. Cubre unos cinco o seis metros. ¿Dónde están? Aleteo un poco en dirección a la orilla donde estaba la mancha. De pronto, las veo venir de frente. Un grupo de unas treinta mantarrayas preciosas que vuelan por el mar acercándose a nosotros. Y digo literalmente que vuelan porque parece que estamos en el cielo planeando. Me quedo quieta sin mover nada. Bringas nos ha dicho que, si estás quieto, se acercan. Si chapoteas, se van. En efecto, vuelan y vuelan cada vez más alto. Cada vez más cerca de la superficie donde estamos papá y yo. Papá no se ha puesto las aletas. Le doy la mano y aleteo despacito siguiendo los movimientos de estas criaturas. Le arrastro poco a poco. Es precioso. Hipnótico. Hay armonía. Van coordinadas. Muy juntas, pero sin molestarse. Las disfrutamos unos segundos y, de pronto, por algún motivo, se asustan y se van. Sacamos las cabezas del agua. Observo que papá se quita la máscara. Tiene luz en los ojos.

—¡Ha sido realmente bonito! De las cosas más espectaculares que he visto nunca.

Bringas nos indica que nos subamos a la panga. Le acaban de avisar sobre una ballena jorobada con su bebé a unas dos millas de la costa. Nos subimos emocionados y nos tapamos con la toalla. Mele arranca y noto el fresquito de la brisa en mi cara húmeda.

—Al parecer lleva un ballenato bien bebé. Creo que no tiene ni dos o tres semanas. ¡Qué suerte!

El mar es el único lugar del mundo donde puedes olvidarte de todo. Es una tregua estar aquí. Cualquier duelo es mucho más sencillo si tienes la suerte de sanar en el océano.

28

El corazón de Clara late rápido. Las ballenas jorobadas tienen un significado muy especial para ella. Le gustaría compartirlo con su padre, pero no puede. Secretos recónditos que guarda en lo más profundo de su corazón. Y no serán los primeros secretos que guarde mi niña. A partir de ahora, todo está cambiando. Y algo en el fondo de su alma intuye que va a empezar una aventura que cambiará su vida para siempre. Y que esto no ha hecho más que comenzar.

Llegan enseguida al medio del mar azul, donde otra panga chiquitita les indica:

—Hola, Mele. Amigo, están por aquí, güey, la cría es minúscula. Blanquita, blanquita. Yo creo que apenas tiene dos semanas. La mamá está bien cariñosa. Te deja aproximarte a ella.

Mele apaga el motor y todos los participantes se miran con nervios y expectación. Cuando las ballenas jorobadas llevan crías, no tardan tanto tiempo en salir a respirar. De repente, se ve una mancha negra que sobresale entre las dos pangas.

—¡No me lo creo! ¡Van a salir aquí! —grita Clara.

Un soplo de respiración potente se apodera de todo.

—¡Es la mamá! —grita Bringas.

Una ballena enorme aparece despacito entre las dos embarcaciones. Y a los pocos segundos, a su izquierda, asoma una ballena pequeña, como un bebé. La criatura es frágil y su progenitora le ayuda a subir a respirar con una de las aletas, impulsándola hacia arriba. Como hacen todas las mamás. Solamente los animales consiguen causar estas emociones tan bonitas en los humanos. Adrenalina pura. Pelos de punta. Sentimientos a flor de piel. Bringas susurra:

—¡No mames, qué suerte! Es un ballenato recién nacido. Yo digo que tiene tres o cuatro días. Mele, ¡¿tú qué crees?!

Clara y Pedro observan entusiasmados ese espectáculo de la naturaleza. Las dos ballenas están muy tranquilas, como descansando. Parece incluso que juegan adormiladas. Giran y giran, y se ven con claridad las aletas dorsales y después la panza blanca y rayada. El agua está en calma. La silueta de la madre es perfecta, gris oscura, con verrugas y llena de cicatrices. El bebé es blanco grisáceo, nuevito, delicado, no tiene ninguna mancha en la piel. Tienen una actitud totalmente distinta a las del otro día, como más pausada, como si una mamá estuviera intentando que su bebé descansara. Es precioso verlas así. Están medio paradas. En la superficie. Nunca han visto algo tan tierno, tan delicado. Durante diez minutos disfrutan de este espectáculo. Incluso la mamá parece que acerca a la cría a empujones a la panga. En un momento están a menos de tres metros de ellas. ¡Qué curiosas! Clara estira el brazo y casi puede tocarlas. Está muy emocionada y llora. Llora, pero de felicidad. ¡Porque es sencillamente precioso ver una explosión de vida así! De pronto, la mamá respira muy fuerte y con un movimiento brusco sumerge a la cría hacia abajo y desaparecen. Tal vez algo las ha asustado.

—¿Qué ha pasado? —dice Clara—. Nadie ha hecho nada para asustarlas. —Lo resalta porque tanto Bringas como todos los capitanes insisten en que cuando los animales se espantan, es por culpa de la manera en que interactuamos los humanos. Eso genera una gran presión en ella y en todos los participantes de las excursiones de mar.

—La neta, no sé, güey. Estuvo bien raro ese comportamiento, con lo rela que estaban —contesta Bringas mientras guarda su cámara de fotos.

De pronto, una chica de la otra panga grita:

—Mirad. Ahí, detrás de vosotros, delfines.

Clara se da la vuelta, pero no ve nada. Entonces se escucha a Bringas totalmente alborotado.

—No mames, güey, son orcas, carnal, ¡son orcas!

El ambiente de paz y tranquilidad que había envuelto aquella preciosa escena desaparece dando paso a nervios, miedo e inseguridad.

—¡No mames, Mele! ¡Van a devorarse al ballenato!

Clara se mueve un poco hacia atrás y agarra la mano de su padre buscando cobijo. Como ha hecho siempre cuando siente desasosiego. No quieren perderse nada de lo que está sucediendo. La situación es tensa. El entorno está nublado. Ya no hay la energía tan bonita de hace un momento.

—Todo el mundo bien agarrado a la panga —dice Melecio serio. Se nota que es un hombre que se hace respetar cuando quiere.

—Y silencio —continúa Bringas.

De pronto sale la ballena mamá a respirar a unos veinte metros del pequeño barco y una orca enorme pega un brinco cayendo de manera agresiva encima de ella. Se le ve el cuerpo entero blanco y negro fuera del agua. Salpica, y Clara se tapa la boca con las manos. Solo se escucha a Bringas.

—No mames, están atacando a la madre.

De repente aparecen unas cuatro o cinco orcas que empujan y saltan encima de la ballena grande. El movimiento es agresivo, brutal. La ballena gigante trata de esquivar los saltos con movimientos bruscos. Salta y aletea también. Pero son cinco o seis orcas las que la atacan saltando, sin tregua, dándole golpes con la parte delantera de ese cuerpo robusto y perfecto. Se escuchan los ruidos de la ballena. Bufa. Resopla. Respira. A veces canta, como gritando. Esos sonidos se clavan en el corazón de todos y parece que retumban en sus adentros.

—No mames, está llorando. ¿Lo escucháis? Quizá está intentando pedir ayuda a otras ballenas.

—¿Y la cría? ¡Dónde está la cría! —grita Clara apurada y sudando.

—No sé, güey. No la veo desde que han llegado las orcas.

Los nervios y la tensión cada vez son más fuertes en la panga. Es el espectáculo más salvaje y brutal que jamás han presenciado. Pedro no quita los ojos del agua. Nadie se atreve a decir nada. Están como paralizados. La ballena desaparece a veces y en menos de dos minutos vuelve a salir a la lucha. A intentar respirar. Es entonces cuando las orcas vuelven a la carga, saltan y saltan encima. La embisten con fuerza. Es una estrategia de caza en grupo perfecta. Todas colaboran coordinadas para ganar. Es horrible. Es perfecto. Es brutal. Hay sangre por todas partes, y el jaleo de las olas hacen que el escenario sea confuso. Las dos apneistas están en shock. Una de ellas no para de llorar. De pronto, el agua se calma. Ya no se ven las orcas. Ni las ballenas. Todos se quedan en silencio y digieren lo que acaba de pasar.

—Güey, no mames. Estoy en shock.

Es todo lo que puede decir Bringas. Y entonces, al cabo de cinco minutos, vuelve a salir la ballena gigante. El soplido de su respiración les corta el aire. Estremecedor, fuerte. Conmovedor. Tiene sangre en el lomo. Se queda en la superficie abatida, agotada, respirando de una manera tan profunda que hace que el corazón les lata muy fuerte a todos. Ha perdido la batalla. Las orcas han ahogado a su ballenato y se lo han llevado al fondo, donde seguramente estén alimentando a parte de la manada. Las orcas son las reinas del mar. El depredador más top de la cadena trófica. Y así han demostrado ahí mismo su poder.

Clara le pide a Mele que, por favor, acerque el barco al animal. Quiere verla. El capitán le indica que es peligroso, que pueden aparecer las orcas de nuevo. Y entonces la niña llora. Llora porque la tristeza está latente en el ambiente. Porque las orcas han devorado a la cría de una manera brutal. Llora porque su madre no ha podido hacer nada por evitarlo. Está ahí, agotada, respirando profundamente entre las dos pangas. Vacía. Dolorida y cansada. Al cabo de diez minutos, la ballena sigue sin moverse y las orcas no han aparecido. Mele enciende el motor de la panga y se acerca muy poquito a poco. El animal no se inmuta. Sigue en la superficie, recuperándose. ¿Podrá salir de esta? ¿Volverá a nadar? ¿Morirá? Clara saca medio cuerpo del barco y la observa. Incluso cree que puede verle el ojo. Lo tiene cerrado. La ballena sigue llorando en cantos que desgarran. Los ruidos retumban en el interior de todos. Es el sollozo más bestial que jamás han escuchado.

—Lo siento mucho —dice Clara extendiendo la mano hacia el animal—. Lo siento, de verdad.

La ballena respira hondo dos veces más y nada hacia delante. Todo el barco está en silencio. Todos observan cómo se aleja poco a poco. Sale a menudo a respirar, porque aún está agotada. Se aleja dejando atrás el Pacífico y continúa su migración.

—Va a estar bien, ¿no? No la volverán a atacar, ¿verdad?

—Tranquila, m'hijita. La carne de la mamá no les interesa a las orcas. Y sí, estará bien. Ahora tiene que ser fuerte y avanzar. Se reunirá con otras ballenas y vuelta a empezar. Seguro que todas han escuchado su canto y llegarán pronto para protegerla y acompañarla en el camino. Así es la vida, pero ella continuará su camino. Saldrá adelante.

Clara llora y entiende que la naturaleza es así. Es salvaje y es brutal. Pero aun cuando te arrebatan a lo que más quieres, cuando intentan darte golpes para conseguir que no puedas levantarte, tienes que seguir nadando. La vida sigue. Y hay que seguir nadando.

Siempre.

Seguir nadando.

29

Nada más entrar al hospital me invade ese olor a limpio que me produce escalofríos. Qué horror. Jamás me acostumbraré a esta mezcla de alcohol puro con enfermedad. Si algún día me muero, espero no tener que morir aquí dentro. Ojalá que sea en casa o en el mar. Recorro el pasillo hasta que llego a la habitación 202. Me paro en la puerta y respiro hondo antes de entrar. Entro. Miro por la ventana y me tomo unos segundos antes de acercarme a Miguel. Siempre me cuesta un poco de tiempo poder mirarle a la cara. Así que respiro, me acerco y le agarro la mano. Solo entonces lo miro.

—Hola. Aquí estoy otra vez. He conseguido que me dejen entrar.

Pierdo la noción del tiempo una vez más. Siempre que estoy en el hospital, no sé muy bien qué hora es. Se me cierra el estómago de golpe y parece que los segundos pasan más lentos que allí fuera. Es una sensación extraña, como si aquí dentro faltara más el aire, como si estuviéramos dentro de un videojuego. La vida es distinta en estas salas. Te sientes mareado. Nadie se siente bien aquí. Como estoy delgadita, le muevo el brazo y me tumbo a su lado en la camilla. Acerco despacito el oído a su corazón y escucho sus latidos. Bum-bum, bum-bum.

Me tranquiliza escucharle respirar. Bum-bum, bum-bum. Cierro los ojos y consigo dejar mi mente en blanco por un momento. Bum-bum, bum-bum. Susurro:

—Vas a salir de esta, Mike. Vamos a salir de esta. ¿Recuerdas? Tenemos muchas cosas que vivir. Y tenemos que vivirlas juntos.

Me incorporo en la cama, porque como no quiero aplastarle, me estoy haciendo daño en el cuello. Repaso sus dedos de las manos con mi dedo índice. Todavía las tiene musculosas y los brazos fuertes. Me sale hablarle. Pero hoy no le voy a suplicar que no se muera. Eso ya se lo he dicho muchas veces.

—Hoy te quiero contar que he conocido a tu amigo Dan Taylor. No te preocupes, pesado, no voy a enamorarme de él. Seguro que lo has pensado. Es guapo, ¿eh? He quedado ahora con él, porque le he pedido que me lleve a ese pueblo de Todos Santos donde te dedicaste a liberar los tiburones de los narcos. Manda narices, ¿eh? Toda la vida metiéndote en líos sin querer. Bueno, sin querer no, queriendo, porque en líos se mete uno queriendo. —Sonrío porque me hace mucha gracia pensar que acabo de parecerme a mamá. Lo miro—. Parezco mamá, ¿verdad? ¿Te imaginas que te levantas ahora? Me darías un susto de muerte. —Me rio yo sola de la estupidez que acabo de decir—. Echo de menos estas tonterías que siempre decíamos juntos. Y, sí, ya sé que no tiene sentido ir al pueblo ese. Pero quiero ir. Me da igual lo que pienses. Quiero ir. Me ayuda a imaginarme por qué acabaste aquí. Me ayuda en este duelo tan raro que estoy teniendo. Quiero ir y punto.

Acerco una silla que hay cerca del sofá y me siento a su lado. Apoyo la frente en su mano y rezo. No sé muy bien a quién, porque nunca he creído mucho en Dios. Pero rezo y le pido a quien sea que esté ahí arriba que pare. Que pare ya esto. Que hemos tenido suficiente. Suspiro y levanto la cabeza sin apartar la vista de mi hermano. Los sonidos de las máquinas lo llenan todo. No hay música de fondo, y observo esas pantallas con luces verdes y números. Me paso más de media hora allí sentada y me levanto cuando suena la alarma del móvil. Quedan cinco minutos para que venga a recogerme Dan.

—Nos vemos pronto, Mike. Seguro que la próxima vez que esté aquí ya puedes abrir los ojos. Te quiero, ¿vale? Vamos a salir de esta. Lucha. Lucha, porque yo también lo estoy haciendo y vamos a salir de esta.

Caminando por ese pasillo con olor a limpio, me doy cuenta de que es la primera vez que no he llorado en el hospital. Me alivia esto. Pienso que si por lo que sea, Miguel nos oye, no creo que le vengan bien tantas lamentaciones. Paso por unos aseos y decido entrar un momento para hacerme otra vez el moño. Me he puesto una camiseta sin mangas de color lila y un vaquero corto Levis. Encima llevo una chaqueta enorme de Ampi color gris. La verdad, no entiendo cómo hacen todas esas personas que se arreglan tanto a diario. Me lavo las manos y salgo del centro en dirección al aparcamiento. A lo lejos, veo a Dan en un 4x4 verde. Qué nervios.

—Hola, ¿me subo?

—Claro, te abro.

Se baja del coche y viene hasta mi puerta. La abre. Me siento idiota por no haberla abierto yo sola. Me pone nerviosa su presencia. De algún modo, me impone. Me acomodo en el asiento y me pongo torpemente el cinturón. Salimos del hospital y pronto llegamos a la típica carretera de curvas rodeada de cactus de la Baja California. Por el camino, le he contado la escena de las orcas y la ballena. Él me ha explicado que las orcas son su animal favorito. Son las reinas de los mares, porque no tienen depredadores. Es decir, nadie se come a las orcas y ellas se comen todo lo que les da la gana del mar.

—Si se les antoja, se engullen una ballena azul, que es el animal más grande del planeta. Organizan una estrategia en grupo para cazarla y la devoran. Que quieren un tiburón blanco, ¡pues se lo comen también! Delfines de aperitivo, ¡pues se lo gozan!

Son las reinas, la neta. Y cuando están ellas, todos los animales desaparecen dejándoles que gobiernen el océano.

—Me lo imagino como en la película *El rey león*, cuando todos los animales de la sabana se inclinan ante el rey.

—Güey, te encanta todo lo del Walt Disney, eh. —Me sonrojo y me siento estúpida por haber hecho ese comentario—. La verdad es que sí que es un poco así, como en la película. Todos las respetan y las temen a la vez. Menos los humanos, que seguimos cazándolas y encerrándolas en acuarios. Qué atrocidad.

—¿Nunca han atacado a un humano?

—Jamás en la vida han atacado a un humano cuando ellas están en libertad.

—En cautividad, sí. Que justo me he visto el documental ese de Netflix, el que se llama *Blackfish*. Y ahí atacan a los entrenadores.

—¡Pues claro, güey! ¡Cómo no! Tú imagínate que eres el depredador más fuerte del océano, que nadas miles de kilómetros al día con tu manada, con tus crías y tu familia. Y, de pronto, los humanos pendejos te encierran en una piscina de medio metro cuadrado y se dedican a electrocutarte para que hagas shows estúpidos delante de los niños. Pues un día te vuelves loco y atacas a ese entrenador que te tortura..., ¡cómo no! Pocas cosas hacen para lo que les hacemos nosotros. Si yo fuera orca, te aseguro que saltaría al escenario enloquecido y me devoraría a varios niños de las primeras filas... ¡Ya verías cómo ningún padre volvería a traer a un niño a ver el show! ¡El espectáculo se acabaría de una vez!

—Bueno, pero no seas drástico. Pobres niños. Pégales el susto y tíralos al agua. Pero no te los comas. Los padres dejarían de ir igual... y no haría falta comértelos.

—En serio no puedo creer que hoy en día haya humanos estúpidos apoyando este tipo de cárceles animales. Me parece inaudito.

—A mí también, la verdad... Miguel lo odiaba.

—¡Con todo su ser, además! ¿Lo echas de menos? ¿Cómo te ha ido verlo hoy?

Me gusta que me pregunte de manera natural cómo me siento con lo de Miguel. Noto que, cuando lo hace, algo en sus adentros cambia. Se entristece. La energía se altera, y siento como que tiene algo que contarme. Puede que me esté volviendo loca, pero juraría que sabe algo más de esta historia e intuyo que tiene que ver con él.

Después de un rato más hablando sobre las orcas, cogemos una salida arenosa dirección al mar y llegamos a un puerto abandonado que huele a pescado podrido. Es decadente. No hay edificios. Hay barcas rotas por todas partes. Al fondo, una montaña. Hay basura y plásticos por el suelo. Y una caseta como de seguridad de piedra gris al fondo. Realmente es un decorado de película de narcos. Da miedo.

—Toma, ponte este pañuelo y tápate la boca. Te irá bien para el olor inicial.

Dan lleva una braga en el cuello que se sube hasta la nariz. Yo me enredo el fular que me ha dado en el cuello y salimos los dos del coche.

—Ven, acércate. En la playa, siempre encontramos cadáveres de tiburones. Los limpian en la orilla y botan las partes que no quieren al mar hasta que las olas acercan los restos otra vez a la costa.

Caminamos, y Dan mira varias veces hacia atrás para asegurarse de que no hay nadie. Me inquieta un poco que haga esto. Cerca de las rocas, hemos encontrado esqueletos de pescados, pero no se distingue muy bien de qué especie son. Dan echa un ojo al agua.

—Mira, mira —dice poniéndose de cuclillas—, ahí en el fondo hay cabezas de atunes. Y una de pez espada.

Deja las chanclas en la orilla y se remanga los pantalones cortos todo lo que puede por encima de las rodillas. Tiene las piernas muy musculosas y me doy cuenta de que no hay ni un solo hueco en su piel oscura sin tatuajes.

—Ven, acércate.

Las olas rompen y el agua está fresquita. Metemos los pies los dos. Con la espuma que se forma, es muy difícil distinguir las sombras.

—Ahí están, ahí están. Güey, hay hasta una de tiburón martillo.

Las olas me tambalean y tengo que sujetarme a su brazo para no caerme. Nos reímos, agarrados, mientras las olas nos salpican. Consigo distinguir esas cabezas de las que habla. Hay muchas. Habrá unas seis o siete de tiburón. Dan me explica que aquí vienen los pescadores con las líneas, las limpian en la orilla y tiran los desechos en donde ahora estamos.

—Es una pena, porque aquí hay solamente tres especies protegidas. Blanco, ballena y peregrino. Pero bueno, en México, ya sabes. No hay ley.

De repente Dan mira hacia atrás y vemos a tres hombres que se aproximan muy rápido hacia nosotros. Están lejos, en el otro lado de la playa. Caminan decididos hacia nuestro aparcamiento. La manera en la que se mueven no es amigable. Vienen decididos. Dan me agarra del brazo fuerte y muy nervioso me dice:

—La hemos cagado, Clara. Están allí. Son ellos. Vámonos. ¡Corre!

—Son... ¿Quién? —le pregunto.

Me saca del agua bruscamente, coge nuestras sandalias y corre.

—¡Corre! —me grita.

Siento instantáneamente miedo y ansiedad. No lo dudo, corro automáticamente detrás de él hacia el coche. Los hombres han empezado a correr hacia nosotros.

—Mierda, corre, corre, Clara.

No entiendo bien lo que está pasando. Dan está muy asustado, y yo corro con todas mis fuerzas detrás de él. Nos subimos al coche. Dan está pálido y muerto del miedo. Le tiemblan las manos. Tarda en atinar la llave del coche, poseído por los nervios.

—¡Mierda, mierda, verga! —grita.

Me tapo la boca con las manos cuando veo a los tres hombres a menos de treinta metros de nosotros. ¡Uno lleva un cuchillo! Dios mío. Dan enciende el motor. Observo el rostro de los pescadores. No tienen pinta de buenos amigos. Están enojados y son tres figuras adultas agresivas.

—¡Arranca, Dan, joder! —grito desesperada y muerta del miedo.

Los nervios se apoderan de mí. Pienso en mi padre. Y en mi hermano.

—¡Arranca, por favor!

Lo miro. Está pálido intentando arrancar. Me fijo en que no ha quitado el freno de mano. Lo quito de golpe. Cinco segundos que parecen una vida. ¡Tengo miedo! Observo uno de los rostros de los hombres. Tez morena y unos ojos rasgados y llenos de ira.

—¡Arranca!

Y justo cuando los hombres van a llegar a nuestro vehículo, Dan arranca. Da marcha atrás atropellando piedras y malezas y arrancamos. Arrancamos fuerte y salimos, muertos de miedo, a toda velocidad por esa carretera de arena. Dan está todavía más pálido que antes. Y yo me he colocado las manos en el pecho, porque me late tan fuerte que se me puede salir el corazón. Me quito la chaqueta, nerviosa. Estoy sudando. Apoyo la cabeza contra el asiento. Dan no para de mirar atrás. Me mareo. Me mareo por un momento mientras Dan conduce rápidamente por esa autopista enorme en el desierto. Veo chiribitas y me quedo quieta con los ojos cerrados.

Conducimos más de veinte minutos en silencio durante el camino más eterno de mi vida. Abro los ojos de vez en cuando, pero sigo mareada y con la visión borrosa. Dan me advierte.

—No vienen.

Miramos los dos todo el tiempo por el retrovisor.

—No vienen. No nos siguen.

No dice nada más. Y yo, no digo absolutamente nada. Me siento culpable e idiota. Y ni siquiera soy capaz de explicar qué es lo que acaba de pasar. Pasan veinte minutos en silencio por esa carretera. No nos atrevemos a hablar. Dan ha comenzado a recuperar el color de su rostro. Continuamos en silencio el resto del camino. Confusos. No me atrevo a decir nada. ¿Qué ha pasado? ¿Quiénes eran esos? Pero no me atrevo. Sobre todo pienso en Amparo y en que si me pasara algo me mataría. Guardo silencio hasta que llegamos al aparcamiento del apartamento. Tengo ganas de llorar. Dan para el coche y se queda en silencio de nuevo. ¿Qué digo?

—Dan..., yo...

—Baja del coche, por favor.

—No sabía que...

—Yo tampoco, pero la neta. Esto no es un juego. Yo ya he perdido un amigo. Y no quiero perder a nadie más.

Bajo del coche, y Dan arranca sin mirarme a los ojos. Me quedo descalza en la acera, sujetando con las manos la chaqueta, las sandalias y el teléfono. ¿Quiénes eran esos hombres? ¿Y por qué Dan sabía que iban a por nosotros? ¿Lo conocían? ¿Se conocían? El corazón me late fuerte en el pecho. No quiero volver a vivir esto, pero una parte dentro de mí me está revelando algo. Como una fuerza superior que me dice que, tarde o temprano, tendré que volver allí. Tengo que volver allí. Tengo que descubrir quiénes eran esos hombres.

30

Nuestros mares mueren. Y mientras todos cerramos los ojos, los océanos dejan de respirar. Las especies desaparecen. Las criaturas se apagan. Clara conoce un México colorido en el periodo más oscuro y gris de su vida. Al mismo tiempo, descubre un océano puro y limpio, lleno de vida, en el momento donde más muerte la rodea. La paradoja es contradictoria y ella se enamora locamente del mar. Un atisbo de felicidad y adrenalina cuando todo es más difícil para mi niña. No entiende la manera en la que estamos aniquilando todo lo que nos rodea. Se da cuenta de la gran problemática a la que se enfrenta nuestro planeta. Esta vez no lo ve de manera lejana, como le pasaba antes cuando veía y escuchaba documentales en Madrid. Aquí la problemática es real. Está latente en ese océano que ahora observa, donde ve saltar y respirar a las ballenas casi cada día.

El tiempo pasa de una manera calmada en San José del Cabo. El mes de marzo llega a su fin; las jorobadas ya se van, continúan con su migración por la costa de California. El pueblo se despide de ellas con cariño y devoción. «Nos vemos en noviembre, hermosas», les había gritado Bringas un día desde la panga.

Miguelito duerme. Está sumido en un sueño profundo del que de vez en cuando despierta y es consciente. Escucha de pronto los sollozos de su padre y la voz entrecortada de su hermana, que le anima a seguir adelante. «Lucha, Miguel, lucha y saldremos de esta». Y tras escuchar esas palabras llenas de esperanza, vuelve a lo más profundo del azul. Por su cabeza pasan, de una manera rápida y tenebrosa, todos los recuerdos de su lucha.

La primera vez que convenció a Dan Taylor para ir a esa playa y ver adónde se llevaban todos esos tiburones. Se escondieron en el cerro con las cámaras. Había dos furgonetas enormes blancas. Los pescadores cargaban y cargaban cajas llenas de aletas. ¿Adónde se llevarían todo aquello? Había pensado... Y Dan, su confidente, no quería investigar más, prefería dejarlo estar. Pero ¿cómo podía haber tanta falta de información? Los documentales en la televisión decían que las aletas de tiburón se consumían en China para esas famosas sopas. Pero no parecía real, no podía ser cierto... Los números eran sencillos para Miguel. Si se sacaban más de un millón de aletas de tiburón al día, ¿cuántas sopas se tenían que hacer en el país? Además, había preguntado a un amigo suyo de Hiroshima, al que conoció en un vida a bordo en las islas Galápagos y se habían hecho bastante amigos. Aquel chico vivía en Japón y le había asegurado que esas sopas de tiburón estaban pasadas de moda, que ya nadie las consumía. Al parecer, se había corrido la voz de que la carne de tiburón no era saludable para el cuerpo humano, que tenía demasiados metales y afectaba de manera muy negativa al organismo. Ya nadie consumía eso. Era una cosa pasada y, desde luego, ya no estaba en casi ningún restaurante. Entonces ¿adónde iban todas esas aletas?

Clara sale al mar casi a diario en ese mes de marzo. A Bringas, el exagente federal, le da pena la chiquilla. Tiene uno de esos corazones enormes y honestos de la Baja, y en un intento de animarla, la invita numerosas veces a salir en su panga. Ella le ha contado toda su situación familiar. Ha abierto su corazón con ese hombre y le ha explicado la desgracia que tiene en casa.

—Conmigo siempre puedes venir al barco, así me ayudas con los clientes, Clarita.

Con ese señor de voz ruidosa y bromas pesadas, Clara descubre el sentido de la palabra libertad. En esas aguas verdes y heladas, la niña nada y chapotea entre miles de mantas. Aprende lo que es el chumeo, la técnica de atracción de tiburones. Y observa muy de cerca a especies tan impresionantes como tiburones makos, martillo y azules. La sensación de estar en el azul la embauca y la rescata de ese sufrimiento tan repentino al que se ha sometido.

Observo desde muy lejos, de una manera distorsionada, la manera en la que mi familia va recuperándose de mi ausencia. Todos luchan y les une algo en común, el amor. El amor que sienten los unos por los otros. Los valores de unión, de familia. Nos esforzamos desde jóvenes por inculcarles la lealtad. Los buenos valores. El saber elegir bien las batallas por las que luchar. Incluso las primeras Navidades que la crisis económica nos pilló por banda y tuvimos que reducir los regalos en el árbol, los comentarios eran sencillos y agradables. «Hay familias que abren miles de paquetes, pero no se tienen los unos a los otros. Nosotros hoy solo abrimos uno. Pero nos tendremos siempre».

Recorro el mar volando entre oleajes y vientos que agitan todo y a lo lejos hasta llegar a Madrid. Observo cómo Amparo lee unos casos apoyada en el regazo de su amado. Adolfo y ella se han reencontrado debido a la situación tan cambiante de su vida y parece que se están dando una oportunidad. Es fácil caer rendida en los brazos de Adolfo. Su olor a mar, sus manos ásperas y sus abrazos…, es la sensación más parecida a un hogar que mi niña tiene ahora. Y no quiere marcharse de allí.

Mi familia se recupera de este golpe.

Y ahora el futuro de Miguel es incierto.

Como el de los océanos y el planeta.

31

Estoy en la marina esperando a Dan y bastante nerviosa porque lleva varias horas sin contestarme a los mensajes. Nunca sé si desaparecerá como hizo la primera vez. Cuando tuvimos aquel percance con los tiburoneros de Todos Santos, estuvo varios días sin cogerme el teléfono. Después apareció de la nada. Y sin pedirme disculpas ni hacer alusión a esa mañana, comencé de nuevo a pasar tiempo con él. Los primeros días me llevó a ver ballenas desde San José del Cabo. La verdad, tuvimos unos encuentros increíbles. Las pillamos de nuevo saltando en armonía e incluso un par de días pudimos nadar junto a ellas. En México esta actividad está totalmente prohibida. Para proteger a los cetáceos han puesto en norma esta ley. Nadie puede tirarse al agua cuando están cerca. Pero a Dan las leyes le importaban bien poco, siempre que se respete a los animales.

—Si no hay barcos al acecho y las ballenas están cooperadoras, nos tiraremos, Clara. Pero nadie debe saber que lo hemos hecho, así que nada de hacer vídeos ni de subir ninguna mamada a las redes sociales. Aquí, en nuestra panga, no hay ley.

Recuerdo cómo me guiñó un ojo con ese brillo especial en tonalidades marrones y vainilla y su sonrisa de medio lado.

Cierro los ojos y rememoro ese primer momento en el que caí al agua congelada y noté cómo me agarraba la mano.

—Ven, despacio, no asustemos a la cría.

Nos acercamos aleteando muy despacito al lugar donde habíamos visto los soplos y, de pronto, una mancha blanca enorme en el agua resultó ser una inmensa ballena jorobada. Estaba totalmente parada. Flotando a unos cinco o seis metros del agua.

—Güey, no mames. Está durmiendo la mamá.

Yo no podía articular palabra, estaba sencillamente hipnotizada con esa presencia divina. El bebé juguetón subía y bajaba a la superficie para respirar; después se ponía debajo de la madre. Ella con movimientos suaves y muy delicados lo cobijaba debajo de sus aletas. Fueron unos veinte minutos mágicos. Preciosos. Jamás pensé que esos animales parecidos a dinosaurios fueran tan maternales. El bebé curioso nos deleitó con un show impresionante. El corazón me latía tan rápido que a veces pensaba que iba a dejar de respirar. Dan bajaba en picado, haciendo unas apneas alucinantes y deslizándose con soltura debajo de la ballena. Camino por el puerto mientras recuerdo esa sensación divina. De pronto, unas manos suaves me tapan los ojos de golpe. Es un movimiento brusco y noto un olor femenino y familiar. No puede ser Dan, pero no conozco a nadie más en la marina. Toco las manos y descubro unos dedos finos y un anillo con dos diamantes que reconozco al momento. ¿Angie? Me giro para descubrir el rostro despeinado de mi mejor amiga.

—¡Sorpresa!

—Pero qué narices haces aquí. —Nos abrazamos.

—¿Estás flipando? ¿A que no te lo esperabas? —Detrás de Angie papá sonríe.

—Pero...

—Sí. En efecto. Tu padre me ha ayudado a darte la sorpresa. ¡A que no te lo esperabas! ¡Qué locura! ¡Yo tampoco me creo que estemos aquí!

Me abraza sobresaltada y no puedo evitar contagiarme de emoción. Angie es una de esas amigas vitamina que hacen que la vida sonría siempre que estamos juntas. Da saltos, grita, y dice cosas que no tienen ningún sentido sin parar. Me explica de manera frenética que ha venido para quedarse unos meses, que ha conseguido un trabajo que puede desarrollar online y que quiere intentar ser actriz. Veo sus labios rojos resaltando entre sus rizos perfectos y dorados y solamente de ver su belleza me pongo contenta.

—Resulta que un amigo trabaja en un despacho de abogados. Y necesitan personas *freelance* que les redacten demandas hipotecarias. ¡Tatatachán! Y ahí he entrado yo. —Suelta una carcajada y me la contagia.

—Pero tú no tienes ni idea de abogacía. Ni siquiera sabes qué es una demanda hipotecaria.

—Bueno, hace dos semanas no lo sabía. Pero, chica, me leí tres o cuatro demandas de esas y no me pareció tan complicado. Es hacer copia y pega de las mismas mierdas. Antes de venir ya me hice unas sesenta. Al principio tardaba más de media hora en hacerlas, pero ahora ya las hago como churros. Sesenta demandas a quince euros cada una... ¡Calcula! ¡Me voy a hacer millonaria!

—Pero, Angie. —Solo puedo mirarla y sonreír—. ¿Y lo de actriz? ¿En serio te vas a poner por fin con lo de ser actriz?

Desde que éramos niñas, Angie siempre había bromeado con que quería ser actriz. Yo pensaba que era una de sus tonterías, porque siempre acababa haciendo el ganso imitando a Julia Roberts en cualquiera de sus películas, pero nunca se lo había tomado en serio. Bueno, sí, una vez. Se apuntó a una audición de un anuncio para unos helados y quedó finalista. Durante un par de veranos salía en la tele durante diez segundos devorándose un cono con almendras junto con otro chico guapísimo. Pero después de eso, ninguna agencia se interesó por ella nunca más.

—A ver, que igual que a ti te ha abierto los ojos todo esto al mar, yo he pensado que tengo que ponerme en serio ya con lo de actriz. ¡Llevo toda la vida para ponerme y, bueno, qué mejor que en México! —La miro y solamente puedo reírme, porque todo lo dice en un tono irónico y divertido.

Hasta papá sonríe mientras nos oye hablar.

—Me encanta. Me parece estupendo.

—Pues eso mismo pienso yo. En Madrid no hay oportunidades porque hay mil millones de agencias y pegas una patada y te salen mil actores, pero aquí en México tienen supervalorados a los españoles. Les encanta nuestro acento. Seguro que me cogen. Haré un cursillo de interpretación.

Dan llega a la marina cargando con la cámara y una bolsa llena de aletas y máscaras.

—Tú debes de ser Angie —le dice a mi amiga.

Ella se gira y me hace señas de manera descarada. Me gusta que Dan la haya reconocido. Le he hablado mil veces de ella y le he enseñado miles de fotos. Me gusta que la haya llamado por su nombre. Me gusta que estemos aquí todos juntos.

—¿No estás cansada? ¿No tienes *jet lag*?

—Qué *jet lag* ni qué *jet log*. Estoy feliz de estar aquí. Además, ya sabes la facilidad que tengo para dormir en los aviones.

No puedo dejar de sonreír. Dan se agacha para sacar una llave de su pantalón. Angie se acerca y finge que le toca el culo. Me ruborizo y tengo que mirar a otro lado para que no me entre la risa. Al llegar a la panga hay otros dos chicos guapísimos, amigos de Dan. Nos presenta: Kevin Durán y David Serradell. Encantada. Y una vez más tengo que mirar a otro lado, porque los dos son guapísimos y sé que Angie va a estar haciendo gestos absurdos hasta que me pegue la risa. Subimos al barco y les preguntamos a qué se dedican. Aunque en realidad, no hace falta. Los dos son fotógrafos submarinos. Uno trabaja en un vida a bordo famoso y el otro se dedica a fotografiar a surferos y vender las imágenes a marcas importantes como Quiksilver y

Billabong. «Of course», dice Angie por lo bajini. Y me aprieta la rodilla sin que nos vea. Salimos de la marina. Angie pregunta si nos podemos poner delante de la panga y nos sentamos las dos en la proa. Me hace infinitamente feliz tenerla aquí conmigo. Me abraza y nos reímos. Tenemos el pavo subido a la cabeza, como siempre lo hemos tenido desde que éramos pequeñas.

—¿Cómo estás? —me pregunta ahora tomándome un poco en serio.

—Bueno, ahí voy. Mejor, ahora que estás aquí.

—No mientas, aquí tienes otras presencias que te hacen más ilusión.

—No seas idiota.

—¡Está como un queso, tía!

—Angie, que no nos oigan por favor.

—Vale, vale, pero entonces, ese es el que era el mejor amigo de Mike.

Solo nuestra gente más cercana llama Mike a Miguel. Cotorreamos durante diez minutos y pronto uno de los chicos vuela un dron para divisar animales de manera más rápida y efectiva.

—Aquí van, carnal. He encontrado un grupo de mobulas.

Angie y yo nos asomamos a la pantalla del dron y, efectivamente, a través del agua cristalina se ve una mancha enorme que se mueve de manera acompasada. Un escalofrío me recorre todo el cuerpo al acordarme de que nadando con esos animales mi hermano recibió el arponazo en el hombro. Miro al horizonte y al volver la mirada a la panga, tengo clavados los ojos de Dan. Me mira como asintiendo, como si pronunciara: «No pasa nada». El estómago me hace cosquillas mientras me preparo con mi equipo para saltar. Pero, antes de que pueda ponerme triste o nostálgica, Angie me mira y hace aspavientos absurdos colocándose las aletas, la máscara y el tubo. Se sienta a mi lado y se burla de lo patosa que se siente. Me contagia su alegría y, entonces, saltamos.

Una mancha enorme de miles de pequeñas mantas se mueve acompasadamente debajo de nosotras. Angie me da la mano y oigo sus risas entre las burbujas.

Los nervios lo invaden todo. Estamos alucinadas de semejante espectáculo y no podemos evitar reírnos juntas. Los tres chicos bajan en apneas perfectas a tomar sus fotografías. Angie intenta bajar en picado, y el culo le flota en la superficie, aletea torpemente con las rodillas y sale del agua muerta de la risa. No puedo evitar reírme también. Le entra agua en la máscara. Las carcajadas aumentan. Tiene el sentido del humor más irónico y bonito que conoceré jamás.

Pasamos el día entero en el agua. Después de la inmensa congregación de mobulas nos topamos con una gran manada de delfines. Todo en la Baja es a lo grande. No puedo evitar acordarme de mi hermano cuando decía que aquí todo podía suceder. El atardecer comienza y el sol amarillo profundo baja despacito por detrás de un montón de nubes grises que se tiñen de rosa. Con lo de los delfines nos hemos alejado bastante de la costa, así que nos toca navegar todavía un buen rato. Nos ponemos las sudaderas, le dejo a Angie mi cortaviento y el capitán arranca la panga a más velocidad que de costumbre.

Todos vamos en silencio observando cómo el sol desaparece del cielo. Tímidamente se esconde en esa línea infinita del horizonte. El mar ha embravecido y en el reflejo de las olas se han quedado impregnados los dorados y naranjas. Es un escenario precioso. Me alegro mucho de que Angie haya volado hasta aquí. Rebusco en los bolsillos y acaricio la caracola que me regaló Miguel. Cuando levanto la mirada, Dan me está observando. Me sonríe. Le sonrío. Le he pillado mirándome miles de veces esta tarde. Estoy segura de que le gusto. No me voy a escapar de esta. Por mucho que tenga el sentimiento de que me miente en cosas de lo de mi hermano, creo que voy a acabar enamorándome de él.

32

Angie ha llegado a Cabo San Lucas con la intención de quedarse. Buscará una academia de interpretación. Hará demandas hipotecarias. Se apañará como siempre. Es una jovencita muy echada para adelante. De las mujeres más espabiladas que conoce nuestra familia. Siempre se busca la vida y siempre está de buen humor. Tiene una energía bonita que hace bien a Clara. Mi pequeña está encantada de contar con la presencia de su mejor amiga. La había echado muchísimo de menos. Esta mañana han ido juntas al hospital a visitar a Miguel. Una vez allí, Angie se sorprende de la poca atención que presta Clara al parte médico. La actividad cerebral de su hermano es bastante lenta, y los médicos han sugerido que podría haber sufrido daño cerebral. Los neurólogos han entrado de nuevo en escena. Les hablan de resonancias magnéticas y otras pruebas, pero Clara tiene la mirada perdida y no escucha lo que le cuentan esas personas de batas blancas y miradas tristes y cansadas. Angie es consciente de que es un mecanismo de defensa que está utilizando su confidente. Se conocen muy bien, y no va a ser ella quien le diga que tiene que hacer las cosas de otra manera. En cualquier duelo es mejor dejar actuar al prójimo como bien pueda. Sin que sea dañino, por supuesto, para él mismo y los demás.

—Vámonos ya de aquí, Angie. Tengo demasiadas cosas que contarte.

Le da un beso en la mejilla a su padre. Está recostado en el sofá de la habitación leyendo el periódico. Después, se dirige a su hermano. Le acaricia la frente despacito y le da un beso después de retirarle el cabello. Le susurra algo al oído que su amiga no oye y salen del hospital.

Conducen de nuevo al centro de Cabo San Lucas y se sientan en una cafetería llena de colores que se llama Tropical. Los dueños lo han decorado todo con pájaros exóticos. De hecho, cada mesa es un ave diferente. Está la de los guacamayos, las cacatúas, los tucanes y un sinfín de animales que hacen del local una explosión de colores. Además, los zumos de frutas tienen el mismo color que las aves. Angie se pide un jugo Flamenco.

—Necesitamos que nuestra vida vuelva a ser un poco rosa.

Se sientan. Cuando están juntas, el mundo es siempre un lugar mejor. Clara le cuenta cómo se ha sentido con Dan durante las últimas semanas. Han salido al mar varias veces. Está aprendiendo a hacer apnea. Dan la ha llevado a varios sitios a los que solía ir con Miguel. Le ha contado cómo comenzó todo. Cómo había empezado la aventura. Las primeras veces que liberaron las líneas de pesca y salvaron a los tiburones. Poco a poco su hermano se había ido metiendo más y más en el fondo del asunto. Primero, culpabilizaba a los pescadores. Pero luego, una tarde, fueron los dos amigos a la playa de Los Frailes. Allí había una infinidad de cuerpos de tiburones muertos en la orilla. Todas las especies de los libros de biología que Miguel había estudiado durante años: tigres, martillos, toros, incluso tiburones blancos. Alrededor de los cuerpos jugaban niños de pocos años. Los jóvenes surferos se acercaron varias veces y descubrieron que los pescadores, lejos de ser asesinos, eran padres desesperados. Familias que necesitaban un sustento y que habían encontrado en esa matanza de tiburones la manera más rápida de alimentar a sus seres queridos. Miguel hizo amistad pronto con uno de los pescadores de más edad. Se llamaba Gil. En el pueblo lo conocían como don Gil, pues era uno de los más veteranos y llevaba más de veinte años dedicándose a esta actividad. El hombre le explicó que por un kilo de atún les daban en los comercios solo cien pesos mexicanos, que eran unos seis euros. Preferían cazar a los tiburones. Les daban unos trescientos pesos por una aleta seca y, además, era algo que llevaban haciendo toda la vida. Más dinero y menos trabajo. Aunque cada vez era más complicado encontrar tiburón. Años atrás sacaban muchísimos, pero ahora la tarea era muy costosa y había días que no sacaban ni siquiera una pieza. Eso sí, cuando lo lograban y les daban la mercancía más importante a los narcos, vendían la carne del tiburón a muchas pescaderías. En su país se seguían consumiendo escualos, aunque los cuerpos no eran tan cotizados como las aletas.

—Pero y ¿para qué quieren todas esas aletas de tiburón? —la interrumpe su amiga.

Clara le cuenta con devoción todo lo que ha aprendido con Dan. No le confiesa todavía que se está enamorando del todo. Siempre le ha costado mucho reconocer que tiene sentimientos. Piensa que estar enamorado te hace más débil y por eso, desde que era una cría, intentaba disimularlo hasta el final. A mí jamás ha podido engañarme. Soy testigo de todo lo que está sintiendo mi pequeña. Sé mucho más de lo que le cuenta a su amiga.

Al parecer, los pescadores vendían la mercancía a una especie de narcos que les pagaban todo este dinero por las aletas de tiburones. Cuando Miguel le pedía explicaciones a don Gil, este no sabía qué contestar. Le decía que ellos solamente entregaban el material, y ese mismo día recibían el pago directamente. Era la mejor manera de conseguir efectivo rápido para poder pagar alimento para las mujeres y los niños.

Clara le suplicó a Dan que la llevara a aquella playa, y él no se pudo resistir una vez más a sus encantos. A él también le estaba empezando a gustar mucho, quizá demasiado, pasar tiempo con ella. Aparcaron el coche y se acercaron una mañana a la bahía. Clara llevaba un vestido corto de color burdeos y una cazadora vaquera grande. Dan no podía dejar de mirarla. Estaba realmente preciosa, y la luz del mar reflejaba cada vez más fuerte el color esperanza de sus ojos verdes. Caminaron unos diez minutos por la orilla hasta llegar a una aldea abandonada a pie de playa. Efectivamente, como Dan ya le había descrito, a esa hora, temprano en la mañana, los pescadores se encontraban descargando la mercancía. Había muchísimos cuerpos de tiburones tirados en la playa. Eran cuerpos enormes, y Clara jamás había visto en vivo y en directo ninguna de esas especies. No pudo resistirse y agarró a Dan del brazo hasta que sus manos quedaron entrelazadas. Se ruborizaron los dos, pero ninguno cambió de posición. Dan saludaba con cariño a los niños que, en unas condiciones pésimas, jugaban y saltaban por encima de los cadáveres. La escena era horrible, y el olor a putrefacción lo llenaba todo. Clara se apoyó en el pecho de Dan varias veces, hasta que ya no pudo más y le pidió que por favor se fueran. Entonces se dio cuenta de que uno de los tiburones seguía vivo en una de las pangas. Avisó al pescador, y el hombre le pegó un golpe seco con un mazo de madera.

—Listo, chica. Ya no sufre más el tiburoncito.

Clara observó cómo el tiburón agonizaba durante los últimos segundos.

—Esto es horrible. Por favor. Vámonos.

Dan la abrazó fuerte y la sacó de allí sujetándole la mano. En el camino le recalcó que él ya la había avisado de lo que iban a ver en esa playa. No fue una regañina, fue más bien una manera de intentar calmarla. Clara estaba traumatizada, y el brillo de sus ojos verdes cargados de tristeza no le pasó desapercibido a Dan. Él le prometió que la llevaría a ver tiburones azules vivos. Esa misma especie que acababan de ver agonizando. Y ella no solo le creyó, sino que sintió algo de esperanza. No solo en relación con aquellos animales. Con todo. Quizá se podía frenar aquello tan horrible que estaba pasando en el océano.

Salieron al mar. Y no una, varias veces. Avistaron delfines y vieron tiburones. Se gustaban. La tensión era más que evidente. En las pangas y en las expediciones, había más personas. Algunos biólogos marinos, amigos de Dan. Otras veces clientes que le contactaban por Instagram para hacer esos «safaris de agua». Pero a veces, cuando estaban juntos, parecía que el resto de las personas desaparecían. Que se quedaban como decorado de aquel escenario mágico que estaba componiendo la Baja. Clara no quería enamorarse. Se había jurado no enamorarse. No tenía la cabeza para eso. Ya se lo había dicho incluso a él.

—Con la muerte de mi madre y lo que tengo encima, prefiero no ilusionarme con nadie. Es más, creo que sería incapaz de ilusionarme con alguien ahora.

—La neta sí está cabrón todo lo que te ha pasado —le había dicho él.

Ambos pasaban malos momentos. Dan, de remordimiento. Clara, de su propio duelo. Y pensaban que se volverían adictos a la soledad. A la paz que da estar solo con uno mismo. A no dar explicaciones. A no dejar entrar en el corazón ni en la piel a cualquiera. Pero poco a poco e irremediablemente se estaban enamorando. Y no querían que nadie se diera cuenta. Clara, por no caer en la trampa del clásico chico guapo y tatuado, ya le habían hecho sentirse suficientemente tonta. No quería tropezar de nuevo con la misma piedra. Y Dan, porque se moría de remordimiento. Porque ocultaba el secreto más grande que había tenido nunca. Porque solamente él sabía de verdad lo que le había pasado a Miguel…

Observo a mi Clarita con su amiga. Charlando en esa cafetería de colores, ajenas a todo, alejadas del dolor de papá, especulando sobre qué le ha podido pasar a Miguel. Se sienten aventureras e investigadoras. Sueñan con un mundo mejor. Su percepción actual es solo una forma de ver las cosas. Y cuantas más perspectivas investiguen, mejor será su comprensión.

33

Si Alicia se hubiera cansado de correr tras el conejo blanco, no habría caído en la madriguera, ni descubierto el País de las Maravillas, ni descubierto quién era ella, así que prefiero seguir corriendo, caerme e intentar descubrir la verdad sobre mi hermano.

Voy a visitar otra vez con Dan al capitán don Gil. Vamos a ver con nuestros propios ojos cómo meten todos los cuerpos de los tiburones en unas furgonetas blancas que nadie sabe dónde van. Ampi me acababa de regalar por Navidad un AirTag, supongo que mucha gente no sabe lo que es. Es una especie de localizador de maletas. Como siempre lo pierdo todo, mi hermana pensó que era buena idea regalarme ese microchip. Es tan pequeño como una moneda y básicamente lo puedes meter en tu maleta y lo conectas a una aplicación de tu iPhone que te va enseñando el recorrido de dónde se encuentra tu ropa. La verdad que me pareció una tontería cuando me lo regaló, pero luego me enganché un poco a abrir el mapita en mi iPhone y ver el recorrido que hacía mi maleta por el aeropuerto. La precisión de la aplicación es maravillosa, así que estoy segura de que si alguna vez se me pierde la maleta en un país extraño, ya no tengo excusa para no localizarla.

—¿Y por qué no ponemos mi AirTag en la furgoneta y así vemos dónde llevan a los tiburones?

—Güey, estás loca. ¿Y qué vamos a ganar con eso?

—Pues molaría saber adónde van esas furgonetas y qué hacen con los tiburones. Me parece muy difícil que transporten esos cuerpos hasta Hong Kong. A lo mejor se quedan en México y acaban en un supermercado cualquiera en forma de «pescado blanco». ¿O no?

—Déjame pensar.

A Dan, como a muchos de los hombres que conozco, les cuesta admitir cuando tengo una idea mejor que ellos. No entiendo por qué les importa tanto. Si hubiera sido al revés, me hubiera alegrado por el plan y le hubiera dado una palmadita en la espalda. Es increíble muchas veces el ego masculino. El caso es que me dice que sí, pero que tenemos que pedirle permiso a don Gil. A mí no me parece buena idea pedir permiso por nada, porque esos pobres pescadores viven muertos de miedo con los narcos. Además, no se tarda nada en meter el chip en cualquiera de las furgonetas. Para no discutir, le digo que sí, y entonces aparcamos el coche otra mañana más en la playa. Dan se va directo a hablar con nuestro amigo y yo me dirijo a la *van*. Ya están cargando todos los cuerpos. Huele a pescado fresco y a desastre. Mientras Dan habla con Gil, me pongo a hacer preguntas tontas a los otros dos pescadores. Nada más efectivo que interpretar el papel de chica boba. Les digo que si me enseñan la *van*, que me parece muy chula y que quiero comprarme una. Uno de los jóvenes me sonríe y me dice que si me apetece hasta me deja conducirla.

—Ay, me encantaría —le contesto con voz de pánfila.

Y entonces me siento en el asiento del conductor. Y mientras el pescador da la vuelta para sentarse en el copiloto, tiro el AirTag debajo de mi asiento. Nerviosa, sintiéndome patosa y agitada.

Cuando el chico llega, le digo que, en realidad, me da miedo, pero que me haga una foto de conductora con mi iPhone. Me la hace. Sonrío, suelto alguna tontería más y me bajo. Me sudan las manos y me tiemblan un poco las piernas. No tengo muy claro dónde ha caído el AirTag. Y espero con todo mi corazón que no lo encuentren. Me acerco a Dan; está hablando con Gil de ballenas jorobadas y de cómo se está retrasando la temporada, porque las bahías del mar de Cortés siguen llenas de cetáceos. No tiene ni idea de que yo, cabezota, ya he completado mi misión.

—Todavía hay muchos soplos y eso que ya estamos casi en abril.

Por lo visto, deberían quedar poquitas y, sin embargo, hay un número muy elevado de mamás con crías. El capitán se aleja un poco de nosotras, y no puedo evitarlo, susurro a mi nuevo confidente lo que acabo de hacer señalándole la furgoneta.

—Ya lo he puesto. Está en esa.

—¿Es en serio? Estás loca.

Se ríe y finge que me hace cosquillas.

—¡Para, bobo! No sé si servirá de algo, pero...

—Luego me cuentas bien. ¿Quieres que vayamos a ver esas ballenas con Gil? Me acaba de decir que nos da una vuelta en su panga.

—¿En serio? Me muero.

Dan y yo habíamos planeado hacer esnórquel desde la playa del Chileno después de visitar a Gil, así que cogemos nuestros equipos del coche y nos subimos a la pequeña panga. Los soplos de las ballenas se divisan desde la costa. No tardamos en acercarnos a una ballena enorme que parece que está parada. No se mueve, está como dormida. El capitán se acerca muy despacio, con mucha delicadeza.

—Está bien bonita. Qué hermosa. Debe de estar descansando. Aventaros despacito y acercaros sin esplasear.

Me alegra ver cómo todos los capitanes se siguen emocionando siempre con las ballenas. Es un animal que no pasa desapercibido y todo el mundo se sorprende cuando las ve. Me tiro al agua para encontrarme otro espectáculo infinito de la naturaleza. Es una ballena adulta y enorme, una hembra. Está parada descansando y al vernos sube directamente a curiosearnos. A unos cuatro metros de nosotros gira sobre sí misma. Bailando. Observándonos.

—Dan, está bailando. ¡Me muero! ¡Está bailándonos!

—La neta, sí, está jugando contigo. Baja y baila con ella.

Intento aplicar lo que he aprendido esos días en la apnea y me sumerjo con la ballena. Efectivamente, el grandioso animal disfruta de mi presencia. Gira sobre sí misma cuando me ve y sube a respirar a escasos metros de mi cuerpo. Yo no doy crédito. Estoy extasiada. Es una de las imágenes más bonitas que he visto en mi vida. Cojo aire y vuelvo a bajar con ella. Esta vez logro dar un par de vueltas sobre mí misma y parece que le gusta. Me rodea con su enorme cola. Me posiciono muy cerca de su ojo. La gran ballena parpadea. Sus pupilas grises enormes rodean un ojo gigante, parece el ojo de un grandísimo dinosaurio. Me quedo sin aliento, pero saco fuerzas y bajo unos metros en apnea. Pongo la tripa hacia arriba. La ballena baja conmigo y pone su barriga enfrente de la mía. Levanto la mano mientras ese inmenso animal me pasa por encima. Creo que nunca me he sentido tan pequeña y a la vez tan viva. La ballena juega y baila con nosotros durante varios minutos. Hay un momento en que la emoción se apodera de mí, los nervios me invaden y no puedo parar de llorar.

—Esto es increíble, Dan. No puedo creerlo. No se va. Está aquí jugando con nosotros.

—Güey, disfrútalo. Esta ballena se ha enamorado de ti. Es pura vida.

Y efectivamente no se va de mi lado. Gira su panza y respira a mi vera. Baja con su cola enorme y lanza a la superficie burbujas que me hacen cosquillas. Nunca pensé que la naturaleza podría hacerme tan feliz. Al rato, salgo del agua. Extasiada. Abrazo a Gil. Es un muy buen hombre y también está emocionado al vernos.

—¡Gracias de verdad! ¡Gracias, don Gil!

Una vez terminamos esta maravilla, le pido a Dan que me lleve a ver a mi hermano. Necesito verlo y contárselo. Estas experiencias me llevan a él. Me recuerdan solamente a él. Sueño despierta hasta que estoy de nuevo en el hospital. Me siento en la camilla. Con el espectáculo se me ha olvidado hasta lo del AirTag. Miguel no se mueve y a mí se me rompe un poco el corazón. Necesito huir de allí, una vía de escape.

Le pido a Dan que me lleve a tomar una cerveza. Y en vez de una me tomo dos. Y luego otras dos. La música está lo suficientemente alta como para que dejemos poco a poco de oír los gritos y los sonidos de San José del Cabo. Dan se acerca, guapo y atractivo, y me saca a bailar divertido. Me tiende la mano y me derrito con su sonrisa. Entonces me dejo arrastrar por él y, sin darme cuenta, me pongo a bailar como una loca, dando saltos, como cuando era más pequeña y creía que la vida iba a cumplir todas sus promesas y todo daba igual porque tú estabas aquí conmigo, mamá, y todo iba a salir bien.

34

Clara subió a sus redes sociales el vídeo de la ballena jorobada danzando aquella misma noche. A pesar de las cervezas, estuvo lúcida. Escogió una música bonita. «Bitter sweet shymphony». Añadió un texto significativo:

> Las ballenas jorobadas llevan años coexistiendo con los humanos y siguen sorprendiéndonos a diario. Son inteligentes, maternales y sencillamente maravillosas. Si no cuidamos nuestro planeta, muy pronto dejaremos de verlas. Desaparecerán de la Tierra.

Las intenciones de Clara no eran más que enseñar a sus amigas el increíble encuentro que tuvo el otro día en el océano, pero el vídeo se hace absolutamente viral en redes. El algoritmo de Instagram hace que se levante esa mañana con miles de notificaciones en su móvil. Más de cien mil me gusta y dos millones de visitas ha tenido el baile de la ballena en Instagram. Su amiga Angie está emocionada.

—¡Te vas a hacer influencer! Y no me extraña nada. Tienes todo lo que hay que tener para serlo. Guapa, simpática, lista. ¡Periodista! Podrías crear una cuenta distinta en la que en vez de subir fotos de ropa bonita informaras a la gente de cosas de mar.

—Déjate de rollos. No tengo tiempo para eso.

—Lo digo en serio. Lo petarías.

—La que tiene que petarlo eres tú como actriz de Hollywood. ¿Has encontrado ya el curso que decías?

—Estoy en ello. De hecho, tengo novedades que contarte. Pero primero tengo que encontrar casa, porque no me siento cómoda molestando a tu padre.

Clara se siente culpable, pues no está pasando tiempo con su padre. Con todo el ajetreo de las aletas ilegales de tiburón, pasa las tardes en el mar, casi siempre con Dan. En las pocas semanas que lleva en la Baja California ha nadado con ballenas, delfines y una infinidad de especies de tiburones. El océano es maravilloso y la está salvando de no caer en una depresión profunda. La está atrapando poco a poco y ya no quiere volver a vivir sin él nunca más. Se acerca a hablar con Pedro y le propone un plan para ese día.

—Papá, ¿y si te vienes al mar conmigo hoy? Te prometo que es supersanador. Y que te hace olvidar lo que nos está pasando.

—Yo no quiero olvidarlo, hija mía. Solamente quiero que pase. Y que Miguel despierte.

La voz quebrada y dolorosa de su padre consigue erizar los pelos de todo su cuerpo. No puede evitar darle un abrazo y prometerle que se va a poner bien. Ambos se dedican palabras de cariño.

En las últimas resonancias de Miguel se veían áreas de hipoxia cerebral en el tronco del encéfalo, así que podía tener dañada esa zona. Pero, gracias a Dios, en los últimos resultados no había ningún indicio de esas pérdidas que se podían generar por su situación.

—He pedido el traslado de tu hermano a Madrid. Al Clínico San Carlos. No tiene ningún sentido que sigamos aquí. Ojalá podamos irnos pronto a casa.

Clara asiente, pero, en realidad, ella no quiere irse a casa. Se siente bien aquí. Es feliz aquí. Y ahora que está Angie, ese pueblo desprende aires nuevos con sabor a hogar. Ojalá su hermano se despierte pronto. Ojalá vuelva todo a la normalidad. Convence a su padre para que las acompañe a dar una vuelta y desayunar.

Caminan por la marina de Cabo y deciden sentarse en una cafetería muy cerca del puerto que se llama Fiore. Hacen unos huevos benedictinos buenísimos y las amigas hablan de tonterías intentando animar a Pedro. Los recuerdos de su infancia hacen que este esboce alguna sonrisa. Aunque parecía imposible, consiguen que suelte una carcajada cuando Angie les informa que se ha presentado a una audición para una obra de teatro. La joven se levanta de la silla animada y finge que es una tal Rosa María de la Encina, una famosa venezolana de no sé cuál telenovela. Todos ríen en la cafetería, incluso los clientes locales de otras mesas se han quedado embobados con el espectáculo. Angie es muy payasa. Es de esas amigas divertidas que siempre quieres tener a tu lado. Siempre te hace no poder parar de reír.

Cuando Pedro pide la cuenta, el camarero les indica que están invitados. Ninguno de los tres entiende nada. Clara a lo lejos reconoce a uno de los doctores que están cuidando a Miguel en el hospital. México y su calidez sorprenden una vez más a la familia. Salen a la marina y caminan hacia las pangas. Su amigo Bringas los espera en el muelle A de nuevo. Los saluda entusiasta y los cuela en la embarcación con algunos turistas más. Su padre se anima a ir con ellas.

El día transcurre tranquilo. Ven unos delfines mulares gigantes que acompañan a la barquita durante un rato en la proa. No divisan muchas ballenas, pero sí disfrutan de una tortuga gigantesca en la superficie. Bringas les explica que está en superficie intentando regular la temperatura de su cuerpo. Aprenden que las tortugas son reptiles y que, exactamente igual que los cocodrilos o las iguanas, necesitan el calor del sol para volver a regular su temperatura corporal. Clara saca unas fotografías. Será su siguiente post de Instagram. Aunque delante de su amiga finge que le da igual, le gusta comprobar cómo sus vídeos han empezado a inspirar a tantas personas. Desde que llegó a esta costa ha subido varias fotografías y vídeos y comienza a tener una gran comunidad. La idea mola. Las personas que la siguen realmente se interesan por su contenido. Hay madres de familia que le han escrito frases bonitas: «Mis hijos esperan cada día a ver tus vídeos en las redes». Otros también le piden que haga más: «Sube más bailes de ballenas, verlos me hace feliz en estos días de oficina». Prepara su próximo post mientras le enternece ver cómo su padre escucha con atención las explicaciones de los capitanes. Es una figura adulta, pero con una mirada infantil que busca ayuda y compasión. No puede dejar de observarlo.

Está preocupado por su pequeña, lo sé. Se ha dado cuenta de que Clara acaba de comenzar la misma tarea que su hermano. La conoce mucho mejor de lo que ella se imagina. Todas esas historias de pesca ilegal de especies protegidas chirrían en su cabeza y le aceleran un poquito más el corazón. «Si estuvieras aquí conmigo frenarías esto».

Cuando cae el atardecer, Bringas les sorprende con unas cervezas Modelo que tiene fresquitas en la nevera de la panga. Las sacan. Brindan.

—Por nosotros, por el mar, por los animales y las ballenas.

Y el comentario no pasa desapercibido. Brindan. Angie sonríe a Pedro y este guiña un ojo a Clara. Contemplan cómo cae el sol mientras cambian los colores del agua. «En qué líos se estará metiendo mi pequeña», se pregunta Pedro. Ronda la pregunta una y otra vez en su cabeza. Pasan unos pelícanos en fila sobrevolando el horizonte. Parece que forman una uve perfecta. Vuelan coordinados. La naturaleza es espectacular.

Las olas rompen contra las rocas y se huele el inconfundible azul profundo del mar. Clara mira su iPhone. Tiene un mensaje de Dan. Quiere acompañarla al hospital a ver a Miguel. «¿Has revisado por dónde va el AirTag?», le pregunta. A Dan al principio no le hizo mucha gracia la idea de controlar la furgoneta. Sobre todo no le gustó no habérselo contado a Gil. Ese pescador ya se estaba convirtiendo en un buen amigo. Parecía buena persona y siempre se portaba muy bien con él. No quería mentirle. Pero bueno, en esta ocasión, era mejor ocultarle ese detalle. Los dos acordaron no decirle nada. No querían ponerle nervioso y no sabían si este plan iba a servir para algo. Era mejor dejarlo así. Mi niña se mete en la aplicación y descubre que la furgoneta ya no está en movimiento. Se ha quedado parada en una calle de Ciudad de México. Hace *zoom* en Google Maps y descubre que es el barrio de Itzapalapa. Esa palabra retumba en su cabeza y no puede evitar decirla en alto.

—¡Itzapalapa!

—¿Itzapalapa? Güey, ahí está la Viga de Ciudad de México. Al ladito de la Viga es donde laboré yo un chingo de años como federal.

Bringas interrumpe la conversación, y entonces Clara le empieza a hacer muchas preguntas muy interesada.

—¿Qué es la Viga?

—Ase cuenta que es el mercado de pescado más grande de Ciudad de México. Donde se centraliza toda la pesca del país. Allí llegan y trabajan todos los exportadores del país.

—¿Como nuestro Mercamadrid? —pregunta Angie.

—Güey, no sé qué es eso. Pero sí. El mercado más grande de pescados que haya. Seguro que también tenéis uno en la madre patria.

Clara disimula el entusiasmo con su nuevo amigo, que sin ningún tipo de filtro le cuenta que la Viga de México es el punto de exportación ilegal más importante de toda Latinoamérica. Le explica que durante sus años de federal andaban siempre metidos en líos por la cantidad de mercancía ilegal que llegaba a la Viga. No solamente especies protegidas del mar, también metían en los cuerpos de los animales kilos de cocaína y un sinfín de etcéteras.

—Pues, güey, casi todos mis compas federales eran bien corruptos. México es un país de puros pendejos corruptos. La Viga era tremenda. Pero lo peor era nuestro aeropuerto del DF, era tan corrupto que muchos otros países lo utilizaban para la salida de su mercancía ilegal. Por ejemplo, la exportación de aleta de tiburón desde Perú, Ecuador o Costa Rica se ejecutaba enterita desde nuestro centro. Muchas veces utilizaban de entrada el puerto marítimo de Manzanillo. Y de ahí lo trasladaban a la viga de Guadalajara o al DF...

Clara, nerviosa e impaciente, le interrumpe.

—O sea, que viste con tus propios ojos aletas ilegales de tiburones.

—Vaya, la Clara, cómo se pone de reportera.

—Bringas, va en serio. Dime.

—Güey, la neta se pone bien intensa.

—¡Bringas!

Angie interviene cariñosa y hace bromas a Clara dejando claro que tiene corazón de periodista. Y que cuando algo quiere, algo consigue.

—Es mejor que se lo cuentes Bringas, no te va a dejar en paz hasta desmenuzarlo todo.

—De acuerdo, muchachas. Sí. Vi aletas. Vi muchísimas más especies muertas en la Viga de las que he visto después en todos estos años en el agua. Vi martillos, tigres, makos, azules... Miles de especies de tiburón que jamás he podido ver en el agua. Hasta tiburones blancos..., que andan bien prohibidos en el país. En la Viga me topé con todas esas aletas todavía húmedas y frescas. Supongo que allí las secarían para después mandarlas al aeropuerto. Al aeropuerto llegaban ya las cajas llenas y llenas de aletas secas. Pero eso era en aquel entonces. No sé cómo funcionan ahora las cosas. Con suerte igual lo han regularizado... Qué sé yo.

Clara mira el móvil y confirma y reconfirma que la furgoneta sigue ahí parada en la Viga. Del campo pesquero a la Viga. ¿Y ahora? ¿Adónde irá el cargamento? Sus pensamientos se evaden en el atardecer rojizo con sabor a sal mientras su padre la mira y, conociéndola, sabe que está metida en algo. Se hace el silencio por un momento, y entonces el capi Melecio, que parece que no presta atención a nada pero se entera de todo, arranca el motor.

El viento fresco en la cara y otra vez la nube de pensamientos de todos en el aire. Unos con preocupaciones banales, otros con cambios de vida. Pero todos los míos con un deseo en común: que se despierte Miguel. Angie se intenta recoger sus rizos rubios en un moño y se coloca una sudadera de color rosa. Después, se sienta en la panga al lado de su amiga y la abraza. Ella también la conoce y sabe que se está metiendo en líos. Clara le devuelve el abrazo y se quedan entrelazadas. Van en silencio disfrutando de ese momento. Papá las mira y se acuerda de cómo me gustaba la amistad entre mis dos pequeñas. Sana desde que eran crías. En nuestra casa, Angie ha sido siempre una hija más. Me echa de menos. Le enternece esa escena y se alegra de los valores de la amistad tan importantes que hemos cultivado en nuestra familia. Pronto llegan a puerto, ofrecen al capi una propina y hacen las típicas despedidas después de un día largo en la panga.

—Gracias, gracias —suelta Clara de pronto—. Os espero en el aparcamiento, papá. Necesito ir al baño corriendo y tú eres muy lento.

Sale disparada. Es cierto que la vida de mi Pedro ha reducido la velocidad un cincuenta por ciento desde que me he ido. Angie le espera en el malecón. Él recoge sus cosas despacito y al darle la mano a Mele para salir de la panga escucha cómo el hombre le dice:

—La vida es una gran caída, amigo mío. Lo único importante es saber caer. Y luego, mantenerse en pie.

25

Angie no puede creerse que metiéramos un AirTag en la furgoneta.

—Estáis locos —nos dice a Dan y a mí mientras le contamos todo lo que habíamos aprendido esos días.

El AirTag viajó del campo pesquero a la Viga de Ciudad de México. Y luego estuvo desaparecido una noche en unas bodegas enormes y frías que existen a las afueras de la ciudad. Cuando la furgoneta llegó a las bodegas, perdimos la señal y dejó de funcionar la aplicación. Supongo que encontraron el dispositivo o que tiraron el AirTag a algún sitio sin saber qué era. Nunca lo sabremos. Angie no puede evitar hacer preguntas de manera frenética utilizando siempre su tono sarcástico.

—Pero una cosa, tía, ¿te crees del FBI o algo? Y qué más os da adónde vaya la furgoneta esa. ¿Que vais a ir? ¿Con vuestros compañeros de la CIA a desmantelar una furgoneta de aletas de qué sé yo?

Cuando está nerviosa o agitada siempre se ríe. Es un mecanismo de defensa que ha utilizado siempre desde niña. Recurrir a la risa para quitarle hierro a los asuntos. Sus carcajadas retumban en el coche. Me contagia. Es muy payasa y creo que no me cansaré nunca de su tono irónico y divertido. Tengo que reconocer que en algún momento con esta historia absurda sí que me he sentido un poco como del FBI. Es que me cabrea de verdad que estemos saqueando de esta manera tan ridícula los océanos. No hago más que ver vídeos de ballenas que mueren porque las estamos dejando sin alimento. Lo pescamos todo. Es lamentable. ¿Y para qué tanta aleta de tiburón? ¿Qué hacen con ellas? No entiendo nada y a la vez voy entendiendo muchas cosas.

Bringas me explicó el otro día que cuando llegan cargamentos de aletas de tiburones ilegales a la Viga los meten en esas bodegas, a la espera de poder exportarlos desde los aeropuertos. Hay bodegas que son congeladores y otras que son almacenes normales. Depende de si lo que hay son aletas secas o todavía frescas. También me explicó lo que es CITES. Es la regulación del comercio de especies a nivel internacional. Este acuerdo no permite que nos traigamos un cuerno de rinoceronte de África si nos da la gana, o hace que todos los turistas teman recoger los corales de las playas blancas. Es una organización a la que ahora aplaudo y menos mal que existe, porque si no nos cargaríamos todo y sería un verdadero desastre.

Le explico a mi amiga que, en esta lista de CITES, hay muchas más especies de tiburones que las tres que protege México a nivel nacional. El problema está en el control de exportación de aletas, porque resulta muy difícil diferenciar las especies según su aleta seca y saber si pertenecen a la lista de tiburones CITES o no.

—Angie, cuando venga el FBI a felicitarme y me ofrezca una recompensa de un millón de euros por haber desmantelado toda la red de exportación ilegal, no quieras ser mi amiga, eh. —Nos reímos.

—No, ahora en serio. ¿Creéis que es tan fácil traficar con esas aletas de tiburón?

—Bueno, lo que es difícil es controlar cómo y el qué se pesca.

—Yo es que flipo os lo juro. Y a los pescadores, ¿no les da pena?

—Bueno, es que el problema no son los pescadores. Ellos son el capítulo uno de toda una cadena de cosas ilegales que desemboca en cosas gordas. Es como con los narcos. El problema no es el pobrecillo que vende porros por su barrio, el problema es quien está en la cabeza de toda la operación.

—Y en la playa esa a la que vais, ¿habéis visto especies protegidas?

—El otro día don Gil nos contó que muchas veces habían pescado al gran tiburón blanco.

—¿Al de la película?

—El mismo.

—Y entiendo que lo han pescado en estas aguas donde últimamente me tiráis a ver ballenitas y esas cosas, ¿no?

—Mira, ojalá un día pueda ver un tiburón blanco. Están en peligro crítico de extinción. Y ya casi no se ven... Antes había muchísimos. El caso es que don Gil nos contó que ellos cuando pescan no saben qué animal se va a enganchar en el anzuelo. Cuando sale el tiburón blanco, aunque esté protegido, si ya está muerto o agonizante, pues remata la muerte con un mazo. Le corta las aletas y tira el cuerpo por la borda, que es precisamente lo ilegal, ¡Y tachán! Otra especie más en peligro de extinción a la mierda.

—De verdad que alucino con que nadie regule esto.

Dan habla por primera vez.

—Neta, está bien difícil regularlo, porque en realidad pescar el tiburón es legal. Lo que es ilegal es el aleteo. Es decir, cortarle las aletas, que es lo que les sirve, y tirar a la chingada el resto del cuerpo. Ahí es donde está el problema.

Le explico a Angie que en México la ley NO obliga a traer las aletas pegadas al troncho del tiburón. De ahí el problema de inspección. Hay que contar juegos de aleta y tronchos para saber si se ha hecho aleteo (descartar el cuerpo en el mar) o no. En algunos países de Europa, sí están obligados a desembarcar a los animales con las aletas aún unidas al animal, así evitan esas masacres que se hacían antes de arrancarles la aleta a todos y tirar los cuerpos. Imaginaros cuántas aletas podía traer una sola panga. ¡Miles y miles! Y cuántos tiburones se mataban. ¡Millones!

Noto cómo Angie me escucha con atención. Y como la conozco casi mejor que a mí misma, sé que está impresionada con todo lo que he aprendido últimamente sobre el mar. Antes de llegar a la Baja, no tenía ni idea de las problemáticas que abundan en nuestros océanos. Y ahora ya he aprendido a diferenciar casi todas las especies de tiburones. Sé por qué y cómo migran las ballenas. Puedo hablar de corales y de la importancia que tienen para el oxígeno de nuestro planeta. ¡No sé cómo he podido estar tan ciega antes de todo esto! Saco el móvil y le enseño a mi amiga con emoción las fotos de todos los tiburones que he visto muertos en esa playa tan espeluznante de la Baja. En mi último post, que por cierto tiene ya más de cinco mil me gusta, se ven cinco especies de tiburón distintas muertas en la playa.

—Qué barbaridad. Qué horror de fotografías. Pero qué guay que conciencies a la gente de esto.

En una ocasión, don Gil sacó un tiburón martillo gigantesco. Tumbado en la arena ya muerto estimamos que podía medir casi tres metros. Uno de los pescadores sacó un cuchillo y le cortó la barriga. Era una hembra embarazada. Poco a poco comenzó a sacar de la tripa bebés de tiburones martillo muertos. Debía de haber unas ocho o nueve crías. Medían unos veinte centímetros. Se les podía sujetar con una mano. Los sacaban con fuerza de la tripa y los tiraban a la arena como quien tira una servilleta por debajo de la mesa en cualquier bar sucio de España.

La mirada de Angie se empaña un poco cuando le enseño los vídeos. Es horrible. No entiende nada.

—Tenéis que frenar esto. Es horrible. Es fatal.

Dan tiene vídeos espeluznantes de las embarcaciones. En ellos se ve cómo los tiburones que pican el anzuelo llegan al barco luchando por desengancharselo de la boca. Los pescadores cogen el mazo y les dan golpes en la cabeza desde la panga hasta que los matan.

—¡Atroz! —exclama Angie.

Me devuelve el móvil y su mirada húmeda y melancólica me recuerda a lo triste que me puse la primera vez que presencié esa masacre. Angie se queda pensativa, mirando por la ventanilla del coche, y al cabo de unos segundos nos dice:

—Bueno, y ¿qué vais a hacer ahora? ¿Vais a seguir buscando? Tendréis que hacer algo, ¿no?

Dan y yo nos miramos y no estamos muy seguros de lo que vamos a decir. Yo quiero seguir adelante. Quiero ir a por todas. Quiero descubrir miles de cosas. Me da igual ser joven y no tener contactos. Quiero darle voz a este gran problema de los océanos.

—Ni modo. Pues ya lo dejamos así —le responde Dan.

Angie me mira. No puedo mentirle. Me conoce mejor de lo que incluso me conozco yo a mí misma. Sabe que, aunque Dan quiera frenarme, no puedo dejarlo así. Más bien, no quiero dejarlo así.

—Venga, ¿qué estáis planeando hacer y por qué no estoy incluida en el plan?

Pronto comparto con mi amiga todo lo que hemos investigado y me alegro al darme cuenta de que no le parece que esté tan loca como en el fondo a veces creo que estoy. La realidad es que no entiendo muy bien cómo nadie hace nada al respecto. Y me sorprende enormemente que todos esos grandes activistas que hemos visto desde niños en la televisión no hayan ahondado en el asunto. Hablamos durante un rato de

Leonardo DiCaprio y de cómo cuando recogió su primer óscar gritó a los cuatro vientos que nos estábamos cargando el planeta. ¿Cómo alguien tan importante no utilizaba su poder en la prensa para gritar al mundo sobre esto?

Unos cuantos vídeos de YouTube más tarde y después de cotillear entero el Instagram de Kevin, el amigo surfero de Dan que también conoce Angie, acompañamos a mi amiga a hacer la mudanza a su nueva casa. Ha encontrado un apartamento en el centro de Cabo. El edificio se llama Cabo Suits. Es un condominio pequeñito y un poco cutre en el centro del pueblo. Tiene piscina.

Angie había leído el anuncio de una rusa que buscaba compañera de piso. Se llamaba Kiki. Angie estaba tan desesperada con los precios de la Baja que cuando le pidió cuatrocientos dólares por compartir habitación con ella, le pareció bien. Entramos en la casa, y Dan la ayuda a subir sus dos maletas. Pesan como dos muertos.

—Qué onda, has matado a tu esposo y lo llevas aquí —dice Dan de broma cuando llega casi sin respiración al apartamento.

Angie sonríe y se despide de nosotros mientras se burla un poco, divertida, del tono de voz tan repipi que tiene su nueva compañera de piso. Nos subimos al coche y una vez más Dan me acerca hasta casa.

—¿Te apetece que antes vayamos a la playa a ver si se ven bien las estrellas?

Nos tumbamos en la arena en silencio. En realidad, sé perfectamente que, si fuera por él, no seguiríamos con esta investigación sobre los tiburones. Tiene miedo y noto en su mirada grandes gestos de preocupación cada vez que hablamos del siguiente paso que quiero dar. Cuando Angie nos ha preguntado hoy, ha intentado cambiar de conversación varias veces. ¿Qué le habrá pasado para estar tan asustado? ¿Tendrá algo que ver con mi hermano? Me encantaría hacerle muchas preguntas, pero no quiero que sospeche que pienso que me miente. ¿Me miente? ¿Estoy segura de que me miente?

—Qué bonito está el cielo. No hay ninguna nube.

Se ve la Osa Menor, y Dan me explica con ilusión algunas curiosidades sobre los astros. También me habla sobre la espiritualidad de Cabo y de cómo todo el mundo en México confía en que hay vida después de la muerte.

—¿Tú crees que te reunirás con tu madre algún día, Clara? —lo pregunta así, sin más, con sus ojos color vainilla clavados en los míos y mientras yo estoy aquí pensando que me miente. Que me oculta cosas. Las estrellas nos iluminan, y yo solo puedo mirarlo y susurrarle:

—Pues espero que sí, Dan. Sería un sueño volver a verla.

36

Pedro llega al hospital cansado. Suena el teléfono. Es su hija Amparo. Lo coge sin energía y unas voces dulces y alegres le sorprenden cantándole el cumpleaños feliz. Son sus nietos. Con el ajetreo de los hospitales, ni se había dado cuenta del día que era. Para él, ya solamente eran importantes los días 21. «Te fuiste el 21 de febrero. El 21 de marzo celebré un mes sin ti. Y ahora que es 18 de abril, ni me he dado cuenta de que es mi cumpleaños». Los antidepresivos surten efecto. Vive anestesiado.

Al llegar al hospital, de una manera rutinaria, le coge la mano a Miguel y arrastra la silla más cercana a su lado. Le acaricia el brazo y le cuenta las cosas del día al oído. Que su hermana pequeña anda metida en líos como él. Que se tiene que despertar ya para poner un poco de cordura.

—Ya sabes que eres el héroe de Clara. Desde que era pequeña únicamente te hacía caso a ti. Ampi también está bien. Bueno, mejor. Estamos todos mejor, pero deseando que vuelvas. Y, bueno, aquí tu viejo cumple hoy años. Ya ves, me hago mayor. Nunca me hubiera imaginado un cumpleaños sin tu madre. No te imaginas cómo la echo de menos.

Le da un beso en la palma de la mano y apoya la frente en la camilla. Miguel está ya muy flaco y en vez de lucir su tez morena, ha cogido un tono amarillento. Ya han pasado cuarenta y un días desde que lo ingresaron en el hospital. Tiene la piel blanquecina, los labios secos y cortados y los brazos llenos de moratones debido a los miles de vías que lleva puestas. Su rostro ha pasado de ser llamativo y bonito a ser demoledor. El cambio es drástico. Uno de los doctores más veteranos entra en la habitación, observa la escena y se enternece. El padre de la familia ni se da cuenta de la presencia. El doctor no quiere molestarle, no le va a decir nada. El español ha solicitado de nuevo el traslado medicalizado al hospital Clínico San Carlos, en Madrid. Ya han pasado muchos días desde aquel terrorífico 1 de marzo. El día del accidente. El doctor está haciendo todo lo que puede por acelerar el proceso. Ha hablado con un antiguo amigo que tiene contactos en Barcelona. Han pasado demasiados días, y lo cierto es que no parece que el paciente vaya a despertar.

Amparo cuelga el teléfono después de hablar con su padre y comenta con Adolfo la idea de irse ella allí también. Antes de trasladar a su pequeño, tienen que hacerle un montón de pruebas. Un tac cerebral, otro electroencefalograma y una resonancia magnética. Además de unos potenciales evocados somatosensoriales.

—Claro que puedes irte, mi amor. Los niños están aquí conmigo felices y sabes que, en el peor de los casos, si me tengo que ir al mar, pueden quedarse con mis padres.

Le da un beso en la frente y un abrazo. Ella siente solamente paz y la necesidad de volver repentinamente con él. «¿Por qué abandoné al hombre que más me va a querer en la vida?». Se recuesta encima de su pecho, en el sofá de aquella casa enfrente del mar en donde una vez, hace mucho tiempo, se enamoraron. Recibe entonces una caricia en la cara, le retira el pelo y se lo coloca con delicadeza detrás de la oreja. Sus manos ásperas le recorren los brazos con las yemas de los dedos. Cosquillitas profundas. Un beso en la mejilla. Otro en la comisura del labio y, antes de que se quieran dar cuenta, sucede lo que llevan mucho tiempo ambos esperando. Y se encuentran desnudos de nuevo, con un par de velas encendidas en el comedor.

Deciden ir paseando a recoger a los niños al parque. Sus suegros los han llevado a una zona infantil gigantesca cerca de la playa. La familia de su exmarido no se puede estar portando mejor. Amparo se siente querida y afortunada de la bondad con la que la han acogido, a ella y a sus hijos. Por el camino pasan por una pastelería y compran un trocito de tarta de Santiago. Las calles de Galicia están húmedas y, en invierno, entre el frío y la niebla, respiran una soledad calmada. Huele a mar. A naturaleza. Suspira profundo. En el ambiente se respira añoranza. Piensa en su familia. En Miguel. En cómo habían pasado todos los veranos de su adolescencia por las Rías Baixas. Recuerda a su pandilla de amigos. La del verano. ¿Qué habrá sido de ellos? Lo comenta con su confidente. Él le explica la vida de algunos de ellos.

—El vecindario es pequeño y aquí todos nos conocemos.

Amparo se sorprende de la cantidad de cotilleos que no sabía de todas aquellas personas que un día fueron tan cercanas. Durante todos los agostos parecían una familia. María se casó con un aristócrata de Barcelona. Y ahora tiene una tienda de vestidos de novia. José y Clara se divorciaron, y creo que ella ahora vive en Nueva York. Finalmente, Martita descubrió los mil y un cuernos que le ponía Juan Carlos. Pero la historia más triste de todas era la de Roberto, que se enganchó en la juventud a las drogas y se arruinó.

—De hecho, su familia tiene una ferretería aquí cerca y él siempre revolotea por el barrio. Todos los vecinos dicen que siempre anda borracho, durmiendo en los bancos, como un sin hogar.

—Vamos a acercarnos a ver si lo vemos. No puedo creer que esté ahora así. Estoy preocupada por él. Mi padre va a alucinar cuando se lo cuente. Era de los chicos más guapos de la pandilla.

—Bueno, el más guapo era y será siempre tu hermano.

Ampi sonríe. La ternura de su exmarido la conquista una vez más. Caminan por las calles y ahora huele a mar y a pescado frito. Llegan a la zona de restaurantes. Algunas de las puertas de las casas son de colores muy vivos. Amarillos, rojos y azules. La niebla cubre el pueblo. Llegan al parque. A lo lejos, Adolfo divisa la figura de Roberto, camina zigzagueando, sin rumbo. Amparo siente mucha pena. Está más flaco que nunca y ya no parece el rey del mundo, el guapo de los veranos. Observa con desolación cómo ese amor platónico de su infancia se ha convertido en un zombi. Se acercan a él.

—Va tan borracho que seguro que no nos reconoce —comenta Adolfo.

Roberto pasa por su lado. Tiene la mirada cansada, profunda y camina lento, como arrastrando los pies.

—Joder, Adolfo, espero que mi hermano se despierte, porque te juro que si no lo hace voy a acabar así también. Es la viva imagen del desastre. Es horrible. Es brutal.

Adolfo no dice nada. Los dos se giran sin apartar la mirada del que un día fue su amigo. Y de golpe Ampi recuerda ese último verano en el que iban cada tarde a bañarse a las bateas. Roberto rubio, alto y fuerte saltaba con Miguel de los kayaks a las mejilloneras. Recuerda su olor. Lo bello que había sido siempre. Poseía esa combinación perfecta de luz y oscuridad que tienen «los chicos malos». Sonríe, pues durante un par de veranos tuvo encuentros con él. Roberto tenía una luminosidad especial. La misma luminosidad que tienen todas las personas auténticas que hacen que los demás se acerquen a ellas como polillas a la llama. Se deja llevar por los recuerdos. Por los de aquella belleza física tan notable que durante miles de veranos hizo que ninguna chica se le resistiera. Cuando Roberto hablaba, hacía que las chicas se sintiesen las princesas del mundo. Durante un tiempo, hasta Ampi pensó que estaba profundamente enamorada de él.

Mientras la sombra de Roberto se aleja, regresa a esas noches en que vieron el amanecer juntos, acurrucados en la playa. Ese amor de verano, los paseos en barca, las siestas en las hamacas, el pan recién hecho que compraban a altas horas de la mañana antes de irse a casa... Miguel y Roberto eran los hombres más guapos de Bayona y se resistían a todas las propuestas indecentes de todas esas chicas que morían por ser sus novias de la temporada. Y ahora la cocaína se ha convertido en su única novia. Le ha transformado aquella sonrisa arrebatadora en un rictus tenso y desencajado. Ampi gira la cabeza para mirarlo por última vez y solo desea quc Miguel vuelva pronto para que jamás pierda su luz de esa manera tan drástica. Que recupere cuanto antes ese cuerpo tan flexible y distinguido que ahora es poco más que un esqueleto.

Roberto se aleja subiendo una de esas cuestas empinadas del pueblo. Se mueve con rigidez. Y Amparo tiene la sensación de que cada paso que da le golpea y le duele, como si estuviese hueco. En este último mes se ha dado cuenta de que cada cuerpo cuenta siempre su historia personal. La de Roberto es una historia de horror y desamparo.

37

Angie está más loca que una cabra. Lo ha estado siempre. Por eso la quiero. La quiero muchísimo. Hoy se ha peleado con su compañera de piso rusa, porque es una obsesa de la limpieza y le coloca la ropa cuando ella no está en casa.

—¿Te puedes creer que hurga en mis armarios? Pero, tía, ¿voy a tener que asesinar a la maldita rusa esta? Además, ¡ronca! Ronca, y no pego ojo en toda la noche porque estoy en sus conciertos. No puedo más.

Me divierte que me hable de la rusa. Ayer pasamos toda la tarde juntas hablando sobre cómo martirizar a su nueva compañera, pero también estuvimos con Kevin y Dan para ver cómo ayudar con la situación de los tiburones. Me hace gracia que se haya metido tan de lleno en el asunto. Le interesa la vida de estos animales, pero también sé, porque la conozco muy bien, que lo hace para ligar con los amigos de Dan. Las dos seguimos hablando animadamente del tema.

—A ver, que si me tengo que hacer apneísta profesional y dedicarme a salvar tortugas enmalladas en redes de pesca lo hago, eh. Y más si está Kevin a mi lado. —Suelta una carcajada y finge como que se desmaya—. Ay, Kevin —dice haciendo el idiota.

Por la tarde, salimos al mar con Bringas. Como siempre, intenta animarme. La verdad que es increíble el cariño que le he cogido a ese señor que al principio me pareció tan extraño. Se preocupa mucho por mí y por papá. El otro día hasta le invitó a cenar una barbacoa con varios de sus amigos. Mi padre canceló la cena en el último momento. No se sentía con fuerzas. Pero, bueno, lo bonito fue el gesto. El intentarlo.

Para ver tiburones en la Baja hay que ir a puntos de profundidad estratégicos alejados de la costa y echar trozos de atún durante horas para intentar atraerlos. La famosa técnica del chumeo. Angie vomitó durante más de una hora seguida el primer día que la llevamos. Realmente es una actividad que solamente debería hacerse en días de mar plato. Marea muchísimo y es horrible estar respirando ese olor a pescado tan fuerte y profundo. Eso sí, cuando apareció el primer tiburón azul, todo el grupo se volvió loco de alegría. Hasta ella misma saltó al agua sin pensárselo ni dos veces. Hacía bromas con la cara totalmente blanca y mareadísima y no dejaba de repetir una y otra vez el nombre de Kevin... Podría pasarme la vida entera dejándola que me haga reír así.

De vuelta a la marina, nos sentamos en la proa con Bringas y le explicamos la locura que habíamos hecho con el AirTag. Nos comenta que el mayor problema de la pesca ilegal de tiburón no está en las pangas, sino que viene sobre todo cuando la mercancía se concentra en cantidades indecentes en las bodegas de Ciudad de México. Ahí es cuando los exportadores intentan hacer chanchullos para que las aduanas no les paren la carga si se enteran de que llevan las aletas CITES; es decir, las aletas de especies de tiburón que están protegidas y no se pueden exportar sin papeles de legal procedencia.

—Es en los aeropuertos donde entran las ilegalidades y donde los exportadores están unidos a los narcos. Pagan a gente corrupta para que no les hagan inspecciones de aleta. La neta, yo tengo un gran compa allí trabajando todavía. Se llama Ramón. Si gustan les puedo dar su contacto y le pueden llamar si algún día deciden ir a Ciudad de México. Quizá quiera ayudarlas con la investigación. Pero ya saben, nada es gratis. Tendrán que recompensar al compa. Ya saben. Propinas y demás.

—Pues quizá algún día sí que me gustaría conocerlo Bringuis, quién sabe.

—Como gustes muchacha. Eso sí, recuerden lo más importante. Hay que cuidarse. México no es como la madre patria. Es un país peligroso y hay que hacer las cosas con cuidado para no acabar... Bueno, ya saben lo que me digo. Simplemente, ándense con mucho cuidado.

Me gusta que se preocupe por nosotras, que quiera ayudarnos y que ya le podamos llamar Bringuis con cariño. Después de esta conversación intensa, vamos a cenar a casa para no dejar solo a papá. Cada día está más apagado y no sé muy bien qué más hacer con él. Ya en el Uber, Angie está como loca buscando noticias de transportaciones gigantes y corruptas de aleta confiscadas en el aeropuerto de Ciudad de México. Encuentra un artículo de Sea Shepherd en el que hablan de que las aletas de tiburón no se utilizan solamente para aquellas famosas sopas chinas, sino que los aceites son valiosos para la gran industria de la cosmética.

—Tía, aquí dicen que para conseguir cincuenta litros de aceite de tiburón, hay que matar a unos sesenta mil tiburones. Y que ese aceite lo venden en un montón de cremas en donde indican el ingrediente como escualeno.

—No me lo puedo creer, ¿en serio? Sigue leyendo.

—«Eficaz emoliente, el escualeno se utiliza para ayudar a proteger la barrera cutánea y retener la hidratación. Es el ingrediente perfecto para tu piel». ¡Qué asco! ¡Aquí hay un montón de marcas conocidas! ¡Está Kielh's! Yo tengo mil cosas de Kiehl's. Me estoy poniendo tiburón por la cara. Qué horror.

Angie pone caras de asco y finge que tiene tiburón en la cara utilizando expresiones ridículas y divertidas. Por el camino a casa, seguimos leyendo noticias sobre este ingrediente que, al parecer, se utiliza en muchísimos suplementos alimenticios. ¡Los venden en las farmacias! En pastillas de omega 3 que ingieren los niños. Incluso hay algunas cremas solares que también lo llevan. De marcas realmente conocidas. No damos crédito a lo que estamos leyendo. ¿Por qué nadie hace nada para frenar esto?

—Ay, Dios mío. No te vas a creer lo que pone aquí. Pone que el surimi es literalmente tiburón. Que para no asustar a la gente y decirles que es tiburón, lo venden en muchos supermercados y restaurantes con otros nombres: surimi, *lemon fish*, *dogfish*, *rock salmon*, bolillo, cazón, *catfish*... ¿Tú sabes cuántas veces he consumido surimi en el sushi de debajo de mi casa? Tengo tiburón martillo impregnado en la cara y encima he comido tiburones blancos. ¡Tierra trágame!

En realidad, fuera de bromas, es muy *heavy* todo esto. Recuerdo que Mike siempre me decía que alimentarse de tiburón es alimentarse de mercurio, que es malísimo para nuestra salud y que hay estudios que confirman que puede afectar hasta a las neuronas. Puede desarrollar incluso alzhéimer o algún tipo de cáncer.

Se estima que se matan al año cien millones de tiburones. No me hago a la idea ni siquiera de lo que significa esa desorbitada cantidad. Las poblaciones de las especies más emblemáticas del planeta, como el tiburón blanco o el martillo, han disminuido un noventa por ciento en los últimos cincuenta años debido a la pesca industrial. No entiendo esta locura y me alegra haberme enterado de todo en el peor momento de mi vida, porque en vez de estar culpabilizándome de por qué el covid se llevó a mi madre, estoy aquí, volviéndome loca intentando salvar a todos estos animales que hace solamente un par de meses no me importaban. Es una absoluta locura y a veces pienso que estoy soñando. No tiene sentido toda esta información. Me meto en Instagram y subo un vídeo precioso del tiburón azul que hemos visto hoy. Su manera de nadar es preciosa y curiosea entre todos nosotros, despacio. Me parece que tiene hasta una mirada bonita. Es alargado. No puedo creer que esto sea lo que comemos cuando comemos cazón. Lo posteo con otro texto.

> Hoy he tenido la suerte de nadar con esta especie tan emblemática de tiburón: el azul. Jamás pensé que sería tan bonito y que estar a su lado me produciría, lejos del miedo, una sensación de pura paz. Ha sido de los mejores días de mi vida.

Mi muro se llena instantáneamente de miles de comentarios: «Estás loca, ¿no te da miedo?», «Cómo mola, sería mi sueño», «Qué bonito todo lo que estás viendo», «Con tus vídeos se me va quitando poquito a poquito el miedo a los océanos», «Ojalá pudiese ver algo así muy pronto»... Miro a Angie, que observa la pantalla del iPhone sonriendo. ¿Qué estará mirando ella? Normalmente pasa por completo de las redes sociales. Quiero saber qué está tramando y veo que está metida en la página oficial de Skyscanner.

—¿Qué miras?

—Tía... —Me mira sonriente, como cada vez que me ha animado a hacer una de nuestras locuras.

—¿Angie?

—Y si nos vamos a México a ver qué narices hay en esos almacenes donde se perdió el AirTag. Hay billetes con esta compañía que se llama Volaris que valen veinticinco euros sin maleta. Yo te invito.

—Estás loca.

—Te lo digo totalmente en serio.

—Claro que no. ¿Qué le voy a decir a Ampi? —Lo pienso un momento más—. ¿Qué le voy a decir a mi padre?

—¡Como si eso hubiera sido un problema alguna vez en tu vida! Nos vamos a las siete de la mañana y a las siete de la tarde es el de vuelta. El tiempo justo para colarnos en uno de esos almacenes. Además, así puedes hacer otro de tus posts virales. Darle voz a todo esto por cincuenta euros merece la pena, ¿no?

—No lo estás diciendo en serio, ¿verdad?

Y antes de llegar a los apartamentos Sunrock, ya ha pulsado el botón de comprar. Nos vamos a pasar el día a Ciudad de México.

La amistad es una mente que quiere hacer locuras en dos cuerpos diferentes.

38

Clara y Angie están volando rumbo a Ciudad de México. Clara, mi niña, está incómoda porque no le gustan las mentiras. Las dos han mentido a Pedro y le han contado que se iban a bucear al Parque Nacional de Cabo Pulmo. Angie duerme profundamente. Se han despertado a las cinco de la mañana para volar, y el cansancio acumulado por no dormir nada con los ronquidos de la rusa le ha pasado factura. Además, ella siempre descansa bien en los vuelos. Le relaja el sonido de los motores. El vuelo de Clara está siendo muy distinto. No oculta su nerviosismo; no es propio de ella mentir a su padre. No suele mentir. No es que fuera una hija tan ejemplar como Ampi, pero nunca ha sido mala persona. Y mucho menos una mentirosa. En la adolescencia nunca le robó o le perdió ropa a su hermana porque se sentía mal. Tiene un sentimiento de culpabilidad acusado, raro y diferente. También ha decidido ocultarle esta aventura a Dan. Se pone agresivo cuando le habla de las ilegalidades y muchas veces, cuando ella le pregunta cosas, no sabe qué contestar y se queda ausente durante horas. Tiene comportamientos distantes y por eso, esta vez, ha decidido ocultarle ella. Otra mentira más y de nuevo un sentimiento de culpabilidad. Me escribe una carta larga y amplia donde me explica todo lo que está viviendo. Termina el manuscrito y en el sobre, con un rotulador negro, pone «mamá». Lo adorna con un corazón rosa.

Al cerrar el sobre mira por la ventanilla y recuerda la primera vez que recibió una carta escrita por mí. Se la encontró en el escritorio, nada más volver del colegio. Había suspendido una asignatura de arte en la que tenían que presentar un proyecto de lo que era la naturaleza para los alumnos. A la profesora no le gustó la interpretación de Clara y le puso muy mala nota. Había trabajado muchísimo y estaba muy desanimada. Al coger el sobre reconoció al instante mi caligrafía. Ponía: «Toda la vida es un experimento. Cuantos más experimentos hagas, mejor». En ese momento no tenía mucho sentido para ella aquella frase. Pero últimamente, con todos los acontecimientos que rodeaban su vida, no hace más que rememorar las frases que envolvían aquellas cartas: «No le temas tanto a la muerte, sino más bien a una vida inadecuada». «La vida es una sucesión de lecciones que hay que vivir para comprenderlas». «A veces sentimos que lo que hacemos es tan solo una gota en el mar, pero el mar sería mucho menos si le faltara esa gota».

El vuelo aterriza, y a Clara se le pone la piel de gallina. ¿Qué está intentando descubrir? ¿Tiene sentido todo esto? Las dudas revolotean en su cabeza. Mira a su amiga, tiene la boca abierta y está profundamente dormida apoyada en la ventanilla. Saca el móvil y le hace una foto. Después la despierta con un susto mientras la graba. Se ríen.

—Eres idiota —le dice todavía adormilada.

—Ya lo usaré para chantajearte algún día. Te juro que no entiendo cómo puedes dormir así en cualquier lado.

—Bueno, en cualquier lado no. Solamente cuando estoy lejos de la rusa.

Repasan las indicaciones que les ha dado Bringas. Primero, van a ir a la dirección donde habían perdido la señal del

AirTag, un descampado de contenedores marítimos en la calle del Árbol, 104, en el mismo barrio donde está la famosa Viga, en Iztapalapa. Están nerviosas. Se han vestido las dos de negro en un intento ridículo de no llamar la atención. Se bajan del avión.

—¿No han documentado equipaje, señoritas? —les pregunta una azafata muy simpática que les revisa el pasaporte en un último control.

—No tenemos nada —contesta Clara moviendo las manos sudorosas.

Y al salir a la zona de taxis, Angie suelta una carcajada mientras la imita.

—«No tenemos nada». ¡Me hace mucha gracia que estés tan acojonada! Por eso nos preguntan cosas los guardias. ¿Te quieres tranquilizar?

—Eres boba —le responde Clara cada vez más molesta.

—Estamos simplemente dando una vuelta por México. No cargamos kilos de cocaína en las mochilas. Si no te tranquilizas, vamos a llamar más la atención.

Clara no responde esta vez. Su amiga la está irritando, pero le tranquiliza que ella no vea tan serio todo lo que están planeando. A Angie la vida le importa una mierda y, desde que perdió a sus padres, parece que nada le preocupa. Siempre se mete en líos, dice lo que piensa y manda a cagar a los tíos como quien cierra la puerta de casa para ir al supermercado. No está nada mal tomarse la vida así.

—¿No te acuerdas de lo más mínimo de Rorro, verdad? Me sorprende que no me hayas vuelto a hablar de él —le pregunto, curiosa, por pensar en otra cosa.

—A ver, a veces sí me acuerdo de él, para qué nos vamos a engañar. Pero intento no echarle de menos. No pensarlo mucho. Lo cierto es que se le fue la castaña con esto de ser vegano. Aplaudo los principios de todos los veganos y me encanta que haya gente comprometida con esa causa, pero él lo hizo más como vía de escape. No estaba feliz con su vida y quería llamar la atención. No lo sé, estaba amargado. Y no era para mí. No me estaba haciendo bien. Lo superaré. *Next.*

Es tan pragmática y distinta a Clara. Mi niña, por ejemplo, analiza cada palabra de los mensajes que recibe de Dan. Se está enamorando de ese chico misterioso que oculta demasiadas cosas. La incertidumbre la tiene enganchada. Los cambios de humor. Hay días que la trata como una princesa y la lleva a ver estrellas. Otros le habla mal. Le contesta agresivo cuando ella se interesa por los tiburones. No entiende nada. La falta de empatía en muchas conversaciones y, de pronto, se preocupa por ella, la acerca al hospital. La abraza como si el mundo se acabara. Le habla de una manera preciosa de Miguel y, de golpe, está varios días sin contestarle los wasaps. Después, chantaje emocional, que si él también sufre lo de Miguel, que si perdón, que no puede con la situación. Disculpas. Emociones negativas. No pinta muy bien esta relación. Quisiera decirle que se tendría que alejar de ese chico que le está mandando muchas señales de alerta roja. Pero siempre he pensado que, en la vida, uno tiene que aprender por sí mismo este tipo de cosas. Y en el amor, por mucho que la gente que te quiere te aconseje, hasta que tú mismo no aprendes la lección, pocas palabras funcionan. Mis tres hijos han aprendido a base de caerse. Nunca he sido una de esas madres protectoras que ponen normas. Me ha gustado educarlos desde la libertad.

Ya están en el descampado. Han cogido un taxi para que las lleve hasta allí. Hay muchos camiones y algunas grúas que mueven con destreza aquellos containers gigantescos. El ambiente es normal. No se respira miedo ni desconfianza. La mañana está soleada y hay nubes que surcan un cielo un poco más contaminado y de color gris.

—¡Ya estamos aquí! Vamos a sacar unas fotos por si algún día tenemos que mandar estas pruebas a la Interpol americana. ¡Venga, hombre! Quita esa cara de miedo, no nos va a pasar nada.

—Angie, como me vuelvas a decir que cambie la cara te mando a la mierda y me vuelvo a casa, eh. No estoy de coña.

—Usted ve, señor taxista, cómo me trata mi amiga. No hay derecho, eh. No se mueva de aquí, ¿OK? Vamos a hacer algunas fotografías, volvemos y le pagamos la vuelta en efectivo.

—Por favor, no se vaya —repitió Clara antes de bajarse del coche asustada.

Se bajan. Clara tiene abierta la aplicación de AirTag para ubicar exactamente el almacén que están buscando, donde perdieron la pista del dispositivo. Los obreros trabajan mientras las miran. Les sorprende la presencia de dos jovencitas. Ellas no sienten peligro.

—¿Les ayudamos en algo? —dice uno.

—Oye, güeritas, qué es lo que andan buscando —les pregunta otro.

A Angie le entra la risa, porque su amiga mueve nerviosa el iPhone hacia el cielo, como en busca de señal. Acaban riéndose las dos y corren por los contenedores. Angie tararea la canción de *Misión imposible* y corre haciendo aspavientos absurdos que hacen reír a su amiga. Vuelven al coche. Muertas de la risa.

—Bueno, pues ya hemos hecho el ridículo y no hemos encontrado nada. —Se ríen de nuevo.

—A ver, nada no. No seas dramática. Por lo menos ya sabemos que aquí es donde se traspasan las mercancías que van o a la Viga o al aeropuerto. Todo esto nos está sirviendo para entender la logística del tráfico ilegal. Pero sí, podíamos haber visto este terreno desde Google Maps. Hubiera sido bastante más barato, la verdad.

El taxista les pregunta sonrojado qué es tan divertido. Responden que es una tontería y le piden que las lleve al Arco Histórico de Tlaltenco. Allí han quedado con Ramón Solano, el íntimo amigo de Luis Bringas. Les va a hacer el favor de explicarles un poco mejor cómo funcionan las cosas en la ciudad. Se imaginan a un señor mayor como Bringas, de unos cincuenta o sesenta años.

—Seguro que es gordo y chaparrito —suelta Angie mientras se compra unas camisetas en el móvil con la aplicación de Zara.

Mientras Clara lee los últimos mensajes de Amparo, que está a punto de venir también a la Baja, ella aprovecha para hacer un pedido online. Tan distintas las amigas. Llegan a la dirección y se bajan del taxi. Clara no ha parado en todo el viaje de mover los dedos de las manos. Se ha mordido las uñas y tiene heridas profundas en el índice y el corazón. Su amiga simplemente termina de pagar sus caprichos en el móvil.

—Ahí hay un coche de la policía federal. Hay dos agentes, pero igual uno de ellos es Ramón. ¿Nos acercamos?

—Vale. —Angie deja el móvil en el bolso y agarra a su amiga de la mano—. Tía, Ciudad de México es feísimo. Es un caos. Y quitando los parques esos que hemos visto antes es un absoluto desmadre. Y hay miles de personas por todas partes. ¿Sabes que he leído que es una de las ciudades del mundo con más habitantes por metro cuadrado?

Clara no puede prestarle atención. Tiene la cabeza en mil sitios a la vez: en los federales, en su hermano Miguel, en todo lo que le está pasando su familia, en su padre... Sobre todo en papá, porque se siente mal de tratarlo como si fuese estúpido. Le aprieta el pecho y le vuelve una vez más la ansiedad. Cruzan la avenida y, mientras se acercan al vehículo, ven cómo los dos policías salen del coche.

—Son ellos —confirma mi niña.

Los agentes se acercan. Ramón es exactamente tal y como se lo han imaginado. Bajito, con los rasgos latinos muy marcados, bigote perfectamente cortado y una gran barriga que sobresale por encima del cinturón. Lleva el uniforme intacto.

Pantalones y camisa en azul marino, un chaleco antibalas apretado, la boina oscura con el símbolo de los federales bordado en dorado. Pero lo que más miedo da de todo es el rifle que lleva colgado del brazo izquierdo. Las botas con zancos tampoco alejan la imagen de agente corrupto. Según se acerca, Clara se da cuenta de que lleva un par de armas más en el cinturón.

—Buenos días. ¿Es usted Ramón? Muchas gracias por atendernos. Bringas nos ha hablado muy bien de ti. Digo, de usted. En realidad, no queremos molestarle mucho solo…

Angie le da un pisotón y entonces Clara deja de hablar frenéticamente para mirar a su amiga, que le indica con un gesto disimulado que se relaje. Está vomitando palabras de una manera inconexa y ni siquiera ha dejado hablar al federal.

—No se preocupe, señorita. No hace falta que me trate de usted. Puedes llamarme Ramón. Bringas es como un hermano para mí y me ha dicho que simplemente queréis visitar la Viga para un trabajo de la universidad, ¿verdad? —Las amigas se miraron.

—Verdad —responde Angie divertida.

—Entonces, subiros en el carro. Vamos a pasearlas a la Viga. Eso sí, con todo lo que miren hoy, muchachas, hagan el favor de no tergiversar la información.

Ramón sonríe y Clara mira a Angie asustada a escasos metros del coche patrulla. ¿Cómo van a meterse ahí? La cabeza de la más responsable de las dos da vueltas. Pero pronto la voz familiar de su amiga la devuelve a la realidad.

—¡Cómo mola, Ramón! ¿Podemos encender las sirenas? ¿E ir a toda mecha por la ciudad como si persiguiéramos a un fugitivo?

La inconsciencia de Angie tranquiliza a Clara durante un momento. Y entonces, se suben. Y Ramón les pide que se abrochen los cinturones. Y Clara mira al cielo, como pidiéndome que cuide de ellas, que ese no sea el día de su muerte. Agarra su caracola con fuerza y susurra en un tono suficientemente alto para que solo Angie lo escuche:

—Mamá, si estás ahí arriba, donde quiera que sea que estés, échanos un ojo, que parecemos gilipollas y no creo que a nuestra familia le venga bien que yo muera ahora mismo también.

A pesar de la tensión que siente Clara, las dos terminan sonriendo.

Toda aventura empieza con un sí de una gran amiga.

39

Miro a Angie, está sonriendo y mirando por la ventanilla. Los federales han encendido las sirenas y vamos corriendo por la ciudad. Escucho su risa sanadora. Abre la ventanilla y cierra los ojos mientras el aire le da en la cara.

—Dale caña, Ramón.

Se ríe. Los dos federales nos sonríen desde la parte delantera del vehículo. Estoy nerviosa. Aún no entiendo muy bien cómo hemos llegado hasta aquí. Ni siquiera sé qué buscamos, ni qué esperamos encontrar. Pienso en mi familia. En algunos comentarios que le hicieron mis tías a papá durante el entierro: «Qué perdida está Clarita». «¿Va a continuar con la carrera de Periodismo o lo va a dejar todo?». «¿Cómo lleva la depresión?». «No puede estar sola».

No me siento deprimida, la verdad. Cada día me levanto acordándome de cómo te prometí que no perdería las ganas de vivir. Joder, cuantísimo te echo de menos, mamá. Aún no me puedo creer que te hayas ido. Que ya no vaya a poder volver a ver tu sonrisa ladeada y la peca esa gigantesca que tenías en la barbilla.

Abro mi iPhone y leo nuestra última conversación por WhatsApp: «Me van a dormir un poco, pero voy a estar bien. Voy a estar bien. Ya verás. Tú no te preocupes, Clara, que voy a estar bien». Siempre tranquilizando a los demás cuando seguro que estabas muerta de miedo. Mierda de virus asqueroso. No puedo evitarlo y se me cae una lágrima. Angie me da la mano. Me aprieta y se acuesta en el coche dejando caer la cara sobre mi hombro. No me dice nada. Ni yo a ella. No hace falta. Cierro los ojos unos segundos. Creo que de la pena. Me quedo medio dormida, como en un trance extraño que deja que mi mente desconecte.

—Bien, señoritas. Hemos llegado a la Viga. Acompáñennos.

Bajamos del coche. Se ponen sus boinas de federales. Han aparcado en medio de la calle, pero, como es un coche de policía, nadie dice nada. No puedo evitar taparme la nariz con las manos por el olor a pescado. La calle está sucia y abarrotada de gente que camina hacia todas partes. Sale mucho ruido de un edificio amarillo y gigantesco que se sitúa delante de nosotros. Al entrar veo un cartel grande en letras blancas que indica: MERCADO DE MARISCOS. Entramos. Es como una de esas pescaderías gallegas que visitaba cuando era pequeña con mis padres, pero su tamaño está multiplicado por mil. No sé cuántos puestos de pescado debe haber aquí, pero cuando alzo la vista al horizonte no veo ni el final de las paredes. Me parece terrorífico. Es caótico. Abrumador.

—¿Es el mercado más grande de México, Ramón?

Angie va delante, cerca de nuestro nuevo amigo. Yo voy detrás observándolo todo y preparada para tomar fotografías a escondidas. Muchas de las gambas se mueven todavía vivas en las cajas. Saltan de una caja a otra. Hay sangre en el suelo y la gente pisa sin cuidado algunas sardinas que hay en los pasillos.

—Sí, niña. Es el mercado más grande de pescado y mariscos de todo México. La razón por la cual se encuentra en la capital, a cientos de kilómetros del mar, y no en la costa se debe a que Ciudad de México es el centro principal de comercio y población del país. Además, el mercado La Nueva Viga es el segundo más grande del mundo, después del mercado Tsukiji en Japón. Diariamente se manejan aquí unas mil quinientas toneladas de pescado y mariscos.

—¡Mil quinientas toneladas! Qué locura. ¿Todo esto se consume solamente aquí en México? —Mi amiga sigue preguntando, y yo me convierto en espectadora por un momento.

—Oh, no. Existe también el viejo mercado y ese sí es el que surte más que nada a comercios locales. En esta Viga casi todo se va fuera del país. La creciente demanda de pescado y mariscos al por mayor se incrementó dramáticamente durante la segunda mitad del siglo xx, por lo que fue necesario hacer algo al respecto.

—O sea que ¿todo esto va adónde? ¿A Asia? ¿Europa?

—Exactamente, señorita. El mercado La Nueva Viga se puso en marcha en el noventa si no recuerdo mal y ahora es uno de los mercados más importantes de Latinoamérica y del mundo. Casi todo lo que está aquí es propiedad de los grandes proveedores que exportan estas cantidades a Europa o a Japón.

Llegamos a un puesto en el que hay, sin exagerar, más de doscientos cuerpos de pulpos. Se ven los tentáculos. Están todos como dados la vuelta, y yo tan solo puedo acordarme del documental ese que acaban de sacar: *Lo que el pulpo me enseñó.* Me paro en el puesto y observo cómo los dos empleados tiran los pulpos con desgana en las cajas. Entiendo que es normal para ellos. Además, los pulpos ya están muertos. Pero me parece todo tan horrible. Tan brutal. Saco el móvil y hago algunas fotos sin que me vean. Los agentes se han alejado y nadie puede verme. Aprovecho y hago fotos de las carretillas de los pasillos. De la masacre. Angie me despierta de este mal sueño.

—Clarita, vas a flipar. En el siguiente pasillo tienen mil especies de tiburón.

Y así es. Giramos la esquina a otro de los pasillos y allí están, colocados uno por uno, como si fuera un museo, miles de tiburones azules. Reconozco enseguida la forma alargada y fina de sus cuerpos, los dientes, la mirada. Debe haber por lo menos cincuenta. Están ahí plantados todo tipo de tiburones, como si estuviésemos en una exposición. Hay martillos, tigres, toro... y todos comparten una característica en común: tienen cortadas las aletas. Ramón nos explica de nuevo que, en Europa, es obligatorio traer a puerto las aletas de los animales adheridas al cuerpo. Es decir, tienes que traer el cuerpo del animal entero. Pero en México se puede traer el cuerpo ya cortado. Las aletas por un lado y los cuerpos por otra. Es muy importante que coincida. No puede haber más aletas de las que irían adheridas a los cuerpos.

—¿Y cumplen las normas? ¿O matan a miles de tiburones y esconden por ahí las aletas?

—Haces muchas preguntas, muchachita. Síganme por aquí. Hay un puesto de un conocido de mi esposa.

Sigue caminando por el pasillo sin contestarnos a las últimas preguntas. Angie se pone a mi lado y me aprieta el brazo muy fuerte cuando pasamos por una pieza de tiburón martillo gigantesca que la pescadora está cortando por la barriga.

—Es enorme. ¿Está embarazada?

Angie no se corta con las preguntas. Nunca deja de sorprenderme lo parlanchina que es. Le da igual la incomodidad de Ramón cuando se las hace. Lo bueno es que los entretiene de una manera impecable que me permite hacer muchísimas fotos. Es obvio que en México se cometen ilegalidades. Ya nos lo explicó don Gil. Casi ninguna vez iban los inspectores a revisar cuántas aletas había y si coincidían con los cuerpos. No perdían su tiempo en eso. Así que, en el mar, se hacían verdaderas barbaridades. No hay más que mirar a nuestro alrededor. Es todo terrorífico. No puedo imaginarme cuántas tortugas se habrán quedado enredadas en las redes que han extraído todas esas toneladas de gambas. Contemplar los ojos de los tiburones medio en blanco tampoco ayuda a eliminar la desolación del escenario. Llegamos a un puesto de mantarrayas. ¡Mantarrayas! ¿Quién come hoy en día mantarrayas? Una vez más, mi amiga se adelanta con la pregunta. Pero esta vez es el otro federal más jovencito el que responde.

—La mantarraya generalmente se vende con otro nombre. Para que la gente no lo sepa, güey. Porque si no da aprensión, no mames. La venden como pescado azul. Pescado oscuro. Manilita. La neta es bien sabrosa. En sopas queda buenísima. Esto es de lo poco legal que encontraréis en este mercado. Ya veréis ahora cuando vayamos a la zona de atrás.

—¿Zona de atrás? —pregunta Angie.

Y entonces Ramón le da un codazo al más joven. Y como yo no estoy cerca de mi amiga logro escuchar que le dice que no sea insensato, que nuestra siguiente parada va a ser el aeropuerto.

40

Observo a los dos agentes federales que acompañan a las chicas. Trato de encontrar un atisbo de humanidad en ellos. Sobre todo, en el mayor. Ramón es consciente de la situación corrupta de la Viga. No es el primer federal que se lleva una tajada del dinero que les dan los proveedores por hacer la vista gorda a todas las ilegalidades que ocurren allí. Son más de treinta años trabajando para el gobierno. Ha visto de todo. Sabe que no hay manera de frenar esto y le enternece la inocencia de su nuevo y joven compañero. Camina con las niñas por la Viga y va contestando con cuentagotas a todo lo que le pregunta la más parlanchina de las dos. El único motivo por el que está ayudando a las chiquillas es porque Bringas le explicó la situación de la familia de Clara. Ramón también ha perdido a su mujer por el covid. Aunque sea un federal corrupto y haga la vista gorda con drogas y cuerpos de tiburones, conserva esa pequeña parte de misericordia que guarda en algún lado muy dentro de su corazón de hierro, eso sí, cerrado con llave desde hace ya tiempo. Tiene que protegerse. La compasión no puede ir de la mano en su profesión.

Clara está desanimada. Camina por los pasillos arrastrando los pies por el suelo. Lo observa todo con verdadera tristeza. Es uno de esos días malos de su duelo. Hay mañanas que se despierta con fuerza, como si pudiese con todo. Como si estuviese segura de que las cosas van a mejor, que van a salir bien. Esa mañana solo quiere volver a casa con su padre. Visitar la habitación del hospital de San José. La 202. Angie nota la energía baja de su amiga e intenta animarla preguntando tonterías y haciendo alguna broma, pero es consciente de que en esos días, lo mejor que puede hacer es acompañarla sin más. Está preocupada. No tiene tantas esperanzas como ella en la recuperación de su hermano. Pero confía ciegamente en Clara y sabe que, sea lo que sea lo que pase, se recuperará junto a su familia. Ella misma jamás la dejará caer. Se quieren incondicionalmente. Una de esas relaciones de amistad sanas y bonitas que hoy en día están en absoluto peligro de extinción.

—Venga, no te desanimes, Claris. Hemos hecho bien en venir aquí. Es parte de la aventura. Aunque toda nuestra investigación de la CIA no llegue a mucho. Por lo menos hemos visto todo esto que antes estaba lejísimos de nuestra imaginación. —Se miran y sonríen—. Ahora ya sabemos de primera mano lo jodidas que están las cosas aquí. Todo esto lo hemos hecho bien. Por lo menos ya sabemos lo que hay. Ahora solo hace falta saber quién está detrás.

Clara intenta animarse y, aunque es difícil, se esfuerza, porque me hizo una promesa y quiere cumplirla a toda costa. Salen de la Viga, camino al aeropuerto. Las dos se han quedado pensando en «la parte de atrás» del comercio que les ha ocultado don Ramón. Pero no se atreven a preguntar nada más. Clara solamente quiere que sea la hora de su avión y volver a Cabo. Está cansada. Ya no le apetece jugar más al FBI. En el coche van en silencio. Observan por las ventanillas lo caótica que es Ciudad de México. Arquitectura desordenada. Un tráfico infernal. Aun así, algo es agradable en el ambiente. Quizá los contrastes hacen que la ciudad te atrape. La amabilidad de las personas. Angie lo observa todo entusiasmada. Pasan por debajo de unos puentes y hay muchas personas sin hogar viviendo allí. Clara se pregunta qué puede haberles pasado para acabar durmiendo debajo de un puente. «Si Miguel no despierta, no acabaré la carrera de Periodismo y quizá termine ahí abajo yo también». Los federales suben la radio y suena una ranchera de fondo con melodía alegre. La tararean los dos juntos. Clara y Angie se miran y vuelven a sonreír. Lo hacen fatal.

Tardan cuarenta y cinco minutos en llegar al aeropuerto, pero no van a las salidas. Ni a ninguna terminal. Ramón mete el coche por unas señales que indican aparcamiento y se dirigen a unos grandes edificios grises muy cerca de las pistas de salida. Estacionan enfrente de una puerta de metal. No hay mucha gente, pero sí hay aparcados algunos camiones enormes, tractores y transportadores de contenedores. Se bajan. El más jovencito les habla de nuevo mientras entran a un almacén gigantesco lleno de millones de cajas marrones, almacenajes de metal y contenedores de vidrio.

—Aquí es donde todos los proveedores traen sus cargamentos para exportar. Es decir, en la central de abastos, en la Viga, es donde se centraliza toda la pesca de México. Y luego, aquí, al aeropuerto, solo llegan los cargamentos de legal procedencia.

—Es decir, todas las aletas que se demuestra que han sido pescadas de manera legal, que se han traído a puerto con el cuerpo correspondiente.

—Exactamente, señorita. Cada tiburón tiene cinco tipos de aletas: dos dorsales, dos pectorales, dos pélvicas, dos anales y una caudal. Nueve en total. La primera dorsal es la más valiosa de todas ya que es la de la película de *Tiburón*. Si quieren les muestro una de buena calidad. Ándale. Síganme por aquí.

Los agentes de aduana abren las cajas de cartón que hay en una de las estanterías. Unos cuatro o cinco agentes se han acercado a las chicas y saludan a Ramón con respeto y educación llamándole siempre don y tratándole de usted. Los agentes de aduana son los que hacen la revisión de cargamentos. Se les llama también agentes de la Profepa (Procuraduría Federal de Protección del Ambiente). Son ellos los que avisan a los federales por las exportaciones ilegales o sin documentación en regla, es decir, la pesca ilícita que consiste en esta serie de actividades ilegales: captura sin permiso, fuera de temporada, caza de especies prohibidas, utilizar artes de pesca proscritas o no declarar o dar información falsa sobre los volúmenes y las especies capturadas. Quien hace la revisión de productos de pesca en la Viga y en el aeropuerto es la CONAPESCA con la ayuda de Profepa.

—¿Podemos ayudarle en algo don Ramón?

—Vamos a enseñarles a estas chiquillas cómo funciona la exportación en el país. Están haciendo un trabajo para la universidad.

Al abrir la primera caja sacan una bolsa de tela blanca donde hay muchísimas aletas de un tamaño minúsculo. Parecen de tiburón bebé. No son más grandes que la palma de una mano. Angie no puede reprimirse y pregunta agitada si no hay un tamaño mínimo permitido en la industria que proteja a las crías de tiburón. Las aletas son demasiado pequeñas para que sean de tiburones en edad adulta para reproducirse. ¿Cómo van a repoblarse las especies si las crías mueren? Los federales no contestan. Ramón miente diciéndoles que esas aletas pequeñas son de un tiburón chiquito de las costas que se llama tiburón gato. Nada tiene mucho sentido, y las chicas disimulan haciéndose las idiotas, aunque es evidente la falta de organización que hay en aquel almacén con olor putrefacto.

—En estas cajas, por ejemplo, encontraréis aletas secas de alta calidad.

—Ah, ¿hay diferentes calidades?

—Claro, güey, las aletas de mejor calidad son las que vienen secas en perfecto estado, sin carne, bien cortadas, sin perforaciones, ni deformadas. Sin olor. Normalmente las más valiosas son grandes y bonitas y están cortadas al ras del cuerpo para que no pierdan la forma. En estas cajas se suelen transportar unos seiscientos kilos de aletas. Y una gran parte son de mala calidad: son estas de aquí que como veis están arrugadas, huelen mal, tienen parásitos e incluso gusanos. Están húmedas.

El federal jovencito las acompaña a otra sala donde tiene guardadas aletas de mala calidad. Lo que en la Viga y en el aeropuerto llaman «de tercera calidad». Antes de entrar en la sala les ofrece una mascarilla y les dice que se laven las manos con gel hidroalcohólico. Les recomienda también que se apliquen un poco en las fosas nasales. Ambas le hacen caso. Ya huele bastante fuerte fuera. Entran. El olor penetra de golpe hasta el cerebro. Hay unas mesas grandes que a Clara le recuerdan a las del laboratorio de la película de *Parque Jurásico* donde estudian a los dinosaurios. Allí hay miles de aletas dispuestas. Algunas tienen herramientas de medición al lado. El lugar parece abandonado. Nadie está trabajando en ese momento. Es como si nadie trabajase allí nunca. Encima de las mesas hay unos folios encuadernados. Uno de los nuevos agentes les explica que cada país intenta hacer un catálogo de aletas secas para que las autoridades tengan una guía con detalles de cómo identificar las especies que necesitan documentos de exportación. Pero la realidad es que una vez llegan las aletas cortadas al aeropuerto es casi imposible distinguir de qué especie son. A no ser que sean algunas muy predecibles, como las del martillo común que tienen la punta negra en la parte ventral de las pectorales.

Clara y Angie están más de una hora con los agentes abriendo cajas y examinando aletas. La realidad es que nadie tiene ni idea de nada y a nadie parece importarle un pepino la procedencia de esas aletas. Es más, se nota que nadie quiere abrir las cajas y que se hacen turnos para ver a quién le toca el mal trago de acompañar a la inspectora de turno al conteo. Uno de los agentes más jóvenes les dice:

—La neta, ya están muertos los pobres marrajos, qué más da de dónde vengan las aletas. Retener estas cajas aquí solamente nos sirve para acumular más olor a podrido. Cada vez que llega un cargamento, estamos todos deseando que se vaya.

Pasan un buen rato abriendo y cerrando cajas. Ven aletas de miles de tipos y pueden identificar algunas de las especies con las que Clara ha tenido la suerte de nadar en los anteriores días. Es triste saber que se comercializa así con trozos de animales. Hay algunas especies que están en peligro crítico de extinción. Casi incluso más llamativo que el rinoceronte blanco.

Las chicas se retiran al lavabo. ¡Hasta los baños de esos almacenes tienen un aspecto desolador!

—Total, que es completamente imposible paralizar esto —comenta Angie algo apenada.

—Me fascina que haya este absoluto descontrol. Es que literalmente no hay nada que hacer por esos pequeños tiburones. Y a toda esta gente le importan una verdadera mierda las aletas y de dónde llegan.

—Además, para comprender esto, mínimo tienes que haber estudiado algo de biología marina. Dime tú el tonto de Ramón que no sabe sumar dos más dos cómo va a saber diferenciar las mil ochocientas especies de tiburones. —Angie imita al federal fingiendo que tiene barriga y a las dos se les escapa una carcajada.

—No he visto una cosa igual en mi vida. Eso sí, ochocientos agentes y ni uno da el callo, tía. Todo el mundo ahí charlando. No me extraña que los narcos hayan escogido este país.

—Pues nada. ¿Cuánto te costó el AirTag que pusiste en la furgoneta a tu hermana?

—Ciento veintinueve euros.

—Pues ciento veintinueve euros menos en tu cuenta y nuestra primera operación del FBI fallecida.

—Fallida, Angie, se dice fallida —les entra otro ataque de risa.

La cadena del váter interrumpe las carcajadas de golpe. Ambas se miran con los ojos abiertos como platos y se quedan en silencio mirando hacia la puerta del baño que va a abrirse. ¿Quién narices está ahí dentro escuchando todo lo que dicen? ¿Ha escuchado lo del AirTag? ¿Será Ramón? Están en el baño de mujeres. No puede ser.

A los pocos segundos se abre la puerta y aparece una mujer regordeta. Seria. Joven. Bajita. Las mira fijamente y les pide que se aparten para utilizar el lavabo. Angie entra al baño, y Clara se queda fuera, mirándose al espejo al lado de la joven. Lleva un uniforme del aeropuerto, pero no es como el de los federales. Sus pantalones son verde oscuro y su camisa blanca no tiene mangas. Clara se fija en todos los tatuajes que lleva en la piel. Una tortuga marina, unos peces, algún tribal antiguo decolorado por el sol. En la placa de su uniforme pone Indira de la Torre. Un pálpito en el corazón de Clara hace que clave su mirada en ella durante un rato. Siente que tiene que hablar con esa mujer, que tiene algo que ver con esa mujer. ¿Y si sabe algo? En realidad, todo esto es ficticio, como una telenovela. Ya no es hora de hacer más tonterías. Está cansada y solamente desea volver a Cabo y estar de nuevo cerca de su hermano.

—Clara, ¿me pasas papel higiénico?

Angie interrumpe sus pensamientos. Le pasa el rollo por debajo de la puerta y la joven uniformada sale del baño.

41

Hoy he decidido comprar el desayuno y venir a pasar la mañana con Miguel. Papá me acompaña. Hemos traído tres cruasanes, porque somos tres y aunque Miguel no vaya a comer nada, yo no quería comprar solo dos. Papá me ha mirado con pena y no ha rechistado cuando he insistido en que pusieran tres. Creo que definitivamente se me está yendo la olla como bien predecían mis tías. Pero es que me da igual. Me apetece tomarme un cruasán con Miguel. Estoy nerviosa. Llevo varios días así y no se me pasa. Desde que volvimos de Ciudad de México me encuentro extraña, inquieta. Aunque hay días que quiero permanecer en la Baja, hoy es de los días que me apetece largarme de aquí. Pero creo que tengo que llegar hasta el final con esto de los tiburones. ¿Quién ha intentado asesinar a mi hermano y por qué?

Tengo muchas ganas de llamar a Julieta y charlar con ella de todo esto. Llevo días pensando en mandarle un mensaje para quedar. ¿Estará en uno de sus retiros espirituales en medio de las montañas de Perú? Lo cierto es que me encantaría saber qué es lo que opina de todo esto de la Viga y si deberíamos dejarlo estar. Por otro lado, pienso en Dan; otra vez debe de estar enfadado conmigo porque no ha dado muchas señales desde que le conté lo que habíamos descubierto Angie y yo en la Viga. Tampoco teníamos mucha información, pero le expliqué la logística y le conté que, a la vuelta en el avión, Angie rebuscó en internet y encontró cómo se llamaba el cartel de narcos que dominaba toda esta actividad de los tiburones. La Mano con Ojos. La verdad es que no podía sonar más a documental de Pablo Escobar. Leímos un par de artículos sobre esta mafia y sacamos conclusiones sin fundamento simplemente para justificar nuestro viaje. A Dan no le hizo ninguna gracia el asunto. Empezó a cuestionarme mil cosas en una llamada horrorosa en la que elevó la voz y me habló un poco como si fuera idiota. Le tenía que haber colgado. No lo hice. Me siento idiota por no haberlo hecho y, a la vez, si hubiera sido así y se hubiera enfadado, no descubriría nunca la verdad sobre mi hermano. Siento que lo necesito, que dependo de él. Es un sentimiento absurdo, porque no lo necesito para nada. Pero no sé, tengo ganas de que me escriba. De volver a estar bien con él.

Al entrar en la habitación 202 me derrumbo de nuevo. Ya no me asusto cuando lo hago, sino que he aprendido a controlar mis palpitaciones. Acerco la silla a la camilla y observo una vez más todas esas pantallas llenas de luces, números y constantes vitales que ni entiendo ni quiero entender. Acaricio su mano y repaso todos sus tatuajes. Las tortugas, las mantas, las ballenas…

«Ojalá pudiera contarte todo lo que he visto estos días con Dan. Y lo increíble que me parece todo por lo que has luchado. En el aeropuerto vi miles de aletas de tiburones: secas, frescas, podridas. De buena y de mala calidad. No me puedo creer lo que les estamos haciendo a nuestros mares. Perdóname, Miguel, por no haberte escuchado antes con más atención. Perdóname, Miguel, por no haber luchado por tus causas. Era pequeña… Yo… no sé… Perdón. Me siento mal. Despiértate, por favor, porque ya no puedo más. Cada día me pesa más esto. No puedo. De verdad que no puedo».

No me he dado cuenta, pero me he echado a llorar y papá se ha levantado del sofá y se ha acercado a mí. Noto su mano en el hombro y que me acaricia la espalda. Su presencia me calma, pero no puedo evitar romper a llorar más fuerte. Beso la mano de mi hermano. «Por favor, despiértate. Te lo pido por favor, despiértate». Hablo en silencio. Escucho la respiración de papá acelerada en mi espalda y siento que él está llorando también. Me giro y lo abrazo. Nos abrazamos. Y lloramos. Qué escena más triste. Casi más triste que cuando te fuiste, mamá. Estamos intentando mantener la esperanza, pero lo cierto es que el estado de Miguel no avanza y que cada día más en coma es un día más en el que sus músculos se debilitan. Ya nos lo han advertido los médicos. La rehabilitación será difícil y cuanto más tiempo pase, peor. No sé cuántos minutos pasan mientras estoy abrazada a papá. Me siento en calma entre sus brazos. Su olor es familiar. Me da sensación de hogar y, aunque no sea muy cariñoso, creo que él también necesitaba ese abrazo.

Escucho otro sonido familiar. Son unas pisadas. Con tacones. Son las pisadas de Ampi. Solo ella camina así. Miro por encima de los hombros de mi padre a la puerta de la habitación y una ráfaga de perfume número cinco de Chanel me invade por la puerta. La veo entrar. Guapa, impecablemente vestida. Esa belleza tan cuidada de siempre.

—¡Ampi! —grito.

Pero esta vez grito de verdad y me abalanzo a sus brazos. Ampi suelta el bolso en el suelo y me abraza. Debería haber una medicina que tuviera de ingredientes lo que sea que genera nuestro cuerpo cuando te dan un abrazo de los buenos, porque son realmente sanadores.

—Mi Clara, mi niña. ¿En qué líos te andas metiendo? A ver, cuéntame.

Se ríe. Me acaricia la cara. Y finge que me da un azote. Después abraza a papá.

—Papuchi —le dice antes de caer a sus brazos. Y veo cómo él respira un poco diferente con la llegada de mi hermana. Me parece normal. Yo soy un absoluto desastre y estoy segura de que va a cuidarlo mucho mejor. Después de saludarnos a los dos, se acerca despacito a Miguel.

—Joder —dice bajito con la voz algo quebrada.

Y me sorprende mucho de Ampi porque jamás tiene malas palabras para nadie. Nunca usa palabrotas; es más, le pone bastante nerviosa que la gente las utilice.

—¡Vamos no me jodas, Miguel! —susurra.

Y, aunque disimula, aunque intenta no romperse en mil pedazos, sus ojos la delatan. Brillan más que nunca y sueltan una lágrima cuando se acerca para darle un beso en la mejilla.

—Te vas a despertar. Por mis cojones te vas a despertar. Te lo digo. Ya hemos tenido suficiente.

Lo besa y lo acaricia. Pienso que mi hermana por fin va a desvanecerse. Como todos. Es normal. Nuestra situación es una verdadera mierda y es imposible mantenerse a flote siempre. Aunque nos levantamos los unos a las otros. Le besa en las manos. Le coloca la sábana y el pelo detrás de la oreja. Se levanta y se coloca el pelo. Una vez más, su fortaleza me sorprende. No dice nada, y nosotros no sabemos muy bien qué decirle. Papá la mira inquieto, como esperando a que coja las riendas de la conversación.

—Entonces ¿qué dicen del traslado? ¿Con qué médico tengo que hablar para que nos lleven a casa?

Amparo ha traído papeles del hospital Beata María Ana en Madrid. Es el mejor centro de neurología crónica. Papá estaba intentando trasladar a Miguel al Clínico San Carlos, pero, al parecer, Ampi ha investigado que el Beata tiene los mejores médicos especializados en neurología. Además, un paciente de su despacho es el hijo del director del hospital y les ha acelerado todo el proceso asegurándole que allí, en Madrid, despertará. El seguro cubrirá todos los gastos. Me alivia pensar que Amparo por fin ha entrado en escena. Nos da seguridad. Parece que con ella aquí, Miguel despertará mañana. Y todo esto del hospital se acabará.

—Venga, vámonos a casa. He ido y no tenéis ni un mísero yogur en la nevera. ¿Cómo habéis sobrevivido todas estas semanas así?

Amparo es fría. No sé si lo hace más bien como huida. No ha querido quedarse más de veinte minutos allí. Nos lleva al supermercado y yo la agarro del brazo en las escaleras mecánicas. Cuando está Ampi, no me siento como la mujer fuerte que en realidad creo que soy. Me siento pequeñita y solo tengo ganas de escucharla y que me cuide. La he echado muchísimo de menos. La observo. Va maquillada como siempre y a su conjunto de ropa no le falta detalle. Los pendientes de aros dorados hacen juego con sus pulseras. Lleva un anillo enorme que heredó de la abuela con un pedrusco de esos que valen muchísimo dinero y que nunca he entendido por qué causan tanta emoción. Su *blazer* tiene hombreras y lleva uno de los bolsos caros de Loewe que se autorregala todas las Navidades. Mamá la regañaba por gastar esas cantidades absurdas de dinero en complementos, y ella siempre respondía dicharachera: «Me lo merezco, para eso trabajo tanto». No puedo evitarlo y le doy otro abrazo. Me responde cariñosa.

—Quita anda, que me aplastas.

Y me devuelve el abrazo. Estoy tan feliz de que esté aquí. Hacemos la compra. Amparo compra miles de cosas. Rollos de papel de cocina, detergente para la lavadora.

—Con qué narices habéis lavado la ropa.

Papá y yo nos miramos y sonreímos. La hemos dejado siempre en unas lavadoras industriales de al lado de la recepción de los apartamentos Sunrock. Me gusta estar aquí con mi familia. Los quiero. Los he echado mucho de menos. Llegamos a casa, y Amparo ordena la nevera mientras me habla de los pequeños. Daniela ha sacado muy buenas notas en el colegio. Álex sí que se está portando un poco mal. Adolfo la está ayudando un montón, como era de esperar. No lo dudábamos. Es el hombre perfecto. Yo le hablo de mi nueva obsesión por el mar. Le enseño mi cuenta de Instagram. Ya tengo casi veinte mil seguidores. En estos últimos días he reemplazado las fotos de fiesta con mis amigas por fotos de miles de especies marinas. Le muestro con ilusión las ballenas jorobadas saltando. Los bancos de mobulas. Le hablo de los tiburones y de todas las salidas que he hecho con Dan. Le explico lo de la playa de los Frailes. Los miles de martillos que he visto muertos. Más especies desangradas que vivas. Ella me escucha con atención. No dice mucho; se queda pensativa. Y cuando Ampi está pensativa es casi más malo que bueno. Yo no puedo dejar de hablar de todo lo que he descubierto. Le cuento lo de que las cremas de Kiehl's están hechas con escualeno. Se ríe. Ella tiene millones de cremas. Bromeo y le digo que seguro que tiene tiburones en la cara. Nos reímos. Me siento a salvo. Me siento en casa. Angie ha venido a nuestro apartamento y ahora estamos haciendo bromas. Papá se ha sentado en el sofá y se ha abierto una cervecita. Las ventanas están abiertas y se ve el mar de fondo con el arco rocoso de San Lucas. Quiero que se pare el tiempo y que nos quedemos con esta sensación leve de paz para siempre.

Angie llama a la puerta de casa con una botella de vino. Cuando se acomoda en el sofá, nos explica divertida las clases de interpretación que está llevando a cabo. Vuelve a interpretarnos el papel de mujer despechada latina y nos morimos de la risa. Papá le pregunta a Ampi por Adolfo. Es evidente que le encantaría que volviesen. En casa lo adoramos, y papá siempre ha tenido una relación bonita con él.

—Papá, ya te he explicado que a mí me gustan los hombres que me den ganas de ser más lista de lo que soy. Desgraciadamente escasean. Creo que han publicado un estudio y que están en peligro de extinción.

—No vas a encontrar a nadie mejor que él y lo sabes.

—En realidad, tienes razón. Lo sé.

El ambiente es alegre por primera vez en ese salón de muebles apagados. Nos anima la llegada de Ampi y parece que, si todo sale bien, en una semana ya habrán trasladado a Madrid a Miguel. Abrimos unas cervezas fresquitas y un aperitivo de fuet, quesos y jamón ibérico que ha traído mi hermana en la maleta. Esos sabores de siempre me dan sensación de casa y me doy cuenta de lo mucho que los necesitaba. Hablamos del verano, de Galicia y Ampi nos cotillea cómo ha perdido la cabeza Roberto, un chico del pueblo.

Noto a Angie distraída con el teléfono. Se muerde las uñas. No sé muy bien qué está tramando. Mi hermana me pregunta delante de papá que si me he enamorado de Dan Taylor. Papá le devuelve la mirada cómplice y mira hacia otro sitio.

—No me he enamorado de nadie imbécil.

Angie se sienta a mi lado y me da su iPhone con una conversación de Instagram abierta mientras se burla de nosotras.

—¿Por qué en esta familia os cuesta tanto reconocer que tú estás enamorada de Adolfo y tú de Dan?

Leo la conversación. Indira de la Torre. Ese nombre me suena. ¿De qué es? Amplío la foto y veo que es la guardia federal con la que nos cruzamos en el lavabo del aeropuerto. ¡Está en Cabo y quiere quedar para hablar con Angie! ¿Nos hemos vuelto locas o qué? Suelto el móvil y le hago un gesto a mi amiga señalando con la cabeza a Ampi. Si se entera de lo de Ciudad de México, puede que me corte la cabeza. Después, me meto en las fotos de la federal. Parece mucho más joven cuando va vestida de calle sin el uniforme. Tiene algunas haciendo deportes de agua, como kayak, *wake* y submarinismo. En traje de baño se aprecia la cantidad de tatuajes que tiene por todo el cuerpo. Incluso dos tiburones martillo que forman un círculo alrededor de su ombligo. Me parece una locura todo esto. Pero creo que nos puede ayudar. Le devuelvo el móvil a mi amiga y pienso si debemos seguir con esto. Quizá es una tontería y no nos va a llevar a nada. Quizá Miguel se despierta, se salva y esto no sirve más que para gastar el tiempo y el dinero. Parece absurdo. Continúo escuchando la conversación de mi familia. Quiero ver a Dan. ¿Se volverá a enfadar cuando le cuente esto? ¿Le parecerá bien? ¿Le interesará? Otra vez las mismas dudas de siempre. Encima siento que le echo de menos. Es superextraño. No soporto lo que estoy sintiendo. Me da rabia cómo actúa mi corazón a veces. Cojo el móvil y me sorprende un mensaje de Julieta, como si esa señora medio bruja se hubiera metido en mis pensamientos. «Sigue a tu corazón, Clara. Las señales están ahí para algo. Si la vida te está poniendo personas interesantes en tu camino, es para que te brindes la oportunidad de conocerlas. No cierres los ojos ante el mundo, ante ninguna oportunidad. Mantente viva y muy despierta. Estás en un momento crucial en la búsqueda de la verdad. Las casualidades no existen, y el que busca con ansias de saber, desde el amor, encuentra las verdades absolutas».

42

—No me puedo creer que te hayas estado mandando mensajes con aquella federal.

—A ver, déjame que te cuente bien. El otro día al volver de Ciudad de México no podía dormir bien. Ya sabes, Kiki cocinándose sopas asquerosas a las tantas de la mañana, y yo sin saber qué narices hacer con el olor a bistec…

Divertida como siempre con las peleas con la rusa, Angie le cuenta a Clara que con insomnio y aburrida de consultar cuentas de tiktokeras y artículos de La Mano con Ojos, el cartel de narcos, se acordó del nombre de la señora del baño. También lo leyó en la placa. Indira de la Torre. Lo buscó en Google e instantáneamente le apareció el perfil en Instagram de la chica: @idelatorre.

—Así, tal cual. ¿Tan fácil?

—La verdad es que no me puede parecer más sencillo hoy en día encontrar a alguien y saber todo de su vida.

—Desde luego.

—El caso es que me metí en internet y descubrí que trabaja en la CONAPESCA. Vamos, los que se encargan de que se cumplan las regulaciones y las leyes de pesca del país. Las siglas significan algo como Comisión Nacional de Acuacultura o yo qué sé. Lo que te quiero decir es que era inspectora. ¡Esa mujer era inspectora!

—Sí, bueno. ¿Y qué?

—Pues, joe, que se me ocurrió que quizá ella nos pueda dar algo más de información de cómo funcionan las cosas allí. Al final, el otro día, como estabas desanimada, pues no nos enteramos de nada. Le escribí y me inventé que era bióloga marina, que estaba haciendo un trabajo sobre los catálogos de aletas que tenía México para ver si podía ayudarles a mejorarlos con la identificación.

—Pero ¿cómo tienes tanta imaginación?

—El caso es que coló. Majísima, me dijo que encantada de ayudarme y que resulta que es de La Paz. ¿Tú no querías conocer La Paz?

—Yo lo que quiero es trasladar a Miguel a casa y largarnos.

—Bueno, un día quieres eso y al siguiente, lo otro. Voy a optar por no hacerte mucho caso.

—En serio, ahora mismo quiero que se recupere y que estemos en Madrid mañana.

—Ya, bueno, sí. Y yo quiero que me den un papel como actriz para la próxima película de Brad Pitt y se enamore locamente de mí. Pero, hija mía, no se puede tener todo. Por ahora, seamos realistas. Venga, intenta animarte. Vamos a entretenernos con algo diferente. Seguro que nos da información buena. Y quién sabe. A algún sitio nos llevará todo esto. Te lo prometo, confía en mí.

Dan va a buscarlas en su 4x4. Las ha invitado una vez más a un *tour* en busca de vida marina desde La Ventana. Se tardan unas dos horas conduciendo desde San José hasta allí, y el safari comienza a las siete de la mañana. Para no tener que salir de madrugada, han decidido llegar de noche y acampar en la playa. Van amigos de Dan también. Ampi las animó a marcharse. Quería pasar tiempo con su padre y, sobre todo, quería acelerar el traslado del hospital. Ya estaba bien de perder el tiempo. Ampi estaba irritada. La paciencia había llegado al límite de toda la familia y estaban en un punto del duelo irritable y lleno de confusión.

Ya en la carretera y con los desiertos de fondo, Angie le cuenta a Dan más detalles de lo que pasó en Ciudad de México. Clara se inquieta al ver que su amiga saca el tema con normalidad sin saber las reacciones tan extrañas que tiene con ella últimamente. El joven actúa de lo más natural, como si no hubiera pasado nada, como si no le hubiera colgado el teléfono el otro día. A Clara le parece marciano que ahora actúe tan encantador. Como si nada. Es más, aunque les dice que piensa que están locas de remate, escucha con mucha atención la historia. Incluso aporta nueva información sobre la CONAPESCA mientras bromea con que si son o no agentes del FBI.

—La próxima vez, veo que se van a Mazatlán (Sinaloa). Hasta la fecha la CONAPESCA es uno de los pocos órganos federales cuya sede no está ubicada en Ciudad de México. Ya las veo que se van con sus AirTags y sus chingadas hasta allí.

Clara está totalmente sorprendida con la actitud simpática de Dan. Hace bromas, se ríe con Angie. Se muestra encantador y divertido. No puede creerse los cambios de humor. Le alivia un poco que esté reaccionando así, pero por otro lado es absurdo lo enfadado que parecía el otro día. Mira por la ventana y se queda un poco ausente, perdida entre los campos de cactus. Dan no deja de mirarla de reojo en ningún momento. Hoy está realmente guapa. Va vestida con unos vaqueros desgastados y una sudadera morada enorme. Su estilo es desenfadado y casual, pero mi niña no necesita florituras para resaltar esa belleza exótica y perfecta. Angie lleva mucho más maquillaje. Sus rizos rubios perfectamente colocados y unos labios rojos que ha combinado con un look totalmente negro. También llama la atención. Es una pareja de amigas muy bonita y siempre destacan. Zipi y Zape las llamaban en el colegio. La rubia alocada y la morena cuerda, aunque a veces también dispuesta a hacer cualquier tontuna. En casa Angie era como una hija más. La acogimos instantáneamente tras la tragedia de sus padres. Fue un poco la figura joven que reemplazó a Miguel cuando este empezó con los viajes y las expediciones.

El sol baja por la carretera, y Dan sigue sin poder dejar de mirarla. La observa a través del espejo retrovisor del coche. La noche ha dado paso a una gran luna menguante y se está reflejando de una manera leve en los cactus y las dunas de arena que rodean el camino. Llegan a la playa cuando todavía hay algo de luz del atardecer. Dan saluda a sus compañeros. «Qué onda», «Cómo andan», «Qué pedo, Dan», «Qué novedades traes»... Angie aprieta el brazo a su amiga al darse cuenta de que uno de los muchachos es el surfero guapo con el que coincidieron el otro día en otra de las pangas. ¡Kevin! ¡Es Kevin! ¡Es Kevin! Extienden los sacos de dormir y acomodan las dos tiendas de campaña que han traído para pasar la noche.

—Recuerda, si por lo que sea te enrollas con Dan, dormimos los tres juntos. Yo no duermo sola ni de coña.

—Angie, no voy a enrollarme con Dan.

—Yo sé lo que me digo. Yo hoy no duermo sola. Recuerda.

—Es que a lo mejor eres tú la que duermes con Ke...

Las mismas bromas de siempre. La delicia de los veinte años. Quién pudiera revivir esa época. Los jóvenes encienden una fogata y preparan unos aperitivos con cervezas, nachos, guacamole y frijoles. Clara recuerda que la última vez que pasó la noche escuchando el mar en la arena fue en la ceremonia de la ayahuasca. Le viene a la cabeza la ballena de estrellas saltando en una explosión de luces, y el vello de su cuerpo se eriza mientras la invade un gran escalofrío.

La velada continúa leve. El ambiente es agradable; los jóvenes, muy simpáticos. La mayoría han estudiado Biología Marina y hablan sobre las migraciones de las especies y todas esas cosas que Clara ya conoce bien. Y es que una cosa está clara, la gente del mar solo habla del mar. Y ella echa de menos una buena conversación con su hermano Miguel. En ese pequeño Cabo, de lo único que se habla es de las criaturas del océano. Y la guerra de egos está latente en cada expedición que hacen.

—Muy pronto estarás atrapada tú también en todo esto y compararás tus encuentros con las orcas con los de tus compas, ya lo vas a ver —le dice Dan, con esa mirada cansada que arrastra por el suelo desde hace días.

Se nota que el hecho de que Miguel no despierte también lo está apagando a él. El paso del tiempo y la desolación están haciendo mella en todos. Quizá por eso actúa de manera tan cambiante. Mi niña hace un esfuerzo por intentar entenderlo. Aunque algo en el fondo de su corazón le dice que tiene que alejarse de él, que intente no enamorarse. La intuición habla. Qué raro que fuera tan amigo de Miguel. Era mucho más sencillo, más básico y natural. Cierra los ojos y se traslada de pronto a ese último invierno junto a su hermano, cuando todo era fácil y no había dificultades. Se bebe otras dos cervezas de golpe y da una calada a un cigarro que seguramente lleva más ingredientes que tabaco. El paso del humo y el olor a marihuana la hacen sentirse por un momento más viva. Todos con calores en el cuerpo y afectados por unos chocohongos deciden bañarse en la playa. Angie coge de la mano a su amiga y corren hacia la orilla. Caen de cabeza en el *splash* de una pequeña ola. Gritan. Ríen. Cuando salen del agua, ponen la música a todo volumen en los altavoces de los coches. Bailan como si fueran felices por un momento, como cuando unos meses atrás se dejó arrastrar a la pista por su hermano y bailó como una loca, haciendo el tonto de manera divertida, dando saltos de alegría y afectada tanto por el alcohol como por la adrenalina de compartir todo eso con la persona que más quería.

Angie desaparece por el campo de cactus con el amigo surfero, y Clara cae rendida en el saco de dormir. Dan entra sigiloso en la tienda y le pide suavemente si puede dormir a su lado. Sus intenciones son buenas, pero se nota que se muere por estar con ella, dormir con ella y besarla.

Mi niña balbucea un sí inconexo, y él se coloca con delicadeza y distancia en el saco de dormir de al lado. Clara ya casi inconsciente se arrima a él y lo abraza por la derecha situando la cabeza en el pecho fuerte y perfecto de Dan. Entrelazan los brazos y se quedan dormidos disfrutando únicamente de estar juntos, del ruido de las olas y la luz de las estrellas. Clara siente por un momento lo que significa la palabra alegría. La felicidad de volver a sentir amor. De sentir paz. Felicidad. Como cuando era más pequeña y creía que la vida iba a cumplir todas sus promesas y todo daba igual porque parecía poderse controlar.

43

La lancha da un salto por encima de una pequeña ola y cruzamos a toda prisa por un mar en calma que parece una sábana.

—Reporte de orcas, reporte de orcas —grita alocado nuestro capitán Armando, y la emoción se contagia al instante.

Nos hemos despertado esa mañana con miles de llamadas perdidas. Al parecer, varios pescadores habían dado alerta de que había una familia de orcas grande, de unas veinte o treinta, que andaban cazando mobulas cerca de La Reina, un islote pequeño situado al lado de isla de Cerralvo, donde teníamos planeado pasar el día. Dan está histérico. Nos ha hecho correr a todos como locos y ahora está preparando la cámara de fotos enorme contra el viento. Angie está sentada al lado de Kevin y entrelazan las manos confirmando lo que todos ya sabemos, que han tenido un esperado encuentro esa noche.

Llegamos a la zona donde nos han informado del reporte, y ya hay otras dos pangas en el lugar.

—Qué onda, Armando. Están aquí. Es una locura. Están devorándose a las mobulas. Enseguida subirá la mancha.

Nos preparamos. Nunca se me olvidarán los nervios y la adrenalina que se siente justo antes de tener un encuentro así. El corazón latiendo a cien mil por hora. La manera torpe en la que todo el mundo se prepara en la barca. El brillo de los ojos de los capitanes que, aunque hayan visto cosas parecidas mil y una veces, siguen emocionándose de esa manera tan sana, tan bonita, tan real, que solo te provoca el mar.

—Vale, creo que me voy a cagar encima del miedo que tengo.

Angie se sienta a mi lado y las dos nos reímos. Me entra la risa, porque tiene los rizos mal colocados por la máscara. Se los coloco como puedo. Yo también estoy muy nerviosa. Las aletas de las orcas han empezado a salir a la superficie y están capitaneando a una mancha de mobulas enorme que se mueve repentinamente. De izquierda a derecha, sin rumbo, sin saber adónde ir.

—Las están acorralando, no manchen, qué inteligentes son las mamonas —grita eufórico otro capi de la panga de al lado.

—Me cago. Te lo digo en serio. Me cago. Tírate de mi mano, te lo pido por favor.

Miro a Angie y, de los nervios y el tembleque que tengo, no puedo evitar reírme sin parar. Está muy graciosa con unas aletas pequeñas azules y viejas y una máscara transparente que tiene totalmente empañada. Tiene los ojos abiertos como platos a través del reflejo y me pregunto si verá algo.

—Pero ¿ves algo?

—Cállate, que me da igual.

Al ver su cara de pánico no puedo evitar reírme de nuevo.

—Ahora, aviéntense —grita Armando.

Y entonces cojo la mano de mi amiga y salto. Salto con el corazón en la boca y siento el frío del agua en el cuerpo mientras nado absolutamente extasiada detrás de Dan. Angie me aprieta la mano tan fuerte que me duele y justo cuando voy a sacar la cabeza del agua para preguntar qué narices estamos haciendo, aparecen. Aparecen tres orcas enormes debajo de nosotros, y una de ellas sube muy cerca para analizarnos. Angie grita, y yo con ella. Y entonces, en cuestión de segundos, aparece una bola de mantas que huye rápidamente de la manada de orcas. Todo ocurre muy deprisa y con el éxtasis del momento casi no soy consciente de lo que pasa. Las orcas acorralan el banco de mobulas y entran decididas, una a una, por turnos y cazándolas poco a poco.

—Lleva una en la boca. Lleva una en la boca. —Escucho a Dan histérico.

Siento miedo, el ambiente en el agua es muy tenso, pero los animales gigantes no parecen interesarse por nosotros en absoluto. Pasa una orca enorme con una cría y vemos cómo la pequeña sigue y repite los movimientos de su madre. Esta se nos acerca, nos observa y delante de nuestra cara pega un coletazo a una manta que sale disparada hacia el cielo. Al caer al agua se queda inmóvil del golpe. Cae torpemente delante de la cría. Esta entonces abre la boca y la caza. Angie tiene las uñas clavadas en mi muñeca, y yo estoy tan nerviosa, tan extasiada, que no sé si lo que estoy viendo es real. Es el espectáculo de la naturaleza más *heavy* y más salvaje que mis ojos han visto jamás. Al cabo de unos minutos las orcas desaparecen y nosotros subimos al barco. Los gritos superan cualquier película de ficción jamás contada. «No mames», «Qué *heavy*», «Me muero» , «Qué locura». Saltamos de alegría en esa panga. Nos abrazamos con el capi entre nosotros. Celebramos con emoción el encuentro incluso con el barco de enfrente, que está lleno de desconocidos. «Ha sido brutal, carnal. Menuda locura de día. Yiha». El mar une. El mar es fiesta. Es calma. Es brutalidad.

Antes de haber podido recuperar el aliento las orcas vuelven a resoplar a unos cien metros de nuestra panga, y entonces el capitán arranca a toda prisa.

—¡Aviéntense!

Saltamos. Saltamos de nuevo, una y otra vez, durante una de las mañanas más emocionantes de mi vida. El mar me devuelve a la vida de golpe, y me doy cuenta de que vivir es increíble, de que hay un mundo enorme y lleno de oportunidades para ser feliz ahí fuera. Las carcajadas nerviosas de Angie retumban en mi cabeza. Los ojos empañados de Dan. La sonrisa enorme, amplia, muy blanca de Armando. Las orcas blancas y negras, delicadas, preciosas, saltan por todas partes. Nadan debajo de nuestras pangas y les llaman la atención nuestros gritos. Estos momentos deberían ser imprescindibles en la vida de las personas. Y ya de vuelta, con el frío dentro del cuerpo, el tembleque por el viento y los ojos llenos de emoción, de esperanza, me acuerdo de ti, mamá. La felicidad me lleva directamente a ti y me acuerdo de tu risa en Venecia, tu risa en el agua congelada de la playa de La Lanzada, tu risa en Guadarrama... Tu risa en todas partes. Esas carcajadas contagiosas que hacían que las personas que ya te querían muchísimo te quisieran cada día un poco más.

Ya en el coche, en la carretera llegando a Cabo y con todos en silencio, miro a las nubes blancas que asoman por encima de un cielo naranja y rosado. Intuyo una forma de ballena. Angie ha quedado con Indira mañana. No sé si tiene mucho sentido todo esto. Miro al cielo, la forma de ballena es cada vez más nítida. Más blanca.

—Mirad, hay una ballena jorobada en el cielo —dice Angie, mirándome emocionada.

Siento un pálpito fuerte en mi cuerpo. Mañana iré también con Indira. Hemos respondido a sus mensajes sin tener ni idea de lo que nos espera.

44

Amparo se levanta temprano y prepara el café mientras repasa la bandeja de entrada de su correo. En su cabeza, aún adormilada, hace una lista de los quehaceres matutinos, contesta a sus becarios, les indica la tarea que tienen que desempeñar esa semana y después se mete en una conversación de WhatsApp con Adolfo. Le ha mandado vídeos de los niños. Ha hablado con el colegio esa semana y parece que no les pondrán problema para incorporarse a las clases el año que viene. Poco a poco, todo se recompone de nuevo. Su exmarido se ha comprometido a encargarse de todo en Galicia hasta el embarque de su próximo barco mercante que no será hasta finales de verano. «No me puedo creer todo lo que ha pasado y cómo se ha ido reinsertando Adolfo en mi vida. No sé qué hubiera hecho sin él». Se acerca a la ventana y respira el olor a café mientras observa de lejos el mar y ese cabo tan especial de San Lucas. Los cruceros enormes, los miles de barquitos chiquititos en la orilla. Los pájaros sobrevolando los cielos naranjas. Aún no han llegado los turistas, y el pueblo despierta a la vez que la luz del sol asoma por las montañas. «Espero no tener que volver nunca más aquí». Clara no ha dormido bien y se acerca a su hermana en pijama y con las legañas aún pegadas. Quiere contarle todo lo que ha vivido en estos meses. Las aletas, las ilegalidades, Dan. Pero no puede. No quiere preocuparla. Se le acerca despacito y se sienta en el sofá.

—¿Qué haces ya despierta?

—Tengo e-mails de trabajo por contestar. Prefiero no acumular y, la verdad, todavía tengo bastante *jet lag*. ¿Y tú?

—No puedo dormir más.

—¿Seguro que no tienes nada que contarme?

Clara niega y miente una vez más a su hermana. Ampi no es tonta y sabe lo que está tramando. Todos en la familia saben que el arpón de Miguel no fue un accidente. Está segura de que Clara está indagando en el asunto, pero no se imagina que haya ido hasta tan a fondo del asunto. No se imagina lo del AirTag, ni mucho menos lo Ciudad de México. Lo único que ella quiere es sacar a toda su familia de Cabo.

La mañana pasa tranquila. Hablan de muchas cosas, y Amparo le recuerda a Clara que pronto tendrá que volver a la universidad.

—Estoy segura de que vas a llegar a ser una buenísima periodista.

Clara le habla de Dan y de su último encuentro con las orcas. Ampi reconoce en la mirada risueña de su niña el mismo amor y pasión que sentía Miguel por el mar. Ella jamás ha sentido algo así por los océanos. La escucha con paciencia y le acaricia el pelo cuando se recuesta en su regazo. Una vez más, cuidando de los demás. Clara se queda dormida, y Ampi repasa los últimos e-mails hasta que también cierra los ojos plácidamente. Pedro las despierta a las diez y media, y los tres se dirigen al hospital. Amparo tiene una cita con el director de neurología a las tres de la tarde, y Clara les informa que ha quedado a comer con Angie; la recogerá de sus clases de interpretación e irán a ver a otra amiga.

Pasan la mañana juntos en el hospital. No hay mucha novedad en el estado de Miguel. Hablan con las enfermeras con la confianza que han cogido en todas estas semanas. Algunas ya dan esa sensación de amigas y se portan de manera increíble con la familia. Incluso con Amparo, y eso que de primeras suele causar una mala impresión. Parece una soberbia, aunque enseguida descubres que no lo es.

Clara entonces se despide de su familia y se reúne con su amiga en Tropical, la cafetería de colores y miles de especies de pájaros que tanto les gusta a las niñas.

—Tía, estoy nerviosa y no sé en serio qué narices vamos a decirle a esta mujer.

Angie llega excitada como siempre. Indira ha venido desde La Paz para resolver unos asuntos en Cabo y ha accedido a verlas allí. Mientras la esperan, le cuenta cosas de sus clases de interpretación. Le han concedido algunos castings para una obra de teatro y también le han pedido un porfolio de fotografías profesionales. Le ha pedido a Kevin que se las haga. Le habla de sus encuentros sexuales con el surfero y después pasa a la convivencia rocambolesca que está teniendo con la pobre rusa. «Le he tirado las sopas esas olorosas a la basura. Ya me da igual». Habla rápido, y Clara la escucha con atención porque es un jarro de agua fría siempre en cualquiera de sus desiertos. Piden dos burritos veganos con un par de zumos de colores. Para Clara un Pitango, con piña, mango y plátano, y para Angie un Tucán Mix.

—Te tenías que haber pedido el colibrí esmeralda.

—No me gustan las moras.

—Ya, pero qué bonito es el nombre. Colibrí esmeralda. Si algún día me convierto en pájaro, seguro que me convierto en ese.

—Bueno, Angie, venga va, qué le vamos a decir a esta chica. Vamos a prepararlo, aunque sea un poco.

Angie saca una agenda y bromea con Clara fingiendo que toma notas.

—No me digas que no tengo pinta de estudiante de Biología Marina. —En realidad, queda muy bien que tengan algo para tomar apuntes. Con todo lo de la hospitalización de Miguel en Madrid, Clara no ha traído absolutamente nada—. Tú no te preocupes, que ya lo he pensado yo todo. Le decimos que en nuestra facultad de Biología les hemos presentado un proyecto para mejorar los catálogos de aletas en México. Yo qué sé, tía, tampoco lo pensemos mucho. Es mejor fluir.

Clara una vez más se sorprende de la poca miga que el asunto tiene para Angie. Nada es importante. «Mejor no pensarlo mucho». Fluye. Las amigas planean un poco la conversación y después, mientras devoran los burritos de colores, hablan de algunos cotilleos de las de su clase. La prensa rosa española y, por supuesto, al poco tiempo, llegan al tema de Kevin y Dan.

—No entiendo por qué no reconoces que te gusta Dan. Pero qué más te da. Que soy yo, eh, que soy tu amiga, que me importa un pimiento que te guste o no te guste.

Pero Clara no confiesa. Quizá por miedo a que le hagan más daño. Quizá por protegerse. Quizá porque no quiere enamorarse del clásico guapo y tóxico de siempre. Recuerda las historias que le contaba Miguel. Las miles de chicas que enamoraba con sus amigos y cómo anteponían siempre cualquier cosa, incluso el trabajo, a nada que tuviera que ver con el amor. No quiere ser una más. Al menos, no ahora. Desea recuperarse. Quiere centrarse en otras cosas. No le apetece depender de nadie y al mismo tiempo, no para de pensar en él. Se muere por estar con él. Cada día su rato favorito es el que habla con él. Además, ahora lleva varios días sin sus cambios de humor repentinos. Está encantador. La trata fenomenal. Se preocupa por ella y la cuida. Clara se agarra a él como un náufrago a una boya y, contra todo pronóstico y sabiendo que no le conviene, está deseando volver a dormir con él.

—Mira, ahí viene. Creo que es ella.

A través de la cristalera de la cafetería divisan una figura. Es ella. No hay duda. Bajita, femenina, de unos treinta años pero mal pasados, con muchas arrugas en la piel provocadas por el sol. Esta vez no lleva el uniforme. Es Indira. Levantan la mano para indicarle que se acerque, y ella se sienta de golpe a la mesa. Angie balbucea algo del trabajo de la universidad y entonces la chica les habla clara, concisa y directa. Deja a las dos amigas sin habla. Lo cambia todo de un momento a otro.

—Mirad, chicas. Yo no estoy aquí para perder mi tiempo y estoy segura de que vosotras tampoco. Sé que no estáis haciendo un trabajo de nada y también sé, o al menos intuyo, que fuisteis vosotras las que colocasteis un AirTag en una de las furgonetas de tiburón de la playa de los Frailes hasta nuestra Viga. Lo detuvimos nosotros mismos, porque interceptamos la señal en uno de los almacenes. Pensábamos que era otra cosa y nos dimos un susto de muerte. México no es un país que se anda con tonterías. Así que, si queréis, me decís qué es lo que estabais buscando y veo si me interesa ayudaros con mis contactos de la CONAPESCA.

45

Ampi me llama, y el teléfono vibra pegándonos un susto que nos hace rebotar a las tres en la mesa. Estamos muy metidas en la conversación. Pongo el móvil bocabajo y no respondo. Indira nos cuenta todas las cosas ilegales que ve cada día en la Viga. Me cae bien. Tiene buenas intenciones. Debe de tener unos treinta años y parece algo alocada, como Angie. Es original de La Paz. De hecho, nos ha explicado que vive en una casa rosa fucsia muy cerca de la marina. Se llama casa Colibrí. Me gusta que les dé importancia a esos detalles tan tontos. Es muy nosotras, y noto que a Angie también le está cayendo bien. Me alegro porque reconozco que cuando, al principio de la conversación, nos ha entrado medio agresiva acusándonos de lo del AirTag, he temido que Angie se pusiera a la defensiva y acabara metiéndonos en uno de sus pollos. Gracias a Dios, las cosas han salido mejor de lo que parecían. De hecho, están saliendo mejor de lo que me hubiera imaginado jamás.

Indira trabaja en la CONAPESCA y está harta de ver la cantidad de cosas ilegales que los federales pasan por alto, tanto en la Viga como en el aeropuerto. Quiere ayudar. Nos escuchó en el baño hablando de lo del AirTag, y a ella ya le había llegado información de que habían intentado seguir a una de las camionetas llenas de pesca ilegal. Pero, claro, pensó que serían las autoridades americanas o alguien importante, no dos chiquillas españolas que nadie conocía. Le hace gracia que tengamos tantas ganas de desmantelar asuntos como este y quiere filtrarnos información cada vez que reciban cajas de procedencia ilegal.

—Básicamente yo podría filtraros la información y también podría colaros en las inspecciones diciendo que sois biólogas marinas, que venís a hacer una incautación o un reconocimiento de aletas. De esa manera podríais tomar fotografías de todas las cosas ilegales que ocurren y mandarlas a la Interpol. La justicia americana es la única que tiene mano para frenar todo esto. Aquí, en México, es corrupto desde el primero al último federal. Todo el mundo hace la vista gorda, porque todo el mundo saca tajada de esto.

—Pero ¿y nosotras a quién de la Interpol vamos a mandar nada? No conocemos a nadie.

Angie se ríe porque, la verdad, es para reírse. No teníamos suficiente con creernos del FBI y ahora queríamos meternos con la Interpol. Parecía surrealista. La cabeza me da vueltas y no puedo hacer otra cosa que no sea pensar en Ampi. Ampi y sus contactos por todas partes. Ampi y todos los clientes de su despacho. ¿Y si conoce a alguien?, ¿y si desmantelamos todo esto? La verdad que una parte de mí sabe que es un proyecto de tres niñas jóvenes e ilusas que no tienen ni idea de en dónde se están metiendo, pero ¿y si podemos ayudar? ¿Y si realmente alguien hace algo? ¿Y si dejan de pescar aletas a destajo? Me siento un poco como cuando la gente sigue consumiendo plástico sin parar y todo el mundo dice: «Yo no voy a cambiar el mundo. Soy un grano de arena en la playa». Pero precisamente si todos pensáramos así, nuestra aportación debería valer algo, ¿no? Siempre hubo una primera gota de agua que salió del vaso. Angie habla:

—Nosotras flipamos en colores el otro día en la Viga, la verdad. No te voy a engañar. No me imaginaba tal cantidad de tiburones. ¿Cómo nadie puede frenar esto?

—Es que no lo entendéis, amigas. Aquí se lleva tajada todo el mundo. Las personas más corruptas de México son las de más arriba. Mira, para que os hagáis una idea, cuando era la época de veda de tiburón y estaba prohibido pescarlo, a la Viga seguían llegando miles de aletas y frescas. Y cuando la inspectora jefa empezaba a caminar por la Viga, imaginaos..., como hay cuatrocientos puestos las iban escondiendo..., se iban dando soplos entre los puestos. Y a una sola inspectora no le daba la vida para averiguar de dónde venía todo esto.

—Pero no lo entiendo. ¿Solamente estáis tú y tu jefa, que es la gran inspectora? ¿No hay nadie más? ¿Dónde están todos estos ecologistas de las redes sociales? ¿Dónde están todas estas personas que se supone que se preocupan por la vida de estos animales?

—Bueno, mira ya que lo mencionas, sí. En las redes sociales hay miles de influencers que posan con tiburones de miles de formas, pero luego, a la hora de la verdad, nadie da un duro por ellos. Nadie hace nada. Y aquí en el barro somos muy pocos, y todo el mundo al final se desespera, porque es muy difícil hacer algo. O peor aún, acaba aceptando una de las tajadas que te dan los federales por mantener la boca cerrada.

Hablamos durante más de dos horas con Indira de las problemáticas reales en la Viga. Finalmente nos confiesa su edad. Tiene treinta y cinco años. Pero me gusta lo risueña que es y las ganas que tiene de intentar dejar el mundo un poco mejor de como lo ha encontrado. Angie le pregunta sin descanso, y ella nos cuenta lo que les ha ocurrido a otras personas que han intentado dar la espalda a las autoridades más corruptas.

—Güey, incluso a un compa joven que tuvo mi hermano lo mataron. La verdad es que nunca se supo si lo mataron o no, pero tuvo un accidente buceando y nunca lo encontraron.

—Bueno, al hermano de Clara...

Angie me mira, y yo me quedo bloqueada por un momento. Debemos contarle mi historia a esta chica. Creo que es conveniente. Algo me hace confiar en ella y, aunque siempre me cuesta hablarlo con desconocidos, me lanzo y le explico la situación.

—Bueno, mi hermano se llama Miguel. Está en coma aquí en la Baja, en un hospital de San José del Cabo.

Se hace silencio y tengo que tragar saliva porque no consigo avanzar con la explicación. Angie me posa la mano en la rodilla, y observo cómo las dos chicas me miran con pena. Con esa mirada que detesto. Con esa mirada con la que mucha gente me mira. Cojo fuerzas y sigo hablando.

—Tuvo un accidente de pesca submarina. Le atravesó un arpón el hombro y bueno..., perdió mucha sangre y está en coma. No sabemos muy bien si va a despertar.

— Güey, lo siento muchísimo, yo... No sé cómo te puedo ayudar. ¿Fue hace mucho el accidente?

—Fue el 1 de marzo. Ya han pasado casi dos meses. Sigue sin despertar. Estamos intentando trasladarle a un hospital de Madrid.

Angie nota que la conversación me está afectando demasiado y la cierra elegantemente explicándole a Indira que creemos que no ha sido un accidente. Le explica que Miguel era un gran defensor de los océanos y siempre luchaba por la protección de los tiburones. Por eso creemos que intentaron matarle los narcos. Las dos notan que me está incomodando mucho esa parte de la conversación y cambian de tema para hablar de los traficantes. Angie le pregunta si el cartel de La Mano con Ojos existe. Lo ha leído en internet y al parecer es el que se encarga de todo el tráfico marítimo de la Baja. A la joven no parece sonarle el nombre, pero nos confirma que lo buscará y preguntará. Poco a poco pasamos a hablar de un documental que acabamos de ver: *Sharkwater*. El cineasta Rob

Stewart desapareció con treinta y siete años en el mar y lo hallaron muerto una semana después en el agua. Dijeron que había sido un accidente, pero todo el mundo piensa que lo mataron porque estaba documentando miles de situaciones reales en las que destapaba nombres de personas importantes del gobierno metidas en el aleteo ilegal de tiburón.

—Ay, Indira, yo no sé. Me encantaría poder ayudar. ¿Qué podemos hacer en serio? Lo del FBI no se nos da muy bien. Pero quizá haya algo…, otra cosa. No sé —le pide Angie.

—Lo mejor que podríamos hacer realmente es documentar todo esto. Sacar fotografías y escribir datos reales de las problemáticas.

—Clara está estudiando Periodismo. Díselo, Clara, que vas a ser una gran periodista, pero que ahora has hecho un parón porque se te ha complicado la vida y eso.

—Güey, no mames, qué chido periodismo. Pues sí que podría ser una oportunidad perfecta para documentar todo esto. Imagínense que conseguimos fotos de pangas ilegales, de pangas con bodegas llenas de animales ilegales. Imagínense que os cuelo en el aeropuerto, que sacamos fotos de los federales. Con toda esa información, estoy segura de que podríamos llegar a la Interpol. Tiene que haber una manera, yo…

El móvil vibra una vez más y tengo que retirarme porque es la tercera vez que me llama Amparo. Contesto.

—¿Por qué narices no me cogías el teléfono, Clara? ¡Lo he conseguido! Pasado mañana trasladarán a Madrid a Miguel.

46

Clara se sienta en el avión y mira por la ventanilla. Los últimos dos días han sido un abrir y cerrar de ojos. De hecho, los últimos meses. Aún no puede creer el tiempo que ha pasado, lo rápido que se han esfumado las semanas y todo lo que ha vivido. Está nerviosa y la inquietud de su padre al lado la conmueve. Le agarra la mano, y él le sonríe.

—Todo va a salir bien, papá. Lo hemos conseguido. Volvemos a casa. Todo va a salir bien.

Ambos cierran los ojos y respiran hondo. Tienen miedo; el traslado es delicado y les han informado de que deben estar preparados para lo peor. Que todo puede pasar y que la situación de Miguel es débil y los cambios de presión no son buenos para sus órganos. Ampi ha salido en el avión de emergencia con Miguel esta mañana. Han decidido que fuera ella, porque papá estaba tan nervioso que casi ni podía articular palabra. Decía tonterías inconexas a los médicos y por primera vez en meses le temblaba el pulso. Era una imagen triste y desoladora. La vida de nuestro hijo dependía de un avión. De un avión eterno lleno de médicos que les pintaban la situación difícil.

—Cuídale, Clara. Por el amor de Dios, te lo pido. Deja de tramar chorradas con Angie y estate con papá.

Los últimos dos días no había hecho otra cosa que estar con su familia. Ayudar con el papeleo, recoger las maletas y hablar con los seguros. No había podido ver mucho a Dan. Estaba en una expedición de la bahía Magdalena y, aunque se habían mensajeado como de costumbre, había estado medio desaparecido. Clara no entendía nada, no sabía por qué había estado tan distante desde que había llegado Ampi. Le hubiera gustado pasar más tiempo con él. Una noche lo invitó a tomar un mojito con su hermana. Dan canceló en el último momento utilizando la endeble excusa de que no se encontraba bien. No parecía estar interesado en verla. Huía de la situación, y a Clara le parecía muy extraño.

—¿Por qué no has venido? Dime la verdad. No es por el cansancio. No has venido por algo. Siento que me mientes.

—Otra vez con las mentiras. Parece que siempre quieres discutir. No lo entiendo. No he ido porque estoy agotado. Ya te lo he dicho. Me encuentro mal. Me acuesto. Te llamo mañana.

Clara está enganchada y mira la pantalla del móvil cada segundo, y solo se alegra cuando sale la notificación: «Nuevo mensaje de Dan Taylor». «¿Cómo puede ser tan tóxico todo esto? ¿Me estaré enamorando de él? ¿Estaré ya enamorada de él? Espero que no. En el amor nunca hay marcha atrás». Piensa en el chico de los tatuajes e intenta descubrir por qué está atrapada y por qué aguanta esas malas contestaciones. Quizá por los abrazos y los gestos que ha tenido con ella en este tiempo. Le han valido demasiado porque estaba falta de cariño. Han llenado espacios de vacío que retumbaban en su interior desde que me fui. Parece absurdo, pero unas cuantas noches en la playa viendo las estrellas han servido más que cualquier mensaje con mala baba. Solamente quiere verlo y siempre tiene ganas de hablar con él. De justificarlo. Es consciente de que algo en esta relación no está bien. Por eso se lo oculta hasta a su mejor amiga.

Buen viaje, mi Claris. Te quiero. Estoy segura de que vais a llegar todos bien. Espero noticias. No te preocupes por no haberte despedido de Dan. Seguro que le vuelves a ver.

Yo también te quiero, mi Angie. Ojalá salga todo bien. (Dan me da igual, ahora solamente me importa Miguel).

El avión arranca los motores de golpe, y a Clara le da un vuelco el corazón al pensar que se aleja de ese chico para siempre. Todavía no se ha ido y ya quiere verlo. ¿Por qué no se lo ha dicho nunca? ¿Por qué no ha dado nunca el paso? Piensa en sus labios. En el fruto prohibido y en cómo habla con tanto cariño de su hermano Miguel. Después, le vienen a la cabeza, en una sucesión vertiginosa, todos los recuerdos de la Baja. Las ballenas jorobadas saltando con su padre, las orcas actuando como un equipo mortal, los miles de tiburones muertos en las playas, las mobulas danzando acompasadas en el escenario más armónico en el que se había encontrado nunca y, al mismo tiempo, el que peores recuerdos le traía... El mar es único, es brutal. Pasan por su cabeza los saltos de los delfines, los gritos cuando encontraron una tortuga laúd. Todo ha transcurrido tan rápido, tan fugaz. Todo parece un sueño del que no ha despertado del todo. «No me puedo creer que vuelva a casa sin mi madre. Por favor, Miguel, no te apagues aquí en el cielo. Espéranos. Van a ser las catorce horas de vuelo más largas de mi vida».

La señal de los cinturones se apaga. Y Clara se levanta con cuidado para ir al lavabo y que su padre no la vea llorar desconsoladamente. Está tan confundida. Tan aturdida. Tan cansada. ¿Y si Miguel no se despierta? ¿Y si se queda también sin su hermano? ¿Y si su hermana tiene los contactos de la Interpol? Llora sin consuelo en ese baño pequeñito de un avión cualquiera de Aeroméxico y cuando se lava la cara y vuelve a su asiento, su padre ha reclinado el asiento y se ha quedado dormido. Los antidepresivos le están aniquilando. Saca del plástico una manta para taparlo. Y, entonces, abre su cuaderno de notas y decide escribir de nuevo a su madre. Me echa de menos. Soy la única que puede entender sus sentimientos. Tan complejos. Tan profundos. «Si estuvieras aquí, si estuvieras viva…, te lo contaría todo solo a ti, mamá».

Hola:

Qué raro escribirte de nuevo. No sabes cuantísimo te echo de menos. La vida duele sin ti. Creo que nunca voy a acostumbrarme a vivir con tu ausencia. Te escribo para contarte que estoy en el avión camino a Madrid. Ampi ha conseguido que trasladen a Miguel a casa. Bueno, a casa no, a un hospital en Madrid. Pero nos hemos sentido tan lejos de todo que únicamente la palabra Madrid suena a hogar. ¡Qué fuerte que haya tenido que venir Ampi a la Baja para el traslado! Obviamente se hizo con todo el hospital en cuanto llegó, ya la conoces. Siempre consigue lo que quiere. Creo que podría conseguir hasta que se despertara Miguel si se lo propusiera. Y espero que lo consiga, la verdad. No estoy preparada para vivir sin él.

Estoy cagada de miedo, mamá. Tengo miedo. Tengo miedo a todo. Tengo miedo a no encontrarme yo, a perderme, a que Mike no despierte. A que papá se vuelva loco como esta mañana en el hospital. Si le hubieses visto, con el pulso desbocado y haciendo preguntas tontas a los médicos. Parecía un anciano. Ampi le ha tenido que dar unos tranquilizantes y yo, la verdad, solamente he podido darle la mano y estar con él.

Tienes que darnos fuerzas, mamá. Tienes que darnos fuerzas, porque estamos ya muy cansados. Es como si fuera un cansancio crónico que empezara a pasarnos factura de verdad. Al principio éramos fuertes, pero la incertidumbre pesa, nos aprieta el pecho y se engrandece más y más cada día que pasa. Espero de verdad que todo salga finalmente bien. Tú siempre decías que después de las tormentas las calmas son más gratificantes y placenteras. Pero, joder, menuda tormenta. ¿Cuánto tiempo lleva sin dejar de llover?

Quiero compartir contigo que estos meses con Angie hemos estado intentando descubrir la verdad del accidente de Miguel. Tiene toda la pinta de que le han atacado personas que están metidas en la pesca ilegal de tiburón. Y, bueno, he hecho algunas tonterías con la única intención de recopilar información. No sé, me he debido creer ya la periodista que no soy y que no sé si voy a llegar a ser. Pero es que sin ti, no sé qué será de mí. Ni de nosotros. Aunque lo cierto es que poquito a poquito he descubierto miles de cosas de los tiburones que no conocía.

¿Sabías que hay hasta cremas de cosmética que utilizan aceite de tiburón? No te puedes imaginar las barbaridades que les hacen ahí afuera a esos animales. Es tristísimo. He aprendido tantas cosas, pero, sobre todo, he descubierto el mar. ¿Y sabes? Cuando estoy en el mar, me da felicidad. Me acuerdo de tu risa. Es como si el océano me llevara a ti. Como si estuvieras allí conmigo. En las ballenas. En la libertad de los animales. En los movimientos de las olas. En la melodía y el danzar de los bancos de miles de peces. Desde que te fuiste, he tenido la suerte de haber mirado al azul prácticamente todos los días. Es como si estuvieras ahí en el infinito. Observándome. Confirmando que todo lo que hago está bien. Que estamos bien. Que todo está colocándose de nuevo en su sitio.

A partir de ahora y pase lo que pase, sé que te encontraré en los azules. Imaginaré que estás ahí conmigo, dándome la seguridad que necesito. Dándome tu amor y confianza.

Estarás ahí, libre, sonriendo orgullosa, tomándote tu café descafeinado con hielo, sonriente. Mirándome y diciéndome:

«No te preocupes, chulita, todo esto es parte de la aventura. Vas a estar bien. Va a salir bien».

El avión aterriza en Madrid y aún en pista Clara llama a Amparo más nerviosa que nunca. Le suda el pulso con los primeros tonos de llamada, y antes de que pueda decir nada la voz de su hermana le ofrece una tregua.

—Estaos tranquilos. Miguel está estable. Ya estamos en el hospital con todo el equipo de neurólogos. El vuelo ha ido perfecto. Todo ha salido bien.

47

Los atardeceres en Galicia siempre son tardíos. Me encantan. Mis sobrinos se van a dormir temprano cuando todavía entra la luz por las persianas. Les he leído un cuento sobre un mono curioso que se llama George y se dedica a viajar por el mundo descubriendo idioteces. Me encanta ver cómo se van quedando dormidos mientras leo. Me da paz. Salgo a la terraza y descubro a Ampi fumando un cigarro. Hacía meses que no la veía fumar.

—Me lo merezco —me dice.

Y sin responder nada me siento a su lado, en nuestro sofá. La terraza se queda prácticamente a oscuras y del pequeño pueblo gallego, siempre colorido, sube el bullicio alegre y sonriente de las noches de verano. Las montañas verdes, majestuosas, cobran importancia de pronto y le quitan el protagonismo diurno al mar. El olor a eucalipto lo llena todo. Respiro hondo. El océano está en calma, las barquitas pequeñas de colores destacan en las aguas, que se limitan solamente a reflejar la luz blanca de la luna.

—Qué bonito está el pueblo. A mamá le encantaría esto. ¿Crees que nos estará viendo? —me dice Ampi mientras expulsa humo por la boca.

Y yo la miro con cariño y siento ganas de darle un abrazo y decirle que la quiero, que siento todos los problemas que estoy causando y que prometo calmarme pronto, en cuanto descubra todo lo que le está pasando a Miguel. Sin embargo, respondo solo con un sí y me siento en el sofá observando mi cuenta de Instagram. El último post que he publicado sobre los tiburones ha alcanzado los dos millones de visitas. Ya es el tercer vídeo que se hace viral en estos meses.

En él mezclo imágenes de un tiburón azul vivo nadando precioso en las aguas del Pacífico con otras que hacen un contraste horrible y revelador. Justamente cuando se acerca a la cámara, hago un cambio de escenario drástico y enfoco las cajas de cartón llenas de aletas que grabé con Angie en la Viga de Ciudad de México. Escribo un texto que acompaña a las imágenes:

> ¿Sabías que hoy en día se siguen vendiendo aletas de tiburón por mil pesos el kilo en la mayoría de los puertos de la Baja California? ¿Qué imagen te gusta más la primera o la segunda? Si tu respuesta ha sido la primera, ¡únete al cambio y apoya a los pescadores de la zona saliendo con ellos para practicar ecoturismo en vez de traficar con tiburón! ¡Lee las etiquetas de lo que consumes! Infórmate en general de lo que está pasando ahí fuera. Sé parte del cambio.

—¿Qué miras tan atenta en tu teléfono? —Ampi interrumpe mis pensamientos.

—Nada, he publicado un post que está teniendo muchísimo éxito en redes.

—¿Y de qué va?

—Pues de tiburones, para variar.

—Ya me imaginaba. Enséñamelo, a ver… —Ampi me quita el móvil y lee con voz irónica el título mientras protesto.

—Dámelo, en serio.

—Me gusta, Clara. Fuera de broma. Cada vez escribes mejor.

—¿Tú crees?

—No lo creo. Lo veo. Lo que dices, engancha. ¿Crees que no te sigo en Instagram? No me pierdo ninguno de tus posts.

Me halaga que mi hermana mayor me diga estas cosas. Cuando Ampi confía en mí, me siento invencible. Capaz de todo. Me lanzo y le digo lo que llevo toda la tarde pensando en decirle.

—Tengo novedades que contarte, Ampi.

Lo cierto es que, a raíz de mi crecimiento en redes sociales, ha contactado conmigo una revista ecologista para que escriba un blog sobre el mar y sus especies. Me da vergüenza contárselo porque no he terminado mi carrera de Periodismo y quizá me he precipitado en decirles que sí. ¿Debería haberles dicho que no? Con lo perfeccionista que es mi hermana, seguro que le parece una locura que escriba cosas profesionales sin ni siquiera haber terminado el tercer año de universidad. Pero, joe, estoy tan emocionada. Ya he escrito varios artículos y se los presentaré en unos días a la directora general de la revista en las oficinas, donde me ha convocado para mi primera entrevista.

—Sorpréndeme.

—Bueno, yo… A ver, que ya sé que no soy periodista. Antes de que me lo digas, ya sé que para trabajar tienes que terminar la carrera. Y la voy a terminar, Ampi, no creas que no lo retomaré después de verano, simplemente que…

—¡Clara! ¡Arranca! ¿Qué pasa?

—Bueno, me ha contactado una revista. Se llama *La ecologista*. Es un medio de comunicación chiquitito y online que se centra sobre todo en problemas medioambientales. Han leído los últimos posts de mi Instagram. Y, bueno, parece que están interesados en que tenga una columna sobre los océanos en su sección de blogs. Yo… No sé… ¡Quizá me he precipitado! Lo siento, no sé… Y ahora ya sé que tenemos que estar centrados en Miguel. Puedo decirles que no, si no te parece bien, Ampi.

La inseguridad me invade y se apodera de mí de pronto. Las manos me sudan, y los nervios hacen que me tiemblen un poco las rodillas. Escucho que papá ha entrado en el salón, pero Ampi se levanta y se acerca a mí, sonriente. No parece que vaya a regañarme. Estoy agitada y me siento torpe e insegura.

—Pero, Clara, ¡cómo no me lo has contado antes! Es una noticia fantástica.

—¡Enhorabuena, hija mía! —Papá me abraza por la espalda.

Y mi hermana sigue hablándome mientras me sujeta las manos. Somos un sándwich. Un sándwich de amor precioso.

—Me parece una idea increíble que le des visibilidad a estos temas tan abandonados. ¡Y que encima escribas! Que tengas ganas de escribir. Estoy segura de que vas a redactar artículos magníficos. Vas a ser una gran periodista.

—¿Lo dices en serio?

—Pues claro, ¡abramos una botella de vino! ¡Esto hay que celebrarlo!

Encendemos las luces del salón y abrimos una botella de Mar de Frades, un albariño gallego que todos los veranos compramos nada más aterrizar en las Rías Baixas. El fresquito gallego entra por la terraza. Me siento viva y muy feliz. Mi hermano Miguel está mejorando. Ya lleva unos días ingresado en Madrid y se han estabilizado mucho sus constantes vitales. Parece que puede despertarse y, aunque siempre nos topamos con algún médico menos optimista, las enfermeras nos han contado que han tenido casos parecidos que han salido adelante.

—¡Por Clara! —dice papá alto y solemne—. ¡Ya era hora de celebrar buenas noticias!

—¡Por Clara! —repite Ampi, sonriente—. Mamá estaría orgullosísima de ti.

Pelos de punta. Bebemos. Me hacen muchas preguntas. Que qué tengo en mente. Que cuántos suscriptores tiene la revista. Que qué temas trata. Nos metemos en internet y cotilleamos a los otros periodistas que escriben allí. El ambiente es cálido. Las cortinas blancas se mueven con el viento y la brisa huele profundamente a mar. Más tarde llega Adolfo. Ha organizado unas barquitas de colores con las que haremos una miniprocesión al día siguiente para ir a tirar una mínima parte de las cenizas de mamá al mar. Por eso hemos venido dos días a Galicia.

—Pero bueno, Clarita, tu primer trabajo de superperiodista. Enhorabuena.

El gran amor de mi hermana me da un beso en la mejilla, se sirve un vino y se sienta en una silla al lado de ella. Entrelazan los dedos debajo de la mesa y se miran de esa manera única entre dos personas que se quieren. La verdad es que Adolfo siempre ha mirado así a mi hermana. Una mirada directa, profunda, bonita y llena de admiración hacia su mujer. Ampi se ruboriza y papá me sonríe cómplice y feliz de lo que estamos presenciando.

—Otro brindis —dice Ampi. Y levantamos las copas—. Esta vez por mamá. Que mañana liberaremos su alma en el mar siguiendo su voluntad. Y que nos está dando fuerza a todos en la espera del despertar de Miguel. Porque quiero que tengáis una cosa clara: se va a despertar. Cada día tengo más claro que lo hará.

Bebo el vino y noto el frescor del albariño recorriendo mi garganta. Observo a mi familia. Hay esperanza. En ese salón sencillo y lleno de cariño hay mucha más esperanza que en los primeros meses. Me voy a la cama y escribo otro artículo, quizá sea el primero que publique.

48

¿Y si te digo que de los tiburones también depende el oxígeno que respiramos?

Seamos sinceros, los seres humanos somos egoístas por naturaleza. Y si de algo me he dado cuenta durante mis primeros años de periodismo es que solamente efectuamos un cambio si nos afecta de alguna manera, ya sea negativa o positiva, en nuestro día a día. Pues sí, el título de este, el primer artículo de mi blog es totalmente cierto: el oxígeno que respiramos es limpio y es puro en gran medida gracias al mar. Y pensarás, pero ¿qué dice esta chica? Te lo resumo de manera coloquial: toda la contaminación que estamos generando en el planeta (plásticos, vertederos, restos del sector agrícola, etcétera) tarde o temprano sube a la atmósfera en forma de dióxido de carbono, y allí es donde queda acumulado para que los vegetales empiecen el fenómeno natural de la fotosíntesis. ¿Te acuerdas cuando estudiabas en el colegio que los árboles absorben ese dióxido de carbono y lo transformaban en oxígeno? ¡Exacto! Los mares absorben gran parte de ese dióxido de carbono, y a través de pequeñas algas se produce la fotosíntesis y, por tanto, oxígeno. ¿Sabéis que el mar se encarga de casi el ochenta por ciento del oxígeno que respiramos todos? Un océano que no esté sano y vivo no tiene la capacidad de absorber la misma cantidad de dióxido de carbono, lo que provoca que esas algas diminutas no generen tanto oxígeno. Es decir, nos ahogaríamos sin oxígeno. Y, como nos estamos cargando la mayoría de los bosques cortando sus árboles, con los recursos naturales de la Tierra no sería suficiente para eliminar todo este dióxido. ¿No te impacta que el océano tenga un papel tan importante en tu vida? A mí desde luego me impactó mucho cuando me enteré. Y fue hace poco. Unos cuatro meses, a mis veintiún años. Ya que os he dicho mi edad, aprovecho para presentarme. Me llamo Clara y soy de Madrid. Aunque una situación bastante complicada de mi vida hace que la mitad de mi corazón esté en la Baja. En Baja California Sur, México. No voy a entrar en detalles de por qué mi destino me llevó hasta allí. Hasta sus mares. Pero el caso es que lo hizo. Y gracias a esas circunstancias de mi vida he tenido la suerte de nadar con tiburones en medio del océano Pacífico. Una experiencia que hace apenas unos meses jamás hubiese imaginado que realizaría. Pero, bueno, ¡ahí estaba! Metida en el agua, temblorosa y en biquini, observando diferentes escualos que desde pequeña había temido y odiado.

Os preguntaréis, ¿y qué tiene que ver el oxígeno con los tiburones? Y es que eso mismo pensé yo cuando me lo contó un biólogo marino muy guapo que conocí en una de esas embarcaciones. Básicamente son los encargados de la salud de los océanos, porque son carroñeros. Es decir, se comen todas las especies que ya están enfermas o muertas, limpiando los mares de animales débiles y de carroña. Si eres biólogo, seguro que habrás pensado: «Eso es una manera muy fea y coloquial de contarlo». Pero es que precisamente en este blog os quiero hacer entender la problemática de los océanos de la manera más natural posible.

Estos animales son reguladores de la cadena trófica. Es decir, se alimentan de los animales que están debajo de ellos en la cadena alimentaria; así ayudan a regular y mantener el equilibrio de los ecosistemas marinos. Otro ejemplo muy bobo: el tiburón se come a la raya, la raya a los peces de arrecife y estos mismos son los que limpian y mantienen con vida el coral. Si quitáramos de la ecuación a los escualos, habría sobrepoblación de rayas, se comerían a todos los peces y nadie se ocuparía de la salud del coral. ¡Bum! No corales, no fotosíntesis, no oxígeno para nosotros.

Mientras el número de tiburones siga decreciendo, los océanos sufrirán impredecibles y devastadoras consecuencias. La salud de los océanos depende indudablemente de ellos, así que no te quedes parado y acompáñame en este blog para aprender conmigo todas las barbaridades que pasan en los océanos. Os prometo que nada me hace más ilusión que compartir con vosotros todo lo que he aprendido en mi experiencia nadando con estas increíbles criaturas.

¿Te vienes?

Sharkcodici
By @claramarinne

Clara cierra el ordenador y sale a la cocina de la casa gallega donde sus sobrinos se abalanzan sobre ella. Ampi ha preparado café, y papá lee el periódico con un jersey sobre los hombros en la terraza mientras sujeta una taza grande y azul. Hay galletas Campurrianas por la mesa y huele a pan tostado. El mar se ve al fondo de las ventanas. Las puertas de la terraza bien abiertas hacen que entre el fresquito y ese olor tan especial de nuestros veranos gallegos de siempre. La familia ha quedado a las once en el puerto con los padres de Adolfo y otros amigos para la procesión. Uno de mis planes favoritos del verano eran las fiestas del Carmen. La celebración marinera por excelencia en la que se venera a la Virgen del Carmen, la patrona de los marineros. Cada mes de julio asistíamos a este espectáculo único: cofradías que salían a navegar para hacer procesiones en barco. Con mi fallecimiento, Ampi ha organizado una pequeña salida al mar en la que terminarán tirando una pequeña parte de mis cenizas cerca de las mejilloneras.

Después de esta escena de calma, los preparativos. Los niños entran en el coche, y Clara se sienta en la parte de detrás con ellos. Ampi conduce, y papá va de copiloto; se ha puesto una camisa de rayas azul claritas y blancas y un jersey azul cielo de pico que resalta el brillo de esos ojos verdes que tanto me enamoraron. Es un hombre con un porte elegante y guapísimo. Amparo va como siempre impoluta, con unos pantalones blancos a juego con una *blazer* y unas alpargatas de tacón. Mi pequeña Clara está hecha un desastre. Sus zapatillas Converse de siempre, unos vaqueros gastados y, para mi sorpresa, se ha puesto una camisa antigua mía gris y ancha que utilicé para su comunión. Sorprendentemente, le queda bien. Tiene estilo y gracia. Da igual lo que se ponga, su belleza y sus ojos verdes resaltan siempre por encima de cualquier floritura. Llegan al puerto y aparcan fuera. Adolfo los espera sonriente con sus padres. Les dan un tierno abrazo de recibida. Esa familia siempre los ha querido muchísimo. Adolfo extiende la mano con cariño para ayudarlos a subir a un pequeño barquito que han decorado con margaritas blancas y algunos ramos de violetas. El detalle emociona a Clara. Eran mis flores favoritas de siempre. Durante años, Pedro me las regalaba una y otra vez.

—Subid con cuidado. Os pido disculpas si la barca está sucia. Es la que utiliza mi tío para pescar.

Papá le contesta.

—Es perfecta, Adolfo. De colores y pequeñita, como le gustaba a Marieta. Estoy seguro de que, si hubiera tenido que elegir una barca de todo el puerto, hubiese sido esta.

Salimos del puerto cruzando el mar despacito. Esta vez sin prisa. La pequeña barca pasa por encima de las olas con gracia. El viento nos ha dado una tregua. Detrás de nosotros hay dos barquitas más de la familia de Adolfo que nos acompañan con muchas más flores amarillas, rosas y blancas. Todos miran en silencio al mar. Amparo saca de su bolso dos jerséis pequeños y se los pone a los niños. También saca una capa de lana y la enreda con cuidado en los hombros de su hermana. Clara la abraza. Y se quedan con los brazos entrelazados hasta que alcanzan una zona donde se divisan mejilloneras entre los destellos de luz que provoca el sol entrando en el azul marino.

—Bueno, papá, di tú unas palabras —pide Clara ya nerviosa. Y papá se levanta sujetando en las manos el pequeño recipiente que tiene en su interior una parte de mi alma.

—Marieta, que como el mar era libertad... No, espera... Perdón, corrijo. Marieta, que como el mar es libertad y felicidad..., como este azul infinito representas la alegría eterna. Y así será para siempre. Te queremos. Te echamos de menos y estarás aquí hasta el final de nuestros días.

Clara está a punto de llorar y apoya su cabeza en el hombro de Ampi para que nadie la vea. Papá abre la cajita, se inclina de rodillas en la embarcación y vierte las cenizas en el azul. Se quedan primero en la superficie y poco a poco se van hundiendo. Ampi agarra fuerte a Clara y canta mi canción mientras toda mi familia la entona mirando al horizonte en el mar más inmenso, profundo y azul. Nuestro océano gallego donde los recuerdos perdurarán por siempre.

El sol brillará mañana,
puedes apostar a que mañana saldrá el sol.
Si tú tienes fe, mañana,
hallarás a todos tus problemas solución.[*]

---

[*] «Mañana» es la versión en castellano de «Tomorrow», una canción del musical *Annie*, con música de Charles Strouse y letra de Martin Charnin, publicada en 1977.

49

Hoy es 1 de junio. Hace ya un mes que llegamos a Madrid. Me gusta el mes de junio en mi ciudad. Junto con septiembre son mis meses favoritos del año. Hace un calor agradable, no asfixiante como en julio y agosto. La gente recibe el verano con ganas y las terrazas están plagadas de alegría, cervecitas frías y aceitunas con patatas. Podría vivir eternamente en estos meses. He salido de ver a mi hermano en el hospital y he decidido volver caminando a casa. Tengo que llamar a Angie. Mi cerebro no retiene ni una sola palabra de todo el parte médico que me dan los doctores. Es un mecanismo de protección que he desarrollado. Pero, bueno, en definitiva, en el último electroencefalograma han descubierto que tiene un estatus no convulsivo. Y le tienen que poner un fármaco para tratar eso. Algo así, no me preguntéis qué significa, porque he dejado de escuchar y ha sido Ampi, una vez más, la que se ha encargado de todo. Al salir de la habitación me ha dicho:

—Vamos, que seguimos exactamente igual y que hay que esperar. No perdamos la esperanza, Clara. Solamente tenemos que esperar.

Camino despacito por un Madrid relajado. Llego pronto al parque de Santander y decido entrar para ver las jardineras nuevas que han montado. Hay gente mayor paseando con sus cuidadoras. Me siento en un banco a descansar. Me sorprende lo que me gusta pasar tiempo sola últimamente. Me apetece estar tranquila y revisar mi Instagram y los artículos que presentaré mañana. Ojalá que me acepten el blog. Un señor muy mayor con un bastón se acerca a mi lado y me pregunta si se puede sentar conmigo. Le digo que por supuesto que sí.

Me siento extraña en Madrid y ansío volver a la Baja. Sueño con que Miguel despierta y me vuelvo allí con él. Por fin el móvil suena. Es Angie. Su voz frenética me hace sonreír.

—¡Por fin! ¡Cómo estás! Cuéntame cosas. Te echo de menos.

—Angie, buf, tengo tantas cosas que contarte.

—Y yo. ¿Por dónde empezamos? ¿Qué te han dicho de los artículos en la revista?

—No, no. La entrevista es mañana.

Me levanto del banco y me despido de Rodrigo. El señor, antes de que Angie me llamara, se ha presentado. Me ha parecido tierno despedirme de él por su nombre. Me alegra darme cuenta de que ya no me cuesta ver tanto a señores mayores que siguen vivos en épocas de covid. Hace unos meses, estaba tan enfadada por la muerte de mi madre que le hubiera deseado el virus al pobre Rodrigo. Me molestaba que otras personas en peores condiciones que mamá siguieran vivas y ella no. Ahora me alegro de verlo aquí caminando con su bastoncito. Me alegro de que este señor que no conozco de nada esté bien. Le deseo lo mejor.

Camino contenta por el parque escuchando a Angie contarme sus novedades. Le ha salido su primer trabajo como actriz en una pequeña obra de teatro de Ciudad de México. Parece una tontería, pero no lo es. Toda la vida ha querido ser actriz. Desde que éramos crías bromeaba con esa idea. Al principio imitaba a personajes de Disney, se sabía los diálogos de las películas al dedillo. Después, pasamos a interpretar a los personajes de todas las series de nuestra adolescencia: *Física o química* e incluso *Élite*. Ya de mayores, vinieron las telenovelas y Lady Gaga en Hollywood con *Ha nacido una estrella*. Lo cierto es que siempre le había hecho ilusión la interpretación. Lo dejó totalmente de lado por las circunstancias de su vida. También puede ser que no haya tenido una figura al lado de apoyo, de confianza. Una persona como Ampi, que te apoye en todos tus sueños. Me siento de repente un poco idiota por no haber sido yo la que la empujara a apuntarse a esas clases mucho antes.

—Qué guay que te haya salido esa oportunidad. En serio, me alegro.

—Yo también. Me hace ilusión.

—¡Y te van a coger para el papel protagonista, ya verás!

—Ojalá.

—Bueno, ¿y qué vas a hacer con Kiki? —Nos reímos.

—Evidentemente, la he mandado a la mierda y me he buscado otro apartamento aquí. En Ciudad de México. No sabes la suerte que he tenido. Una amiga de mis tíos alquilaba una casa chiquitita en La Condesa. Es un barrio superpijo, donde los alquileres suelen ser carísimos, pero yo solamente pago setecientos euros al mes.

—Bueno, Angie, setecientos barato, barato, no es.

—Que sí, te lo juro. Comparado con lo que otras personas pagan, está literalmente regalado.

La escucho con ilusión y una vez más me sorprende la capacidad que tiene de tomar decisiones sin pensarlo más de dos minutos. A mí me habría costado siglos dejar a la pobre Kiki colgada en Cabo San Lucas después de lo que la habíamos mareado. Y me incluyo en el paquete del mareo, porque había presenciado y también me había contado la mayoría de las peleas que habían tenido en esa pequeña casa. Para Angie, mudarse de aquí a allá, o mandar a la mierda a este o al otro, le supone exactamente cero nervios, cero estreses y cero nada. Me cuenta superilusionada todo el traslado y habla de Ciudad de México como si siempre hubiese estado allí. Lleva literalmente tres días.

—Bueno, lo más fuerte de todo es que he quedado con Julieta. Tu Julieta. Yo qué sé. Al llegar aquí sentí que tenía que ver a alguien que me explicara si estaba yendo por el buen camino. —Suelto una carcajada.

—Espera, espera. Ahora necesitas que Julieta te diga si vas por buen camino.

Ella se ríe también. Y hablamos todo en un tono ganso y muy divertido.

—Pues sí. Al final me estoy gastando toda mi herencia en hacer tonterías. Tal vez Julieta termine diciéndome que deje mi carrera profesional de actriz y que me haga farmacéutica, yo qué sé.

—Estás loca, Angie. ¿Quieres ser farmacéutica ahora?

—Pues quién sabe. —Me río otra vez—. ¿Quién te ha recetado todos los orfidales y las dormidinas estos días? Angie, tu farmacéutica de confianza.

—No me sorprendería... Aunque te veo más de actriz, con tus rizos rubios en todas las películas de la televisión. Eres la típica chica exótica que le gusta a Almodóvar.

Me divierte mucho hablar con Angie. Divertida y muy irónica, me cuenta que sintió como una llamada divina nada más llegar a Ciudad de México que le hizo llamar a Julieta. Quedaron a la mañana siguiente en una cafetería que se llamaba Enhorabuena café.

—Fue la primera señal, Claris, no me digas. Quedamos en Enhorabuena café, porque literalmente Ciudad de México me daba la enhorabuena por el cambio.

Muerta de la risa con las tonterías de mi amiga camino despacito por el paseo San Francisco de Sales. Ya me he puesto sandalias y llevo las uñas de los pies de color azul marino, pues ahora mismo es el color que más me representa. Llego a la puerta de casa y me siento en el banco de madera que está enfrente de nuestro jardín. Angie no deja de parlotear.

—Total, que Julieta me ha dicho que cree que he hecho muy bien en apostar por mi carrera de interpretación. Pero aquí viene lo importante. Agárrate, Claris, porque esto es muy fuerte. Me ha dicho que no me enamoro porque tengo una presencia que rechaza con su energía a todos los hombres que se me acercan.

—¿Qué?

—Que sí, te lo juro. Me ha preguntado que si tengo una abuela que haya fallecido hace poco que pueda estar protegiéndome y acompañándome y que no me deje ir.

—Bueno, pues igual... tus padres. ¿No? Yo qué sé.

—Que no, que no, no te lo pierdas. Julieta dice que la presencia es una monja. ¡Una monja!

—Angie, qué dices, qué yuyu.

—Yo no conozco a ninguna monja, ¿no? Me refiero, ¿no será ninguna de las profesoras de nuestro colegio? ¿Tan mal me porté?

—No se han muerto todavía. ¡Están vivas! —Suelto una carcajada, y Angie finge que está preocupada. ¿O no está fingiendo?

—No tiene gracia. Ahora te hablo en serio: Julieta dice que de verdad hay una presencia de una monja que me persigue a todas partes y que espanta a todos los hombres.

—Bueno, y ¿qué tienes que hacer?

—Pues nada. Me ha dicho que ponga laurel en mi casa. Con limón. Y que vaya a una iglesia cuando esté vacía a rezar no sé ni cuántos avemarías. Después tengo que decir: «Monja Sisi, vete de mí. Monja Sisi, vete de mí».

Aprieto los labios para que no se note la risa que me está entrando.

—Pero, Angie, ¿y lo vas a hacer? —Y entonces es ella la que se parte de risa.

—Qué dices, hombre. Qué miedo entrar en una iglesia sola. Además, que te lo digo en serio. No conozco a ninguna monja. Y menos a una monja Sisi.

Nos reímos durante un rato y después pasamos a hablar de Kevin y de Dan. Angie se ha seguido viendo con Kevin durante este mes que yo he estado en Madrid. Se nota que se gustan mucho, y me ha confesado que en una borrachera hasta le dijo te quiero.

—¿En serio? Pero si no lleváis prácticamente nada de tiempo. Ni dos meses.

—Ya sabes que yo no soy como tú. A mí no me cuesta hablar de mis sentimientos y la verdad es que creo que lo quiero. Le he cogido muchísimo cariño y me lo paso increíblemente bien con él. No es malo abrir tu corazón a la gente.

Siempre que me habla así me da un poco de rabia y cambio de tema. Yo creo que también quiero un poco a Dan. Desde que he llegado a Madrid hablo con él cada día. Me llama todo el tiempo preocupándose por los avances de Miguel. Me ayuda mucho con los artículos de la revista y con mi perfil de Instagram. Comparte todo su contenido de debajo del agua conmigo y gracias a sus fotografías tengo la galería más bonita del mundo.

—Yo también tengo mucho aprecio a Dan, pero decir te quiero son palabras mayores y tú deberías pensarte más decir esas cosas así de rápido.

—Pero bueno, ¿podré decir te quiero al chico que me gusta si me da la gana?

—Tengo que colgar. Es la hora de la comida y papá me está esperando en casa.

—Vale. Espera un momento. Hay algo importante que no te he dicho.

—Superimportante.

—No, lo digo en serio.

—¿Tengo yo también a la monja Sisi en mi casa?

—Que no, idiota. Al final de la sesión, cuando ya había recogido las cartas, me ha preguntado por ti. Le he dicho que estabas bien. Ya sabes. Pues con lo tuyo, pero bien. Y me ha dicho, palabras textuales: «Dile a Clara que no deje de buscar la verdad sobre Miguel. Que está a punto de encontrar al culpable». Yo me he quedado blanca, porque no sabía que esta mujer sabía lo de Miguel. Y justo cuando le iba a contestar me ha dicho: «Y tú, Angie, tienes que ayudarla. Desde aquí, desde México. Tienes que ayudarla».

—Estoy flipando.

—Así que no sé. Bueno, he pensado que podríamos llamar a Indira y empezar a documentar todo lo que nos explicó aquel día sobre los aeropuertos y la Viga. ¿Qué te parece? Quizá puedas incluir todo esto en tus artículos.

50

Angie sale nerviosa de su primer ensayo para la obra de teatro. Camina por las calles de México excitada, se compra algo de comer rápido en una cafetería del centro y llama a su amiga. Clara no contesta. Espera alterada durante unos minutos y cuelga. Vuelve a llamar. Continúa sin contestar. Pide un Uber y escribe la dirección de la Viga con decisión. Ha quedado allí con Indira. La noche anterior, las dos amigas pactaron que llamarían a la joven de la Profepa para empezar a documentar todas las cosas ilegales que estaban pasando en la Viga. Angie quiere ayudar a su amiga. Algo raro pasó en el accidente de Miguel, lo tiene clarísimo. Normalmente no duda ni un segundo en meterse en apuros; es más, se siente cómoda y se maneja con destreza ante situaciones incómodas, pero lo cierto es que todo el tema de la Viga le está inquietando un poco. Sobre todo, cuando se lo contó a Kevin, ese chico con el que empezó divirtiéndose y ahora estaba sintiendo más emociones de lo que le gustaría. De hecho, se ha metido de lleno en una relación.

—Mucho cuidado con hacer idioteces en la Viga. Esto no es un juego, Angie, y como te descuides las consecuencias pueden ser irreversibles. México no es España. Que no se te olvide.

Ya en el taxi marca de nuevo a Clara. Se sabe el número de memoria. Quiere contarle cómo ha ido el ensayo y las personas que ha conocido en la clase. Como no contesta, intenta una llamada por Instagram. Nada. De nuevo, no hay señal. Desde la ventanilla del coche observa esa ciudad caótica. El tráfico desorbitado entre las arboledas de los parques grandes por los que se abren paso las carreteras. Aún no puede creerse que se haya mudado allí. Menuda vida intensa. Por un momento se siente agradecida por la herencia que recibió de sus padres. Obviamente si pudiera elegir, elegiría ser pobre y que estuvieran. Pero ya una vez que está sola, pues mejor saber que puedes contar con este gran apoyo económico. Aunque, joder, los echa tanto de menos. Alguien que la frenase en sus locuras. Que pusiera un poco de cabeza a todo esto. El coche para en seco delante del gran edificio gris.

—Se paga a través de la aplicación, ¿verdad? —pregunta ella.

Y ante la confirmación del conductor, baja y comienza a caminar. Indira la espera en una de las puertas, con su uniforme.

—Vaya, qué seria pareces.

—No lo parezco. Lo soy.

Ambas sonríen. Indira la acompaña al puesto de la Profepa, que se encuentra a las afueras de la Viga. En uno de los pasillos que están al aire libre, durante el camino, se ponen al día sobre Clara. Aunque se conocen poco, hay una buena energía en el ambiente. Ya en el puesto y delante de sus compañeros, le explica que esa madrugada han llegado varias neveras de procedencia ilegal. Han visto cómo descargaban los camiones y ahora solo tienen que investigar en qué puesto se están vendiendo todas esas especies protegidas. Al parecer hay bebés tiburón, ballenas, tiburones blancos...Va a mentir a los comerciantes diciéndoles que están solamente mejorando el catálogo de aletas, que no es una inspección ni nada.

—OK. Así lo haremos.

Angie parece muy segura de sí misma, aunque, en realidad, le está causando algo de reparo toda esta tontería. Sobre todo si su amiga está en casa. ¿Quizá lo que le da inseguridad es que no esté Clara con ella? Cuando estaban juntas, Angie tomaba siempre el papel de la fuerte, pero ahora, sin ella, se siente débil. Sola y confusa.

—Venga, comencemos a caminar por los pasillos. Como solo soy una única inspectora, todos los comerciantes se dan el soplo y esconden las mercancías a mi paso. Tenemos que ser rápidas.

—De acuerdo, ¡vamos!

Angie saca de su cabeza esos pensamientos de soledad que la están afectando y comienza a pasear rápido por los puestos mientras toma fotografías con una cámara réflex pequeñita que se ha traído a la expedición. Algunos comerciantes miran sorprendidos y entonces Indira, sonriente, los tranquiliza.

—No se agüiten, compadres, es una amiga de la facultad de Biología Marina y está ayudándome con el catálogo de especies comerciales.

La joven mexicana intenta calmar a los pescadores utilizando todas sus armas de simpatía, pero, aun así, muchos de ellos esconden los géneros a su paso por los mostradores. Incluso giran las caras para no mostrar su rostro ante las chicas. Un chiquillo, de no más de trece años, arrastra una carretilla y le llama la atención a Angie. Lleva varias crías de tiburón tigre. Es una especie muy reconocible por el estampado tan bonito de su piel. Le saca una fotografía, el niño sonríe dejando ver que le faltan todos los dientes de la parte de arriba de la boca. La instantánea es muy llamativa. «Esta foto seguro que le encanta a mi Clari».

Llegan al puesto en el que Indira piensa que están las cajas escondidas. La dueña es una mujer bajita, ojos rasgados, cara redonda y piel arrugada por el sol. En su mirada se nota que no le ha gustado nada la llegada de las chicas.

—¿Otra vez me vas a andar chingando, niña? —utiliza un tono muy despectivo refiriéndose a Indira.

—Yo no chingo nada, Mari Cheli. Solamente vengo a hacer mi trabajo.

—Tu trabajo quita la comida del plato a miles de niños y familias.

—No me lo haga más difícil, por favor. Ábrame el almacén.

Angie está nerviosa y el ambiente amigable del principio ha cambiado a una atmósfera de tensión y nervios. La señora las mira con odio, no se mueve y hace señas a dos hombres que se han acercado por detrás del puesto.

—Por favor, Mari Cheli. Abre el almacén. No te voy a chingar nada. No mames. Solo necesito tomar unas fotografías. Por favor.

Mientras la señora se mueve con calma, Angie se da cuenta de que tiene un cuerpo de tiburón martillo en el mostrador. Le han cortado la cabeza y solo disponen del torso. Se nota perfectamente que es un martillo por el tamaño enorme de la aleta caudal. El precio de la pieza entera es de unos noventa pesos. Hace matemáticas, noventa pesos no llega ni a siete euros. Con estos cálculos, trata de evadirse de esos dos hombres que le están dando bastante miedo. Las puertas se abren, y con esos hombres al lado, como si fuesen una sombra, entran en el almacén.

—Dios bendito, Mari Cheli, qué es todo esto —le pregunta Indira sobresaltada, y la mujer mueve la cabeza decepcionada.

—Dijiste que no chingarías. Pues ni modo. Toma tus pinches fotografías y lárgate de aquí.

En el suelo, dispuestos en cuadrados enormes de plástico, hay miles de aletas de tiburón escondidas en un hielo escarchado que se está derritiendo. Indira se remanga la camisa, se pone los guantes de plástico que guarda en los bolsillos, ofrece otros a Angie y empieza a sacar aletas, una a una de todas las hieleras. La imagen es desoladora. Son aletas frescas. Aletas que sangran y huele mucho a pescado. Es un olor como metálico, como alambre. Angie todavía no se ha colocado los guantes y solamente saca y saca fotografías. Mientras lo hace, recuerda los documentales en los que, tras cortarles las aletas, sueltan a los animales aún vivos al agua, donde mueren agonizando y desangrándose. La mayoría de las aletas no llegan a los diez centímetros de largo; eso significa que son todas de tiburones crías. La cabeza de la niña da vueltas y piensa en Miguel, en cómo debió de ser intentar frenar esta barbarie, y en Clara. Indira se levanta y le pide a Mari Cheli que quite el candado de una de las neveras industriales que hay al fondo del almacén. Se nota que está acostumbrada a hacer esto.

—No chingues, niña.

—O lo abres o llamo ahora mismo a seguridad y te confisco todos estos cubiletes. ¿Me entiendes?

Ha cambiado el tono amistoso del principio por uno más cortante y solemne. Esta vez es uno de los hombres quien se acerca con un llavero y quita el candado. La nevera es gigantesca, les llega a las chicas por la cintura. Al abrirla hacia arriba sale un montón de humo del frigorífico, como si estuviesen protagonizando una película de misterio. Las dos jóvenes se miran y después, de cuclillas, se asoman. Hay unas treinta o cuarenta piezas enteras de tiburones bebés muertos. Están aún frescas y no del todo congeladas.

—Chingue su madre, Mari Cheli. Eso son tiburones blancos. Sabes que es una especie protegida. ¡Y crías!

Angie no deja de hacer fotografías y el rostro de la señora ha pasado del enfado a parecer que pide ayuda. Los hombres también han bajado la mirada. Indira sujeta los cuerpos desde la cola, y Angie recoge todo con su cámara. Pasan más de media hora en ese almacén y hacen fotografías sin parar. Después salen y la señora las mira preocupada.

—No vas a confiscarme nada, ¿verdad? —dice.

—Lo pensaré.

Indira está muy cansada de todo lo que pasa, pero debido a la cantidad de veces que ha visto estas escenas, no le afecta tanto como a Angie. Está traumatizada. Disimula haciéndose la fuerte delante de la agente, pero no puede evitar tener hasta ganas de vomitar. No se puede creer que hoy en día pase todo esto. Cómo puede haber esa falta de información en todas partes. Quiere ayudar a Clara. Al principio, comenzó esta labor por su amiga, pero lo cierto es que después de ver esta masacre, quiere continuar también por ella misma. Por Miguel. No es justo todo lo que le hacemos a los océanos. Con lo bonitos que son y todo lo que nos dan. Angie siempre había sido una enamorada de la naturaleza. Pensaba que era más de montaña porque sus padres adoraban las cordilleras. Eran aventureros. Escalaban, y los pocos recuerdos que tiene de su niñez eran en el campo con ellos. Eso hizo que siempre apreciara las montañas, la nieve o el sonido de los pájaros. Nunca había estado tan conectada al mar. Quizá porque no es nuestro medio. Porque nos hace sentir vulnerables. Pero, con toda esta experiencia, corrobora y se da cuenta de que cualquier humano en su sano juicio se enamoraría de los océanos. El agua es la fuerza motriz de toda la naturaleza. Estamos hechos de agua. Es bonito cómo se enamora también de nuestros mares, de la importancia que tienen en nuestras vidas. Al fin y al cabo, miles de personas han vivido sin amor, sin montañas, pero ni una sola ha vivido sin agua.

51

Salgo de la entrevista y en el móvil veo que tengo tres perdidas de Angie. Marco sin pensarlo. Ha sido un verdadero exitazo y seguro que me van a coger. ¡No puedo creerlo! Mi primer trabajo de periodista y ni siquiera he terminado la carrera. Mientras escucho los tonos que da el teléfono, repaso mentalmente cómo han ido las preguntas que me han hecho. ¿Que por qué estaba investigando tanto sobre estos animales? ¿Que desde cuándo llevaba luchando por la causa?

Tengo que reconocer que he mentido un poco. Tampoco quería contarles mi vida y milagros, así que les he dicho que de toda la vida me han interesado los océanos. Ha colado. Angie no coge el móvil. Vuelvo a casa caminando. Tengo muchas cosas en la cabeza y prefiero dejar que se esfumen mientras observo las arboledas de la Castellana. No me puedo creer que vaya a escribir todos esos artículos. Espero que Angie esté tomando buenas fotografías. Espero que se esté dando cuenta de la importancia de todo esto. Estoy segura de que sí. Es muy sensible y desde pequeña le encantaba la naturaleza. Estoy segura de que ver todo esto está haciendo mella en ella. Marco de nuevo. Me lo sé de memoria. Ojalá conteste. Echo mucho de menos a mi madre. A veces todavía no puedo creer que se haya ido. Imagino lo orgullosa que estaría de mí. Cada paso que doy lo hago pensando en ella. Es muy fuerte, pero siento que está a mi lado. No en plan espíritu de película de miedo dándome toquecitos en el hombro, sino dándome la confianza que antes no tenía y que de pronto he comenzado a tener en mí.

—Clara, no puedo hablar ahora. Luego te llamo.

Angie me cuelga enseguida. No tengo ni idea de lo que estará tramando. Quizá está en un ensayo de su obra de teatro. O quizá está ya en la Viga. Cualquiera de las dos opciones me interesa. No puedo echar más de menos a mamá. Como no puedo hablar con Angie, llamo a Ampi, pero no me contesta. Qué diablos le pasa hoy a todo el mundo con el móvil. Paso por una cafetería llena de flores y me invade un olor intenso y profundo a bollería. Sin pensarlo dos veces entro. Me encantan los dulces y celebro lo que me acaba de pasar.

—¿Qué desea tomar?

Una jovencita latina con una voz muy dulce me ofrece quedarme en el local a tomar la bollería calentita. Me indica que su especialidad es el té matcha con leche de almendras. Me encanta esa bebida. ¿Por qué no? Con la espuma del matcha dibuja una forma de ballena. Se me paraliza el corazón un poco. Nada es casualidad. Qué bonito. Me siento a una mesa con el ventanal a la calle y escribo otra carta a mamá.

> Hola de nuevo:
>
> Te echo de menos. Eso creo que ya lo sabes.
>
> Te escribo para decirte que me han cogido en una revista.
>
> Voy a escribir artículos sobre los océanos. Sobre la pesca ilegal de tiburones y todo lo que he aprendido a raíz de lo de Miguel. Aún no ha despertado, ¿sabes? Bueno, supongo que esta información no te pilla de sorpresa. ¿Lo sabréis todo ahí arriba? Te imagino allí sentada en una nube comodísima y

observándome con una cerveza fría y unas cortezas. Algún día volveré a verte devorarlas y me enfadaré, porque tienes que ponerte a dieta.

Ampi está bien. Me cuida. Nos cuida. La quiero. Pero te echo de menos. También echo de menos a Dan. Quiero volver a la Baja a verlo. Echo de menos estar con él en el océano viendo todas esas cosas impresionantes. Madrid me ahoga. O más bien me ahoga la vida sin ti. Sin vosotros.

No tengo ganas de escribir más.

Estoy segura de que estás orgullosa de mí.

Gracias por haberlo estado siempre.

Has sido y serás siempre mi motor.

Te quiero.

Guardo la libreta y pago lo que he consumido. Se me ha cerrado un poco el estómago y no me he terminado la napolitana de chocolate, así que le pido a la chica que me la envuelva bien para llevármela a casa. El teléfono suena y el bajón que me ha invadido se me pasa casi de golpe al escuchar la voz de mi mejor amiga.

—Joder, por fin lo coges. No te imaginas lo que acabo de vivir.

—Pero si te he llamado yo y has sido tú quien no lo ha cogido.

—¡Qué más da eso ahora! ¡Escucha! Tengo unas fotos que van a hacer que te contrate *National Geographic* directamente. No sabes en dónde me he metido hoy con Indira. En un almacén en el que había hasta bebés de tiburones blancos. Y encima en época de veda. Ha sido brutal.

—¿En serio? ¡Cuenta!

Angie me explica durante un rato bien largo todo lo que ha visto en la Viga. Me cuenta cómo Indira, con su uniforme verde militar, ha hecho su papel de inspectora a la perfección. Todos los puestos se habían dado el chivatazo de que estaban inspeccionando y habían escondido los géneros ilegales. Según caminaban por los pasillos desaparecían más y más cosas. El descontrol había sido brutal y, aun así, habían visto miles de cosas ilegales.

Me cuenta todo emocionada, y repasamos los artículos que podemos escribir acompañados de esas instantáneas. Después de un rato de conversación, cerramos la llamada, como siempre, con palabras bonitas pero duras y dolorosas para mí.

—Te echo de menos. Tienes que volver. Te prometo que nos veo a las dos viviendo por aquí.

—Me encantaría ir, pero bueno..., ya sabes que...

—No hay ningún avance, ¿verdad?

—Ninguno.

—No te desanimes, Clara. Seguro que se va a despertar. Y si no despierta, saldremos adelante. Te lo aseguro. Saldrás adelante.

—¿Por qué dices eso?

—¿El qué?

—Que no va a despertar.

—Bueno, no sé, yo... solo digo que igual... hay que empezar a hacerse la idea de que quizá Miguel no se despierte.

52

Un día más Clara se sienta en una acera de piedra del cementerio de la Almudena. Arranca de su cuaderno las últimas hojas con anotaciones y las dobla con delicadeza mientras piensa en todo lo que tiene que decirme. Tiene miedo. Se ha vuelto a morder las uñas y tiene heridas en las partes finales de los dedos. Quiere que Miguel despierte. Y abrazarlo. Yo también quiero abrazarlos a todos.

Después de un rato sentada en aquel lugar de calma, se levanta y mete todas las anotaciones en el rincón de siempre, donde deja también las cartas. Los pájaros cantan y las nubes se mueven con destreza en un cielo azul muy limpio y brillante. Suspira y se aleja caminando. Jamás pensó que vendría tanto aquí. Me gusta que venga. La siento más cerca, respiro con encanto cada segundo de sus visitas.

Su padre se esconde detrás de una arboleda, como ha hecho otras veces. Esta vez no la ha seguido como otros días, porque en cuanto la ha visto salir de casa ya sabía adónde venía. Conoce muy bien a nuestra hija. Está nervioso y, como muestra de su inquietud, mueve las piernas acelerado y entrecruza los dedos de las manos. Leerá de nuevo las cartas de Clara, pues está preocupado por nuestra niña. Le ha costado dar este paso, pero no sabía qué otra cosa hacer para ayudarla.

Ya lo ha hecho más de tres veces y ha descubierto multitud de cosas en esas misivas. Que huyó de un puerto pesquero con Dan, que tiene contacto con los capitanes que pescan tiburones a diario..., un tal don Gil, un AirTag, Indira... Se tranquiliza pensando por un momento que todo eso tampoco puede ir muy lejos. Pero, por otro lado, así comenzó todo con nuestro Miguel. Dejo a mi marido y a mi hija que actúen de esa manera tan rara. No se cuentan nada para no hacerse daño, para protegerse. Papá sabe muchas de las cosas que hace nuestra traviesa y, aun así, prefiere no decirle nada. Prefiere dejarla hacer. De la misma manera que ella no quiere involucrarle. Prefiere ahorrarle el sufrimiento. Están atentos el uno del otro. Me alegra ver cómo mi familia se quiere incondicionalmente. Es lo más especial que les he dejado. La unión. Ahora vuelo alto de nuevo para vigilar a mis dos hijos mayores.

Amparo llega al hospital Beata y se derrumba en una de las sillas del pasillo. Siente que algo no va bien. Los médicos la han citado a las once de la mañana y, aunque todavía son las diez y media, no ha podido resistir visitar a su hermano. La puerta de la habitación está cerrada y entiende que deben estar aseando a Miguel. Saca un abanico negro azabache del bolso y lo mueve delicadamente mientras se maldice una vez más por no haber sabido frenarlo. Por no haberle parado con esa mierda de contrabando cuando solo ella lo sabía. «Si le hubiera dicho algo, si le hubiera ayudado..., quizá no estaríamos aquí».

Una de las enfermeras conocida la ve y le sonríe.

—¿Te traigo un vaso de agua? —le ofrece amablemente y ella asiente.

Amparo no le pregunta por qué la puerta de la habitación está cerrada. No sabe muy bien por qué no lo hace. Decide permanecer ahí fuera y esperar el vaso de agua. Lleva una blusa en tonos verdes claritos de flores y un vaquero campana apretado que marca su cintura con un cinturón rosa fucsia. El estilo es impecable y me gusta ver cómo se cuida mi hija hasta en la peor de las situaciones. Es una figura muy pulcra y femenina.

Los doctores llegan puntuales a la cita, como ella. Los médicos comienzan a hablar, y Amparo corrobora lo que en el fondo ya sabía: que Miguel no está respondiendo bien a los tratamientos, que su estado no avanza como esperaban y que ya no hay nada nuevo que puedan probar para que despierte.

—¿Me está usted diciendo que se va a quedar vegetal? Prefiero que me lo diga directamente. No me gustan los rodeos. La verdad por delante, por favor.

La voz de Amparo titubea, y los médicos confirman que cada vez hay menos esperanza de que Miguel despierte, que el daño cerebral es severo y que lleva demasiado tiempo dormido. Mi hija se marea y tienen que ayudarla para que no se caiga redonda.

—No llamen a mi padre ni a mi hermana —dice antes de caer rendida en uno de los sofás.

Mis dos hijos duermen en esa habitación blanca de hospital. Y la luz de Miguel se acerca adonde estoy ahora, atraído por este sentimiento placentero que solamente se siente aquí arriba. No vengas. No te acerques. Lucha. Me acerco y le susurro que lo intente, que queda poco, que queda vida ahí abajo y que aquí no hay nada que pueda hacer, que se quede. Soplo fuerte. Soplo con todas mis fuerzas y noto que abre los ojos. Mi voz retumba en sus sueños y parece que me escucha, porque vuelve a hacer fuerza hacia abajo. Mientras haya vida, hay esperanza. Ampi navega en un sueño profundo donde las carcajadas de sus hijos, Daniela y Álex, lo llenan todo. Le duele el pecho. Abre los ojos, y los doctores le ofrecen unas pastillas. Son calmantes.

—Quédese aquí, tranquila. Hemos llamado a su marido y está en camino.

Cierra los ojos aún mareada y navega de nuevo en sueños de verano. Nuestros meses intocables en las Rías Baixas, el olor a albariño, las montañas... El viento la zarandea y la lleva volando por más y más recuerdos. Miguel y ella están jugando de niños a coger las olas. Las risas, las aguadillas, la sonrisa blanca de su hermano en la Lanzada con la luz entrando de fondo entre las rocas. Los cangrejos. Papá leyendo sus interminables libros en una sombrilla entre multitud de turistas. Mi olor. Ese perfume que intenta respirar a toda costa. El olor a marisco, a casa fría gallega después de la playa.

—Ampi, mi amor. Estoy aquí.

Adolfo la despierta despacito con cosquillas en el brazo y entonces se abrazan. Ella siente que es su hogar y llora.

—No puedo más. ¿Cómo se lo vamos a decir a mi padre? ¿Cómo se lo vamos a decir a Clara? Mi familia, Dios mío, yo...

—Shhh. —Adolfo la abraza fuerte y la obliga a guardar silencio. La mima, le hace caricias. Se ha instalado en su antigua casa con los niños porque sabe que Ampi lo necesita. La quiere incondicionalmente y ha regresado de Galicia para cuidarla. Ella se deja querer. Va recuperando la respiración poco a poco y entonces habla—: Por ahora no vamos a decírselo ni a tu hermana ni a tu padre, mi amor. No necesitan saberlo. Además, Ampi, mírame un momento. Lo digo en serio, yo creo que Miguel va a despertar.

Ampi lo mira desesperada. Necesitada de esperanza. Se siente como un bebé en los brazos de su madre. Hay ilusión en los ojos de su marido. Y ya por fin no titubea con la idea de llamarle marido de nuevo. Se besan. Pero no un beso romántico ni sexual; uno suave, delicado, cargado de amor puro y sentimientos. Inundado de paz. Solo él sabe besar así. Me alejo de esa intimidad tan bonita y cruzo el charco para observar a mi otra niña querida.

Angie ha vuelto de nuevo a la Viga. No para de hacer fotografías y sigue las instrucciones de Clara. «Sobre todo que se vea la cantidad de aletas. Y si puedes, saca fotos de la gente. Entérate de los nombres. Yo qué sé, por ejemplo, cómo se llaman los puestos y los exportadores. Cualquier prueba nos vale». Ella, obediente, saca fotos de todo acompañada siempre por Indira. La agente de Profepa no tiene del todo claro que la ayuda de estas dos jovencitas vaya a llegar a buen puerto, pero, al menos, no se siente tan sola como de costumbre. Hay alguien que opina como ella y, por fin, ha encontrado una confidente mujer en un mundo lleno de hipocresía masculina. Además, le enterneció mucho la historia del hermano. Ella también está segura de que intentaron matarlo y al menos con estos reportajes siente que se hace algo de justicia.

Esa mañana, en una de las inspecciones de un puesto, ven a un menor atendiendo a los clientes. Al llegar Indira con el uniforme verde, el chiquillo sale corriendo en busca de sus padres. Se han quedado solas delante del mostrador. Se miran cómplices y Angie entra directa al almacén situado detrás del mostrador de metal. Esta vez encuentra cajas de plástico rojas con los cuerpos alargados de cientos de tiburones bebés. Encima de una de las estanterías hay una carpeta, como un archivador, lleno de facturas raras. Algunas con letras chinas. Angie le pregunta a Indira que qué es eso.

—Son facturas reales de exportación. No todo lo que vemos aquí se vende en este mercado. Ya sabes que la mayoría de género se seca y exporta a otros países. Pero déjalo ahí. Eso no podemos tocarlo.

Los padres llegan al puesto, e Indira sale del almacén para hablar con ellos de lo que van a fotografiar. Angie, nerviosa, mira a los lados; no es una mujer de pensarse mucho las cosas, así que, sudorosa pero sin dudarlo, agarra el cuaderno, lo abre y arranca dos o tres facturas de cuajo. Se las mete en el bolso torpemente y muy nerviosa. Seguro que le sirven a su amiga de algo. Pasan un par de horas registrando los pasillos y se despiden a media mañana, ya que Angie tiene ensayo.

—Mil gracias, Indira, por estar ayudándonos con todo esto.

—De nada, muchacha. Espero que llegue a buen puerto.

—Seguro que sí.

Se sube en el taxi y respira hondo. «Tengo que llamar a Clara». Tiene la sensación de que su hermano no mejora y quiere hacerla reír. Larga vida a las personas linterna que por más que estemos apagados jamás se cansan de iluminarnos.

53

Repaso mi último post en Instagram y el texto que he escrito debajo tumbada en la cama mientras espero a que llegue Ampi a comer. Es una de las imágenes que me ha pasado Angie de la Viga en la que se ven más de diez tiburones martillo bebé muertos postrados en cajas de plástico de color rojo. Al lado, varios cubos de cartón de aletas pequeñitas secas y maltratadas. De pie de foto:

> Más de ciento cincuenta toneladas de aletas de tiburón fueron exportadas al mercado asiático entre abril de 2017 y octubre de 2021, con permisos que nunca debieron ser emitidos por las autoridades mexicanas. Estas aletas fueron arrebatadas a siete diferentes especies de tiburones amenazadas de extinción que surcan los mares del país. ¿Hacemos algo?

Leo los ciento cincuenta y ocho comentarios que me han escrito mis seguidores. Ya tengo veintidós mil. Veintidós mil personas que siguen el contenido que publico. Me sorprende mucho estar creciendo tanto en las redes sociales. Al mismo tiempo, me gusta pensar que estoy creando un perfil distinto, alejado de los miles de chicas que solamente publican fotos de sus cuerpos, de diferentes looks de ropa y de bailecitos de esos de TikTok. Me gusta pensar en lo que me he convertido. O, bueno, en lo que me estoy convirtiendo. Suena el teléfono. Es Angie. Lo cojo nerviosa. Estoy deseando saber qué va a contarme.

—Buenos días, le llamamos del departamento del FBI mexicano, güey. —Me río del acento que está intentando poner.

—Buenos días, caballero, y qué ha investigado hoy.

—¡No manches, tía! Te he robado hasta facturas de exportación de aletas reales. Mira, mira, que te las mando al WhatsApp.

Leemos juntas la factura y descubrimos que el exportador se llama MEXI SHARK. La dirección es carretera de los Moohis, Colonia plan de Guatapulte, 89962, México.

—No puedo creerlo, qué fuerte, en serio. No es broma que el FBI debería contratarte. Déjate de obritas de teatro y apúntate a un curso de detective.

—¿Verdad?

Nos reímos.

—Aquí veo también los datos del remitente: L. SHONG KWUNG, Commercial Building 10, Des Viteax Road West, Hong Kong.

—¡Lo sabía! Sabía que todo iba a Hong Kong.

—Esta información es genial, puedo hacer un artículo interesantísimo sobre esto. Eres una crack. Millones de gracias.

—Ahora te paso todas las fotografías que he hecho. Pero, a ver, lo más importante que tengo que contarte es que he vuelto con Julieta y tengo novedades de la monja Sisi.

Atiendo la llamada divertida de mi amiga, sus tonterías me calman. Me dan un descanso de mi cruda realidad. Me cuenta que a raíz de hablar con Julieta llamó a una de sus tías para preguntar si había alguna monja en la familia. Resulta que sí, que tenía una tía lejana que se llamaba Carmen y que ingresó en un convento siendo bien jovencita. La verdad que la manera en la que me contaba la historia era tan graciosa que no podía ni tomarme en serio la tragedia de la pobre señora. Resulta que en el panteón familiar (sí, así es el nivel de mi amiga) había una tumba chiquitita como de un bebé. Y la fecha de la muerte del pequeño coincidía con el ingreso en el convento de la tía Sisi.

—Espera, espera. ¿Un bebé? Me he perdido.

—Básicamente, esta tía mía, que al parecer se llamaba Carmen Silvia pero todo el mundo la conocía como Sisi, tuvo un marido al que le fue infiel. Después de que la pillaran, se quedó embarazada. El bebé nació muerto y literal, cuando lo enterraron, ingresó en el convento.

—¿Y el marido?

—Yo qué sé. Eso tampoco lo he preguntado.

—Pero y ¿el bebé nació muerto? ¿O lo mataron?

—Pues, hombre, no creo que lo mataran. Aunque quizá sí. Ya sabes que, en esa parte de mi familia, están todos como una regadera. Los únicos cuerdos eran mis padres y decidieron irse corriendo. —Se ríe.

Su mismo humor negro de siempre.

—No seas bruta, anda.

—Vale, vale, paro.

—El caso es que tienes una monja en las espaldas. Bueno, ¿qué vas a hacer?

—Pues Julieta dice que básicamente como la reprimieron en el amor, le bloquearon una relación y la obligaron a meterse monja, ahora ella bloquea mis relaciones. Y la tengo que llevar a su sitio.

No puedo evitarlo y me entra la risa.

—Pero ¿qué sitio?

—Pues la iglesia. Tengo que dedicarle una misa al parecer. Dedicarle unas palabras en la misa para que se vaya y me deje enamorarme.

Ahora reímos al unísono.

—No puedo creerlo, te lo juro. ¿Y qué le vas a decir en la misa?

—Pues justo Julieta me lo ha escrito en un papel. Te lo leo, espera: «Carmen, que te quedes aquí, que este es tu hogar. Ayer fuiste una tía, pero hoy ya eres una hermana espiritual. Quédate aquí, Carmen».

No podemos evitar partirnos de risa.

—Pero, Angie, esto es absolutamente surrealista.

—Ya lo sé. Pero espera que aquí viene la mejor parte. Las palabras hay que decirlas en una iglesia específica, donde se efectuó la misa de su funeral. La iglesia del Sagrado Corazón en Pío XII, en Madrid.

—Ostras, o sea que vas a estar con la monja pegada hasta que vuelvas a Madrid.

—No, guapa, no. Vas a ir tú a quitarme a la bruja de encima.

—¿Yo?

—Sí, claro, tú.

—Ni de coña. Ya sabes lo poco que me gustan las iglesias.

—¿Y te crees que a mí me gustan mucho las lonjas?

—No compares. Esto va de espíritus y da mucho más yuyu.

—O sea, me he venido a esta pescadería industrial asquerosa miles de días, y tú me estás diciendo que no vas a ir a una iglesia a liberarme de la monja Sisi… Es broma.

—No te preocupes. Iré a la iglesia a liberarte de la monja.

—Eso es lo que quería escuchar.

54

Clara sonríe en esas videollamadas eternas que tiene con su Dan. Tras pasar unos días en la bahía Magdalena, el joven ha recuperado cobertura y hablan a diario. Se preocupa mucho por ella y desde que llegó a Madrid no han vuelto a discutir. Está cariñoso y le pregunta mucho por su revista, los artículos y su familia. Ella le informa sobre los avances de Miguel. Se disfrutan y se tienen mucho aprecio. Dan parece estar más tranquilo que en México. Por teléfono ni siquiera parece que le mienta en nada. Le cuenta con ilusión todas las hazañas que llevan a cabo en los océanos. Es época de congregaciones de mobulas y se avistan grupos de miles de ellas por la costa. A veces los delfines las acompañan. Dan tiene unas instantáneas con el dron que te dejan sin aliento. La naturaleza es espectacular. Por algún motivo extraño, han aparecido ballenas azules cerca de La Ventana. La ballena azul es el animal más grande del planeta, y Clara escucha con atención las explicaciones que le da su chico sobre ese gran animal.

—Güey, es el ser vivo más grande que jamás ha habitado la tierra. Más grande que muchos dinosaurios. Imagínate lo que he sentido con él en el agua. Tienes que venir. Te lo juro, tienes que venir.

Mi niña solamente quiere ir. Desde pequeña había huido siempre de los problemas. Viajaba lejos para evadirse. Cuando era una cría, vagaba por su imaginación. Veía películas de Disney y leía libros de aventuras. Dormía mucho. Era mejor no estar aquí. Prefería las princesas y los dinosaurios al mundo real. Su padre y yo siempre comentábamos esa capacidad de huida. Yo intentaba retenerla un poco, pero mi confidente de vida la entendía. Decía que viajar era otra manera de sanar las heridas. La distancia te hacía siempre tomar perspectiva. Verlo todo desde otra dimensión.

Clara cuelga el teléfono y repasa más y más vídeos del océano. Daría lo que fuera por estar allí con él. Ver esos animales con él y con su mejor amiga. La idea retumba en sus adentros, pero no puede. Más bien, no debe, porque poder, puede. Pero ¿cómo se lo plantearía a Ampi? Cierra los ojos y se imagina allí de nuevo, en esa bahía Magdalena de la que tanto ha escuchado. Con las ballenas saltando, las montañas a los lados, las arenas volcánicas desbordando las playas, los desiertos, los cactus. Abre su portátil y comienza a redactar otro de los artículos.

> ¿Y si te digo que te alimentas de tiburón casi todos los días?
>
> Sí. Has vuelto a leer bien. Te guste o no, comes tiburón. ¿Nunca te has preguntado qué animal es cuando lees en las etiquetas del supermercado, «pescado blanco»? ¿O pescado mezclado? ¿No te llaman la atención esos nombres ridículos que escogen grandes empresas como Carrefour o Mercadona? Pues yo te voy a explicar lo que estás comiendo. Estás comiendo a veces delfín y otras veces incluso tiburón. O aún peor, pescados maltratados y clonados en piscifactorías. ¿Quieres que te explique a lo que me refiero?

Papá interrumpe a Clara en la escritura para preguntarle cómo está y charlar un rato. Se ha prometido hacer un esfuerzo e intentar hablar más con su niña para quitarle esa idea de salvadora del mundo que tiene ahora en la cabeza. Las cartas del cementerio le preocupan. Si ella se enterara de que las ha leído, la perdería. Desea respetar su intimidad, pero, por otro lado, no quiere sufrir más perdidas absurdas. Todo esto de los tiburones se les está yendo de las manos y no entiende por qué tiene que estar en el ajo toda su familia.

—Clarita, hija mía, ¿estás bien? ¿Sobre qué estás escribiendo? Cuéntame.

Se acerca a su escritorio por detrás y le acaricia una trenza despeinada que lleva hecha. Después posa sus manos en los hombros. Ella se gira cariñosa y le explica todo lo que ha descubierto. Le enseña las fotografías que le ha mandado Angie, pero le oculta que las ha hecho su amiga. Le cuenta que son de un banco de imágenes de internet, que pagas una cuota mensual y puedes acceder a todo tipo de contenido. Su padre sabe que miente. No es tonto. Además, ha leído las cartas del cementerio, pero la deja seguir actuando. Se interesa por su niña como si no tuviera la menor idea de los líos en los que se está metiendo.

—Anda, y esas facturas, ¿de qué son?

—Son facturas de exportación de aleta, papá. Mira, en algunas llegan a exportar a Hong Kong más de una tonelada de aletas. Imagínate cuántos tiburones tienes que matar para llegar a eso.

Su padre hace *zoom* a las facturas. Muestra mucho interés en todo lo que Clarita le enseña. Lee en voz bajita alguna de las frases que dice el papeleo: «Registro ante Semarnat número 21347289. Seiscientos cuarenta y un mil kilogramos de aleta seca de tiburón. *Alopias pelagicus*. Amado Sánchez Terrón».

—Un momento, me suena ese nombre, papá. Amado Sánchez Terrón. Es como si lo hubiera escuchado antes.

Su padre, que se ha sentado ya en la cama al lado del escritorio con ella, le ayuda a encontrar las evidencias. De las quince facturas que tenía en fotografías, nueve están firmadas por ese señor: Amado Sánchez Terrón. El nombre es pegadizo. Lo buscan juntos en internet. No hay fotos ni ningún perfil en redes sociales con esos datos. Está como desaparecido de la faz de la tierra.

—¿Tú crees que existe, papá? ¿O quizá es un nombre falso de los narcos?

—Lo que creo es que ese nombre no es relevante para los artículos tan bonitos e informativos que estás escribiendo. Sigue hablándole a la gente de los tiburones. El tal Amado ese no creo que le interese a nadie.

Le da un beso en la cabeza y tras una caricia en la espalda, se marcha del cuarto anunciando que la comida estará lista temprano. Clara no se lo dice, pero le ha gustado compartir ese ratito con él. Sobre todo, verlo algo más animado. Interesado por su trabajo. Le resulta bonito el apoyo que comienza a sentir de él, pero nunca equiparable al de su madre.

Continúa escribiendo su artículo hasta que una llamada interrumpe sus pensamientos. ¿Quién es? Su amiga. Le reclama con gracia que esa misma tarde vaya a la iglesia a echar a la monja Sisi de sus sueños. Se ríen. Como siempre. Después, comentan sus ensayos de teatro. A Angie le han dado un papel importante. No es la protagonista, pero sale en casi todas las escenas. Está emocionada y contagia a quien sea su nueva ilusión por el proyecto de la interpretación. Clara le cuenta que no hay novedades interesantes de Miguel. También le habla un poco sobre su relación con Dan. Por primera vez se abre con su amiga y le explica todo lo que lleva tiempo guardando adentro. Le explica que se siente rara y confusa, que hay días que Dan la llama a todas horas y le manda fotos de todos los sitios donde está, y otros, desaparece, no contesta al teléfono aun estando en línea y si lo hace, se muestra enfadado. Angie no quiere presionar a su amiga, pero todo lo que le cuenta le parece un poco tóxico.

—Pero ¿por qué no me lo habías contado antes? ¿Y por qué está enfadado ahora?

—No sé. Siempre se enfada sin sentido. Hoy ha sido simplemente porque ayer le puse que le llamaba en tres minutos. Me entretuve en casa y tarde veinte en vez de tres. Y bueno... que por qué le hago esperar. Que mi cerebro no funciona bien porque no comprendo la diferencia entre tres y diez.

—Espera, espera. ¡¿Qué?! ¿Que tu cerebro qué?

—Sí. A ver, que es verdad, que desde lo de mi madre pues se me va la olla muchas veces. Se me olvidan cosas a menudo y bueno... — Angie le interrumpe.

—Clara. Tu cerebro funciona perfectamente. No me fastidies.

—Ya. No sé... Intento explicarte que sí que es verdad que a veces se me olvidan las cosas y un día, por ejemplo, le dije que le llamaba desde el hospital. Se me pasó y no sé. Se enfadó muchísimo, pero tenía razón. Se lo había prometido y se me olvidó.

—No me puedo creer que le estés defendiendo. ¡Qué narices importa que se te olvide llamarlo! ¡Qué más da que tardes tres, diez o catorce minutos! No es motivo para enfadarse y menos para decirte que tu cerebro no va bien, que no estás bien. ¿Te dice que no estás bien?

—Buf...

—Te conozco. Eso es un sí. Joder, Clara. No dejes que ese tío tenga poder sobre ti. No dejes que te hable así. Yo...

Angie recuerda entonces una conversación que tuvieron en el coche los tres juntos un día en la Baja. Le preguntaron curiosas sobre el tatuaje grande en la espalda, el de la serpiente con el bastón. Él les explicó que se había tatuado una cobra como símbolo del poder. A Angie le pareció una respuesta escalofriante. Escuchó con atención el resto de la explicación. Dan les dijo que la serpiente es un animal que genera reticencia en muchas personas y temor por los ejemplares que hay venenosos y cuya mordedura es letal. Sin embargo, son reptiles que generan simpatía en muchas culturas. En México, por ejemplo, son símbolo de poder. Les habló de que el animal estaba presente en la Biblia, en un momento poderoso en el que Moisés tiraba el bastón al suelo y se convertía en serpiente, así Dios le muestra el poder de sus milagros. También estaba presente en el dios Shiva, de la religión hindú. Les mostró fotos de esa escultura religiosa donde se veía a la cobra rodeando su cuello. Había también una cobra en la cabeza de Tutankamón. Era importante también en el kundalini. A Angie le pareció tan terrorífica la historia del tatuaje que no quiso preguntar nada más. No le daba buena espina del todo ese chico. ¿Poder? ¿Por qué alguien estaría obsesionado con el poder? Pero no quería quitarle la ilusión a Clara. La veía sonriente e ilusionada con esa historia. No quería desmontarle todos los argumentos de lo único que la hacía feliz esos días.

—No todo es negativo, Angie. Hay veces que me trata muy bien. Está preocupado por mí.

—No sé, Claris. Eres muy lista. Confío en ti. Sé que no estarías con el típico imbécil tóxico. Pero no nos vamos a engañar, lo que me has contado tiene mala pinta. Y deberías de cuidarte. Lo que menos te hace falta es un tío así.

Clara cuelga el teléfono, nerviosa como siempre que alguien le dice cosas que no quiere escuchar. Angie tiene razón. Algo raro hay en Dan. Ella siempre lo supo, pero es precisamente eso lo que le engancha, lo que la tiene a la expectativa de ver cómo reacciona ese chico o qué mensajes le manda. No desea pensar tanto en él; su cerebro no para de dar vueltas. Se siente abrumada porque realmente tiene tantas cosas encima que a veces no piensa bien. Está nerviosa y ella también se altera a menudo. Ahora ya es demasiado tarde para que su amiga cambie la visión sobre Dan. Clara se maldice por haber sido tan sincera. No quiere que Angie le coja manía. Además, su relación con Kevin es mucho más sana, sin fisuras, ni peleas. Es bonita. «Ojalá yo tuviera una relación así. Ojalá pudiera volver a México y verlo. Quizá, si nos besáramos, si rompiéramos esa tensión, mejoraría todo. Quizá si le pregunto la verdad sobre mi hermano… ¿Y si vuelvo? Aunque sea cuatro o cinco días. Pero si le pasa algo a Miguel, no me lo perdonaría nunca. Qué miedo. O que me pase algo a mí en la Viga».

No sabe muy bien qué hacer, pero si algo ha aprendido en este duelo tan horroroso es que las mejores cosas están siempre al otro lado del miedo.

55

Sujeto la mano de Miguel. Cada día está más pálida, más delgada. Tiene los brazos tatuados llenos de moratones. Repaso las orcas de su codo, la ballena jorobada en el antebrazo. Los peces, corales, pulpos. Le doy un beso en el hombro. Ampi llega ajetreada como siempre al hospital. Oigo sus tacones por el pasillo. Cierro los ojos, porque me gusta que me llegue una ráfaga de su perfume antes de verla. Respiro hondo y lo disfruto. Es uno de mis olores favoritos del mundo. Me da sensación de hogar. De paz. Me da un abrazo. Va impecable, como siempre. Con una coleta y un conjunto de *blazer* y pantalones blancos. Lleva la manicura intacta. Es preciosa. O al menos a mí me parece preciosa. Yo me he puesto unos pantalones anchos y medio rotos, también unas Converse divertidas que tengo de color rosa con cebras pintadas en blanco y negro. Llevo una camisa finita de lino de rayas naranjas y violetas. Tiene algunas pelotillas, pero me encanta. En un intento de ir peinada, me he hecho una trenza de raíz. ¿Cómo lo hace ella para ir tan bien vestida siempre?

—Bueno, cuéntame. ¿Cómo van esos artículos de gran periodista?

Me gusta que se interese por mí. Es la única manera de no echar tanto de menos a mamá. Aunque sería injusto decirle que no se ha interesado siempre. Pero no sé, una madre es una madre. Es una figura que jamás se reemplaza. Quiero decirle a Ampi que muero por ir a México y que echo de menos a Dan. ¿Se lo tomará mal? ¿Lo entenderá? Quizá no. Pero me lanzo.

—Ampi, quiero preguntarte algo. No me regañes, que sé que te va a parecer un poco locura.

—A ver, sorpréndeme.

—No hago más que pensar en México y en que me gustaría ir allí con Angie y, bueno…

—Y con Dan.

—A ver, no con Dan…

—Clara, que soy tu hermana, que te conozco.

—Bueno, pues sí. OK. Creo que tengo ganas de verlo. Tengo ganas de verlo y, bueno, mi proyecto ahora de los artículos… No sé, tiene más sentido si los escribo allí. Instagram está creciendo muchísimo. Cada vez tengo más seguidores. Me encantaría ir allí y enseñarles en las redes los tiburones que hay muertos por las lonjas. No sé, simplemente quiero compartir contigo que tengo mi cabeza allí.

—Mi Clara… ¿Y piensas que no lo sabía?

—No sé, pienso que aquí estoy atrapada. Yo…

Me pongo nerviosa, porque en realidad lo que necesito es huir. Siempre lo he hecho, desde pequeña. Huir es una de mis especialidades. Cuando algo no va bien, cuando no puedo controlar la situación, huyo. No puedo ver a Miguel así más. Me está matando. Es egoísta. Lo sé. Pero quiero irme. No sé si porque realmente estoy buscando algo o simplemente para volver a sentir la libertad, esa que perdí aquí en el momento que lo ingresaron… en un hospital.

Ampi está pensativa, pero tiene una mirada que no es de enfado. Refleja comprensión. Sus ojos marrones brillan y resaltan gracias a la luz que entra por la ventana. No sé muy bien qué estará pensando y me pone nerviosa cuando guarda silencio. Siempre lo hace. Al contrario que yo, que soy una persona muy impulsiva, ella es cauta. Sensata. Piensa las cosas dos veces antes de decirlas o hacerlas. Espero su veredicto mientras me quito el pintauñas azul violeta apretando con los dedos por puro nervio. La pintura se descascarilla y cae en el suelo blanco del hospital. La remuevo con los pies.

—No sé, Clara. Entiendo que quieras irte. ¿Quién no quiere irse de esta situación? —Señala con la mirada a Miguel. Suspira—. En realidad, pienso que si te marchas una semana, haces tus artículos y vuelves, tampoco va a cambiar nada. Yo qué sé. Vete —lo dice tranquila, como desanimada, pero lo dice.

—¿En serio?

—En serio, ¿qué?

—¿En serio piensas que es buena idea irme?

Se lo pregunto porque ni siquiera yo sé si es buena idea o no. Necesito su aprobación para sentir que tiene sentido lo que quiero hacer. Creo que lo tiene. Al menos algo en mí me dice que debo irme. Como un pálpito. Una energía rara que últimamente me lleva por la vida como guiándome hacia algún sitio.

—Vete. De verdad te lo digo. Miguel no avanza por ahora y ya bastante ha paralizado la vida de todos. Si crees que es bueno para tus artículos, para tu futuro, para tus redes sociales que hoy en día son muy poderosas, vete.

No puedo evitarlo. Me levanto y le doy un abrazo. Huelo su perfume más intensamente y sin querer lloro. Lloro porque estoy confundida y porque ni siquiera sé si es buena idea. Lloro porque me duele en el alma ver así a Miguel. A mi Miguel. Mi superhéroe. Lloro porque echo de menos a mamá. Porque Ampi lleva las riendas de todo y ni siquiera sé si esto es justo para ella.

—Venga, anda, aparta. —Me separa cariñosa fingiendo que protesta—. Cuéntame algo divertido. No seamos más dramáticas. ¿En qué líos anda metida Angie? Baja a la cafetería, cómpranos un par de cafés y, al subir, hablamos de cosas divertidas. Tenemos que respirar también. Darnos un descanso.

Me quito las lágrimas de los ojos y le hago caso. Bajo. Compro dos cafés y dos napolitanas de chocolate. Están calentitas. Le doy dos bocados mientras espero el ascensor del hospital. Leo un mensaje de Dan. Hoy parece que esta de buenas.

> Hoy me ha preguntado el capitán Gil por ti. Me ha dicho que dónde estabas y que por qué no estabas por aquí conmigo. Le he dicho que no lo sé. La verdad que me gustaría que estuvieras aquí. ¿Cómo va Miguel?

Le contestaré después. Una camilla pasa con un niño pequeño, que no debe de tener ni cinco años, enganchado a miles de tubos de oxígeno. Tiene los ojitos cerrados y cara de malestar. Es rubio. Lo observo. «Ojalá te cures de verdad. No sé qué te pasa, pero deseo con todas mis fuerzas que te cures. Que os curéis todos». Entro en el ascensor. Reviso mi WhatsApp y veo los mensajes de Angie. «Dime que ya has ido a la iglesia. Por favor, quítame a la monja Sisi de encima. Ayer estuve con Kevin y te juro que ya tengo hasta paranoias de que nos mira cuando lo hacemos. Quítamela de encima».

Sonrío. Es inevitable. Iré a la santa iglesia esta misma tarde.

56

Los médicos se reúnen de nuevo. El neurólogo de Miguel entra en la sala con cara de desesperación, y Amparo ya sabe lo que le va a decir. Hablan. Pero, por un momento, ella ha dejado de escucharlos también. Recoge su bolso, le da un beso en la mano a su hermano de manera mecánica y sale de la consulta con un movimiento robótico, como si no fuera ella misma. Ni siquiera dice adiós. Los médicos lo respetan. No la detienen. Les deja a medias y se aleja caminando por el pasillo. Camina como una zombi. En piloto automático. Todo empieza a sonar en voz en *off*. Coge el ascensor y se da cuenta de que le sudan las manos. Se desabrocha la chaqueta buscando algo de aire. Se marea. Cierra los ojos y nota debilidad en las piernas.

—¿A qué piso va, señorita?

Es lo último que escucha antes de desvanecerse por completo. Silencio. Todo se apaga. Abre los ojos y ve una figura borrosa delante de una luz que la ciega.

—Mi amor.

La voz de Adolfo viene de lejos.

—Amor mío, despierta.

La escucha más nítida y nota el calor de sus manos sujetando las suyas.

—¿Qué ha pasado? —pregunta Amparo.

—Te ha dado una bajada de tensión y te has desmayado, mi vida.

La voz de ese hombre la tranquiliza. Está cansada y cierra los ojos disfrutando solamente de sus besos por la cara. En la frente. Hay amor. Se siente bien por un momento, como si la hubiesen rescatado de un naufragio.

—¿Dónde estamos?

Su marido le explica que están en el hospital. Pregunta por los niños. Iba a ir al colegio a buscarlos.

—Están bien, cariño. He llamado a Ana, la madre de Gonzalo, y los ha recogido a todos para llevarlos a su casa. Me acaba de escribir que no nos preocupemos, que les va a dar de cenar. Están todos juntos jugando.

Adolfo y Ampi se abrazan en ese hospital y ella entiende que no puede con todo y que, a veces, no hace falta poder con todo. Que ser débil y pedir ayuda está bien. Le explica a Adolfo la necesidad nueva de Clara de irse a México. Lo ve una locura, pero tampoco quiere que se quede aquí con la situación del hospital. No pinta nada bien. Amparo cree que se muere. Ya no le queda más esperanza. Sin embargo, su confidente la tiene. Tiene fe en que Miguel va a recuperarse y que esto se va a quedar en una mala pesadilla.

—Tienes que ser fuerte, amor mío, y confiar en mí y en él. Está luchando todavía. Cualquier otro cuerpo hubiera abandonado ya. Tienes que confiar en él.

—¿De verdad piensas que va a despertarse?

—Mi amor, no lo pienso. Lo sé.

Las palabras la embaucan. Se incorpora como puede para abrazarlo. Llora.

Ella también necesita derrumbarse. Ya está bien de ser la fuerte. La situación la está sobrepasando y además siente que ha dejado de lado toda su vida por su hermano. Los niños, el despacho. Está animando a su hermana pequeña para que continúe con su vida cuando la suya está totalmente paralizada. Abre los ojos.

—Ya no puedo más. Te lo juro. Siento que no puedo.

—Sí que puedes, mi amor. Claro que puedes. Y yo estoy aquí contigo para apoyarte siempre. Estoy aquí. ¿Me oyes?

—¿Cuándo embarcas de nuevo?

—Hasta que esto no mejore, no me embarco. Imagínate lo que te quiero, que me vas a tener apartado de mi mar.

—Te prometo que te llevaré adonde quieras.

—A las Maldivas. Siempre he querido ver esos miles de tonalidades azules.

—Hecho.

—¿Prometido?

—Prometido.

Sonríen y se besan. Un beso lento, pausado, lleno de amor y sentimiento.

—Te quiero —le dice ella.

Y Adolfo la besa de nuevo, esta vez sujetándole la cabeza. Con pasión.

Mientras tanto, en otra zona de Madrid que nuestra familia no frecuentaba mucho, Clara camina a paso rápido hacia la iglesia del Sagrado Corazón, en el barrio Pío XII en Madrid. Llama a Angie antes de entrar, y las dos se ríen bromeando con la estupidez del asunto.

—No me puedo creer que me mandes a una iglesia a hacer brujería, te lo juro.

—Yo no puedo creer que me mandes a una pescadería a robar facturas de aletas ilegales a los narcos. Estamos en paz.

—Bueno, estoy aquí. Quería avisarte de que ya he llegado. Entro.

—Recuerdas lo que tienes que decir, ¿no?

—Lo tengo apuntado: Sisi, que te quedes aquí, que es tu hogar y ayer fuiste una tía y hoy eres hermana espiritual…

Según pronuncia las palabras les da a las dos un ataque de risa. Clara entra. Las iglesias siempre le han dado miedo. Piensa en Dan. En su tatuaje de la serpiente y en cómo lo había relacionado con la Biblia cuando Moisés tira al suelo su vara y se convierte en serpiente. «Qué historia más tétrica. Lo echo de menos». Recuerda las conversaciones sobre las misas y su pasado en un colegio de monjas. Dan la escuchaba con emoción. Quiere verlo. Ahora ya tiene el beneplácito de Amparo. Camina por el pasillo y se coloca justo enfrente de una imagen de la Virgen María. Tiene lágrimas en los ojos y va vestida en colores verdes y blancos. Todo a su alrededor le parece siniestro y le causa miedo. No le gustan los sentimientos que tiene allí. «Dios mío, qué yuyu». Y entonces se acuerda de a lo que ha venido y pronuncia las palabras: «Sisi, que te quedes aquí, que es tu hogar y ayer fuiste una tía y hoy eres hermana espiritual». Lo pronuncia rápido, las diez veces que lo tiene que pronunciar. Se levanta ágilmente y se va. Antes de salir, se gira. Al fondo de un pasillo de butacas hay una imagen del niño Jesús. «Si estás ahí, si realmente existes y existe la fe, devuélveme a mi hermano. Te lo pido por favor, ya os habéis llevado a mi madre. He tenido suficiente». Un escalofrío recorre todo su cuerpo. Y entonces sale de la iglesia casi corriendo. Llama a Angie.

—¿Ya?

—Listo. Te he quitado a la monja de encima.

—Genial. Y ahora, ¿compramos tus billetes a México? No puedo creer que le haya parecido bien a Ampi.

57

Me subo en el avión. No me puedo creer que me esté yendo a México. Me parece una locura, pero no quiero estar más paralizada en mi vida. Parece que el tiempo se ha parado desde que te fuiste y, la verdad, se hace difícil progresar. Quiero ver a Angie, quiero ir a la Viga y escribir grandes artículos que me lleven a ser una gran periodista. Quiero ver a Dan. Los últimos días en Madrid han volado, y me doy cuenta de todas las cosas que han pasado en cuanto caigo rendida en el asiento del avión. Ampi y Adolfo, enamorados y juntos de nuevo, por fin. Papá contento de ver que ha vuelto a nuestra familia. Sesenta mil seguidores en mi cuenta de Instagram, que se dice pronto, pero son muchísimos. He tenido ya cuatro vídeos que se han hecho virales y ha sido una absoluta locura. La monja Sisi fuera de la vida de mi amiga y las risas que nos hemos echado todas las del cole con esa anécdota que me ha entretenido una barbaridad. Cuatro artículos publicados en la revista con un impacto brutal en los lectores. Parece que nuestra vida se recompone poco a poco mientras mi héroe permanece durmiendo en el hospital.

La señal de cinturones se enciende, y el avión se mueve por la pista despacito. «Por favor, Miguel, no te mueras en mi ausencia. Me voy solamente siete días, espérame». Me sorprendo a mí misma pidiéndole que me espere para morir, y un escalofrío me recorre al cuerpo al darme cuenta de que he perdido un poco la esperanza. Debería ser un «espérame para despertar». No para morir. Bueno, sea para lo que sea, espero que me espere. El avión despega, cierro los ojos y respiro hondo. Volveré. Volveré pronto. Lo prometo. Y poco a poco me voy quedando dormida en un vuelo muy diferente al último que cogí cuando regresé a Madrid.

Luego me despierto y me entretengo con películas. Tengo tiempo también para morderme las uñas y pensar en todo lo que quiero decir a Angie... y a Dan. La señal de cinturones vuelve a encenderse y empezamos a bajar con un fondo caótico de Ciudad de México. Contemplo las chabolas, miles de casas hacinadas en mal estado. Muchísimos coches y humo. Aterrizamos. Control de pasaportes, maletas, papeleo y salgo del aeropuerto para encontrarme con la sonrisa amplia y blanca de Dan. Camino hacia él, nerviosa. No sabía lo que iba a sentir, pero siento cosas. Cosas raras, pero cosas. Quiero abrazarlo. Me mira. Y sin decir nada me rodea con sus brazos y me coloca justo delante de él.

—Hola.

—Hola.

—Estás muy guapa.

Me ruborizo, y entonces me tira de los brazos y me rodea con los suyos. Me abraza lento y siento que algo me revuelve el estómago. Serán los nervios. Intento echarme para atrás, pero hace aún más fuerza y coloco la cara en su cuello. Es la medida perfecta; nuestros cuerpos parecen un puzle. Huelo su aroma y me acaricia el pelo. No me esperaba este momento. No quiero que se acabe nunca. Cierro los ojos y escucho el bullicio del aeropuerto. Son unos segundos que pasan rápido y a la vez muy lento. Nos alejamos lo suficiente para dejar unos centímetros entre nuestras caras. Sus manos me rozan las mejillas y me pregunta:

—¿Cómo estás? ¿Cómo está Mike? Neta, tenía muchas ganas de verte.

Y sin saber cómo, estoy fundida entre sus brazos otra vez. Nos alejamos a los pocos segundos, aunque hay un imán que me atrae a su lado y tengo ganas de rozarme con él, aunque solo sea con sus brazos. Lo que sea, pero con él. Me ayuda con las maletas y me dice que si no estoy muy cansada, podemos ir directamente a buscar a Angie a sus ensayos. Quizá lleguemos a tiempo y podamos ver algún trocito. La obra sale en unos días y son las últimas veces que practica todo el teatro entero. Subimos en su coche. Me doy cuenta de que se ha tatuado algo nuevo. Son unos números, un diente de tiburón y al final del brazo un montón de mobulas que acaban con el nombre de Miguel.

—¿Te has tatuado «Miguel»? —le pregunto y se ruboriza.

—Bueno, me he tatuado muchas cosas. Pero sí. Me he tatuado el nombre de tu hermano.

Le acaricio el brazo mientras conduce. Los dos soltamos una risita contagiosa. Estamos nerviosos como dos chiquillos de catorce años que se gustan. Por la carretera, me cuenta sus nuevas aventuras. Me encanta porque me recuerda totalmente a cuando Miguel volvía a España y me contaba todas las cosas que había visto en el mar. En esta temporada ha visto ballenas grises reproducirse; orcas, manadas de más de veinticinco juntas; una tortuga laúd preciosa; peces espada y un sinfín de delfines. Los vídeos que tiene son totalmente hipnóticos. Un mar cubierto de aletas de delfines que saltan libres y acompasados surcando las olas. Es como estar en un documental de *National Geographic*.

—Ya te lo he dicho muchas veces. La bahía Magdalena es mágica. Tienes que venir.

—Iré. Te lo prometo.

Llegamos a un teatro algo viejo y destartalado del centro de México. Abro la maleta y saco un vestido blanco largo, fresquito, y unas chanclas, porque voy en chándal (mi *outfit* para estar en un avión) y me estoy muriendo de calor. Abro las dos puertas del lado derecho del coche para cambiarme. Dan se coloca para taparme mientras me desvisto. Finge que me mira y nos reímos. Me preparo, me suelto el pelo, lo tiro todo a los asientos de atrás y le digo que estoy lista. Se gira y me mira; ya está otra vez delante de mí acariciándome los brazos y escaneándome con esos ojos que me atrapan. Me da vergüenza. Seguro que estoy hecha un desastre del viaje. Quiero besarlo. Muero por besarlo. No sé si había tenido alguna vez esta química con nadie.

—Qué nos pasa. Esto es rarísimo. —Me río y le aparto.

—No sé, güey. Qué me has hecho. Me has embrujado en la iglesia esa de las monjas.

Aparece Angie caminando rápido hacia nuestro coche. Espero de verdad que no haya cogido manía a Dan. En nuestras últimas conversaciones he intentado cambiarle la visión de lo último que le conté. Le he hablado de cómo se preocupa por mí. De cuánto me pregunta por Miguel. Angie no es tonta y no es fácil engañarla, pero no lo hago. Simplemente le cuento también lo bueno. La observo. Corre como si fuera una niña pequeña hasta que me abraza. Saltamos. Saltamos de alegría diciendo miles de tonterías. Quiero a esta niña más que a toda mi vida y solamente con rozarla me invade una gran sensación de felicidad.

—Estás aquí. No me lo creo.

—Yo tampoco me lo creo.

Kevin, el surfero guapo, se acerca sigilosamente detrás de Angie. Saluda a Dan. Todos sonreímos. Miro a mi amiga expectante de que me cuente qué está pasando con Kevin y suelta una de esas frases que nos hacen reír a todos a carcajadas.

—Sí, hija. Me quitaste a la monja Sisi. Y esto es lo que ha pasado. Nos hemos enamorado.

58

Amanece en Ciudad de México y cuatro jóvenes guapos y atrevidos se preparan para ir a la Viga. Se reunirán allí con Indira. Les ha conseguido una reunión con el director general de Profepa en México y le entregarán todas las fotografías de las ilegalidades que ocurren cada día allí. Clara está nerviosa y, como muestra de su inquietud, revisa y revisa su Instagram sin ningún motivo especial. También se entretiene con las fotografías del perfil de su hermano. Se suben en un Uber. Dan se sienta a su lado. Le sujeta la mano y le susurra:

—Todo va a salir bien. Miguel no nos va a dejar todavía. Estate tranquila.

Ella se calma. Apoya la cabeza en su hombro y por un momento se siente a salvo. Entrecruzan los dedos de las manos. Han dormido en la misma habitación y no ha pasado nada. O más bien ha pasado todo, pero sin llegar a cosas demasiado obvias. Cuando llegaron de cenar, se metieron en el cuarto para que se pudiera duchar después de tantas horas de avión. Él se estiró en la cama, y ella apoyó la cabeza en el pecho. Le acarició el pelo y disfrutaron de vídeos del mar. Tenía demasiado *jet lag* para aguantar despierta y se quedó profundamente dormida casi al momento. Dan le hacía cosquillitas por la frente y le colocaba el pelo mientras dormía. Él pensaba en su amigo, en la cantidad de veces que le había hablado de su hermana pequeña y en cómo la protegía siempre. De un momento a otro se proyectaron en su cabeza, en una sucesión vertiginosa, los partidos de fútbol con cervezas, las fiestas, las chicas, las risas que solo ellos dos compartían en medio de una cena llena de gente. La complicidad. El joven recordó cómo una de las veces que liberaron las líneas se acercó a ellos un grupo de jóvenes. Uno era el hijo de un gran narco, uno de los directivos de la operación. Le llamaban el señor de los cielos. Los dos amigos habían llegado a puerto sin nada en las manos. Acababan de liberar miles de tiburones. No era la primera vez que lo hacían. Los jóvenes mexicanos se acercaron a la lancha de una manera agresiva.

—¿De dónde vienen, güey? ¿Qué andan haciendo en el mar?

Dan estaba muerto de miedo. A Miguel no le temblaba ni el pulso. Ni siquiera los miró y se dirigió a su amigo.

—Venga, Dan, vámonos, carnal. No prestes atención a estos muchachos. Nosotros venimos de hacer nuestras fotografías y ellos solamente quieren problemas.

Recogieron toda la panga y subieron al 4x4 de golpe. Dan estaba muy asustado y le preguntó a Miguel que por qué había tenido que decir su nombre. Estaba seguro de que lo habían escuchado y ahora ya sabían quién era.

—*Brother*, no te emparanoies. Tan solo he dicho Dan. Habrá mil quinientos Dan en todo el estado. Son una panda de chiquillos que únicamente buscan llenar su ego dando un par de puñetazos. No te alteres.

Pero en la era de las redes sociales hizo que encontraran a Dan muy pronto en internet. Empezó a recibir mensajes y amenazas. Que querían matarlo. Que sabían que era él quien liberaba las líneas. Que estaba dejando sin comer a miles de familias por pendejo. Había odio. Dan comenzó a vivir con miedo. La cuenta de Miguel era @OneOceanLife y no había manera de pillarlo. No le había llegado ningún mensaje, y en el perfil solamente había animales. Pero @dantaylorphoto era más coqueto. Tenía alguna foto con la tabla de surf e incluso otras con su familia.

Dan siguió recordando mientras acariciaba el pelo de Clara. Al llegar al puerto, para uno de sus cursos de fotografía, le esperaban los pandilleros en una lancha. Querían darle una paliza. Era de día, la marina de Cabo estaba llena y se escabulló entre el bullicio de los turistas. Escribió un mensaje a su compañía, Nautilus, diciéndoles que se sentía mal, y que no podía asistir a la expedición. Llamó a Miguel para contárselo, le intentó explicar que había oído que uno de los rebeldes era el hijo del señor de los cielos. Todo daba miedo, pero a él no le daban ningún temor. Ninguno. Se burlaba de los pandilleros diciendo que eran niñatos. Protegía a su amigo diciéndole que era imposible que les tocaran. Que eran cuatro mensos, que no se preocupase.

—No, Miguel, no lo entiendes. Si no paras de hacer estas tonterías, dejaré de ser tu amigo. Lo digo en serio. Nunca más.

—No puedo creer que tengas miedo de unos niñatos. Señor de los cielos me suena a risa. Son simplemente unos críos.

—Pues lo tengo. Y tú no lo tienes porque no están amenazándote a ti ni a tu familia. Güey, tengo fotos de mi hermana pequeña en el Instagram. Es lo que más quiero en el mundo entero. También tengo a mis primitas. Son menores y están etiquetadas. Esto es México, güey.

—Ok. Pues si quieres cagarte en los pantalones, cágate tú. Y dejamos de ser amigos.

—Pinche pendejo.

La pelea los alteró a ambos y acabaron diciéndose cosas que ni siquiera sentían. Que si era un españolito estúpido. Que si él era un pinche fresa muerto de miedo. Que se fuera a la mierda. Dejaron de hablarse durante semanas. Miguel seguía metiéndose en líos y Dan recibía amenazas.

Dan recordó aquella época con dolor y nostalgia. Y, poco a poco, fue quedándose dormido, abrazando a Clara. Y ya en la noche, cambiaron de posición, juntos. Como si fueran un puzle de piezas perfectas que encajasen con cada movimiento. En sueños incluso se dieron algún beso en la mejilla y en los brazos. Es extraño, es bonito, es liberador. Es como estar en una nube...

Dan mira por la ventanilla y se da cuenta de que ya está de vuelta a la realidad. En el Uber que los lleva a la Viga. Mira a Clara y la ve igual de nerviosa y excitada que al principio. Le agarra la mano. Ambos sienten algo de paz y de tranquilidad, aunque intuyen que el sentimiento no durará mucho.

59

He dormido con Dan y me he despertado sintiendo que ha sido un sueño. Un cuento de hadas de caricias y gestos bonitos. No puedo creer cuánto me gusta. ¿Por qué no quiere besarme? Quizá porque soy la hermana pequeña de Miguel. Cuando era niña, me tenía terminantemente prohibido acercarme a sus amigos. Me decía que ni se me ocurriera jamás liarme con ninguno de ellos, que eran todos unos cafres como él. Me hacía gracia que intentara protegerme de esa manera. ¿Quizá es por eso por lo que Dan aparece y desaparece? ¿Por eso a veces es seco y otras veces tierno? Francamente, ya no sé qué justificación buscar a sus cambios de humor. Lo miro. Está apoyado en la ventanilla del Uber en el que nos dirigimos a la Viga. Tiene los ojos cerrados y está guapísimo. Kevin va de copiloto y Angie a mi otro lado. Me gusta ir en el medio para ver la carretera de fondo. Me ayuda a no marearme en este tráfico tan caótico y con tantos acelerones. Me alegra que nuestros chicos hayan decidido ayudarnos y acompañarnos. No han dudado ni un momento en venir. También les genera curiosidad. Están acostumbrados a ver a todos estos animales vivos y quieren participar para intentar frenar todo esto. Los miro, van medio dormidos porque es muy temprano. ¿Serán ya las siete de la mañana? Agarro mi móvil para verlo y encuentro un wasap de Julieta. «Buenos días, Clara. Estás aquí en México. ¿Nos vemos?». Le doy dos toques a Dan en la espalda y le despierto.

—Güey, ¿cómo diablos lo sabe? No mames, está bien raro que lo sepa.

—Es una bruja, Dan, qué esperas.

Angie abre los ojos y se une a la conversación.

—¿Qué pasa?

—Le acaba de escribir la bruja que sabe que está aquí en México.

—¿Quizá se lo dijiste tú? ¿Angie?

—Yo, qué va.

Hacemos bromas al respecto y reconozco que disimulo, pero me da un poco de yuyu que sepa que estoy aquí. ¿Cómo lo sabrá? Tengo ganas de ir a verla. Pienso en su energía, en la ayahuasca, en lo místico de este país... Cuando me doy cuenta, ya hemos aparcado. Nos despedimos del conductor y bajamos del coche. Veo a Indira caminar nerviosa hacia nosotros. Sonrío. Me hace ilusión verla. Pero ella está preocupada. Se acerca y sin siquiera decirnos hola, nos explica que el director general no ha venido solo y que eso es mala señal. Que ha venido con dos oficiales y que está segura de que son corruptos. Que no sabe cómo ha pasado, pero que le da miedo que les enseñemos las fotografías. Que quizá deberíamos echarnos para atrás. O bueno, que las enseñemos, pero no todas. Que mejor no enseñemos las de dentro del almacén. Nada tiene sentido y nos miramos entre nosotros, confusos sin saber muy bien qué es lo que está pasando ni qué decir. Entonces Angie la frena en seco. Al final, es la que más conoce a Indira o por lo menos la que más tiempo ha pasado con ella.

—Pero entonces... Indira, tranquilízate. ¿Cómo nos vamos a ir a casa ahora? Les enseñamos lo que tenemos y que ellos vean qué quieren hacer o cómo actuar.

—No lo entienden. Aquí la mitad de la Profepa son pinches corruptos y pueden hasta quitarme la licencia de inspectora. Creo que es mejor no enseñar nada.

—Pero ¿cómo te van a quitar la licencia por hacer tu trabajo? Si precisamente para eso te pagan, ¿no?

—Yo prefiero no tener nada que ver con esto. Lo digo en serio.

—Pero Indira...

—En serio, no. Que me pueden chingar. Que no puedo. Lo siento. Yo me marcho.

—¿Qué?

Angie nos mira a todos. Yo estoy atónita sin decir nada y sujeto mi carpeta con todas las fotografías impresas. También tengo las facturas. Datos que he encontrado en internet y que he corroborado con un profesor de biología marina de la facultad, amigo de Ampi.

Tenemos preparado un plan perfecto para desmontar las miles de cosas ilegales que se hacen aquí y, sobre todo, ver de qué manera las regulaciones pueden ayudar a controlarlo. Está claro que no vamos a lograr frenar el tráfico ilegal de golpe, ya que somos cuatro niñatos con algunas pruebas absurdas, pero por lo menos sí podemos concienciar a las autoridades de todo lo que pasa. Y en el caso hipotético de que nuestro plan funcione, hablarles de que si se frena esta actividad y se cambia por el ecoturismo, se producirá un crecimiento brutal de la economía en el país. La idea es mostrar datos reales de lo que está pasando. Dan y Kevin han preparado un estudio estimado de la cantidad de turistas que vienen a su empresa, Nautilus, cada año, pagando cantidades desorbitadas de dinero por ver tiburones en libertad. Se generaría muchísimo dinero con el turismo. Y eso solamente son los números de una empresa. Pero México podría posicionarse como uno de los mejores países para avistamientos de criaturas marinas en el mundo.

Un día en el mar con una empresa de ecoturismo vale unos doscientos pesos por persona. Diez turistas cada día aportan dos mil pesos al día. Ese día tal vez disfruten de un solo tiburón vivo en la excursión. El valor de un animal vivo es de unos dos mil pesos al día, mientras que una aleta muerta de esa misma especie cuesta unos cuarenta o sesenta pesos. Las cifras son del todo atractivas para unas autoridades que realmente deseen mejorar la economía de un país.

—Entonces ¿qué hacemos, Indira? —pregunta Angie.

—Yo no puedo ayudarlos más. Lo siento.

—Ya, pero ¿vemos al director? ¿Nos vamos? Estoy totalmente perdida.

Indira está bloqueada. Tiene el rostro pálido y unas grandes ojeras moradas asoman por debajo de sus ojos saltones. Me dan ganas de darle un abrazo y decirle que no se preocupe por nada. Siempre he tenido debilidad por la gente que no lo está pasando bien. Decido hablar y calmarla.

—Mira, Indira, no te preocupes. Tú dijiste en un principio que éramos una panda de estudiantes que estábamos intentando mejorar los catálogos de aleteo, ¿verdad? Pues hazte la tonta y seguimos con eso. Nosotros nos encargamos del director y tú te desentiendes. Como si fuera solamente idea nuestra.

—No sé, yo...

La interrumpo.

—Sí, de verdad. He venido literalmente desde España para esto. Tú no tienes que hacer nada. Nosotros hablamos con ellos.

No está del todo convencida, pero acepta. Supongo que por la presión de que somos cuatro personas contra una y que sabe además que he venido desde tan lejos solo a hacer esto. Se coloca el pelo detrás de la oreja y camina delante de nosotros en dirección a la oficina de la Profepa. Dan me coge la mano y le miro. Sonrío. Me devuelve la sonrisa y le veo más guapo que nunca. Con la luz del sol le brillan los ojos color miel. Se retira un poco el pelo de la cara y siento también su brazo fuerte y perfecto. Me encanta. Ya no hay más rodeos. Me gusta muchísimo y, aunque he intentado no enamorarme, creo que estoy totalmente loca por él.

Llegamos a un puesto y veo las letras en grande: PROFEPA. LA PROCURADURÍA FEDERAL DE PROTECCIÓN AL AMBIENTE. La verdad que me imaginaba una gran oficina llena de empleados con ordenadores, y es simplemente una especie de quiosco con tres escritorios y tres ordenadores muy viejos. Salen dos hombres altos y delgados. Uno tiene el rostro amable, pero el otro nos mira como si estuviéramos haciendo algo malo desde el primer momento.

Les damos las manos y nos sentamos como podemos en cuatro sillas de plástico cutres que hay en medio del quiosco. Me pregunto dónde está el director general que nos iba a entrevistar. Angie empieza a hablar. Les explica que somos estudiantes de Biología Marina y que nos encantaría ayudarlos con los catálogos de aletas, que tenemos fotografías de todas las especies de tiburón que pueden ayudar a sus inspectores a distinguir cuáles son las de especies protegidas de las que no lo están aún. Que queremos ayudar y saber cómo ven la situación. Los hombres escuchan atentamente y de vez en cuando se miran entre ellos. El ambiente es tenso, y siento que no se están creyendo nada de lo que Angie está diciendo. Me sorprende que Dan y Kevin no hablen nada. Indira se ha quedado de pie en la puerta y también está en silencio. Después de un rato contándoles mentiras, el señor más serio me mira a mí directamente y me pregunta:

—Y usted, señorita, ¿puede enseñarme lo que lleva en esa carpeta?

Y entonces toda la tensión que sentimos se nos echa encima y nos damos cuenta de que la reunión va a convertirse en un auténtico desastre.

60

La tensión crece en el ambiente cuando el federal de más edad comienza a ver todas las fotografías y pruebas que Clara le ha entregado. Suspira, los mira y sigue pasando las imágenes. De pronto, su rostro se muestra agresivo y enfadado. Clara siente que quiere salir corriendo y mira a Indira que está en la puerta, seria, observándolo todo. El silencio se hace cada vez más violento hasta que llega a las facturas y entonces pregunta:

—¿Conocéis a Amado Sánchez Terrón?

Kevin y Dan se miran. Las chicas entienden que ellos sí que conocen a ese hombre. Se hace silencio, y el federal vuelve a preguntar.

—¿Conocéis a Amado Sánchez Terrón?

Angie entona un «no» poco creíble. Y entonces el federal se levanta de golpe y se lleva la carpeta hacia la puerta. Empuja a Indira en un movimiento brusco, y ella cae contra la pared torpemente pero sin perder la compostura. ¿Adónde va? ¿Qué pasa? Clara quiere preguntar, pero no se atreve. El señor con rostro más amable está tenso y mira también al suelo y entonces habla. Serio, triste y compungido.

—No sé cómo habéis conseguido todas esas fotografías, pero lo que habéis hecho es absolutamente ilegal y vamos a tener que llamar a la policía.

Angie no se calla.

—¿Ilegal, nosotros? Más bien, todo lo que está en esas fotografías es ilegal.

Dan la interrumpe.

—Angie, cállate, por el amor de Dios. ¡Calla!

Los nervios crecen en el ambiente, y Clara recuerda que prometió a Ampi que no se metería en líos. Su hermana mayor le advirtió de lo corrupta que es la policía en esos países y la cantidad de cosas malas que se hacen allí a la gente que intenta meter las narices en temas que no les conviene.

El señor más agresivo sale de la oficina sin prácticamente mirarlos y se dirige a Indira, que está de pie, sin decir nada y muy asustada.

—Ya te dije que no jugaras a ser una superheroína, niña.

Sale del puesto, y a la joven le cae una lágrima por la cara. Está paralizada. El segundo agente sigue con la mirada clavada al suelo. Todos tienen la sensación de que no está de acuerdo con el veredicto que ha dictado el otro hombre. Y entonces Indira corrobora ese pensamiento cuando se tira de rodillas al suelo, llorando, y le suplica:

—Francis, tienes que hacer algo. No podemos seguir así. ¿Por qué tienes tanto miedo? Alguien tiene que frenar esto.

—Indira, yo…

La voz se le quiebra al instante y entonces Dan y Kevin se levantan e indican a las chicas que hay que salir corriendo de allí ya mismo, que si la policía viene será mucho peor. Indira sigue llorando, y el agente le coge la mano.

—¿Por qué no me habías dicho que estabas tramando esto? ¿Cómo has podido meter a Amado?

—Yo no he metido a Amado en nada. No sabía que habían impreso eso.

Los dos entonces miran a Angie, y Clara recuerda el día que su amiga robó las facturas e investigaron sobre ese hombre sin conseguir apenas resultados.

—¿Cómo habéis conseguido esas facturas? ¿De dónde las habéis sacado?

Angie miente:

—Las encontré en la basura uno de los días que me despedí de ti. Y, bueno, pensé que no tendrían relevancia. Las agarré y más tarde me sorprendió que ese nombre estuviese en todos lados. Pero ¿quién es? ¿Por qué os da tanto miedo?

—Ya no importa. —Dan entra en la conversación de golpe—. Vámonos de aquí, por favor. No quiero más líos.

Pero en cuanto se levantan para irse, aparece el primer hombre, el agresivo, por la puerta.

—La policía está en camino. Mejor esperar aquí.

Todos se miran, y la tensión aumenta por momentos. No se quieren quedar allí, y Dios sabe lo que les puede hacer esa policía corrupta. Indira susurra a Francis:

—Por favor, ayúdanos.

Pero este está paralizado. Solamente mira al suelo y entrecruza los dedos de las manos mostrando nervios e inquietud. Kevin camina hacia la puerta, y Angie le sigue. Son los dos muy impulsivos. Antes de llegar a la salida, mira a su amigo. Se hacen un gesto cómplice. Clara siente que algo malo está a punto de pasar. El corazón le late más y más fuerte. Le sudan las manos. Kevin grita un:

—Nos vamos.

Pronuncia esta sencilla frase fuerte y solemne, y cuando el hombre agresivo intenta ponerse en la puerta para impedirles el paso, Kevin le mete un puñetazo directo en la nariz que le hace tropezarse y caer hacia atrás en el suelo. Un golpe limpio, perfecto. Y entonces grita:

—Ahora, ¡corred!

Clara siente que el corazón le va a explotar de los nervios. Todos salen corriendo del puesto, y Dan le tira de la mano en un movimiento brusco, rápido. Corre a su lado de manera vertiginosa. Sus piernas se mueven a tanta velocidad que siente que pueden despegar del suelo y salir volando. Pierden la noción del tiempo que pasan corriendo, porque están tan asustados, tan muertos de miedo, que no saben ni siquiera hacia dónde se dirigen. El corazón desbocado y una respiración cansada y profunda los unen. Cada pareja corre en direcciones opuestas por las calles abarrotadas de personas y coches que van esquivando como pueden.

Hasta que, de pronto, Dan frena en un garaje que se está abriendo con una puerta automática, agarra a Clara de la mano y entran. Se agachan entre dos coches y se van quedando a oscuras a medida que la puerta de metal se cierra. Y entonces se ponen de pie. Clara apoya la espalda contra uno de los vehículos, y Dan se sitúa enfrente. Le agarra la cara con las dos manos y le pregunta:

—¿Estás bien?

Ella está asustada y sitúa las manos en el corazón que le late fuerte. Y entonces él, sin poder resistirse más, la besa. Se sumergen en un beso lento y perfecto en el que únicamente se escuchan las respiraciones fuertes, entrecortadas. Los jadeos. Clara quita sus manos del pecho, envuelve a Dan por la espalda y entonces el beso continúa, cada vez más cálido, más sensual. Se besan desesperadamente, y ella siente que por fin está a salvo. Y no solo de la policía. De sus problemas, de la inminente enfermedad de su hermano. De todo. Se siente en una burbuja de paz y confianza que jamás había sentido antes. Y entonces se apartan. Sorprendidos. Asustados. Dan la mira con la luz tenue del garaje y le dice:

—No sabes cuánto tiempo hace que te deseo. Eres preciosa. No estés asustada. Vamos a estar bien.

61

Me aparto de Dan y consigo controlar un poco más mi respiración. Está acelerada y ya no sé si es del miedo que tengo a que nos pille la policía o de pensar que me acabo de besar con él. Dios mío, acabo de besarme con él. Le abrazo con vergüenza y me entra la risa. Me aparta y me sonríe. Hay poca luz en este garaje, pero consigo distinguir el brillo de sus ojos miel. Nos reímos y nos abrazamos fuerte.

—Todo va a salir bien —repite.

Su voz me calma. Sin soltarme de sus brazos, coge el móvil y llama a Kevin. Mientras lo hace, me da un beso en la frente, y yo siento que tenemos un imán muy fuerte que no me deja despegarme de él.

—Carnal, qué locura. ¿Estáis bien?

Escucho la conversación apoyada en su pecho mientras le acaricio la espalda. Angie y Kevin están escondidos en un portal y han pedido un Uber para que los lleve a casa. Haremos lo mismo y nos veremos allí. Otro beso en la frente y uno en los labios de nuevo, lento, delicado. Me besa también las mejillas y los ojos. El tiempo se para en ese momento y, mientras recupero la respiración, me doy cuenta en cuestión de segundos de que yo ya quiero todo con él.

Nos subimos al Uber de manera rápida en cuanto llega. El corazón me late muy deprisa, y Dan se desliza por el asiento hasta que nos quedamos medio tumbados para que no se nos vea por la ventanilla. Noto que, aunque quiere demostrarme que está en calma, tiene los nervios a flor de piel. Me pregunto si cambiará su actitud conmigo de repente. Espero que no. Todo esto es una locura. Acabamos de pegarle un puñetazo a un agente corrupto de la Profepa. Indira tiene todos nuestros datos. Si decide vendernos, estamos totalmente acabados. Al no ser mi país me siento insegura y débil. Me recuesto en el pecho de Dan y saboreo con gusto las cosquillitas que me hace en el brazo. Acurrucados, observamos una vez más ese México caótico, escuchamos los cláxones, los gritos, e incluso olemos el aroma a comida que entra por la ventanilla del vehículo. Cierro los ojos y pienso en la pobre Indira, en qué habrá sido de ella y si realmente habrá perdido su trabajo. No puedo creer la cantidad de gente involucrada en esta gran mierda. Los intereses políticos son los que mandan y la masacre que le estamos haciendo a nuestros océanos se extiende impune.

Llegamos a casa de Angie y saltamos del Uber al portal como si estuviéramos en una película de Indiana Jones. Por fin nos entra la risa y se nos quita un poco el miedo. Ahora Angie comparte piso con una mexicana guapísima que se llama Andrea de la Torre. Tiene una marca de bolsos artesanales que se llama Aurelia. Es el tipo de mujer que no pasa desapercibida, siempre impecable, sofisticada, pero con un punto hippy que le resalta la belleza de una manera más exótica y personal. Todo el apartamento está decorado de manera impoluta. Los muebles antiguos pero bien elegidos. Las lámparas con luces tenues, velas por todas partes, incluso las tazas y la vajilla son bonitas. Andrea se lleva muy bien con Angie. Le encantan los españoles, porque su madre es asturiana y siempre ha estado muy conectada con nuestra cultura. Este fin de semana se ha ido a Los Ángeles con un DJ, y por eso nos ha ofrecido su cuarto a Dan y a mí. Solo de pensar que voy a dormir con él hoy me pongo nerviosa. Entramos en el salón, y Angie tiene en la mano una litrona de cerveza enorme. Prepara cuatro vasos. Cuando me ve, se levanta y me abraza.

—¡Estamos vivas! —grita—. Esto se merece una cerveza bien fría.

Prepara las bebidas y comentamos con humor y miedo lo que nos ha ocurrido esta mañana. Noto cómo Angie pone mirada de enamorada cuando recreamos la escena del puñetazo de su novio. ¿Novio? ¿Son novios? ¿Y yo? ¿Soy novia de Dan? El pensamiento de creerme que soy su chica solamente porque me he dado un beso con él hace que me entre la risa.

—¿De qué te ríes? —me pregunta Angie.

—De nosotros. De esto.

—Ya, ya...

Me conoce tanto que se ha dado cuenta de que algo ha pasado con Dan. Quizá se piensa que ha ocurrido esa noche o no lo sé. Muero por tener un momento a solas con ella y poder contárselo todo. Aunque soy consciente de que a mi amiga no le hace mucha gracia esta relación. Piensa que no está bien cuando se enfada y me habla mal. Hace mucho que no lo hace. Quizá ahora que ya nos hemos besado deje de hacerlo y todo se vuelva más natural. Voy a intentar no pensarlo para no volverme loca. Seguimos hablando de los federales, de la carpeta que, por cierto, hemos perdido. Aunque tenemos copia de seguridad de todo en el ordenador y en los móviles. Dan repasa algo en su teléfono y lo noto distraído durante parte de la conversación. Yo también repaso mis wasaps. Ampi me informa de que no hay muchas novedades, que Miguel sigue estable y que todo bien. Algunas amigas del cole me han escrito algún mensaje. Nada importante, y entonces Dan suelta algo que nos preocupa.

—Güey, ahora fuera de bromas. Yo sí tengo algo de miedo de quedarme por aquí en Ciudad de México como si no hubiera pasado nada. Creo que sería mejor ir a Cabo. Tenemos mi casa. Podemos quedarnos tranquilamente. Nadie nos conoce. Y la verdad, sin poder ir a la Viga a hacer nada... ¿Qué chingados pintamos aquí?

Angie le rebate un poco la idea porque tiene su obra de teatro. Lleva ensayando ya varias semanas y justamente estrenan en dos domingos. No puede perderse los ensayos finales. Protesta, aunque en el fondo tampoco se siente muy segura caminando por ahí y estando totalmente expuesta en Ciudad de México. La conversación tiene subidas y bajadas de tono. Kevin ha mirado vuelos en su teléfono y calma al torbellino Angie.

—Angie, escucha. Yo creo que también nos puede venir bien desconectar aunque sea solo cuatro días. Los vuelos con Volaris están a setenta dólares americanos. Podemos irnos a la bahía Magdalena, acampar en La Ventana. Desconectar. En cuatro o cinco días volvemos y te incorporas a tus ensayos. Ven aquí. —La besa y le hace cosquillas cariñosamente.

—A la mierda. ¡Cómpralos! Qué difícil es convencerme siempre, eh. —Me mira y nos reímos.

Compramos los vuelos para irnos a Cabo al día siguiente, pero yo tengo que hacer algo importante aquí en Ciudad de México. Tengo que ver a Julieta. La mujer está ahora en la ciudad porque ha venido a ver a clientes y muy pronto marchará a Puerto Escondido a hacer otras ceremonias. Quiero aprovechar para verla. Ojalá que me tranquilice y me dé respuestas. Ojalá que me vuelva a confirmar que Miguel va a despertar, que me cuente quién le lanzó el arpón. A todo esto, hablando de culpables, nadie ha hablado de quién narices es Amado Sánchez Terrón. Decido preguntarlo sin rodeos en ese salón. Está claro que los chicos le conocen.

—Oye, ¿quién es Amado Sánchez Terrón?

Se hace silencio, y veo que Dan baja la mirada instantáneamente sin saber qué decir. Angie mira a Kevin esperando también respuesta. Le da un empujoncito cariñoso para que responda.

—A ver, nadie lo conoce personalmente, pero todo el mundo sabe quién es. Lo llaman el señor de los cielos y es un narco muy importante. Al parecer es quien se encarga de toda la pesca ilegal.

—¿Tú sabías esto Dan? —le pregunto, y entonces me mira a los ojos como un niño pequeño al que acabas de pillarle una mentira.

—Sí. Lo sabía. No quería asustarte y nunca pensé que llegaríamos hasta aquí. Pero incluso aquel día en la playa, cuando nos persiguieron, era gente de su cuadrilla. Trabajadores que le ayudan a controlar la zona.

—No me lo puedo creer. ¿Por qué no me lo habías dicho antes?

Angie me mira porque quizá me estoy alterando demasiado, pero es que no lo entiendo. Hablamos cada día. ¿A cuento de qué no me ha mencionado algo tan importante? Me da miedo que me responda soberbio y peleemos. Sin embargo, me habla cariñoso.

—Escúchame, Clarita. Te prometo que no te lo he contado porque no creía que fuera importante. Te dije que eran los narcos quienes nos atacaron. El nombre de Amado no lo mencioné porque no quería preocuparte. No quería que pensaras que un narco de tal altura fue el que le hizo esto a Miguel. Francamente, no lo creo. Es una figura que esta por ahí, por lo alto, en las nubes. Todo el mundo habla de ese nombre, pero en realidad nadie sabe si existe. Quizá es hasta un nombre inventado. A lo mejor el cabecilla se llama Gabino o Juancho, quién sabe. Lo de Amado puede ser una invención. De verdad que no tiene mayor relevancia.

Angie escucha todo con atención y noto que ella también está irritada. Habla:

—Perdona que te diga, Dan, pero para los agentes que casi nos detienen sí que tenía importancia el nombrecito. Ha sido mencionarlo y que les cambiara la cara. No sé si me cuadra tu *speech* la verdad.

—Oye, os estoy diciendo con cariño que no creíamos que fuera importante. Os lo digo de verdad. Os estamos ayudando con toda esta locura de investigación porque entendemos que hay que hacer justicia a Miguel. ¡A los océanos! Yo también quiero encontrar la verdad, pero ya os lo digo que Amado es el nombre de un gran narcotraficante que nadie sabe si existe o no y que cuatro niñatos como nosotros no vamos a encontrar. Lleva perseguido por las autoridades años. Hoy en la Viga lo que ha pasado es que han querido asustarnos.

—¡Y lo han conseguido! —lo interrumpe Angie.

—Exactamente. Lo han conseguido. Pero no nos ha pasado nada gracias a Dios y aquí vamos a seguir todos adelante. —Me mira—. No te enfades, Clara. No te lo he contado para protegerte. Te lo digo de verdad.

—OK. Sí, lo entiendo. No pasa nada.

Decido cambiar de tema porque no quiero crear tensión. Además, me alivia tanto que no esté enfadado y que no vaya a gritarme que me calmo. No quiero discutir. Es cierto que nos están ayudando, así que, aunque sigo teniendo la sensación de que me miente y me oculta cosas, me callo.

62

Clara se recoge el pelo en un moño. Se mira al espejo y repasa su rostro delicadamente con las yemas de los dedos. Primero las ojeras, luego baja por los pómulos hasta que se acaricia el cuello. Se mira, se observa. Piensa en todo lo que le ha pasado durante los últimos meses y cómo el tiempo le ha hecho madurar a golpes, porque no ha sido de otra manera que a golpes. Cómo han dolido los palos. Se mira durante unos segundos más, se lava la cara, se seca con la toalla y vuelve a contemplarse. Llevaba mucho tiempo sin hacerlo. Se sorprende de repente porque ya no encuentra su rostro de niña. Es como si hubieran pasado cinco años en vez de cuatro meses desde que me fui.

Vuelve a la habitación de Angie y repasa sus jerséis hasta que decide robarle uno negro de lino ancho. Lleva sus vaqueros desteñidos y unas Converse color gris. Le quita también a su amiga un bolso marrón de cuero con forma de saco. Se echa perfume y vuelve al salón donde están sus tres compañeros viendo una peli. Al llegar, observa que Kevin y Angie se han quedado dormidos acurrucados. Dan la mira y ella nota cómo los ojos miel le brillan. Le susurra desde el sofá un cálido:

—Estás muy guapa.

Ella sonríe y se ruboriza. Se le olvida de golpe lo de Amado. Se acerca al sofá y sin poder evitarlo le da un abrazo.

—¿Te pido un Uber?

—No hace falta, me lo puedo pedir yo sola.

—Pero, porfa, escríbeme en cuanto llegues. No me gusta que andes por allí después de lo de esta mañana.

—No va a pasarme nada.

Le gusta que se preocupe por ella. Espera de verdad que los cambios de humor hayan acabado ahora que por fin parece que están iniciando algo juntos. Cierra la puerta de casa y espera a que llegue el coche sin salir del portal. Ya en el vehículo, piensa en la primera vez que vio a Julieta en aquella playa. Estaba destrozada, cuando todavía no había digerido lo que le pasaba a Miguel. Se suceden entonces los recuerdos de la ayahuasca, de la medicina prohibida, las alucinaciones, la ballena jorobada de estrellas, su gran amor, Dan y el tatuaje de serpiente en la espalda. La paz que le transmite a veces y las ganas que tiene de fundirse con él. Sin embargo, hay algo oscuro en ese chico. En su chico. Un secreto oculto. Algo que la impide verlo con claridad. Leerle con claridad.

Cuando se quiere dar cuenta, ya ha llegado a su destino, una cafetería pequeñita con una terraza de plantas que se llama Guarda Tiempos. El nombre la embauca. Se imagina si pudiera guardarse el tiempo como un tesoro. En una caja. Guardaría así todos los recuerdos de su infancia y de vez en cuando la abriría para saborearlos de nuevo. Típicas fantasías de mi risueña Clara. Desde niña ha vivido en la luna. Buscando la verdad en el más allá. Entra en el local. La decoración es *vintage*. Muebles antiguos, manteles de cuadros y sillas dispares de diferentes colores. Hay música suave y el ambiente cálido la envuelve. Julieta la espera sentada, lleva un vestido burdeos largo, miles de collares y unas babuchas destrozadas de piel marrones. Cuando la ve, sonríe. Clara se sienta nerviosa y descubre que su taza de té está medio vacía. Debe de llevar mucho tiempo aquí.

—Cómo estás, Clarita linda. Hermanita.

—Hola, Julieta, bien. Bueno…, bien no sé, mejor.

Se acomoda en la silla y se fija en las manos arrugadas de la mujer que lo sabe todo. En sus anillos y sus uñas pintadas de verde. Están en silencio, pero con ella los silencios no son incómodos. Al revés, transmiten paz. Un camarero jovencito se acerca y les toma la comanda. Otro té de frutos rojos para Clara. Y entonces Julieta le explica una historia de la sanación, de una familia indígena que perdió a sus dos pequeños y cómo la vida la llevó a un viaje sanador de almas. Escucharla es extraño; mucha gente tomaría a Julieta por loca, pero Clara siente un imán poderoso que la atrae hacia las palabras de la señora. Sus historias la emocionan. Poco a poco se sumerge en ese cuento, y sus pensamientos, su hermano y la historia de la policía pasan a un segundo plano. No hay espacio para ellos en las palabras de la hechicera… Pero entonces Julieta la baja de nuevo a la tierra.

—Cuéntame, niña. ¿Cómo está Miguel?

—Bueno, ya sabes. Ahí está. Sigue sin despertar. Su corazón late. Yo…

—¿Tú? ¿Sientes que va a despertar? ¿Confías en él?

—A ver, sí confío, pero empiezo a estar preparada por si no despierta. No sé. Creo que es mejor hacerse a la idea.

—¿Qué te está enseñando la vida con esta espera?

—Desde luego he aprendido cosas. Eso seguro.

—¿Qué has aprendido? Cuéntame.

—Pues a valorar la vida y los momentos, porque todo puede cambiar de un segundo a otro. Hoy estás aquí, pero mañana puede que ya no. Y hay que valorar los detalles, lo bonito de nuestra existencia.

—¿Crees que antes de que se fuera tu madre valorabas la vida de esta manera?

—Puede ser que no. La muerte nos abre a todos los ojos a la vida.

Se hace silencio durante unos segundos, y Clara aprovecha para remover su té con la cuchara. Sigue ardiendo, y da pequeños sorbitos soplando en la taza. Le gustan las preguntas de Julieta. Le hacen cuestionarse cosas. Le hacen pensar. La anciana saca un fajo de cartas de su bolso. Son cartas grandes, que casi no le caben en la mano. Las barajea delicadamente y, sin decir nada, las coloca en un triángulo enfrente de la niña, que se inquieta cuando ve el símbolo de la muerte. Un arlequín que le produce un escalofrío, una virgen como llorando, una copa dorada con dos niños bailando. La mujer forma un triángulo en la mesa con imágenes extrañas. Clara no entiende nada, y cuando Julieta termina de extenderlas, las dos se quedan calladas. Se hace silencio de nuevo. Pero esta vez no es cómodo como antes. La pequeña quiere saber qué pasa. Por favor, que le diga algo. Ya no puede más. Entonces pregunta, nerviosa:

—Bueno, ¿qué ves?

—Veo algo bueno y algo malo. ¿Quieres saberlo?

—Sí, prefiero saberlo todo.

—Miguel se va a despertar. Eso puedo casi asegurártelo. Lo veo en un barco. Lo veo contigo nadando entre un grupo enorme de cachalotes. Lo veo sonriendo y feliz. Lo veo libre y vivo.

—¿De verdad, Julieta? —Clara no ha podido evitarlo y llora levemente ilusionada.

—De verdad, mi niña. Tiene pinta de que puede despertarse pronto, pero hay algo que no me cuadra. Una sombra oscura que tienes encima. Hay un manjar exquisito que te ha conquistado, pero no tiene buenas intenciones. Y lo veo encima de ti, absorbiendo de tu ilusión y de tu esperanza. Veo un animal prohibido subiendo por una espada. Es como un símbolo. Una imagen borrosa que me dice que esta serpiente tiene algo que ver con el accidente de Miguel.

Clara se queda sin habla y le viene a la cabeza el tatuaje de Dan, la serpiente, la espada, la interpretación del miedo y del poder. No entiende nada y quiere contarle a Julieta que quizá tiene que ver con él. Pero ahora está enamorada hasta las trancas. De hecho, vive pensando en verlo. Hoy va a ser su primera noche con él. Decide guardar silencio y dejar que la mujer hable, aunque está asustada. ¿Por qué tiene que ser veneno? Todo lo señala, pero no puede dejar de pensar en él. No ha podido resistirse a sus encantos. Está locamente enamorada de él.

—Veo también un barco lleno de muerte. Una pelea. No lo veo nítido, pero algo pasa en el mar. Algo fuerte. Un tiroteo. Sangre y desesperación. Veo a Miguel abriendo los ojos desesperado por esta guerra.

—¿Qué guerra? No entiendo nada, Julieta.

—Mi niña, tranquila. Lo importante es que Miguel va a despertarse. Lo veo libre. Anda, corre y te da un abrazo. —Clara llora de la alegría y se siente más aliviada que nunca.

—No me lo puedo creer, Julieta, yo... había perdido un poco la esperanza... No sé. Pensaba que quizá, que quizá...

—No lo digas, chiquitita. Pero tienes que tener cuidado. Hay alguien cerca de ti, en quien ahora confías que no te hace bien. Lo veo podrido, envenenado. Veo traición. Sí. Eso es lo que veo, traición. Y tú tienes que protegerte de la serpiente.

Clara decide no decir nada sobre Dan. Más bien porque prefiere no saberlo. No está preparada para saberlo. ¿Será él el veneno? Quizá por eso todas las desapariciones, las cosas ocultas, los secretos. Por eso es tan cambiante. Pero ¿qué puede ser? ¿Qué puede esconder él?

Cambian de tema y hablan de Ampi y Adolfo. Julieta corrobora que un hombre de mar ha rescatado a su hermana de la desesperación. Con esas descripciones solamente puede estar hablando de Adolfo. Clara sonríe y se siente más esperanzada que al principio. Por un lado, le parece absurdo confiar más en esta señora con aspecto de loca que en los médicos, pero qué importa la cordura cuando estás al borde de la desilusión total. Prefiere creer en espíritus y brujas que le amenicen el duelo. Al fin y al cabo, no tiene nada que perder y sí mucho que ganar.

Se despide de Julieta con un abrazo, y esta le entrega un cuarzo morado para que le proteja de las malas energías. Lo guarda en la cartera, y la señora sabia y misteriosa le indica que lo lleve siempre encima, que será muchísimo mejor. Le promete que lo hará y se mete de nuevo en el Uber. Suspira. Solamente tiene ganas de contarle todo lo que acaba de pasar a Angie. Le pasan por la cabeza miles de preguntas. ¿Y si Dan es verdaderamente el veneno? ¿Y si le está haciendo mal? ¿A ella? ¿A la familia? Nada tiene sentido, pero recuerda de inmediato cómo se escondió al principio en el hospital y cómo se hizo el sueco en el puerto. Lo había dejado pasar. Pero ¿qué esconde?, ¿qué sabe?, ¿qué oculta?... La cabeza de Clara da vueltas hasta que un mensaje de WhatsApp le hace aterrizar de un mal sueño. Qué sorpresa. Es Indira. Lo lee atentamente y entiende que la muchacha quiere seguir adelante con la idea de proteger a los tiburones. «Te llamo», le contesta Clara. «Te llamo yo», escribe rápido Indira.

Hablan durante casi todo el camino en el Uber. Indira le explica que Angie no le ha cogido el teléfono y por eso la ha llamado a ella. Clara descubre aliviada que a la joven inspectora no la han echado del trabajo. La han amenazado con que no se meta en líos. El incidente le ha dado más fuerzas y ganas de continuar, investigar y llegar más al fondo del asunto.

—Nos ha rechazado la Profepa, sí, pero eso ya no importa, porque realmente ya habíamos documentado todo lo que podíamos de las Vigas y los aeropuertos. Ya no hay más trabajo que hacer aquí, porque una vez llega la mercancía a estos lugares es muy difícil demostrar la procedencia. ¿Sabes a lo que me refiero? La fecha de las fotos indica que es época de veda donde sí que está permitido cazar...

—Ya, bueno. ¿Y qué propones hacer ahora? Porque nosotros esta mañana nos hemos cagado de miedo. No te voy a engañar...

—Lo sé y lo entiendo. Y lo siento. Solamente se me ocurre un último movimiento.

Indira le propone a Clara infiltrarse en un gran barco, en la bodega, donde encuentren a las especies protegidas recién muertas. Ahí ya sí que es un delito federal directo y se puede llevar a la Interpol.

—Yo puedo daros la información exacta de los buques que llegan a puerto en Manzanillo. Incluso en la bahía Magdalena. Tan solo tendríamos que entrar y tomar fotografías en el momento de la llegada. Allí nadie puede decir que son de otro momento. Y estoy segura de que en esas bodegas podemos encontrar de todo. Y cuando digo de todo, es de todo...

—No sé, Indira. Déjame darle una vuelta. ¿OK?

—Las vueltas que necesites. Llámame cuando lo hayas pensado.

La cabeza de mi niña repasa las conversaciones a velocidad de la luz. Demasiada información. Demasiados acontecimientos. Coincidencias. ¿Qué pensará Amparo? Ojalá Miguel se despierte. Ojalá Julieta tenga razón. Qué agotamiento. Apoya la cabeza en el asiento del coche y, aunque quedan cinco minutos para llegar a su destino, su cerebro le da una tregua. Se queda totalmente dormida.

63

Llego a casa de Angie un poco mareada. Hoy he pasado por todas las emociones que el ser humano puede tener. Miedo, ira, rabia, amor, pasión, deseo, vergüenza, ilusión, tristeza... Estoy realmente agotada. Julieta me contó hace tiempo que ella casi no duerme, porque como su cerebro está en paz, no quema energía. Que lo que más cansancio te produce es que el cerebro dé miles y miles de vueltas. Será por eso por lo que últimamente duermo miles de horas y me sigo despertando agotada. Presiono el número dos en el ascensor. No he podido ni subir dos pisos por las escaleras de lo agotada que estoy. Mientras subo, pienso en Dan. En el veneno y la traición. Deseo solamente que Julieta esté equivocada y que no sea él la persona mala de la que me habla. Pero ¿quién puede ser si no? ¿Qué nuevo amigo tengo en mi vida? ¿Indira? ¿Quizá se refiere a ella y a su insistencia en meternos a Angie y a mí en líos? Puede ser ella también. Prefiero pensar que es Indira. Quien sea, pero que no sea Dan. Quizá no debería liarme con él. Quizá debería tomar distancia. Sí. Haré eso. He podido resistirme cuatro meses, ¿cómo no voy a poder resistirme una sola noche? Además, nuestro vuelo a los Cabos es a las siete de la mañana. Tenemos que despertarnos a las cuatro y media de la madrugada. Literalmente son pocas horas de noche. Mejor no hacer nada con él. Prepararé la maleta, pediré una pizza y me iré a dormir.

Abro la puerta de casa con la llave extra que me ha dado Angie y me encuentro en el salón a Dan solo. Está acostado con el ordenador entre sus piernas y edita alguna de sus fotografías de las mobulas y las orcas.

—Ey, ¿cómo ha ido? —me pregunta y se incorpora cariñoso.

Y, de pronto, todo lo que acabo de pensar en el ascensor se desvanece en cuanto se levanta y me abraza. Me derrito. Joder. Me da un beso en el cuello y me pongo tan nerviosa que me flojean hasta las piernas.

—Bueno, bien. No sé. Julieta dice que Miguel se va a despertar. Y que va a ser más pronto que tarde.

—¿En serio?, pero qué buenas noticias.

Me quita el bolso saco. Lo tira a la silla. Y me agarra de una mano empujándome hasta el sillón. Es imposible resistirme a sus encantos. Caigo de espaldas y él acopla los cojines en mi cabeza. Estoy colocada de la manera perfecta para que me dé el primer beso. Nos apartamos y nos miramos fijamente. Sus ojos miel brillan y tiene la sonrisa más bonita que he visto en mi vida. Se queda embobado mirándome y solamente sonríe.

—Qué haces, bobo. —Finjo que me aparto y me hace cosquillas.

Nos reímos como quinceañeros. Se incorpora a mi lado y me da otro beso en la comisura de los labios..., esta vez tierno y delicado. Vamos despacito hasta que nuestras lenguas se mezclan también. Toda la piel de mi cuerpo se eriza. Se me revuelven las tripas. Dios mío, me muero por desnudarlo y estar con él.

—Dónde están Angie y Kevin.

—Se habían quedado aquí dormidos y se han ido a su cuarto no hace mucho. Créeme que en el dormitorio hasta hace un rato no estaban durmiendo. He oído muchos ruidos y no eran precisamente los ronquidos de mi amigo.

Nos reímos y se queda encima de mí haciéndome cosquillas por los brazos mientras le cuento todo lo que ha pasado con Julieta. Le explico el mito indígena. Le hablo de lo importante que es que ella crea que Miguel se va a poner bien. Le cuento lo de Adolfo y mi hermana y le digo que en mi familia ese hombre es una figura importantísima y que me alegro infinito de que Ampi esté de nuevo con él. Le hablo de toda mi familia desde el corazón. Y él me escucha muy atento, dándome toda la importancia que siento que merezco. Me siento cómoda explicándole mis sentimientos. Me gusta que no le parezca una locura haber ido a Julieta y, aunque sé que él no cree en estas cosas, hace un esfuerzo por intentar entenderme.

De vez en cuando me interrumpe para besarme suavemente. Y yo, después de esos pequeños besos, siento que tengo que ir al lavabo a asearme. El calor me ha bajado desde las mejillas a los huecos más profundos de mi ser. Intento controlarme, porque tengo las palabras de Julieta en mi cabeza. Pero nunca nadie me había tratado así de bien. Nunca nadie me había hecho sentir tan especial. Solamente con su mirada siento que vuelo. Recuerdo que las mariposas existen y quiero volar al cielo con ellas y con él.

—Un momento, voy al lavabo.

Me levanto y delante del espejo donde ha empezado mi jornada esta mañana, intento recomponerme. ¿Qué puede haber de malo en acostarme con él? Siento que me quiere. Lo que tenemos es difícil de explicar. No hay palabras. Es magia. Así que me aseo por lo que pueda pasar y salgo del baño decidida a ir al salón e intentar de nuevo que no pase nada con él. Abro la puerta y todavía con la mano en el picaporte me encuentro con él.

—Qué susto. Qué haces aquí.

—Shhh. —Me tapa la boca con el dedo índice y me besa desesperadamente. Como si ese beso pudiera salvarnos, como si lo necesitáramos para sobrevivir—. Ya no puedo más, Clara.

Me sube en volandas y envuelvo con mis piernas su torso perfecto. Me carga hasta la habitación de Andrea. Tiene el colchón en el suelo y me deja allí tumbada besándome y desvistiéndome poquito a poquito. De pronto se levanta, cierra la puerta y se quita la camiseta. Lo observo tumbada en el colchón y muestra en todo su esplendor esos abdominales perfectos y esos brazos fuertes que me elevan hacia arriba. Me levanta casi sin hacer esfuerzo y me arranca el jersey de lino en un momento. Ya desnudos, me acaricia como si conociera mi cuerpo a la perfección. No tengo que decirle nada, porque sus movimientos son impecables y me hace llegar al clímax casi al momento. Gritamos. Nos retorcemos. Sus dedos están en mi boca y de pronto caigo en la cama en una sensación de éxtasis total. Nos reímos. Me abraza y me besa delicadamente. Nuestros cuerpos desnudos se hacen uno, abrazándose de la manera más perfecta que jamás ha existido. Parecen piezas de puzle hechas a medida, donde los dedos de las manos se entrecruzan mientras las piernas se enredan y encajan de manera perfecta. Toda su espalda me abraza dándome una sensación de protección total.

—Me encantas, Clara. Me has encantado siempre.

Es lo último que oigo antes de quedarme totalmente dormida en una burbuja de amor que sé que no volveré a sentir con nadie jamás.

64

Clara y Dan sueñan, abrazados. Sienten paz. Sus cuerpos parecen uno. En la cama, cambian de posición toda la noche, pero siempre pegados, como si estuvieran hechos el uno para el otro, como si tuvieran un imán inmenso que les colocara de manera perfecta en todas las posiciones. Él le susurra cosas bonitas al oído, y ella siente por fin la felicidad. Ni siquiera se acuerda de las palabras de Julieta, porque lo que está viviendo es tan bonito, tan puro, tan real, que qué más da.

Angie entra de golpe en la habitación y grita:

—¡Nos hemos dormido!

Abren los ojos de inmediato y salen de la burbuja al mundo real. Maletas. Ajetreo en el lavabo. Todos corren de un lado a otro y, antes de que se den cuenta, están sentados en el avión, escuchando las instrucciones de la azafata mientras Clara mira una vez más por la ventanilla.

—Menudo viaje —suspira.

Aún no se puede creer que estén volviendo a Cabo.

—El comandante informa de que en unos veinte minutos aterrizaremos en el aeropuerto de San José del Cabo.

A Clara se le revuelven un poco las tripas al acordarse de la última vez que cogió ese mismo avión ella sola. No sabía todo lo que viviría ni las personas que conocería. Ni que nadaría con orcas mientras dormía en ese hospital. Las manos le sudan. Dan se da cuenta de su inquietud y le acaricia el brazo. Entrecruza los dedos con los suyos. La mira. Ni siquiera tiene que decirle nada. Se entienden. Le ofrece calma en un momento de crisis existencial. Aterrizan y enseguida el calor del ambiente entra en el avión, recogen las maletas, bromean con las chelas y los tacos y se suben en un coche camino a casa de Dan. Por la carretera, contemplan las olas rompiendo en la arena, los cactus que sobresalen por las montañas, las buganvillas que todo lo llenan y las palmeras altas con su digna belleza. Ese Cabo tiene algo muy especial.

—Deberíamos salir al mar —dice Kevin mirando por la ventana.

Todos apoyan la idea sin que a ninguno le parezca una absoluta locura.

—¿Llamo al capitán Éric para que nos saque? —pregunta Kevin.

—Sí, sí, por favor. Me apetece meterme en el agua. —Angie asiente feliz.

Angie y Clara se miran y sonríen. Los ojos les brillan como dos niñas pequeñas que estén a punto de abrir los regalos de Reyes. Dan es el único que no parece emocionado con la idea de repente. Y con un gesto compungido le pregunta a su amigo si no es mejor reservar con otro capitán.

—Quizá es mejor que llames a Rafa, o a Raúl —sugiere.

Y entonces Clara nota de repente que algo en el rostro de Kevin también cambia y disimulan. No puede resistirse y les interroga.

—¿Y por qué con Éric no? ¿Qué pasa? —Dan titubea y Kevin le echa un cable.

—No, bueno, quizá anda ocupado y yo…

—No es verdad —replica ella de nuevo.

—¿Por qué no queréis salir con el tal Éric? —Angie se incorpora a la conversación apoyando, como siempre, a su mejor amiga.

—Sí, eso. Qué pasa. Contádnoslo. Basta ya de ocultar cositas como lo de Amado.

Dan mira a Kevin como desesperado y vuelve a dar la cara.

—A ver, yo creo que no pasa nada porque se lo contemos. Simplemente Éric era el capitán que llevaba a Miguel el día del accidente. Lo siento, Clara. No sabíamos si querías mantenerte lejos de eso.

Se hace el silencio, y Clara mira por la ventana sin saber muy bien qué es lo que siente. Todo lo relacionado con ese día la remueve por dentro, pero, por otro lado, el capitán no tiene culpa de nada y le parece absurdo no poder salir con él. Recuerda también que Ampi ya le había hablado de ese capitán con nombre de príncipe de Disney. Amparo lo debe conocer también. Siente que quiere hablar con él. Quizá sea bueno hacerle algunas preguntas sobre ese día.

—No veo por qué puede sentarme mal salir con él. Si es vuestro capitán de confianza, podemos ir perfectamente con él —contesta muy tranquila y mira a Angie como buscando una aprobación que consigue enseguida.

—Claro que sí. Es bueno que rompas esa barrera. Eres muy fuerte, Clarita.

Dos horas más tarde están los cuatro jóvenes sentados en una panga azul que vuela sobre las olas. El famoso capi es jovencito en comparación con otros capitanes como Mele, que tenía más de cincuenta. Se le ve feliz, sorteando las olas y con esa sensación de libertad que solamente se tiene en el mar. Clara lo observa todo, nostálgica. Extraña a su familia y aprovecha un momento de pocas olas para releer el mensaje informativo de su hermana de esa misma mañana. «Todo sigue igual. Tranquilo. Miguel constante, y papá en casa con Adolfo y conmigo. Intenta desconectar y escribe esos artículos que te harán llegar a ser la gran periodista que ya eres». Se siente afortunada de tener el apoyo incondicional de los suyos. Le dan la confianza que necesita y repasa sus últimas publicaciones de Instagram. Una foto de un lobito marino con un hilo de pesca enredado en el cuello que le ahoga. Está cansado, apoyado en una roca con sangre en las rozaduras del cuello. El texto ha causado furor y la fotografía ya tiene más de diez mil me gusta:

> El enmalle, una trampa mortal causada por la acción humana a través de la pesca y la contaminación marina, plantea una seria amenaza para esta y todas las especies. Esta interacción antropogénica ha contribuido a una alarmante disminución del sesenta y cinco por ciento de la población de los lobos marinos en el golfo de California durante las últimas décadas.

Dan se acerca a Clara en la panga y observa la pantalla en el móvil.

—Qué bien está escrito el texto. Enhorabuena. Acabo de ver que ya tienes setenta mil seguidores. Qué locura. Estás creciendo muchísimo en redes. Me debes una cena, porque casi todas las fotos son mías, eh. —Se ríe.

—Tienes toda la razón.

Se besan. Angie les ha pillado haciéndolo y sonríe desde el otro lado de la embarcación.

Navegan. Navegan con el viento en la cara, el olor a agua salada y la sensación de libertad, de estar despegados de la tierra por un momento. Sin preocupaciones. Al cabo de un rato Kevin grita que hay delfines. Éric gira la panga y se encuentran de repente navegando entre una manada de cientos de delfines mulares juguetones que suben y caen por debajo de la embarcación y saltan por encima de las olas ofreciéndoles un espectáculo sensacional. Clara ríe y grita mientras se preparan para saltar. Dan la observa totalmente enamorado de ella y deseando que jamás se entere de ese secreto que solamente él esconde. «La quiero. No creo que pueda perdonarme si se entera».

Y entonces saltan, saltan al vacío azul con el corazón desbocado, la piel de gallina y sintiendo la pura adrenalina. Saltan, y los delfines juegan con ellos. Son realmente rápidos y preciosos. Y ahí en medio, nadando entre miles de delfines, se olvidan de todo. Clara vuelve a recordar por fin lo que es la pura felicidad. La libertad.

65

Salgo del agua tras nadar con delfines. Ha sido el encuentro más brutal que he tenido por ahora en el mar. La manada era inmensa, parecía un ejército de mulares que viniese de todas partes. Me he sumergido unos seis o siete metros y me he quedado parada mientras pasaban. Los delfines me miraban y algunos se me acercaban con rapidez y juguetones, y justo cuando parecía que podíamos chocarnos, se daban la vuelta y se iban. Jamás podré describir con palabras esta adrenalina. Es increíble, es maravilloso, es brutal. Angie intenta subir a la panga y cae torpemente con el pecho en los asientos, hace ruidos de foca y las dos nos reímos mientras Éric se acerca a ayudarla. Se sienta a mi lado y me abraza.

—¡Gracias! ¡Gracias por haberme introducido en este mundo tan espectacular! Menuda pasada de momento.

Escucho sus palabras y me emociono un poco. No siento que haya sido yo quien la haya metido en este mundo. Sin Miguel, nunca hubiéramos estado aquí, en altamar, con dos surferos guapos nadando entre miles de delfines.

—Qué tontería. Yo solamente me alegro de estar compartiendo todo esto contigo. Te quiero mucho, Angie.

Y entonces nos abrazamos y noto que se emociona un poco. Los sentimientos a flor de piel con los labios con sabor a sal. Miramos a Éric que está buscando a Kevin y a Dan en el agua. Finge que no nos ha visto, pero se ha enterado perfectamente de nuestro momento. Debe estar acostumbrado. Es muy normal que la gente se emocione en el agua. Angie me abraza fuerte y entonces me dice tonterías:

—Bueno, ¿qué? Por fin solas, cuéntame. ¿Cómo ha ido?

—Angie, tengo que decirte una cosa.

—¿Qué? ¿Qué?

—Creo que estoy locamente enamorada de él.

—Espera un momento, ¿qué? Toc, toc, ¿Clara? ¿Estás ahí? ¿Estoy hablando con mi mejor amiga?

—Ya lo sé, no me vaciles encima, que bastante tonta me siento. Pero es que me encanta. Me pongo solo nerviosa de verlo.

—Pero ¿ha pasado ya? Cuenta, corre, que van a volver en cualquier momento.

Las aletas de los delfines se siguen viendo por todas partes y a lo lejos asoman dos cabecitas con los tubos de esnórquel. Le explico a mi amiga que nos besamos en el garaje el otro día, después de huir de la policía. Le comento que sentí mariposas en el estómago y que me temblaron un poco hasta las piernas. Le cuento cómo me sacó del baño e hicimos el amor apasionadamente en casa. Y cómo sus manos parecían estar hechas para mi cuerpo, porque fue impresionante cómo me tocaba. Se lo digo todo con mucha ilusión. Pero, cuando veo que las cabecitas con el esnórquel se acercan, también le confieso las palabras de Julieta.

—Escucha, que ya vienen y esto es importante. Julieta me ha dicho que tengo una serpiente encima, que literalmente hay alguien malo como bebiendo de mi energía.

—¿Qué?

—Sí, tía, ya sé que suena muy raro, pero es lo que me dijo. Como que alguien nuevo en mi vida en el que yo de repente confiaba mucho me estaba traicionando. Y, joder, creo que se refiere a Dan.

—Pero ¿por qué? ¿Por qué iba a estar traicionándote? A ver, que a mí no me gusta cuando te habla mal, y me pone bastante nerviosa cuando te dice que estás mal y eso te afecta. A veces es un gilipollas, pero de ahí a que te esté traicionando, me parece demasiado.

—Pues eso es lo que pienso yo también. Julieta me habló de una serpiente con una espada. Lo vio al echarme las cartas, y fíjate ahora en los tatuajes de la espalda de Dan.

—Joder, qué mala suerte. Para uno que te gusta. Con lo que me ha costado...

Sonreímos y disimulamos. Dan y Kevin suben a la panga y se ríen. Celebramos. Ha sido increíble y comentamos que literalmente debía haber más de dos mil o tres mil delfines a nuestro alrededor. Menuda locura. Angie se acerca a Kevin y le da un abrazo por la espalda. Le pide que le enseñe las fotografías y este se las muestra en su cámara.

—¡Son increíbles!

Me acerco también para verlas, y los cuatro terminamos con la cabeza sobre la pantalla digital. La verdad que las tomas son dignas de revista. Miles de delfines. Hay una imagen donde más de quince cabezas de estos animales miran a la cámara. Es brutal. Éric nos contempla con alegría y nos indica:

—Venga, otro salto más. Voy a alcanzar a la manada.

Se preparan. Yo estoy tiritando de frío y decido quedarme en el barco. Dan me ofrece su poncho toalla y me lo coloco con la capucha puesta, abrazándome e intentando entrar en calor.

—¿Seguro que no vas a saltar? —me pregunta Angie.

—Seguro, seguro. Pero tú dale. No me importa nada.

—Paso. Yo me quedo aquí contigo y los vemos saltar desde el barco, que también mola muchísimo.

Nuestros chicos saltan, y Angie le roba el poncho toalla a Kevin y se sienta a mi lado. Éric nos mira y nos indica que nos sentemos delante, en la proa, que nos va a llevar a toda velocidad para que los animales jueguen con el barco. Nos situamos las dos delante con las piernas colgando en la panga y despegamos. La embarcación se mueve con soltura y todos los delfines se acercan a jugar con nosotras. Saltan a nuestro lado. Saltan tan alto que parece que podamos tocarlos con los dedos de los pies. Angie grita y nos reímos a carcajadas.

—¡Qué fuerte! ¡Qué bonito! ¡Más rápido, Éric! ¡Más rápido, por favor!

Éric arranca de nuevo, y nosotras levantamos las manos. Eufóricas, felices. El horizonte está plagado de aletas. Hay tantas que no puedo distinguir dónde acaba la manada. Saltan por todas partes, algunos salen disparados del agua y hacen piruetas. Es precioso. Angie me da la mano y grita contra el viento.

—¡Clara, somos libres! ¡Somos libres! ¡Viva la vida!

El corazón me late fuerte y noto cómo una lágrima me resbala por la mejilla. Quiero sentirme libre, pero, aunque estoy ahí, aunque siento la libertad, aún no me siento libre del todo. Estoy encadenada a mi hermano y solo quiero que se cure. Seré libre solo cuando despierte.

—Niña, ¿puedo preguntarte algo?

El capitán Éric reduce la velocidad, y Angie y yo nos movemos hacia la parte de detrás de la panga.

—Claro, Éric, dime.

—Eres la hermana de Miguel, ¿verdad?

—Sí, soy yo.

—Oh, qué gusto conocerte. Sí, tienes un aire, fíjate. Muy guapa y viva, como tu hermano.

—Muchas gracias. Tú eras el capi que le salvó la vida el día del accidente, ¿verdad?

—Sí, soy yo. Aunque, bueno, la vida se la salvó Dan. Él fue quien le hizo los torniquetes y consiguió mantenerlo vivo hasta que llegamos a la ambulancia.

Mi cerebro da vueltas y vueltas. Otra mentira más. Dan jamás me había dicho que estuviese con mi hermano el día del accidente. Es más, me había dicho todo lo contrario. No me lo puedo creer. Miro a Angie y la veo con los ojos muy abiertos, observándome. Me quedo sin habla, y Éric se incomoda un poco.

—¿Todo bien? Pensaba que lo sabías.

—Sí, sí. Lo sabía.

Disimulo con el estómago totalmente cerrado. Disimulo, aunque me entran unas ganas enormes de vomitar. Y pasan por mi cabeza, en una sucesión vertiginosa, todas las conversaciones con Dan. Mi hermano, Ampi, las mobulas y la sangre del vídeo que vi ese día. Quizá lo grabó Dan. ¡Dios mío, seguro que lo grabó Dan! Por eso me mintió desde el principio. Me habrá mentido siempre. ¿Qué cojones oculta? Angie coge las riendas de la situación y se pone a hablarle a Éric de otra cosa. Me conoce y sabe que estoy al borde del colapso. Lo estoy. La panga se mueve despacito hacia los chicos, que nos hacen gestos con las manos en el agua. Dios mío, no voy a poder mirarlo. Cierro los ojos e intento tranquilizarme. Disimular. Lo mejor es disimular. Éric les tira la escalera y suben.

—¡Ha sido increíble! —grita Kevin de nuevo.

Me siento mirando al mar y, como llevo la capucha del poncho puesta, logro que no se note que estoy llorando. Julieta tenía razón. Me oculta cosas. Pero ¿por qué?, ¿para qué? Todo me da vueltas, y entonces Dan se me acerca y me abraza.

—¿Qué te pasa, princesa? ¿Por qué no has querido saltar? Ha sido precioso.

Su voz dulce me conmueve y siento que me derrito, que me debilita. Respiro hondo y lo miro. Sus ojos marrón miel se abren e intento descifrar lo que ocultan. Intento ver algo raro en la mirada, pero no lo consigo. Lo único que veo es amor. Juro por mi vida que me mira con ojos de enamorado y que no distingo un ápice de maldad en ellos.

—¿Has llorado, niña?

Me quita una lágrima de la mejilla, y yo sigo sin poder articular palabra. Me cuesta hasta mirarlo. Me tiro en su pecho, y él me abraza fuerte. Y me susurra:

—Todo va a salir bien, Clara. Ya verás. Todo va a salir bien.

66

Clara se coloca en el asiento de detrás del coche y se pone los cascos para ver el vídeo del accidente de su hermano. Pensaba que se lo sabía de memoria. Lo había visto mil y una veces, pero ninguna le había dolido tanto como esta. Le da al Play una y otra vez y escucha los gritos de Dan. Su voz atormentada cuando la cámara justo se mueve y se desenfoca la imagen. La desesperación, la sangre. Angie va a su lado en la parte de atrás del vehículo y le da la mano. Se pone uno de los cascos y, sin decir nada, corrobora con su amiga que efectivamente es Dan. Es Dan quien grababa el vídeo ese día.

Consigue quitarle el móvil a Clara y le hace un gesto que indica calma. Clara se recuesta en el asiento y cierra los ojos al sentirse indispuesta. La ansiedad que acarrea desde hace meses la hace marearse de vez en cuando. Kevin, que va de copiloto e intuye igual que su amigo que algo está pasando, sube el volumen de la música y elige «Paradise», de Coldplay para romper el hielo.

—Hoy cuando nadaba entre miles de delfines escuchaba esto.

La canción suena a todo volumen, y todos menos Clara la tararean al unísono. Dan no deja de mirar por el retrovisor preocupado, sin saber qué le pasa a su niña. Se habrá enterado. Éric le habrá dicho algo. Pero ¿cómo iban a ponerse a hablar de eso como si nada? No tenía que haberla traído con él. Se siente idiota y se maldice a sí mismo por todo. Por haberla traído. Por haber mentido. Por haber vendido a su amigo. Por haber dejado que la cuadrilla de Amado Sánchez Terrón intentara asesinarle. Por haberle traicionado solamente por miedo. Se siente imbécil por haber tenido miedo. Siente una opresión en el pecho, igual que Clara, cuando llegan al aparcamiento del supermercado. Han decidido comprar algunos *snacks* y picotear algo en casa. Están muertos y mañana el plan es salir de nuevo al mar. Él ya no quiere salir a ningún sitio. Quiere retroceder cuatro meses, incluso seis mejor. Estar con su amigo borracho en los bares, viviendo la vida, sintiendo la adrenalina. No entiende todavía cómo ha llegado hasta aquí.

—Oye, ¿por qué no entráis vosotros al súper y nos tratáis por fin como dos señoritas?

Angie bromea con Kevin. Quiere quedarse con su amiga y los chicos acceden. Se alejan hacia la entrada. Y entonces salen las dos del coche y se sientan en una acera donde se acumulan los carritos de la compra.

—No me lo puedo creer, te lo juro, Angie. Ya no sé qué más pensar.

—Yo también estoy en shock. No te voy a engañar.

—Pero ¿por qué me ha ocultado eso? ¿Por qué? No lo entiendo.

—Ya..., yo tampoco. Quizá, no sé..., ¿tuvo algo que ver? —Angie se arrepiente del comentario nada más decirlo.

Clara cambia el rostro. Dolida.

—¿Tú crees? Joder, ¿te imaginas? No, no..., me niego. Prefiero pensar que no. Me moriría.

—Pero es que, entonces, ¿por qué narices te lo oculta? Algo esconde evidentemente. ¿El qué? Pero no, no creo que haya tenido que ver con él. Yo tampoco quiero pensar que tiene que ver con el intento de asesinato. Quizá fuese al revés, estaba asustado. O no ha dicho nada por miedo a que lo encuentren a él también. O quizá le estaban intentando matar a él.

—¿Te imaginas?

—Oye, pues no es una mala teoría. Por eso Dan tiene tantísimo miedo a todo lo relacionado con los tiburones y la industria. Es evidente que se caga encima cada vez que le hablamos de esto. Quizá...

—Sí. Quizá oculta información por miedo. Yo te juro que no creo que sea malo, Angie. De verdad. Y, no sé, cuando me abraza, cuando nos tocamos, es que no sé... No puedo imaginarme nada tan malo. De verdad. Es imposible.

—Yo tampoco, Claris. Vamos a pensar que es otra cosa, que tiene buenas intenciones. Yo tampoco creo que sea el enemigo. Joder, hemos convivido con él. Parece buen tío. No sé...

—Buf... —Se abrazan en el aparcamiento—. Menos mal que estás, Angie.

—Bueno, tú has estado siempre para mí. No digas tonterías. Ahora solamente tenemos que pensar qué cojones vas a hacer. Y cómo se lo vas a decir.

Mientras las amigas se abrazan en el aparcamiento, ya en Madrid, papá camina de nuevo hacia el cementerio de la Almudena. En primavera el sol crea reflejos cuando entra por los huecos de las arboledas. Se mueven las hojas y han florecido las primeras chanticleer, unas flores pequeñitas blancas que me encantaban. Se acerca a mi altar y devuelve las cartas que me escribió nuestra pequeña. Quiere ayudarla, pero no sabe cómo. Debería contárselo a Amparo. Debería decírselo a nuestra hija mayor, que seguro que toma las riendas de la familia. Yo también te echo de menos, Pedrito mío. Pero sé que pronto estaremos aquí, reunidos. En un lugar mejor. Con aires de libertad.

El viento sopla fuerte, el sol sube por encima de las nubes y los reflejos entran en la habitación del hospital María Beata. Miguel duerme plácidamente, y esta vez es Adolfo quien se encuentra con su amigo a los pies de la cama. De marinero a marinero. Él sabe que el pequeño va a despertar. No le cabe ninguna duda. Despertará pronto. Y las enfermeras entran cuidadosas a hacer las curas pertinentes y a cambiar los sueros. Todas son amables con la familia y todas desean que la historia salga bien.

Y ya en México, por la noche, Indira repasa los mensajes, los e-mails, las pruebas... Piensa cómo puede hacer para frenar esa brutalidad. No todo el mundo es corrupto en la Profepa. Y con el accidente del otro día y las amenazas que recibió, ha escrito a todos los contactos que hizo durante sus años en la Viga. Ha contactado con la inspectora Medina, que le ha pasado un gran contacto de la Interpol.

—Esto no va a quedar así. Te lo aseguro —susurra a su móvil mientras observa desde la ventana cómo unos borrachos piden cerveza fría, margaritas y tequilas en el bar de enfrente. Ya ha investigado quién es Amado Sánchez Terrón y se ha dado cuenta de que es su hijo pequeño, prácticamente adolescente, quien controla toda la red ilegal de los Cabos. Es él quien controla el desembarco de los grandes buques, donde se hacen las verdaderas barbaridades. ¿Cómo puede hacer tanto daño un menor de diecisiete años? Quizá precisamente por eso. Por su edad, por su inconsciencia. Indira descubre que ese chiquillo ha arrollado a todo el que ha intentado frenarle. Al estar protegido por su padre, ha hecho verdaderas barbaridades. Pero ahora ella, con la ayuda de

Medina, va a frenarle. Se protegerán. Están planeando una gran operación que reportarán a la Interpol.

> Clara, no me has contestado a los últimos mensajes.
> Angie tampoco. ¿Todo bien? Tengo novedades.
> Llamadme cuando podáis.

67

Dan sale del supermercado con Kevin y no puedo evitar pensar en cómo hice el amor el otro día con él. Es un traidor. Me ha traicionado. ¿Cómo voy a decírselo? Angie se levanta y me mira. Y justo antes de que se acerquen me pregunta.

—¿Seguro que quieres disimular?

Le digo que sí, que lo tengo superdecidido. No estoy muy segura de la decisión, pero creo que es mejor no decir nada por ahora para ver hasta dónde llega su mentira. Para ver qué más puedo rebuscar. Disimularé. Esta noche le haré preguntas, a ver qué contesta. Esa es la teoría que he defendido delante de mi amiga, pero también quiero pasar otra noche con él. Sé que suena absolutamente ridículo. Tóxico y sin sentido. Pero no puedo evitarlo. Me siento totalmente atraída por él. Y si esto es el final, si me voy en cuatro días a España y ya nunca vuelvo a estar aquí, quiero estar entre sus brazos. Sí, en esa burbuja que me hizo recuperar la calma que tanto había perdido. ¿Estoy loca? Quizá todo esto me ha hecho perder la cabeza, pero es que ya me da igual. Estoy cansada. No tengo ni hambre. Ni ganas. No puedo creer que mi aventura en la Baja acabe aquí.

Los chicos llegan y cargan las bolsas en el maletero. Dan, en vez de subirse a su asiento de piloto, se acerca a mí, se sitúa enfrente y me pregunta, preocupado:

—¿Estás bien? ¿Qué es lo que pasa?

—Nada, de verdad.

—No me mientas. Te conozco.

—Nada, no te preocupes.

Le esquivo ante los ojos atónitos de Angie y me meto en el coche. Casi me tiemblan las rodillas. ¿Me conoce? Este hombre es mi debilidad. Arrancamos. Kevin le cuenta a Angie que han comprado palomitas con azúcar, y ella se queja de que las odia, que ojalá sea mentira y sean saladas. Me gusta ver la relación que está construyendo mi amiga con ese chico. Se nota que se van conociendo y que les gusta pasar tiempo juntos. Hablan de la obra de teatro de Angie. Poco después comentan el atardecer. Ahora rojo, anaranjado, asoma por detrás de las palmeras y a lo lejos de la carretera se refleja en el mar. Una nube violeta. En el coche, solo hay una conversación banal. Solo tonterías. Llegamos. Me suena el móvil varias veces mientras maniobran para aparcar. Lo saco del bolsillo. Es Indira. ¿Qué querrá ahora? No me apetece cogérselo.

—Mira quién me está llamando. Indira. —Le enseño la pantalla a mi amiga.

—Cógeselo. Pobrecilla.

—No me apetece ahora. ¿Quieres cogérselo tú?

Angie coge el móvil y se baja del coche. Yo agarro mi equipo de buceo y subo las escaleras con Kevin. Es un segundo piso. Dejamos las cosas en el suelo, busca la llave y me abre la puerta. Me habla con cariño y comenta lo pesadas que son las bolsas. Me da vergüenza estar actuando así. Qué mal rollo. No es mi estilo. No tiene sentido, y estoy creando una situación incómoda para todos, innecesaria. Qué mal. Entro en casa y tiro todo en la puerta. Kevin me habla de nuevo.

—Quédate aquí tranquila, Clara. Yo bajo a por las cosas.

—Muchas gracias, de verdad. Y perdona. Voy a acostarme un poco.

Su amabilidad me da ganas de llorar. Quizá sea el cansancio, las hormonas, las sorpresas. O, bueno, quizá también sea que se ha muerto mi madre, que me siento sola y que mi hermano está en coma en un hospital de España. Y yo ya no puedo más. Me meto en el baño. Me lavo la cara y por la ventana observo que Angie sigue hablando con Indira mientras da vueltas a una rotonda con palmeras que hay en la urbanización. No tengo ganas de estar aquí. Voy al cuarto de Dan, tiene una cama de matrimonio enorme. Me desnudo. Todo mi cuerpo está salado y mi pelo enredado y encrespado. No me importa. Abro su armario, cojo una camiseta negra, la primera que encuentro. Es ancha, grande y me llega por encima de las rodillas. Perfecto. Me la pongo y me meto en la cama. Solo quiero cerrar los ojos e irme de aquí. Puedo hacerlo. Me tumbo. Me quedo totalmente dormida.

—Claris. —Escucho la voz de Angie entre sueños—. Claris, ¿me oyes?

—Sí. ¿Qué pasa?

—Hemos hecho pizzas. Tienes que comer algo.

—No tengo ganas.

—¿Quieres que duerma contigo?

Me quedo en silencio y poco a poco me voy acordando de los últimos acontecimientos. Despierto. Últimamente siento que cada día, cuando me levanto, tengo que hacer una recapitulación mental de lo que ha pasado y hacerme a la idea de que lo que estoy viviendo no es un mal sueño. Es real. Me cuesta un poco. Me acuerdo de lo de Éric, de lo de Dan... Me moriría porque viniera y me diera un abrazo. Pero no debo. Debo decirle a Angie que duerma conmigo. No sé qué hacer.

—A ver, que si quieres dormir con Dan, me lo puedes decir también. Ya sabes que a mí me da igual. Está preocupado por ti. No hace más que preguntarme qué te pasa.

—Es que no lo sé, Angie. Te prometo que me da igual. No sé ni lo que quiero. Solo quiero dormir. Perdóname.

—Te perdono si comes un poquito de pizza. Mira, es hawaiana, tu favorita.

Me incorporo. No tengo nada de hambre, pero le doy un mordisco enorme para complacerla. Y luego otro. Mirándola en silencio lo mastico al mismo tiempo que mastico todo lo que está sucediendo. Ella me habla, y yo solo escucho.

—Cambio de tema. Me ha llamado Indira. La está liando parda. Como se ha enterado de que tienen intención de despedirla, se ha puesto en contacto con miles de inspectores de otros puertos y Vigas y está planeando destapar toda esta red de gente corrupta. Al parecer hay una inspectora mayor que se llama Medina y le ha dicho que esto del despido sería inaceptable. La van a intentar ayudar. Me ha hablado de un buque. Y, bueno, algunas locuras que mejor te cuento mañana…

—Sí, mejor. Hoy te prometo que no tengo espacio para más.

—Prométeme que mañana vamos a ir a desayunar juntas. Te estás quedando esquelética. No me comes nada. Yo no voy a ser la gorda del verano.

—Lo prometo.

Me da un beso en la mejilla y sale del cuarto. Me vuelvo a quedar dormida. Entre sueños, noto el olor de Dan y unos brazos grandes que me envuelven en la cama y me colocan de lado. Siento que me abraza, que me abraza tan fuerte que me estruja y cuando lo hace, solamente siento paz. Calma.

—¿Qué te pasa, niña? —oigo los susurros de su voz dulce y me doy cuenta de que lo que estoy viviendo no es un sueño.

Dan se ha metido en la cama y, con el torso desnudo, me aprieta entre sus brazos. Me mueve con dulzura y me hace cosquillitas en el pelo y en los brazos. No quiero moverme, no quiero que se vaya. Y aunque sé que me ha mentido, que no está bien, que me oculta cosas, aunque en parte siento que me está traicionando, no puedo resistirme a sus encantos.

Siento que tengo un imán que me atrae y me atrapa, que me lleva a girarme, mirarlo fijamente y abrazarlo yo también. Siento las mariposas. Me posiciono en su cuello y noto cómo mi cabeza encaja a la perfección en ese agujero, entre su pecho. Nos fundimos en un abrazo puro, romántico y lleno de amor.

—Dan, yo…

—Shhh.

Él me calla y me calma. Me aprieta fuerte entre sus brazos y me acaricia entera. Despacito y con delicadeza. Me retira el pelo de las orejas y me hace sentir única y especial. Poco a poco recupero el ritmo lento de mi respiración y con la paz que me proporcionan sus cosquillitas me vuelvo a quedar totalmente dormida.

68

Clara y Dan duermen abrazados como si el mundo se fuera a acabar mañana. Hay amor. Amor de verdad. Y aunque ella sabe que no debe, que no puede, el olor de ese chico la envuelve. La sensación de protección, de paz, de calma. Él la protege y la aprieta contra el pecho. No quiere perderla nunca ni dejarla ir. Solamente piensa cómo ha acabado locamente enamorado de la hermana del que fuese su mejor amigo. Se acuerda de la traición y del miedo que pasó cuando le amenazaron con matar a su hermana pequeña. Él solamente quería estar tranquilo, proteger a su familia. Simplemente quiso alejarse del drama. Miguel nunca se lo permitió. Nunca. Hasta que discutieron aquel día y, en caliente, confesó dónde solían practicar apnea. Nunca hubiera deseado el mal para su amigo. Nunca pensó que llegarían a esto. Se despierta de golpe. Sudando. Pensando que ha sido un mal sueño. Clara nota el acelere del corazón de su gran amor o, bueno, del que ella cree que es su gran amor, y se gira para observarlo.

—Ey, ¿qué pasa? Estás sudando. ¿Estás bien?

Se incorpora un poco, preocupada. Él le explica con dulzura que ha tenido una pesadilla, pero que está bien. Cuando la mira, a través del reflejo de la luna, con el pelo despeinado y rizado por el mar, la encuentra más bonita que nunca. No puede resistirse y le da un beso. Lento, apasionado, sujetándole la cabeza hasta que a ella también se le acelera el ritmo de la respiración. Entonces, pasa. Clara se sitúa desnuda encima de él haciendo movimientos lentos y retorciéndose del gusto, de la pasión. Pasa que caen agotados en la cama y sus cuerpos se convierten en uno encajando esas piezas perfectas... donde hasta los pies se enredan de manera estética.

—Clara, creo que estoy totalmente enamorado de ti.

Ella lo escucha y, sin contestarle, lo abraza fuerte. Si los abrazos hablaran, estarían diciendo que la vida tiene mucho más sentido para ambos desde que comenzaron a abrazarse así. Y poco a poco, en una burbuja de amor, en una nube que sube al cielo, a lo más alto, donde las emociones parecen de colores y solamente hay paz y cariño, se quedan dormidos.

—Clara, llevas más de once horas durmiendo.

La voz de Angie aparece en escena y Clara se despierta de golpe buscando a Dan por la cama. Poco a poco recuerda cómo la beso por la espalda, por la cara y por las mejillas y le indicó que se tenía que ir a trabajar. Tenía un curso de fotografía. Todo parece confuso y no se acuerda si haber hecho el amor con Dan ha sido un sueño o ha sido real. Sin embargo, ya está su amiga para recordárselo cuando ve en el suelo los restos del plástico Durex.

—¿Algo que contarme?

Coge el envoltorio rosa fucsia y suelta una carcajada que hace respirar a Clara un poco. Se ríen. Una amistad pura que se apoya en lo bueno y en lo malo. Que acepta muy bien las locuras, siempre que haya transparencia entre ellas.

—Venga, vámonos a desayunar. Me lo prometiste.

Clara se ducha, aunque se pone otra vez la camiseta negra de Dan con la que ha dormido. Llegan al centro de una cafetería de San José del Cabo. Piden dos capuchinos y unos wafles con banana y Nutella.

—Nos lo merecemos —dicen las dos como siempre que comen comida basura y buscan la manera de justificarlo.

Angie le explica con preocupación todo lo que ha descubierto Indira. Que Amado Sánchez Terán es el jefe de toda la operación de los narcos en la Baja California. Que no es un nombre inventado como decían sus chicos. Que es real. Tiene un hijo al que todo el mundo teme. Es un adolescente llamado Óscar Sánchez, pero todos le conocen como el Colitas. Al parecer estaba acusado de múltiples asesinatos. Había sido el cabecilla de miles de peleas. Había asustado a todas las organizaciones conservacionistas que alguna vez habían intentado mejorar la situación del aleteo.

—Clara, ese niño es peligrosísimo. Me ha contado Indira que había una organización llamada México Azul que estaba intentando proteger numerosas especies de tiburones en la Baja. El dueño de la organización es un hombre mayor de Ciudad de México. Estaban en La Ventana haciendo un estudio sobre las poblaciones de los tiburones azules, y literalmente el niñato este fue con una pandilla de chiquillos cargados con pistolas y amenazaron de muerte al hombre y a las biólogas marinas. Les dispararon y todo.

—Pero qué dices, Angie.

—Sí, al parecer, el padre es el cabeza de todo y su hijo debe de ser un niñato de diecisiete años, más perdido que una vaca en un garaje, que se dedica a plantar el miedo por la zona.

—*What?*

—A ver, no quiero hacer suposiciones sin tener toda la información, pero este adolescente podría ser perfectamente el que intentó darle matarile a tu hermano. ¿No lo has pensado?

Se hizo silencio. Mis niñas se quedaron pensativas. La verdad es que la historia podía tener sentido. Contrastaba bastante con la poca información que les había dado Dan. Miguel comenzó a romper todas las líneas de pesca y cuando la red de tráfico ilegal iba cada mañana a recoger los tiburones se las encontraban vacía. Debieron de localizarlos. Dan le había contado a Clara muchas veces la cantidad de tiburones que habían rescatado. Puede ser perfectamente que Óscar, o el Colitas, o como se llamase, les hubiera intentado meter miedo. Podía ser perfectamente la historia que hacía que todo cuadrase.

—Pero y Dan, ¿por qué me iba a mentir si fuera así? Me refiero, si fue un accidente, si intentaron matarlos…, ¿por qué nos está mintiendo?

—Claramente está ocultando algo.

—Pero ¿el qué? No lo entiendo.

—Yo tampoco, pero si fuera tú, tendría muy claro lo que hacer. Tienes que hablar con él.

69

Angie va al lavabo y yo cojo mi móvil un momento para encontrarme con varios mensajes que no he podido ni contestar. El primero, Ampi. Me dice que la llame, que qué narices hago desapareciendo. Que necesita hablar conmigo urgentemente. Le mando un mensaje pidiéndole perdón y diciéndole que me avise en cuanto despierte. Prometo llamarla en cuanto amanezca en España. Ni siquiera le he contado que ya no estoy en Ciudad de México. Va a matarme. Me meto en Instagram y repaso la cantidad de seguidores que me han subido con el último *reel* viral que tuve. Era un vídeo de una tortuguita bebé recién nacida enfrentándose a todos los contratiempos de la vida. Depredadores en tierra, la fuerza de las olas, los peces grandes, las barracudas… En el texto del *reel* describo cómo en la vida hay que ser valientes, salir a respirar, tomar aire y, sobre todo, nunca dejar de nadar. Tiene ocho millones de visitas y ya he llegado a los ochenta mil seguidores. Es una locura cómo está creciendo esto. Decido repostear una imagen de Dan en la que una ballena azul respira frente al dron. El sonido que escojo encoge el corazón. Angie vuelve y me pregunta qué hago.

—Nada, mirando Instagram.

—Estás creciendo muchísimo. Es un canteo. ¿Cuántos seguidores tienes ya? Te vas a hacer influencer, eh.

—Totalmente. Oye, tenía cuatro perdidas de Indira. ¿La llamamos?

Decidimos pedir la cuenta y llamarla desde casa cuando tengamos mejor acceso a internet. San José del Cabo es colorido, y las calles están decoradas con banderas llamativas que le dan un toque alegre y divertido. Las tiendas tienen ropa preciosa. Lo miro todo con cariño, porque creo que pronto me voy a marchar y dudo que regrese. Nos subimos al Uber y de camino a casa le explico a mi amiga que si Miguel despierta, que si lo hace, vendré con él a la Baja e iré a la bahía Magdalena. Todo el mundo me ha hablado de ese sitio y mi primera vez tiene que ser con él.

—Vendrás, Claris. Ya verás que vendrás. Te lo juro. Estoy segura de que vendrás con él.

El universo siempre conspira a favor de los soñadores. Llegamos a casa. Nos ponemos dos vasos de agua y sentadas en el suelo esperamos la llamada de Indira. Angie bromea conmigo sobre Dan, y a mí me entra la risa porque me imita a la perfección. Me doy cuenta del drama que hice ayer por la noche sintiéndome muy digna para después acostarme con él. La llamada de Indira nos corta la risa. La vemos a través de la pantalla.

—*Hello, hello.*

—Qué onda, chicas. Cómo andan.

—Pues aquí estamos, amiga. De drama en drama y tiro porque me toca. ¿Y tú?

El rostro de Indira nos preocupa. La vemos seria. Desanimada. Tiene unas grandes y profundas ojeras y nos cuenta que lleva días sin dormir. Que nos necesita. Que ahora es ella quien necesita nuestra ayuda.

—Tranquila, Indira. Nosotras te ayudamos. Pero ¿cómo?

—Pues es que precisamente hay algo que necesito que hagáis en la Baja.

Angie y yo nos apretamos las piernas con las manos debajo del ordenador sin que ella nos vea en la cámara. Justamente en el desayuno habíamos hablado de que no nos apetecía nada meternos en más líos. Queríamos dejar las operaciones absurdas de lado y dar visibilidad a las problemáticas en las redes sociales. Al fin y al cabo, mi cuenta en Instagram estaba creciendo y, además, teníamos el apoyo de la revista. Era suficientemente poderoso como para gritar a los cuatro vientos todo lo que estaba sucediendo en los mares. Además, se le podía dar un enfoque bonito en Instagram. Imágenes preciosas de las ballenas, de las orcas... Nuestros chicos eran fotógrafos. Podíamos literalmente tener el perfil más bonito de la historia y todo contrastado por biólogos marinos que corroboraran que la información que dábamos era verdadera. Lejos de líos. Lejos de huidas de la policía corrupta. Lejos de peligros... La verdad, no queríamos acabar como Miguel. Pero Indira tenía algo gordo que ofrecernos y yo, una vez más y contra todo pronóstico lógico, no quería dejar de escucharla. Siempre pesaba que todo esto era para hacer justicia a Miguel.

—El caso es que la inspectora Medina me ha dado el soplo de un gran buque que desembarcará en el puerto de Ensenada, con miles y miles de toneladas de pesca ilegal, este próximo miércoles.

—Sí, muy bien. ¿Y qué tiene que ver eso con nosotras?

—Pues, güey, que si conseguimos infiltrarnos en la bodega del gran barco donde tienen a todos los animales y reportarlo, ganamos. —Nos miramos, y Angie contesta impulsiva como siempre.

—Bueno, Indira, ganamos ¿qué?

—La inspectora ya está en contacto con la Interpol y le han dicho que solamente podrían actuar si destapáramos una operación grande como esta que os estoy contando.

—Pero ¿qué tenemos que hacer?

—No sería para tanto..., os tendríais que colar en el barco, sacar vídeos y miles de fotografías de todo lo que hay allí dentro y salir sin que os viera nadie. Con esa información podríamos demostrar a las grandes autoridades la procedencia ilegal de toda la mercancía. Lo de la Viga no ha servido para nada, porque no hemos podido demostrar la procedencia.

—Buf..., no lo veo, Indira —dice Angie de nuevo—. Yo creo que tuve suficiente susto con lo de la Viga del otro día. ¿Verdad, Claris?

Tiene razón, pero yo tengo dudas y quiero escuchar más. Le consulto una de ellas.

—Básicamente las fotos de la Viga no les parecen suficientes porque la procedencia puede ser de otros sitios o de otra temporada. O puede que las aletas estuvieran congeladas o secas desde hace tiempo, ¿verdad?

—Exacto. Sin embargo, si demostramos que vienen de zonas protegidas o que descartan los cuerpos para solo almacenar las aletas, nos tomarán en serio y podrán hacer un despliegue de fuerzas mayores que ayuden a calmarlo todo.

—Pero ¿estáis locas? Y ¿cómo vamos a entrar ahí? No, no. Rotundamente no. Los siento, Indira. —Angie está alterada y siento que quiere colgar.

Colgamos. Me sorprende la actitud de mi amiga, porque normalmente es ella la que quiere hacer locuras y yo la que la freno. Hemos intercambiado los papeles. Es normal. Esto está empezando a ser peligroso y no tiene ningún sentido. La escucho. Me da un *speech* de veinte minutos diciéndome que ni de coña me deja meterme en ese jaleo. Que por encima de su cadáver me cuelo en ninguna bodega de nada. Que no me deja. Que ni lo piense. Me hace prometer que no voy a hacerlo. Y de verdad que no quiero pensarlo. Pero lo pienso. Y, sobre todo, solo me veo capaz de hacerlo con alguien en concreto. Pienso en quién es la única persona que puede acompañarme a buscar justicia por lo de mi hermano. Pienso en quién me lo debe. Pienso en Dan. En que, si de verdad me quiere, si de verdad no es un traidor, si de verdad tuvo cariño a mi hermano, tiene que venir conmigo a hacer esta última locura.

70

Clara repasa en su ordenador el último artículo que ha escrito para la revista. Es un artículo corto en el que explica el rol de los tiburones en los ecosistemas marinos. Dan le ha pasado imágenes espectaculares con el dron de un grupo de tiburones de arrecife que se comen a una raya. Utilizando las instantáneas, explica que son los encargados de mantener la cadena alimentaria oceánica, ya que se alimentan de las especies más abundantes y generan un equilibrio entre los niveles poblacionales de las distintas especies que componen los ecosistemas. Decide compartir el artículo en sus redes sociales y, por primera vez, se graba hablando a la cámara en una *story*. Se suelta el pelo, se acerca a la terraza para que el fondo sea más bonito y, con vergüenza pero vivaracha, habla:

—Buenos días. Muchos no me habéis visto nunca por aquí y es básicamente porque me muero de la vergüenza hablando a cámara. Pero quería contaros que escribo una columna en la revista que os muestro en este *link* abajo y podéis leer el último artículo que he redactado sobre la importancia que tienen los tiburones en nuestro planeta. ¡Espero que os guste! *Ciao.*

Se sorprende a sí misma de lo bien que le ha salido la grabación y lo sube sin pensarlo mucho. Ochenta mil seguidores representan los cientos de personas que acudían en los días de feria a su colegio. A ella ya eso le parecía una barbaridad. Recordaba el patio reventado de niños. Realmente era una cantidad enorme. Repasa sus publicaciones en la red social sobre delfines, orcas y mobulas, y se da cuenta de los encuentros tan increíbles que ha tenido en el mar. Allí en la Baja. «Si te despiertas, Mike, vamos a ir mil veces juntos al mar». Cierra el ordenador y coge el móvil para llamar a Ampi. Se sorprende con un mensaje de Julieta. «Clara, hermanita, hazlo. Si te lo dice tu corazón, hazlo».

Le da un vuelco al corazón y se estremece al pensar que esa mujer sabe todo lo que está pasando. Todo lo que está pensando. Quiere ir al puerto e infiltrarse en ese buque. Quiere justicia para su hermano. Y que esa misma justicia caiga sobre Amado Sánchez Terrón, que es el malo, el que controla y se beneficia de toda una red ilegal de tráfico de tiburones que está matando a toda la fauna de un país precioso y lleno de vida. Se acuerda de cuando Miguel le contaba que el comercio de flora y fauna silvestre es hoy en día el cuarto mayor negocio ilegal del planeta, superado apenas por el tráfico de drogas, personas y productos falsificados. Es absurdo y es brutal. Quiere llamar a su hermana, pero sabe que, si lo hace, confesará todo. Es incapaz de mentir a Ampi. No ha sabido hacerlo nunca. No podrá. Redacta un mensaje y se lo envía. «Hola, Ampi. Estoy en el teatro con Angie y no tengo nada de batería. Estoy bien. No te preocupes. No estoy haciendo ninguna locura. ¿Cómo estás tú? ¿Y papá? ¿Los niños? He escrito un artículo muy interesante, te lo paso. Tengo ganas de veros a todos. En un abrir y cerrar de ojos estoy de vuelta en Madrid. Te quiero».

Lo manda. Ampi, que no es tonta, sabe que Clara está tramando algo y se mete en su ordenador. No se le escapa ni una. Ni en la distancia. Y mete la contraseña del iCloud de su hermana. Ya perdió a Miguel por no prestar atención a lo que solo ella sabía. No le iba a pasar lo mismo con su pequeña. La conoce. La conoce mejor incluso que yo, así que no duda en violar su intimidad y meter las contraseñas de su e-mail. Amparo es muy lista, lo ha sido siempre. En un abrir y cerrar de ojos está dentro del correo de Clara. Lo primero que encuentra es el vuelo a San José del Cabo. Bien, no está tan loca como pensaba. Es evidente que está tramando algo. Pero el qué. Decide dejar de buscar y llamarla.

Clara ve la llamada, pero no se atreve a contestar. Es mejor tener a Ampi enfadada un par de días hasta que vuelva. Los disgustos se le pasan rápido y si lo coge, si habla con ella, no se atreverá a formar parte de la operación. Ahora prefiere poner el teléfono en modo avión y pensar en cómo va a convencer a Dan. Tiene que ser inteligente y tener una buena estrategia, porque no podrá hacerlo sin él. Qué locura. Qué miedo. Pero tiene sentido. ¿Verdad? Mira al cielo y busca respuestas en mí, en su madre. Quiere que le diga que sí. Que lo haga. Y el viento se mueve fuerte. Zarandeando las palmeras de golpe y haciendo hasta que caigan las sillas de la terraza. Justicia es justicia. Ella siente un pálpito muy fuerte que le dice que tiene que hacerlo y que tiene que hacerlo con él.

Dan llega cansado del curso de fotografía y sus ojos brillan cuando ve a Clara tumbada en el sofá con el móvil. Angie y Kevin se han ido a la playa a hacer surf y ver el atardecer.

—¿Se te antoja que vayamos?

—No mucho.

—¿Qué se te antoja hacer?

Dan se sienta al lado de ella en el sofá, la abraza y le da un beso cariñoso en la frente. Ella se maldice a sí misma por no poder resistirse a sus encantos. Por estar totalmente enganchada a su piel. A su espalda y a su mirada dulce y brillante.

—Dan, quiero preguntarte una cosa.

—Dime.

—¿Me mientes?

—¿Te miento? ¿Con qué?

—No sé. ¿Lo haces?

—Pero a qué viene esto, pequeña. Claro que no te miento.

Se le echa encima y la besa con delicadeza por la cara. La mira y la sigue besando por el cuello mientras la abraza. No son besos pasionales. Son delicados, bonitos, llenos de amor. Clara lo abraza con fuerza y piensa que, aunque quiere decirle la verdad, que sabe que estuvo el día del accidente con Miguel, que sabe que esconde cosas, tiene que guardarla para conseguir que la acompañe al buque. No quiere que se vuelva loco y cambie de humor. Se podría estropear el plan. Es mejor fingir. Tiene que ser fuerte y guardar silencio por su hermano. Tiene que disimular.

—¿Sabes qué me apetece? Que nos vayamos los dos solos y acampemos en la playa.

—¡Hecho!

Clara planea pedirle a Dan que vayan al buque en la playa. «Se lo diré a medianoche, entre besos y cervezas, entre la luz de las estrellas y la oscuridad de la noche». Lo observa, esa mirada color miel marrón. Los ojos no saben guardar secretos. «¿Qué ocultas? Dímelo pronto, por favor».

71

Vamos en el coche y decido mandar unos últimos mensajes antes de poner mi móvil en modo avión definitivamente. Estoy nerviosa y no quiero tener que estar pendiente de notificaciones, explicaciones y otras cosas. Escribo a mi padre, a Amparo y a Angie. A los tres les digo que estoy bien y que no tengo cobertura. A la última la miento un poco más y le digo que me he venido a dormir con Dan a Cabo Pulmo. Si le digo que estamos subiendo la costa de la Baja por el Pacífico, quizá se piense que me estoy acercando al puerto de Ensenada. Nadie puede saber que quiero hacer esta locura, porque todo el mundo querría frenarme. El último mensaje es para Indira: «Si todo sale bien llegaremos al puerto de Ensenada mañana a las ocho o nueve de la noche».

El buque atracará de madrugada y descargarán la mercancía a la mañana siguiente sobre las ocho. Indira me ha explicado que normalmente las embarcaciones llegan a puerto a las dos o tres de la mañana y es entonces cuando se quedan cuidándolas dos o tres vigilantes. Los camiones están allí sobre las ocho de la mañana y en ese momento descargan todas las aletas ilegales que llegan a costa. En esta operación calcula que podremos grabar más de diez toneladas de aleta ilegal.

Lo importante es colarnos en la bodega y tomar fotos a todo lo que veamos. Hay que demostrar que a puerto solamente han llegado las aletas, sin los cuerpos de los animales. Y ahí está precisamente la gran ilegalidad. La del famoso aleteo. Los vigilantes normalmente flaquean en las guardias sobre las tres o cuatro de la mañana. Indira nos ha asegurado que se suelen quedar dormidos y que tiene que ser relativamente fácil colarse. Pienso que si a las cinco de la mañana logramos estar dentro de la bodega, tenemos una hora hasta las seis para grabarlo todo. Cuantos más vídeos, mejor. Lo importante es encontrar el barco con la matrícula que me ha indicado Indira. Todos los barcos tienen un número que se llama IMO. Es como si dijéramos la matrícula que los identifica. El de nuestro barco es 9723138. Lo repaso en mi cabeza. IMO: 9723138.

Dan quita la mano de la caja de cambios y la apoya en mi rodilla. Lo miro. Está tan guapo como siempre. Por la ventanilla entran los últimos rayos de sol que se reflejan en sus brazos. Perfectos. Llenos de tatuajes. No puedo creer que me haya mentido y que yo siga aquí con él. Pero, a decir verdad, yo también le estoy mintiendo a él ahora mismo. Y le he dicho que quiero ir a Todos Santos solo porque quiero estar ya en la zona del Pacífico para poder subir a Ensenada cuanto antes.

—No entiendo por qué prefieres Todos Santos. En La Ventana podíamos haber ido a visitar a Armando y seguro que mañana nos subía en su barco.

—No sé, me apetecía visitar el pueblito.

Quizá me mintió por alguna buena razón. Quizá no era nada malo y yo lo he exagerado todo, porque, para ser sinceros, vivo en un momento de mi vida exagerado. Todo me parece exagerado. Lo que le ha pasado a mi madre. Lo que le está pasando a mi hermano. Lo que nos pasó el otro día en la Viga en Ciudad de México. Nada tiene sentido, y parece que estamos en una película de acción. Vuelvo a mirarlo y le agarro la mano mientras le hago cosquillitas. Me encanta. Hacía tiempo que nadie me enganchaba tanto. Parece que solamente pueda buscar el contacto y que quiera tocarle a todas horas. Las manos. Los labios. Como si un imán dentro de mi cuerpo se sintiera fuertemente atraído por el suyo. Muero por volver a estar desnuda con él. Quizá no tiene ni idea de lo que pasó con Miguel. Quizá es mejor pensar así para no sufrir. O quizá sí que lo sabe y no me lo quiere decir, porque se siente culpable. Sea lo que sea, estoy segura de que lo voy a descubrir.

Llegamos a la playa de Cerritos y nos bajamos del coche para disfrutar del atardecer. El sol casi toca la línea azul que marca el mar en el horizonte. Las olas rompen con fuerza y el ambiente de la playa tiene una vibra muy bonita con todos los surferos allí delante.

—Ven, colócate aquí conmigo.

Dan se apoya en otro coche que está cerca de la orilla y me sitúa delante de él. Apoyo la espalda en su pecho y me rodea con los brazos. Me siento en paz. Quiero que me abrace para siempre. Me entristece saber que no voy a volver a estar con él. Nos quedamos en silencio un rato mientras vemos cómo el sol desaparece entre las olas. Pienso muchas cosas en estos segundos que vuelan y a la vez parecen horas. Pero, sobre todo, pienso en que quiero saber la verdad sobre él. Además, tengo que convencerle de que venga a ayudarme y que me explique por qué no quiso contarme que estaba con Miguel el día del accidente. El cielo se tiñe de naranja y los surferos salen del agua. Me gira. Me gira y me encuentro con su rostro, moreno, perfecto. Con sus manos me retira el pelo de la cara y me da un beso, lento, apasionado, delicioso.

—Qué voy a hacer contigo, Clara.

Se ríe y me sonrojo. Me da vergüenza y me apoyo en su pecho. Se ríe de nuevo y me hace cosquillas. Le abrazo y cierro los ojos. No sé qué voy a decirle para convencerlo ni cómo lo voy a hacer. Quizá lo único que tengo que hacer es decirle la verdad y obviar que me miente. Nos retiramos despacito de la playa cuando anochece y decidimos montar la tienda de campaña en un campo de cactus que conoce cerca del mar. Aparcamos el coche mirando al azul, y Dan deja los faros encendidos mientras montamos todo. La verdad es que estoy realmente cansada. Como siempre. Llevo meses cansada. O quizá es simplemente la sensación de querer estar tirada en algún sitio con él. Ponemos los palos, hinchamos el colchón rápidamente y Dan saca una botella de vino fresquita de un minirrefrigerador.

—He traído quesadillas y algunos *snacks*.

Nos tiramos en el colchón al aire libre con dos copas de vino. Brindamos.

—Por nosotros.

Estoy nerviosa, porque sé que se acerca el momento de confesar.

—Por nosotros —repite Dan mirándome fijamente y poniéndome tan nerviosa que no sé ni dónde mirar.

Bebemos. Dejamos las copas a un lado e inevitablemente nos besamos de esa forma que solo nosotros sabemos besarnos. Lenguas, caricias, manos. De pronto, llego al clímax mirando a las estrellas en una noche de amor brutal. Caigo rendida a su lado, y él me abraza por la espalda haciéndome la cucharita de manera sensacional. Huele bien. Me besa por el cuello. La atracción que tenemos es indescriptible. Es exagerada. El corazón todavía me late a mil revoluciones, pero ya no puedo más. Necesito confesar. Me giro, me pongo una sudadera encima del cuerpo desnudo y me dirijo seria y segura a mi chico.

—Tengo que decirte algo importante. Y me tienes que ayudar.

—Por fin vas a confesarme lo que te pasa. Me alegro. Muero por saberlo. Estás rarísima.

—Sí. Bueno, yo...

Ni siquiera sé por dónde empezar. Estoy nerviosa y como muestra de mi inquietud muevo las rodillas mientras observo que Dan está tumbado, mirándome y sonriendo con los brazos hacia arriba sujetando la cabeza.

—Tranquila, niña. Puedes contarme lo que quieras.

—Es que me estás poniendo nerviosa. Dame un momento. —Se incorpora y me da un beso, dulce, lento.

Me acaricia la cabeza.

—Tranquila, niña. Respira y cuéntame. Seguro que puedo ayudarte.

—Es justamente lo que necesito. Tu ayuda.

—Dale. ¿Cómo puedo ayudarte?

Y entonces vomito. Vomito toda la idea absolutamente descabellada de ir al muelle y hacer los vídeos y las fotografías. Vomito lo que he aprendido de Amado Sánchez Terrón y de su hijo. Los planes con Indira de desmantelarlos a todos dentro de la Interpol. El rostro de Dan pasa de la relajación absoluta a la tensión desmesurada al escuchar esos dos nombres de nuevo. Guarda silencio. Sigue escuchándome con mucha atención y se incorpora también para ponerse la camiseta. Quiero que me diga cosas.

—El tal Amado existe, Dan. No es un nombre de mentira. Es una persona real.

—Sí. Eso parece.

—Yo sé que todo esto te da mucho miedo. Y hazme caso, que hago de tripas corazón por no preguntarte más de la cuenta. He aprendido que cuestionarte no te sienta bien y no lo hago. Pero, joder, es el último favor que te pido. Vamos a intentar desenmascararlos. Hagámoslo por mi hermano.

Hay algo raro y nuevo en su mirada. Sus ojos muestran verdadera preocupación. Sigo hablando. Le digo que quiero ir a ese muelle. Que es mi última oportunidad. Que lo quiero hacer. Que lo quiero hacer por Miguel. Por mí. Porque una fuerza enorme que viene de dentro me dice que tengo que ir allí. Que tengo que sacar esas fotos y ver qué narices pasa cuando le entreguemos todo a las autoridades americanas. Quiero hacerlo. Necesito hacerlo. Y quiero que él venga conmigo. No podría hacerlo sola.

—¿Vendrías conmigo?

Dan está en silencio, medio paralizado. Está digiriendo toda la información que acabo de darle. Se tumba de nuevo en el colchón y mira al cielo. Suspira. Necesito que me dé una respuesta. Necesito saber qué opina.

—De verdad que no sé si es buena idea, Clara.

—Eso ya lo veo, pero la pregunta es: ¿Vas a ayudarme?

Dan me agarra la mano y me empuja hasta su pecho. Caigo encima y me tapa con la manta.

—Ven. Abrázame un momento.

Lo abrazo. Lo abrazo porque estoy nerviosa y, aunque sus palabras no dicen mucho, creo que quiere ayudarme. Siento que debe ayudarme. Siento que me quiere. Que me quiere y que haría cualquier cosa por mí.

—¿Vas a ayudarme? —Vuelvo a preguntar de manera tímida y con la voz medio ronca, bajita.

El silencio es otra vez protagonista. Pero entonces me besa. Me besa apasionadamente y suspira. Me besa, porque él tampoco puede resistirse a mis encantos y siente que me debe algo. Que me debe esos secretos que no confiesa. Que me debe las mentiras sobre el día del accidente. Yo no quiero preguntar nada más de aquella panga. Prefiero no saberlo. Prefiero que me acompañe hasta el maldito muelle y me ayude a tomar las fotografías. Y después me iré a mi casa. Abrazaré a mi hermana y a mi padre. Y nunca volveré a ver a esta persona que me quiere y me vuelve loca.

—¿Vas a ayudarme sí o no?

—Si queremos estar allí a las nueve de la noche, tenemos que salir a las cinco de la mañana. Son quince horas conduciendo y deberíamos hacer descansos. ¡Ven!

Me arrima de nuevo a su cuerpo. Lo abrazo. Le estrujo contra mi pecho con todas mis fuerzas, y él me besa por todas partes. Lo quiero. Lo quiero de verdad, y él me tiene que querer, porque nadie en su sano juicio haría esta estupidez si no fuera por una buena causa. Si no fuera porque él también opina que se lo debemos a mi hermano Miguel.

72

Angie llega a casa y va directa al cuarto de Clara y Dan. Rebusca en el neceser de su amiga y corrobora con su chico que se han ido a dormir fuera.

—Mierda, mierda, lo sabía. Seguro que ha convencido a Dan para ir a Ensenada. La conozco como si la hubiera parido.

Kevin está paralizado observándola y no entiende por qué está tan nerviosa. Por qué se mueve de esa forma tan ajetreada.

—No entiendo. Qué más da que se hayan ido a acampar, así tenemos la casa para nosotros dos solos, ¿no? Mejor que mejor.

—No lo entiendes. Clara quería subir a Ensenada para tomar unas fotos absurdas a un buque ilegal que nos ha dicho Indira que iba a atracar allí. Y yo...

Angie se mueve en círculos por la habitación. Se toca el pelo desquiciada y da vueltas con un dedo a sus rizos rubios y perfectos. Kevin se levanta y la abraza. Le pide que se tranquilice y que le cuente bien lo que está pasando, porque realmente no entiende nada. Ella le confiesa todo el plan. Le explica quiénes son esos narcos. El tal Amado y su hijo Óscar. No son personajes ficticios como ellos creían. Son personas de verdad peligrosas que están ahí fuera. Su chico escucha con atención mientras intenta calmarla. Se la lleva al salón y le prepara un té de valeriana. Le asegura una y otra vez que Dan no irá a Ensenada.

—Conozco a mi amigo. Ya se metió en líos una vez y no va a volver a hacerlo.

Los llaman. Llaman una y otra vez, pero tienen apagados los teléfonos.

—Tú conoces a tu amigo y yo te aseguro que conozco a la mía y va a ir a Ensenada. Y si eso pasa, tengo que ir a buscarla. No pienso dejar que haga ninguna tontería. Y menos ella sola.

—De verdad, que no entiendo qué os creéis con estas estupideces. Yo ya fui a la Viga una vez y no voy a ir a nada más. Este jueguecito de detectives es absurdo, Angie.

—Ya lo sé, Kevin, joder. Sé que mi amiga ha perdido la cabeza con todo esto. Pero un poco de empatía, por favor, que su hermano está a punto de morirse.

Discuten. La noche pasa lenta. Kevin intenta convencer a Angie de que se tranquilice, de que todo esto es una locura que no tiene ni pies ni cabeza. Ella asiente con tal de no escucharlo más. Está cansada de discutir, de la situación, y en el fondo de su corazón sabe que nada de esto tiene mucho sentido. Ven una película. Kevin se queda totalmente dormido en el sofá mientras ella repasa una y otra vez los últimos wasaps de Clara en los que le asegura que está en Cabo Pulmo. No se cree nada y se mete en la conversación con Indira para ver a cuántos kilómetros de Cabo está ese puerto. Quince horas de conducción. Mira a su chico y ve en la mesilla las llaves de su coche. Lo piensa. Piensa en lanzarse a esa misión suicida de rescatar a Clara. Al fin y al cabo, siempre se ha sentido rescatada ella. Es hora de ayudar a esa familia. Mira las llaves, mira el teléfono. ¿Lo hará? ¿No lo hará? Al final, la amistad es un poco como un libro. Hay amigos para una página, otros para un capítulo entero y luego están los verdaderos que estarán presentes hasta el final de la historia. Se levanta sigilosamente y prepara su bolsa.

—A la mierda. Voy a por ti. Cómo no voy a ir a por ti después de todo...

Dan y Clara paran en una gasolinera en medio de esa carretera larga y eterna, la Transpeninsular 1. Llevan más de diez horas conduciendo y ya están agotados. Dan pone gasolina mientras ella entra en la tienda y compra un par de Coca-Colas frescas y unas patatas fritas. Dan está asustado, sabe que Óscar es la cabeza principal del cartel de La Mano con Ojos. Se sigue sorprendiendo de toda la información que ha conseguido su chica. Ha sido imposible ocultarle casi nada. Aunque todavía no sabe lo más importante de todo. Reza cada segundo para que no lo sepa. La ve saliendo sonriente con los aperitivos y se da cuenta de que Clara no tiene ni idea de lo que se les viene encima. Se besan. La inocencia de dos jóvenes enamorados los mantiene vivos y alegres en vez de nerviosos y desesperados.

—Mira, he comprado estos Triskys en forma de ballenas. Son de chile picante.

—Pero si no te gusta el picante.

—Ya, pero me hacía gracia que las patatillas tuviesen forma de ballena.

Se ríen. Se besan de nuevo. Se miran y los ojos les brillan. Clara lleva un vestido azul clarito de flores, y a él le está volviendo loco. Lo cortito que es y la manera tan bonita que tiene ella de lucirlo. Le gusta hasta su forma de caminar. Están locos el uno por el otro. Él no puede dejar de mirar sus ojos verdes. Y el amor que va creciendo entre ellos es cada vez más evidente. Vuelven a subir al coche y repasan el plan con Indira al otro lado del teléfono. El muelle de Ensenada es enorme. Tiene un campo de fútbol verde justo delante de donde atracan los grandes buques y cruceros. Todos los veleros y yates chiquititos se encuentran al otro lado.

—Vosotros tenéis que aparcar en el campo de fútbol. Dejáis el coche allí tirado, porque en esa zona no hay ni cámaras de seguridad ni nada. Os acercáis al edificio rojo y amarillo que está pegadito al mar. Allí es donde habrá atracados dos o tres buques de descarga. Quizá también haya algún crucero. Hay que recordar que el IMO de nuestro barco es el 9723138. Es grande y es gris. Entráis y grabáis absolutamente todo lo que veáis en las bodegas. Estoy segura de que habrá muchas más cosas que aletas.

—No nos encontraremos drogas, niños o algo de eso, ¿no?

—Ay, Clara, no seas boba.

—Bueno, yo qué sé. Prefiero preguntar. Tampoco me extrañaría tanto.

Cuelgan y no pueden negar que están nerviosos. Disimulan como si no pasara nada, en un intento fugaz de protegerse. Se agarran la mano y acuerdan que lo que harán será parecer una pareja enamorada y ebria que busca algún recoveco para hacer el amor. Es totalmente creíble. Dan vuelve a bromear diciendo que, en realidad, las ganas de hacer el amor no las tiene que fingir. Que están latentes. Clara se sonroja, y él le aprieta la pierna en el coche. Con la mano bien pegada al vestido.

—El plan es sencillo. Paseamos por el puerto y paramos de vez en cuando a darnos un beso para que las cámaras no sospechen nada. Tenemos que parecer una pareja que anda de fiesta y ha terminado allí.

—De acuerdo. Entonces te beso siempre que pueda, ¿no?

—Para, idiota, ahora lo digo en serio. Pero sí. De vez en cuando un beso por si las moscas. Y nada. Una vez encontremos el buque, nos colamos, hacemos vídeos y fotos de todos y tachán. Se acabó la misión. Otras tropecientas horas de carretera y me voy a mi casa.

—¿A qué hora es tu vuelo mañana a España?

—A las doce menos cinco de la noche.

—Literal, tenemos que empezar a conducir de nuevo a las seis de la mañana.

—Lo sé. Lo siento.

Clara lo agarra del brazo, y él le responde cariñoso:

—No lo sientas. Estoy feliz de poder ayudarte. En parte te lo debo un poco.

Entonces ella le besa la mano. Le da las gracias y ambos observan melancólicos cómo comienza a caer el sol. La carretera es recta y está llena de cactus a ambas orillas de la arena. El sol es redondo, naranja y de pronto casi rojo. No hay nubes y eso hace que el calor y la fuerza sean más potentes, que el color del fuego resalte más cuando se acerca a los desiertos. Google Maps indica que quedan cuarenta y siete minutos para llegar al destino. Están agotados y deciden parar en el Rancho Cañón Buena Vista. Una montaña a una media hora del muelle. Allí podrán descansar un poco hasta las cuatro de la mañana. Dan necesita dormir algo. Aparcan y salen del coche justo enfrente de un campamento que se divisa a lo lejos. Él bosteza y se estira mientras Clara revisa su teléfono sin quitar el modo avión. Prefiere no ver los mensajes que seguro ha recibido. Eso la pondrá más nerviosa.

—Son las diez de la noche. Hasta las tres o cuatro de la mañana no haremos nada. ¿Qué te parece si hinchamos el colchón y nos tiramos aquí un rato con las mantas? O ¿qué quieres hacer, niña? Yo estoy agotado.

Clara asiente. Está tan nerviosa que no sabe ni qué quiere hacer. Lo hinchan juntos, y Dan saca una manta y un par de almohadas. También saca las quesadillas de la noche anterior y se las devora con la Coca-Cola de la gasolinera, que ya está algo caliente. Clara se tumba a su lado, se acurruca con él y se tapa con las mantas. No tiene mucha hambre. Piensa en su hermana Ampi. «Va a matarme cuando se lo cuente. Espero que nada salga mal». Dan nota la inquietud de su chica y la abraza. Se acarician. Se besan. Instantáneamente ella se calma.

—Estate tranquila, niña. Si lo hacemos bien, no tiene que pasarnos nada. Incluso si nos pillan en la bodega, qué más da. Estábamos besándonos allí. No hemos robado nada. Nos echarán y fuera.

Ella no contesta. Solo lo abraza y se esconde en el huequito de su cuello que tanto le gusta. Es impresionante la paz que siente solamente estando junto a él. Cuando Dan termina la cena, la acaricia por debajo del vestido. La espalda, las piernas. Las cosquillas traspasan las barreras debajo de la manta y entonces se besan. Pero esta vez sin tanta pasión. Solo con amor. Clara apoya la cabeza en su pecho, y él se va quedando dormido en un sueño no muy profundo y lleno de preocupaciones. Clara mira a las estrellas y se acuerda de la ballena de luces que vio durante el ritual de la ayahuasca. Y algo le dice, un pálpito le confirma, que está haciendo lo correcto, que van a sacar las fotografías y que conseguirá justicia para Miguel.

73

No puedo dormir. Estoy nerviosa y algo me inquieta. No sé exactamente qué es. Bueno, sí. Sí, sé qué es. Que estoy a punto de colarme en un barco ilegal y la última vez que estuve cerca de esta operación tuve que salir corriendo después de haberle pegado un puñetazo a un policía. No puedo creer que estemos aquí. Me late fuerte el corazón y me da miedo. Me incorporo en el colchón y observo las estrellas. El cielo está impresionante, reconozco la Osa Mayor cuando pasan una serie de nubes blancas que se reflejan con la luna. Miro a Dan. Está totalmente dormido. Respira de manera profunda sin llegar a roncar. Menos mal que no ronca. No podría soportarlo. Odio que la gente ronque. ¿Cómo puede ser que esté aquí conmigo después de haberme mentido? Mañana, cuando estemos de vuelta en el coche, se lo preguntaré.

Doy vueltas en el colchón nerviosa. Echo de menos a mi madre. Pienso en ella, en su risa. En las últimas conversaciones que tuve y que hablamos sobre la vida. Le prometí que me portaría bien. Miro al cielo y susurro un:

—Lo siento. Siento estar dando guerra como siempre y no estar con nuestra familia en el hospital junto a Miguel.

Cuando ya no puedo más, agarro el brazo de Dan con cuidado y veo en su reloj que son las dos de la mañana. Lleva cuatro horas durmiendo. Lo despierto sin querer. O, bueno, sin querer queriendo. Me abraza.

—Qué pasa, niña. ¿Cuánto tiempo llevo dormido?

—Mucho, ¿te quieres despertar?

Se ríe y me estruja fuerte contra su pecho. Se levanta y bebe agua. Coge la botella y un cepillo de dientes y se los lava allí mismo, de pie, mirando a las estrellas y la luna. Después, vuelve al colchón.

—Ven aquí. ¿No has dormido nada, pequeña? Ven.

Me abraza tan fuerte que me corta la respiración. Son los mejores abrazos que nadie me ha dado jamás. Me acaricia el pelo. Poco a poco, las cosquillitas pasan al cuello. A la espalda. Las yemas de sus dedos van bajando más y más. Lo miro. Lo miro fijamente bajo la luz de las estrellas y la luna y, sin decir nada, nos besamos apasionadamente, hasta que acabamos como siempre desnudos. Esta vez los dos mirando a las estrellas en la misma dirección.

—Ha sido increíble. —Tengo escalofríos por todo el cuerpo.

Caemos en el colchón y me tapa cariñoso con las mantas.

—Venga. Intenta dormir, aunque sea una hora, niña.

Se queda haciéndome cosquillitas por la frente con las yemas de los dedos. Poco a poco, consigo desconectar y me quedo dormida. En sueños, voy a una playa de La Toja, a una iglesia hecha de conchas a la que iba con mi familia. Yo siempre me quedaba fuera de misa porque no me gustaba entrar dentro. Mamá salía y jugábamos en un parque lleno de árboles verdes. En mi sueño estoy con ella en uno de los bancos jugando con nuestras manos. Oigo su voz y noto sus dedos ásperos. Se ríe y me calma. Me dice que todo va a salir bien.

—Clara. Vamos. Son las tres y media. Tenemos que empezar a recoger.

La voz de Dan me despierta de golpe. Instantáneamente me sube la ansiedad al pecho y noto que me aprieta. No le digo nada, pero ahora que llega la hora de la verdad, estoy cagada de miedo. Lo observo. Él parece estar mucho más tranquilo. Recogemos el colchón y todas las mantas y nos subimos al coche.

—Bueno, ¿lista?

—Sí. Lista.

En realidad, no estoy lista. Estoy acojonada y quiero salir corriendo. Pero ¿cómo voy a salir corriendo después de la que he liado? ¿De las quinientas horas de conducción? «Tranquila», me digo a mí misma. «Piensa que el plan de parecer dos jóvenes medio borrachos buscando un sitio para estar a solas puede funcionar a la perfección». Respiro. Me pongo la mano en el pecho y consigo tranquilizarme un poco. Miro por la ventana. Ensenada duerme. No hay gente por las calles y todos los comercios están cerrados. Es un pueblo mucho más grande de lo que me esperaba. Hay edificios altos y muchos coches aparcados por las calles. Veo que Dan sigue las indicaciones del puerto y al llegar, a lo lejos, se divisa el famoso campo de fútbol. Aparcamos. Dan ha ido todo el camino en silencio y al poner el freno de mano noto cómo agita los brazos. Se santigua.

—¿Te santiguas?

—Bueno, yo qué sé. —Sonríe y me da un beso—. Estoy nervioso, déjame en paz.

Sonrío y me santiguo también. ¡Como si eso fuera a servir de algo! Me da un último beso tierno en el coche y me repite que todo saldrá bien. El corazón me late tan rápido que casi soy incapaz de escucharlo. Bajamos del vehículo. Oigo detrás de mí el sonido que hace la llave del coche, y caminamos hacia unos grandes barcos que se ven atracados enfrente del edificio rojo y amarillo. Tal y como nos ha indicado Indira. Dan me da la mano y confirmo su inquietud al notar que está sudando. La noche es fresca. Yo me he puesto una cazadora vaquera encima del vestido. Hace fresco, algo de frío, pero noto que estoy sudando también. Llegamos al primer buque y buscamos el número de matrícula. No lo vemos.

—Este no es —dice Dan.

Sin casi prestar atención.

—¿Cómo lo sabes? —replico.

—Será el segundo, supongo.

—Pero si no hemos visto el número.

Seguimos caminando; los nervios se están apoderando de nosotros. Dan me pasa la mano por el hombro. No hay ni un alma en ese muelle. No vemos ni seguridad, ni personas, ni nada. El segundo buque sí que tiene un número grande, pintado en negro y amarillo en la parte delantera del barco. Lo leemos. IMO: 4237869. No es. Seguimos caminando al tercero. Ahora ya sabemos dónde se sitúa el numerito. 7682765. Tampoco es. Tiene que ser el primero. Sin decir nada. Volvemos. ¿Cómo puede ser que no haya seguridad? No hay nadie en ninguna parte, y el silencio hace que el escenario sea más tétrico de lo que ya es. Huele a pescado. En algunas zonas, a putrefacción. Hay redes secas por los suelos. Dan me agarra la mano y caminamos hacia el primer buque que habíamos pasado por alto. Llegamos.

—Es este —dice Dan.

Y veo que el número de matrícula está prácticamente borrado y escrito en un color gris muy débil que no resalta en la chapa de metal.

—Bueno, no hay nadie. Tenemos que entrar.

—Estás segura de esto, ¿verdad?

La pregunta me pone tan nerviosa que no soy capaz ni de contestarle. Miro hacia los lados. No hay nadie. Camino por la pasarela que comunica el barco con tierra. Salto una pequeña valla en la proa del barco. Dan viene detrás de mí. Intentamos hacer el menor ruido posible. La parte de arriba es inmensa. Hay redes de pesca por el suelo y algún cangrejillo muerto. Aquí arriba huele realmente mal. Buscamos la manera de entrar en el buque. Dan me da la mano y me dirige por el barco hasta que llegamos a una puerta que está en el suelo en popa. Es un cuadrado grande, como con unas escaleras que bajan. Bajamos. El corazón me va a tres mil por hora y cuando sitúo los pies en los pequeños peldaños siento que he oído algo. Un momento. No lo siento. Lo he oído. Nos metemos por las escaleras más rápido y nos quedamos abrazados y escondidos.

—¿Hay alguien ahí?

Escuchamos esa voz de hombre ronca y fuerte y nos quedamos inmóviles, abrazados y agazapados, al lado de la escalera. El ruido de los pasos se aleja poco a poco. Siento que no puedo respirar y que el corazón me va a estallar. Dan me sujeta con sus brazos y haciendo gestos me indica que una puerta gris chiquitita que está más abajo es la que nos llevará a la bodega. A las neveras, donde tienen todo congelado. Básicamente al sitio que estamos buscando. Esperamos a que se alejen los pasos de la voz que hemos oído y que me atormenta y, entonces, Dan se acerca silencioso al picaporte de la puerta. La abre. Me mira. Me hace una seña para que le siga. Entra.

—Ven —me susurra.

Yo estoy bloqueada por los nervios y me muevo como si fuera un zombi, en automático y sin saber muy bien adónde voy. Entramos en el congelador e inmediatamente el frío me eriza la piel. Es como entrar en una nevera gigante. Dan cierra la puerta y deja el último trocito abierto para poder encender la luz. Entonces, busca el interruptor con la linterna de su móvil y, zas, enciende todas las luces eléctricas y muy blancas de golpe. Nos quedamos en silencio, asustados y mirando alrededor por si se oyen de nuevo los pasos o si dice algo aquella voz ronca del señor. Poco a poco la respiración se va calmando y, de pronto, como de golpe, me doy cuenta de dónde estamos. No doy crédito a lo que tengo delante. El corazón se me para cuando veo que, en el suelo, amontonados como si no fueran nada, hay miles de cuerpos de mantas. Mobulas enormes tiradas y maltratadas. Algunas están cortadas por la mitad. Hay sangre por todas partes. Vemos un cuerpo de un tiburón mako gigante y a su derecha, amontonadas, mil millones de aletas de tiburones. Hay de todos los tamaños. No sé apreciar de qué especie son. El congelador es gigante, con la luz blanca brillante me recuerda a uno de esos psiquiátricos de las películas de terror. En vez de personas locas hay animales muertos por todas las estancias. Me asomo a unos contenedores negros que hay en las esquinas y descubro que hay más y más aletas de tiburón frescas. Qué horror. Qué masacre. Qué clase de humano podría trabajar aquí.

—Clara, ¿qué haces? Graba. ¡Comienza a grabar! ¡Tú por ahí y yo por aquí!

Dan me saca del mal sueño. Parece estar más cuerdo que yo. Me siento bloqueada. Saco mi iPhone del bolsillo y, sin quitar el modo avión, comienzo a grabarlo todo. Las mantas. Los cuerpos. El desastre. Paso a uno de los contenedores negros, me asomo y con la mano dentro me grabo sacando aletas de todos los tamaños. Las cojo una a una. Muestro en el vídeo los tamaños chiquititos comparados con mi mano. Después, hago una panorámica de todo el congelador. Camino por las diferentes salas y me encuentro un delfín precioso de diferentes colores grises tirado en el suelo sangrando. Dios mío. Qué horror. ¿Qué especie será esta? ¿Y para qué la tienen aquí? Qué horror. Qué verdadero horror. Lo grabo. Lo grabo todo, nerviosa. Me muevo de un lado a otro con mi iPhone sintiéndome triste, desesperada. Sintiéndome mal por todos estos animales que no deberían estar aquí. Dan está haciendo exactamente lo mismo que yo. Hace fotos sin parar. Yo creo que ya tenemos suficiente y justo cuando decido acercarme a él para decirle que nos vayamos, oímos un ruido. Viene desde arriba. Estridente. Suenan unos pasos. Se acercan. Tengo tanto miedo que solo puedo lanzarme a Dan y abrazarlo. Él me aprieta a su pecho y se coloca detrás de una columna. No puedo mirar. No puedo mirar. Cierro los ojos apoyada en su camiseta. Huele bien. Por favor, que no nos pillen aquí dentro. Con el corazón en vilo, oigo cómo los pasos se acercan. Dios mío. Se acercan. Grita la voz.

—Carnal. Alguien se ha dejado abierta la nevera.

Y según escuchamos eso, las luces se apagan. De golpe. Nos quedamos totalmente a oscuras. Escucho la respiración agitada de Dan. Seguidamente se cierra la puerta de la nevera y nos quedamos encerrados allí dentro. En el negro más oscuro y frío en el que he estado jamás.

74

En los cuentos te rescata un príncipe. En la vida real, tu mejor amiga. El corazón me late tan fuerte que siento que me estoy mareando. Hace mucho frío fuera, pero todo mi cuerpo está ardiendo. Estoy sudando y siento calor en la nuca. Voy a desmayarme.

—Dan —susurro—. Dan, me encuentro mal.

Dan está absolutamente bloqueado sujetándome en sus brazos, y sin decirle nada me resbalo por su cuerpo hasta que me siento en el suelo. Él se recupera de golpe del bloqueo. Se agacha y me sube en volandas.

—Clara, qué haces. Por el amor de Dios.

—Me encuentro fatal, te lo juro. Me flaquean las rodillas. Noto las piernas débiles.

—Tranquila, niña. Tranquila. Escúchame. Vamos a salir de aquí. Pronto tendrán que venir a recoger la mercancía. Déjame pensar.

Estoy teniendo un ataque de pánico. Me tiembla todo el cuerpo y me siento débil, como si necesitara tumbarme. Me siento débil. Oigo cómo los pasos se alejan.

—Inspira, espira. Inspira, espira. —Dan me indica cómo respirar.

Le sigo.

—Inspira, espira.

Parece que, poco a poco, recupero la calma. Los sudores de mi cuerpo dan paso a un frío intenso que me pone la piel de gallina. Hace frío y huele mal. De golpe el olor se apodera de todo y me doy cuenta de que huele muy mal. Tengo náuseas, ganas de vomitar. Dan me separa poco a poco de su cuerpo.

—¿Estás mejor? Tenemos que buscar la manera de salir de aquí.

Enciende la linterna de su iPhone. El espacio es tétrico y me abrocho la cazadora vaquera en un intento de coger algo de calor. El vestido es tan fino que es como si no llevara nada. Me siento desnuda y tengo mucho frío. Estoy paralizada.

—¿No vas a hacer nada? Saca tu linterna y busca otra salida. Haz algo.

Los nervios se están apoderando también de Dan. Intento recomponerme del mareo, aunque mi visión todavía está borrosa. Es como si tuviera vértigo. Recorremos toda la bodega con las linternas y no hay absolutamente ninguna salida más que la de la puerta por la que hemos entrado y que ahora se ha cerrado. Dan intenta abrir con el picaporte una y otra vez. Es inútil. Es de metal. La puerta está completamente cerrada.

«Dios mío. Cuando nos abran, nos van a pillar aquí. Serán los narcos. Nos darán cuatro tiros y a la mierda. Nos tirarán al mar y seguro que nos comen los tiburones». «Venga, anda, no digas tonterías. No exageres». Mantengo una conversación conmigo misma en pleno ataque de pánico, mientras Dan lo único que hace es dar vueltas por la sala con la linterna. «Joder, vamos a morir seguro. Y eso si nos abren en unas horas, porque como decidan no bajar la mercancía mañana y nos dejen aquí, entonces moriremos de hipotermia. Morir de frío, qué horror. ¿Y Ampi? Joder, ni siquiera saben que estoy aquí. Qué disgusto. Qué desastre. Mi pobre padre. Qué le pasará si acabo así». Mi cabeza da mil vueltas y sin poder evitarlo me entran ganas de llorar. Me resisto. Me resisto porque todo esto es culpa mía, y ahora el pobre Dan también está en peligro por mi cabezonería. Lo observo. Intenta abrir el picaporte una y otra vez y, en un momento de impaciencia y desesperación, se tira al suelo y se pone las manos en la cara.

—Joder, joder, joder. Qué chingados vamos a hacer. —Dan utiliza expresiones españolas que mezcla con mexicanas—. Maldita sea, esto nos pasa por pendejos.

—¿Y si gritamos pidiendo ayuda y nos ceñimos al plan de fingir que estábamos aquí haciendo guarrerías?

—No seas absurda. Podríamos haber gritado ya, entonces.

—Bueno, puede ser que estuviéramos intentando escondernos y por miedo pues gritemos un poco más tarde.

—Clara, por favor.

El tono de Dan es cortante y, desgraciadamente para mí, tiene razón. Está enfadado conmigo. Es normal. Entiendo que esté actuando así debido a los nervios. Pero, joder, yo no tengo la culpa de que nos hayan cerrado la puerta. Intento tranquilizarme y vuelvo a sugerir otra idea estúpida que me viene a la cabeza poseída por el miedo. Hablo como si no estuviera pasando nada y como si fuera una cosa natural.

—Bueno, voy a gritar. Es lo mejor. No podemos quedarnos encerrados aquí. Y a ver, que el de seguridad del barco no será el jefe de la operación. Puede colar perfectamente que estábamos dándonos el lote.

Me acerco a la puerta y hago bocina con las manos, como si me preparara para gritar. Cojo aire, y entonces Dan se abalanza bruscamente sobre mí.

—¿Qué cojones haces, Clara? ¿Es broma? —me grita.

Me chilla, y me quedo totalmente en shock del empujón que me ha pegado. La linterna del teléfono enfoca al suelo. Lo empujo. Lo empujo y sin gritar, hablo.

—¿Eres imbécil? ¿Para qué gritas? Nos van a oír.

—Era justamente lo que ibas a hacer tú. Joder, joder. Van a pillarnos y yo, mi familia..., mi hermanita... —Dan está fuera de sí. Nunca lo había visto actuar de esta manera. Está pálido. Mueve las manos frenéticamente y ni siquiera me mira a los ojos cuando me habla. De repente me clava la mirada. Sus ojos me atraviesan el alma cuando pronuncia—: Todo esto es culpa tuya. Mira lo que has hecho. Mira lo que nos has hecho.

Exploto. Reviento.

—¿Yo? Culpa mía.

—¡Sí! ¡Tú! En qué momento decides jugar a la policía sin tener ni puta idea de lo que va la vida aquí en México. No vamos a salir de esta. Que lo sepas. No vamos a salir de esta.

—Yo no te obligué a venir aquí. Viniste porque quisiste. El plan te parecía bien y ahora que sale mal, oh, es culpa mía.

—Eres igual que tu hermano... —Y al mencionar a mi hermano ya sí que no puedo más y estallo.

—Sí. Y a buena honra. ¿Cuándo ibas a contarme que estabas con él el día del accidente? ¿Hay alguna mentira más que quieras compartir ahora que estamos aquí? Ahora que probablemente nos van a dar cuatro tiros. ¿Algo que quieras añadir?

Con el reflejo de la linterna en el suelo, veo cómo los ojos de Dan se abren como platos. El rostro le cambia y siento que se apaga un poco. Se queda bloqueado. Se calla. Y yo, al contrario, ahora que los nervios se han apoderado de mí, exploto con fuerza y ya no puedo parar.

—Es increíble que me hayas mentido todo este tiempo. ¿Qué ocultas? Dime. ¿Qué tuviste que ver con la muerte de Miguel? Confiesa ya de una vez, porque esto es ridículo.

—Clara, qué dices. Aléjate de mí.

Me he acercado a él para susurrarle. Él me aparta y puedo ver cómo le cae una lágrima por la mejilla.

—¡Mentiroso! Eres un mentiroso. No puedo creer que me hayas mentido tantísimo tiempo. ¿Qué más ocultas? ¿Qué más sabes? ¿Fuiste tú?

—¿Qué? ¿Qué estás insinuando?

—Dime la puta verdad de una vez. ¡Dímela!

De repente, Dan se levanta de golpe, como poseído por el mal. Su voz cambia. Su rostro cambia. Está fuera de sí. Y de pronto grita. De golpe. Mirándome con los ojos incendiados. La linterna enfoca a su cara y entonces aúlla las palabras más hirientes que he escuchado jamás.

—Sí. Yo les dije dónde estábamos. Yo les dije a los narcos dónde practicábamos apnea. ¡Yo lo vendí! ¡Fui yo! ¿Eso es lo que quieres oír? ¡Fui yo!

Un pinchazo se me clava en el pecho. Siento que el corazón se me para y comienzo a hacerme chiquitita mientras camino marcha atrás apretando los puños. Estoy mareada. Tengo náuseas. Estoy dolida. Abrumada. La visión se me nubla un poco, y él viene andando hacia a mí. Hablando. Gritando. Fuera de sí.

—Fui yo quien advirtió a Miguel mil y una veces de que paráramos. De que esta gente es peligrosa. ¿Acaso no lo ves? Le dije y le dije. Le dije que lo dejáramos. Y no quería y no quería. —Mi cabeza da mil vueltas y siento que no puedo respirar. Dios mío. Miro al suelo. Entonces él se acerca e intenta abrazarme—. Clara, perdóname. Ven aquí. Yo…

—No vuelvas a tocarme jamás. Aléjate. —Lo empujo.

Siento náuseas fuertes y lo empujo. Y entonces él rompe a llorar como un niño frágil y pequeño.

—Clara, yo… Encontraron a mi hermanita. La siguieron al colegio. Me mandaron fotos de mi hermana pequeña, Clara. ¡De mi hermana! Querían matarla. ¡Es una cría! Querían matarla por los líos de tu hermano. Por querer hacerse el héroe. Estábamos poniendo en peligro a toda mi familia.

—Tú le vendiste. Fuiste tú… Por eso actuabas así, por eso todo el drama. —No doy crédito y siento que se me ha parado el corazón. Mi cabeza solamente da vueltas. Sin escapatoria. Intentando ordenar todo lo que mi cerebro va digiriendo. La vista se me nubla y luego enfoco de nuevo. Se nubla y vuelvo. Apoyada en una columna, siento que me falta el aire. Noto el frío de una de las paredes en mi espalda y cuando apoyo la cabeza en ella, me resbalo hasta el suelo donde me quedo sentada apoyada en las rodillas. Él se acerca.

—Clara, por favor.

—¡No me toques! ¡Te lo pido, por favor! No me toques.

Lloro. Lloro de impotencia. Y él sigue hablando. Destruido. Desesperado. Con los ojos casi fuera de las órbitas.

—No pensé que le harían nada. No pensé que nos pasaría nada. Creí que nos dejarían en paz. Hacía meses que no liberábamos nada y parecían estar tranquilos. Aquella mañana estábamos haciendo nuestras fotos, y el barco de Óscar apareció.

—Un momento, ¿el hijo de Amado? ¿El hijo de Amado Sánchez Terrón? —Dan no responde.

Rompe a llorar también y acaba delante de mí tirado en el suelo. Llora desconsoladamente y yo lloro con él.

—No puedo creerlo. No es verdad...

—Clara, lo siento. Lo siento. Lo siento con todo mi corazón. Ese arpón tenía que haberme atravesado a mí. Muchas veces pienso que ese arpón era para mí. Venían a por mí. Yo...

—¿Y cuando yo te hablaba de Amado? Ya sabías que habían sido ellos. Ya sabías todo. ¿Por qué no me lo has dicho antes?

—¿Y de qué hubiera servido? ¿Hubieras ido a por ellos tú sola? Te estabas poniendo en peligro tú también. Me callé para protegerte. Te hubieran matado a ti también. Es gente peligrosa. Y ahora, aquí estamos. Ya da igual.

—No puedo creerlo. Yo... yo... te quería. —Los dos rompemos a llorar, y Dan no puede ni mirarme.

Solamente mira el suelo. Las linternas casi no nos enfocan. El frío se apodera de mí y tiemblo mientras él habla.

—Yo quería a tu hermano más que a nadie. Y cuando te vi, cuando vi que apareciste, no supe reaccionar. Me sentía tan culpable. Solo deseaba que despertara y que todo hubiera sido una mala pesadilla. Todavía sueño que despierta y me perdona. Sé que Miguel me va a perdonar. Él sabe lo que mi hermana significa para mí. Querían matarla... Por Dios, Clara, ¡es una niña! Me mandaban fotos de ella en el colegio, por las calles... Me cagué. Me dio miedo y me cagué. Soy humano. Pensé que la mataban y no tuve escapatoria. No hice nada malo. Le enseñé a tu hermano las fotos de mi niña y sentí que le daba igual, que no le importaba mi familia, que anteponía el mar a mis seres queridos. En un momento de crisis, les di los puntos de dónde practicábamos nuestra apnea a unos chiquillos. Pasaron meses... Pensé que todo había pasado. Y de pronto el accidente... Yo... Lo siento. Lo siento. Yo... siento que lo maté.

Mi cabeza da vueltas y más vueltas. La tiritona se ha apoderado de mi cuerpo y no hago más que llorar y pensar que voy a morir aquí, que me van a pegar cuatro tiros los narcos y mi cadáver será la comida de los próximos tiburones. Me aprieta el pecho. Me duelen los pies por el frío. Me sujeto los dedos congelados con las manos y justo cuando creo que voy a perder el conocimiento oigo una voz familiar a lo lejos.

—¡Clara! ¿Dónde estás? —Es la voz de Angie. No puede ser—. ¡Clara! ¡Clara! ¿Estás aquí?

—¡Angie! —grito. Grito asustada y sorprendida de que mi amiga esté aquí—. ¡Angie! —Corro a la puerta desesperada—. ¡Angie! ¡Estoy aquí! ¡Angie!

Dan se acerca a mi lado y grita también.

—¡Estamos aquí! ¡Estamos aquí! Y, de pronto, se abre la puerta y veo esos rizos rubios que me devuelven la vida de golpe.

—¡Clara!

—¡Angie! —La abrazo—. ¡Vámonos de aquí, por Dios!

Y justo cuando vamos a caminar, mi amiga recibe un golpe por la espalda con una madera y hace que caiga al suelo.

—¡Angie! —grito.

Me giro. Un chaval joven con un palo intenta golpearnos de nuevo. Se apodera de nosotras el miedo y cuando está a punto de atizarnos, Dan le mete un puñetazo directo que lo deja en el suelo. Otro chaval aparece y se abalanza sobre Dan. Consigue quitárselo de encima y forcejean de manera intensa y peligrosa. Lo miro en absoluto pánico y entonces me grita.

—¡Clara! ¡Huid! ¡Corre, vete! ¡Corre! Vete. Clara. ¡Vete, Clara! ¡Ahora!

Veo cómo se pega con los dos jóvenes. Tengo tanto miedo y me tiembla tanto el cuerpo que corro. Me pongo el piloto automático y corro. Corro sujetando a mi amiga y sintiendo miedo por ella. Está sangrando del golpe. Salimos del barco. Corro con todas mis fuerzas cargando con ella como puedo y me dirijo hacia el aparcamiento. Angie me da indicaciones de dónde está su coche, en ningún momento ha perdido el conocimiento.

—¡Por aquí!

Y enciende las luces de un coche gris pequeño. Miro hacia atrás bloqueada. «Por favor, sal, Dan. Por favor, sal».

Angie me grita.

—Clara, ¡entra!

Entro. Entramos. Entramos y no dejo de mirar al buque para ver si sale Dan. No sale. No sale. «Por favor, sal». Me pongo las manos en la boca y rezo para que por favor salga corriendo. Cierro los ojos y rezo. No sale. No sale. Angie arranca. Arranca, y yo solamente miro por la ventanilla.

—Angie, para.

—No, Clara. No podemos parar ahora.

Su tono es cortante y no me da pie a discutir nada. Arranca. Y con el sonido del motor observo cómo una parte de mi corazón se queda ahí quebrada, en ese parking. Mi amiga conduce a toda prisa y el buque se va quedando cada vez más lejos. Lloro. Lloro poseída por la ansiedad y los nervios. Lloro porque no veo salir a Dan. Lloro porque temo que no voy a volver a verlo. Porque lo quiero. Porque no quiero que le pase nada. Porque me ha traicionado y yo le estoy dejando tirado. Porque nada tiene sentido.

—Angie. Por favor.

No me mira. Yo solo lloro. Desconsoladamente. Me sujeto las manos en el pecho. Me duele la tripa y meto las manos, aún congeladas, en los bolsillos de la cazadora. En el derecho está la caracola que me regaló Miguel. La aprieto. La aprieto y deseo que todo esto que está pasando no sea verdad. «Por favor, dime que todo esto es un sueño. Por favor, dime que no ha pasado». Y al mirar a mi amiga desesperada y encontrármela fría como una piedra, rompo a llorar. Ahogada. Agobiada. Hasta que un edificio alto hace que ya no pueda divisar el buque. Y entonces me rompo en mil pedazos. Me rompo en mil pedazos, porque me invade el miedo de pensar que no voy a volver a ver a Dan. Que lo quiero. Que estoy enamorada. Que lo perdono. Que me da igual lo que haya hecho. Que lo amo. Angie ni me mira, y yo tampoco puedo mirarla a ella. Le he fallado, les he fallado a todos. Les he mentido.

—Angie... Yo... Lo siento... yo.

—No entiendo por qué me has mentido. Estábamos juntas en esto.

Conduce sin mirarme. No sé si porque está enfadada. O porque está nerviosa. O porque ha pasado algo con mi familia, con Miguel, y no se atreve a decírmelo. Llevo horas sin conectarme al teléfono. Quizá está en shock. Pasan unos diez minutos por esa carretera recta y oscura, que parece que son horas. Casi sin apartar la vista del volante, me pide que encienda el teléfono y llame a mi familia. Lo hago. Lo hago y con la voz temblorosa llamamos a Ampi. Lo pongo en manos libres y entonces contesta y oigo su voz.

—Clara, ¿qué ha pasado? ¿Estás bien? ¡Miguel acaba de abrir los ojos! ¡Es un milagro! ¡Está consciente! Clara, ¡está vivo!

75

Bahía Magdalena

Es 21 de febrero. Hace un año que me fui y mi familia se prepara para subir a la panga de Melecio Zarabia en mi honor. La intención es ver ballenas y recordarme sintiendo la felicidad. La adrenalina pura. Las ganas de vivir. Celebrarme en el mar. Celebrarme en la alegría de los océanos. Miguel y Clara van delante de la embarcación. Nerviosos, ilusionados. Quieren enseñar a papá todo lo que saben sobre las ballenas grises. La gran congregación que solamente ocurre en esa costa. Llevan sus equipos de buceo en las manos. Se miran y se sonríen. Se quieren más que nunca. Miguel piensa, aunque no se lo dice, que él ya no es el verdadero héroe de la familia, que ahora es ella, su hermana pequeña: Clara. Ella va sumida en sus pensamientos y recuerda que la última vez que estuvo aquí, en esta costa desmanteló toda la red ilegal de Amado Sánchez Terrón. Piensa orgullosa en cómo Amparo la ayudó con todo, en cómo consiguieron que toda la información llegara a la Interpol y en cómo Amado, su hijo Óscar y trece narcotraficantes más acabaron entre rejas en Tijuana. Cierra los ojos y se acuerda de su amiga Indira, aquella muchacha que les ayudó en la operación y que ahora es la inspectora oficial de la Viga de México. Recuerda su sonrisa ladeada en ese Skype el día que las autoridades americanas confirmaron que las pruebas que presentaron eran verdaderas. Todo el mundo en su trabajo la admiraba y la respetaba ahora. El esfuerzo había merecido la pena. A veces un grano de arena tiene mucha importancia en un desierto.

Mi niña risueña que ya es toda una mujer observa su iPhone y, antes de meterlo en el bolsillo, le manda un mensaje a su Angie: «Suerte en tu último ensayo. No puedo creer que mañana sea tu obra de teatro. Deseando verte. Te quiero». A su amiga la han seleccionado en uno de los teatros más famosos de Ciudad de México y ahora es una de las actrices principales. Justo cuando va a bloquear el móvil, Angie le contesta: «Gracias. Yo sí que te quiero. En el cielo están muy orgullosos de ti». Guarda el móvil. Se siente orgullosa, de sí misma y de su mejor amiga. De la relación tan bonita que han creado y cómo las ha cuidado siempre a las dos su hermana mayor. La tiene justo detrás. Se gira y le da la mano. «Gracias», le dice moviendo los labios. Y Ampi sabe instantáneamente en lo que está pensando. En la buena labor que consiguieron juntas. En cómo encarcelaron a todos esos impresentables sin escrúpulos en honor a Miguel. Le aprieta la mano y le susurra.

—Lo lograste.

Clara la corrige.

—No, Ampi. Lo logramos.

Le suelta la mano con melancolía y mira a su marido. Adolfo respira hondo y se siente como en casa en esa embarcación. Van sentados en segunda posición. Ahora se quieren como nunca se han querido. Han vuelto a formar una familia unida y están deseando volver a casa para juntarse con sus dos pequeños, Daniela y Álex. Es increíble cómo los unió mi desgracia y cómo han conseguido manejar su relación. Se dan un beso y miran a la última parte de la panga. La de detrás, ahí está papá, mi marido, junto con el gran capitán Mele. Va sentado tranquilo, echándome de menos y observando cómo poco a poco nuestra familia se ha recuperado. Pensando solamente en mí y en que pronto nos encontraremos en el infinito. En ese mismo mar, donde la playa termina en arrecifes y las aguas sanan a quien se acerque, con respeto y sabiduría.

Desde el cielo veo una panorámica de mi familia. Un mar azul profundo y esa panga chiquitita que sortea y esquiva las olas. Me voy lejos, hacia la luz y luego vuelvo. Corriendo. Libre. Plena. Sopla el viento fuerte y les provoco escalofríos. Me doy cuenta de que, ante todo, ellos saben que estoy aquí, que no me he ido del todo, que nunca me iré. Sobre todo Clara, que se ha regido y se regirá siempre por mis palpitaciones. Subo, subo a la luz y cuando vuelvo rápido y caigo en picado como si fuera un pájaro volando, veo a nuestro hijo Miguel, que nada y surfea entre las olas, esquivando los corales. Tiene el pelo rubio quemado por el sol, ensortijado y largo, aún se pueden ver las cicatrices de su accidente. Y con los delfines de fondo saltando en el horizonte, sus ojos azules resaltan más que nunca, con ese brillo que solo desprende la gente que ha elegido la libertad. Sale del agua con sus tatuajes y compruebo que no ha perdido su sonrisa amplia, mágica y muy blanca. Y a su lado, su hermana Clara, su heroína, que ya es toda una apneísta profesional. Se abrazan en el agua después del encuentro con los delfines y suben tiritando al barco.

—Otro salto, Mele, por favor. Venga. Va, Ampi, no seas tonta, tírate. ¡Anímate! Hay millones. Son increíbles.

Ampi protesta y se desnuda ante los ojos vivos y admirables de su marido. Todos ríen y son felices. Están en ese mar. En nuestro mar. La libertad está latente en cada ola, cada salto de esos animales que representan la adrenalina pura que un día los salvó de la desesperación. La panga arranca y los delfines saltan y saltan entre las olas. Clara ríe a carcajadas y

Miguel la mira con admiración. Se ha convertido en una gran periodista y ahora ya cuenta con más de cien mil lectores que esperan cada semana sus artículos. Se quieren. Se miman. Me enorgullece ver que he formado una familia así. Me enorgullece ver que las locuras de mi hija desmantelaron una red que hacía cosas ilegales y aunque no frenaron todo, ahora la vida de esos pescadores es mucho mejor.

—Al agua. ¡Ahora!

Mele chilla, y sus ojos de mar se emocionan como siempre. Me gusta ese capitán de corazón grande y sabiduría acumulada. Cómo cuida a mi familia y la complicidad que tiene con mi marido. Ambos observan desde la embarcación cómo nuestros hijos se abrazan y ríen. Los delfines alborotados vienen y van y vuelven a saltar entre ellos. Ampi grita haciendo el tonto. Los dos pequeños se burlan de ella de manera cariñosa. Se escuchan solamente carcajadas y se siente el mayor significado de la palabra libertad. La alegría eterna. Vosotros sois y seréis siempre, mi alegría eterna.

—Tírate, papá, tírate. ¡Sé valiente! —Y entonces te tiras.

Te tiras con tus hijos orgulloso de haber salvado a nuestra familia. Orgulloso de haber salido adelante como solo tú saldrías. Te echo de menos, Pedrito mío.

Esa bahía es uno de esos lugares en el mundo que no pasa desapercibido, que los viajeros reconocemos al instante. Y cuando llegas allí cargado de emociones, de pronto, una montaña negra volcánica, la única en la costa, te sigue recibiendo. Verás el puerto. Al fondo, a la izquierda, sobresalen las casas de ladrillo, los techos de zinc oxidados, los perros por las aceras y el mar azul, de espumas como encajes, que te llama y te atrae. La vegetación desborda las arenas y una panga azul antigua lleva a toda mi familia. Llena de fraternidad. De un amor puro y real que fortaleció mi desgracia. Un grupo de ballenas grises se acercan sigilosas a la embarcación. Curiosas. Dan vueltas a la panga y respiran salpicándolos a todos.

Mi familia se acerca a la grandiosidad y las toca. Consiguen tocar la magia.

—¡No puedo creerlo! ¡Estoy tocando una ballena!

Ampi grita exaltada y todos se tiran al suelo de la embarcación para observar a las ballenas. Ellas giran y giran, juguetonas, ofreciéndoles nuevamente un espectáculo brutal. Todas las ballenas son preciosas, pero hay una, una ballena en concreto, que es blanca, muy blanca, y merodea por debajo de la panga. Es la más grande sin duda alguna y observa con paz desde debajo todo lo que está ocurriendo. Todo lo que está sintiendo esa familia unida y ahora por fin feliz. Cuando los ballenatos pequeños se apartan, sale y respira profundo al lado de la panga. Y su grandiosidad hace que se les encoja un poquito el pecho.

—¡Dios mío! ¡Es gigante! Mirad el ojo. ¡Mirad el ojo!

—¡Es mamá! —grita Clara.

Y Amparo comienza a llorar conmocionada.

—¡Qué bonito, por favor! ¡Es mamá! —confirma.

La ballena sube y sube y se pone de barriguita, al lado de la panga. Todos la tocan, emocionados, y ella los deja, los mira. Les transmite paz. Los observa con un ojo grande, gris y azulado que los desnuda y les atraviesa lo más profundo del corazón. Una mirada que los cambia para siempre.

—Qué locura. Nos está mirando. Nos está mirando.

—Y no se va. No quiere irse. Se queda con nosotros.

—¡Es mamá!

La emoción lo invade todo y de pronto toda la familia llora de felicidad en esa pequeña panga azul cristalino. Ni siquiera Mele consigue controlar las lágrimas. Los ojos de todos están sorprendidos y son bondadosos. Y me da gusto comprobar de nuevo que la magia existe. Y que solo aquel que aprecia la naturaleza logra palparla. La magia existe. Y está latente en los animales, en la mirada de una ballena, en el salto de un delfín o en el danzar de un cachalote con una cría. La magia está aquí y allí. Y reside en las emociones. En el entusiasmo y la fuerza de los nuevos comienzos. En saber que el sol siempre, siempre, volverá a brillar.

Así que si quieres, y si puedes, intenta vivirla. Intenta encontrarla. Busca en los momentos sencillos, en aquellos que te aprietan fuerte el corazón. Los que se te quedan en la retina para siempre y te llenan un poquito el alma. Los que te hacen sonreír. Cuando yo me fui, mi familia los buscó en el mar. Y los encontró. Algunos dicen que fue la fuerza de los océanos, otros las ballenas o incluso los delfines, otros piensan que fue el poder sanador de las olas y la sal. Pero, al final, solamente tienes que entender que la magia la llevas dentro de ti. La magia eres tú, es tu luz. Al irme comprendí que no existe poder humano que pueda apagarte si tú no quieres. Y que las buenas personas, igual que las grandes estrellas, brillan contra todo pronóstico. Y aunque intenten apagarlas, brillan y brillarán para siempre.

Agradecimientos a mi madre

A ti, mamá. A mi eterna luz. A mi gran estrella. La que brillará siempre y me hará brillar siempre. Gracias. Gracias por acompañarme en cada página de esta novela. Por enseñarme todo lo que sé. Todo lo que soy.

Gracias por haberme enseñado a ser feliz en este primer año que debería haber sido el peor año de mi vida. Gracias por no dejarme caer. Cada vez que me venía abajo, cada vez que el miedo se apoderaba de mí, cerraba los ojos y todas las imágenes que me venían a la cabeza estaban relacionadas con tu risa. Con tus carcajadas. Eras tú, riendo en Galicia; tú, riendo en el sofá burdeos de casa. Tú riendo en cualquier sitio. A cualquier hora. Pensar en ti de esa manera que tanto te caracterizaba me hacía sonreír. Me hacía hasta reír. Así que gracias.

Gracias por enseñarme el valor de la felicidad. La importancia de reírse, por lo menos, una vez al día. Creo que ni un solo día de tu existencia te vi infeliz. Hacías bromas hasta en los momentos malos y siempre, siempre, sacabas humor a cualquier asunto. Gracias por enseñarme a sonreír de esa manera, desde el corazón. Tenías razón. Es la risa más contagiosa de todas. Qué orgullo poder decir que he sido muy feliz, aun estando triste. Que me enseñaste que la felicidad y la tristeza no están peleadas. Que pueden ir de la mano. Que incluso se necesitan. Gracias.

Gracias por enseñarme el amor. El amor a las personas, el amor a viajar. Pero, sobre todo, el amor a la vida. A la naturaleza. Este primer año sin ti he viajado más que de costumbre y me he enamorado de cada atardecer, de cada barco, cada ballena, cada escenario que me ha mantenido viva. ¿Y sabes? No he necesitado tanto dinero. Sin embargo, me he sentido millonaria. Incluso he invitado a cenas, copas y cervezas a un montón de personas que ganaban o tenían el triple de dinero que yo. Tú me enseñaste esa generosidad absoluta con el dinero. Parecía que no nos importaba. Que nos sobraba. Cada vez que estábamos de vacaciones juntos, éramos los ricos de Galicia. Los ricos de España. No teníamos nada, pero éramos más ricos que ninguna familia del puerto. Gracias por enseñarme a tratar todo lo material así. Realmente me siento rica. Me he sentido rica cada día de mi vida. Gracias.

Gracias por enseñarme también lo que significa realmente la palabra libertad. La responsabilidad que ella misma conlleva. Las ganas de vivir. De romper las normas. La rebeldía total y absoluta siempre que se justifique por cumplir mis sueños. Por buscar la verdadera felicidad. La que me hacía feliz a mí. Solamente a mí. Gracias. Tú decías que la encontraría. Y tenías razón. La he encontrado.

Gracias por tu amistad. Por nuestras eternas conversaciones que nos regalaron la complicidad. Esas innumerables miradas a través de una mesa llena de gente que no necesitaban palabras. Gracias por esos momentos. Por enseñarme también la tolerancia. El no juzgar. Gracias a ti he sido amiga de todo tipo de gente y he conocido a perfiles totalmente distintos a mí que me han enseñado lecciones de vida maravillosas. Qué orgullo poder decir que en nuestra casa no ha habido nunca ni un ápice de esnobismo. Saber que hemos abierto nuestras puertas y nuestros corazones a cualquier persona.

Saber que nunca hemos mirado más allá. Todo lo que somos, Miguel, Marina y yo, lo somos gracias a ti. Es el mejor legado que nos has dejado. La humildad.

Durante un tiempo, cuando te fuiste, la gente se sorprendía de lo fuertes que éramos. Y todo el mundo nos asustaba diciéndonos: «Estáis en shock, habéis perdido a vuestra madre. Ya os vendrá el bajón». Pero ¿sabes?, nunca nos vino ese bajón. Porque tú nos has enseñado a ser así. Tú nos enseñaste a apreciar la vida. Nos demostraste que estar aquí es bonito. Y que tenemos que hacer que nuestra existencia merezca la pena. Y eso hicimos.

Quiero contarte, aunque en parte ya lo sabes, que el día de tu funeral nos entró un ataque de risa a tus tres hijos. Recuerdo que nos abrazamos en esa misa y que escuché cómo mis hermanos mayores se reían a carcajadas. Con ese primer atacón de risa sentí que volvía a respirar un poco. Y eso hice. Respiré. Comencé a respirar de nuevo. Y al llegar a Cabo San Lucas, saltaron las ballenas, nadé con las orcas y me metí en medio de una manada de miles de delfines. Reí a carcajadas con Sylvia y Clara. Los personajes que han inspirado esta novela. Y me di cuenta de que no había perdido mi felicidad. Que todavía seguía allí conmigo. Que, en cada momento, cada atardecer, cada ballena gris mirándome, estabas allí. Estabas allí conmigo, porque tú eres y serás siempre mi felicidad. Mi alegría eterna.

Así que los agradecimientos de este libro tienen que ser solo y únicamente para ti. Gracias. Gracias por educarme de esta manera. Gracias por enseñarme a agarrarme fuerte a la vida siempre. A no querer bajarme de esta noria de adrenalina nunca. Para mí no te has ido. Estarás conmigo siempre. En las risas de los pequeños de la casa, de nuestra familia. En las pequeñas cosas. En los gritos en el mar. En nuestra felicidad eterna, mamá.

Ahora sé que estás en un lugar mejor. Y que pronto nos encontraremos. Y volveré a escuchar tu risa. Esa que durante algún tiempo me puse en tus notas de voz entre lágrimas. Esa que no dejaré de escuchar nunca. Ni en los días más horribles de mi vida.

Gracias, por tanto.

Te quiero para siempre,

Ana

Agradecimientos

No tendría páginas suficientes para escribir los nombres de todas las personas que se han cruzado en mi camino durante este proceso. Mi madre falleció el 21 de febrero de 2021. Dos semanas más tarde me vine sola a viajar por la Baja California. Todo mi entorno madrileño estaba preocupado por mí. Me iba sola. ¿Cómo podía estar sola con lo que acababa de pasarme? Pero entonces, desde el día uno, apareció Sylvia, con sus consejos y su nueva vibra. Llegó Karen con su risa contagiosa y una clase de cerámica en La Paz me regaló a León. De repente estaba tomando vino con un grupo de gente que casi no conocía y me abrieron las puertas de sus casas. Y con la señora Juana, de sus vidas. Nada de esto hubiera sido posible sin vosotros. Sin los grandes amigos que me regaló la Baja. Las risas sanadoras de Clara. Que siempre me mantuvo mucho más a flote de lo que ella se imagina. Las bromas de Borja, los «ase cuentas» de Ana. Los ojos verdes llenos de ilusión de Nina. Los primeros encontronazos con ballenas con Janelle y Alex.

Gracias, gracias por la felicidad en este gran viaje. Creo sinceramente que ha sido el viaje de mi vida. Y que aún no soy consciente de todo lo que me pasó gracias a vosotros, entre ballenas, orcas y miles de criaturas.

Siempre dije que los aviones eran mi mejor terapia. Y ese avión, el 12 de marzo, fue la terapia más sanadora de mi vida. Esas ventanas redondas me habían llevado siempre a los mejores abrazos y atardeceres, pero ninguno fue como este. Y sin duda alguna, el mejor recorrido fue el que me llevó de vuelta a casa. Allí estabais los de siempre. Los que siempre estáis en los agradecimientos de todas mis novelas. Ya no hace falta nombraros, porque en esta, mi cuarta aventura, está totalmente claro quiénes sois. GRACIAS. Gracias por ser hogar. Por estar esperándome sonrientes para que os cuente mis aventuras en Madrid. Nunca pensé que tendría tanta suerte.

Gracias a Entre Azules. Mi gran proyecto que surgió de manera inesperada en este proceso. Gracias a todas las personas que han confiado en mí para este gran viaje. En nosotros. Casilda, Luz, Aina y Vicente, mi gran equipo, gracias. He podido escribir este manuscrito gracias a vuestra lealtad, a vuestras ganas de ayudarme siempre. Sin vosotros no habría podido llegar hasta aquí. Gracias por confiar en mis locuras. Por creer un poquito vuestro, nuestro Entre Azules. *Thank you, Malu. It is only through shadows that one comes to know the light. Thank you, Ash, because light is easy to love but you stayed in my darkness.*

Siempre había soñado con un proceso editorial bonito. Siempre me quejaba de que había tenido mala suerte con las editoriales. Y bueno, por fin puedo decir que me han tratado con el cariño con el que soñaba. Gracias a mi editora Ana por la paciencia con las entregas, por los comentarios siempre desde el cariño. Gracias, Gonzalo, por las tortillas de patata en las oficinas celebrando mí «no cumpleaños». He disfrutado por fin del proceso editorial con vosotros y esto solamente ha sido posible gracias a Carmen. Son muchas novelas juntas ya y espero que sigamos creciendo para siempre.

Por último, quiero agradecer estas páginas a mi familia. El covid nos arrebató a lo que más queríamos de golpe. Mamá se fue de la noche a la mañana sin tregua alguna para nosotros. Pero en su ausencia, tuve la suerte de descubrir a mi hermano. Manteniéndonos a flote a todos con su positivismo y su buen humor. Tuve la suerte de admirar a mi padre sacando fuerzas para que esto no nos hundiera por completo. Y mi hermana, como siempre, uniendo a la familia, cuidándome más que nadie y encargándose de todo. No sé qué haría sin ti, Marina.

Qué suerte de familia, qué suerte saber que nos tendremos los unos a los otros siempre.

Gracias de todo corazón.

Gracias.

«Para viajar lejos no hay mejor nave que un libro».

EMILY DICKINSON

Gracias por tu lectura de este libro.

En **penguinlibros.club** encontrarás las mejores recomendaciones de lectura.

Únete a nuestra comunidad y viaja con nosotros.

penguinlibros.club